강릉 잠수함
공비소탕작전

『이 작품은 순수 창작물로서 1996년 9월 강원도에서 40여 일에 걸쳐 일어난 실제 사건을 바탕으로 하였으나 본문에 등장하는 여러 인물은 물론, 본문 내용에 따라 일어나는 다양한 사건이나 사고 등은 그 당시 실제 경험했던 분들이나 발생했던 일들과는 직접적인 관련이 없음을 미리 밝혀둡니다..』

강릉 잠수함 공비 소탕 작전

권달성 장편소설

신아출판사

프롤로그

"30년 넘게 배를 탔지만 처음 보았을 땐 배 같지 않았소."

5분대기조 병사들의 머릿속에 신고자 어민이 했던 말이 계속 맴돌았다. 사실이었다.

해안가에 작고 낡은 목선 한 척이 모래사장 위에 끌어올려져 있었다. 길이 5m, 폭 1.3m 정도였고, 배 안엔 아무것도 없었다. 발견 당시 목선의 옆면 일부가 파손되어 떨어져 나가 있었고 바닥엔 발목 높이의 물이 들어차 있었다. 선박의 명칭이나 다른 어떤 표기도 없었다. 지금껏 뒤집히거나 가라앉지 않았던 것이 놀라울 정도였다. 몰골이 말이 아닌 탓에 어민이 놀란 것도 무리가 아니었다.

"아우씨, 존나 달려왔더니…"

"잠도 못 잤다. 씨팔!"

"괜히 놀랐잖아. 니미."

병사들이 목선을 향해 너도나도 한마디씩 불평을 쏟아내었다. 새벽에 걸린 비상으로 달려온 병사들이었다. 서서히 긴장이 풀린 병사들이 삼삼오오 모여 담배를 꺼내 물거나 모래 위에 엉덩이를 깔고 앉았다. 어떤 병사는 목선을 발로 툭툭 차기도 했다.

"누가 처음 신고한 거야? 그 어민 말고 또 있나?"

누군가 큰소리로 물었다.

"그 어민이 최초신고자이고 조금 시간이 지나서 다른 어민 2명이 더 있었습니다. 최초 신고 무렵에 우리 초병도 목선을 발견하고 공포탄을 여러 발 쐈답니다."

"공포탄을?"

"어둠 속에 해안선을 향해 다가오던 형체가 무척 기괴해 보였답니다."

"……"

"어쨌든 대공 용의점은 없어 보입니다."

"음‥ 나도 같은 생각인데, 경찰한테선 소식 없나?"

"예, 아직 없습니다."

"경찰이 바로 못 오면 어업지도선이라도 보내주면 좋으련만."

"느려터진 건지 아니면 아직 연락이 안 된 것인지 알 수 없습니다."

"우리는 곧 상황 종료하고 철수한다. 나머진 관련 절차에 따라 처리하겠지."

이때, 저만큼 경찰관 두 명이 나타나더니 목선을 향해 걸어왔다.

"아, 마침 저기 경찰이 옵니다."

두 사람이 느린 걸음으로 나란히 걸어왔다. 나이가 한 사람은 20대 후반, 다른 사람은 40대로 보이는 경찰이었다. 한 사람만 어깨에 칼빈 소총을 메고 있었다.

"내가 만나서 상황설명 해주고 올 테니까 너희들은 각자 장비 챙겨."

"알겠습니다."

병사들이 부산을 떠는 동안 인솔자는 경찰관들을 만나 한참 얘기를 주고 받았다. 군인의 말에 경찰관은 중간 중간에 고개를 끄덕였다. 잠시 후 인솔자는 상황 정리를 위해 병사들에게 돌아가고 경찰들만 남아 목선을 둘러보았다. 40대 경찰이 호기심 가득한 눈길로 목선을 살펴보며 말했다.

"정말 다 찌그러진 배구나."

"그렇네요. 태풍이나 집중호우에 북한에서 떠내려 온 목선인 것 같다는 군인의 말이 사실인 거 같습니다."

그러고 보니 올해 들어 속초와 포항에서도 북에서 떠내려 온 목선이 발견되었다는 뉴스가 있었다. 이때, 저만큼 담배도 피우지 않고 잡담도 없이 무리에서 홀로 떨어진 병사 하나가 경찰관들의 눈에 띄었다. 아까부터 줄곧 고개를 숙인 채 땅바닥에서 무언가를 찾고 있었다. 계급은 이병이었다.

"저 군인은 뭘 찾고 있지?"

"글쎄 말입니다."

호기심이 생겨난 경찰관들이 이병에게 다가갔다. 한 사람이 입을 열었다.

"저, 수고하십니다."

이병이 고개를 들고 경찰관들과 눈이 마주쳤다.

"어? 예, 예."

"혼자 무얼 그렇게 열심히 찾습니까? 다른 사람들은 돌아갈 채비를 하고 있는데."

"아, 그게… 탄피요."

"탄피요?"

"예."

"아, 새벽에 공포탄을 쐈다더니 그 탄피를 말하는 모양이군요."
"예."
"오호, 탄피수거 하는군요. 하나라도 잃어버리면 안 되니까."
"어쩐지 진지해 보이더라니."
옆에 있는 경찰이 동료의 말에 맞장구를 쳤다. 곧 두 사람만 떠들어대었다.
"군인들이 총알에 대해선 철저하다더군요."
"사고가 나면 안 되니까."
"그러고 보니 이등병이라 군기가 들어 있어서 더 적극적인 모양입니다."
"그런데 공포탄도 수거하나? 사격장에서라면야 몰라도."
"글쎄요, 뭐 공포탄까지 수거해 오면 포상 휴가 받을 수도 있지 않을까요."
동료 경찰이 고개를 갸우뚱하며 말했다. 이병은 다시 땅바닥을 훑고 있었다.
"군인 양반, 정말 포상 휴가 가려고 공포탄을 찾는 거요?"
경찰이 다시 물었다. 이병이 허리를 펴고 두 사람을 마주 보았다.
"포상 휴가 말입니까?"
"그렇지, 군인한텐 포상 휴가가 최고니까."
이병이 쓴웃음을 짓고 나서 관심 없다는 표정으로 한마디 툭 내뱉었다.
"포상 휴가는 개나 줘버리라고 하십쇼."
"으응?"
두 경찰의 눈동자가 동시에 커졌다.

"돈 벌 생각을 해야지, 무슨…"
두 사람을 지나쳐 걸어가며 이병이 중얼거렸다.
"탄피가 돈인데."

＊＊＊＊＊＊＊＊＊＊＊＊＊

신고를 받고 달려온 5분대기조 병사들은 눈앞의 광경에 할 말을 잃었다.
민간인이 첫 발견 때 착각했던 돌고래와는 비교가 안 될 정도로 커다랗다. 가끔 북한에서 떠내려 오곤 했던 소형 목선은 더욱 아니었다. 사그라든 달빛을 받으며 거센 파도에 몸을 맡긴 채 이리저리 출렁이는 둥글고 검은 물체는 분명 잠수함이었다.
"저… 정말이다… 잠수함."
모두 잠시 넋이 나간 듯 바라보고 있을 때, 누군가 중얼거림처럼 입을 열었다. 날이 밝아오고 있었지만 동트기 직전의 어둠이 새벽 바닷가 곳곳에 아직 남아있었다.
"어떡합니까? 뭐라도 해야지 않겠습니까?"
누군가의 말에 병사들은 퍼뜩 정신이 들었다. 마냥 바라보고만 있을 순 없었다.
"야, 무전! 무전! 잘 통하고 있나?"
간부가 큰소리로 물었다.
"예, 옙. 중대 본부와 대대 상황실 번갈아 연락 중입니다."

무전병이 송, 수화기를 연신 두 손으로 번갈아 고쳐잡으며 대답했다.

"음, 일단 조금 더 가까이 가보자."

병사들은 7번 국도에서 내려와 바닷가로 다가갔다. 거대하고 시커먼 잠수함이 눈앞에 있었다. 휴대용 손전등으로 비추니 파도가 잠수함 몸체에 부딪힐 때마다 하얀 거품이 일었다. 대도시나 항구에서도 보기 쉽지 않은 잠수함을 인적조차 드문 바닷가에서 보게 될 줄이야.

"배가 있어야 할 텐데. 접근하려면."

"급한 대로 지역 단기병(방위병)한테 부탁했답니다. 단기병의 삼촌이 작은 어선을 갖고 있다 해서 말입니다."

"작은 어선을?"

"예, 통통배인데 서둘러서 가져오라고 했답니다."

이때, 또 다른 병사가 두 사람의 대화에 끼어들었다.

"그런데 문제는 파도입니다."

"으응?"

"파도가 거칠어서 자칫하다간 배가 잠수함이나 바위에 부딪힐 수 있습니다. 암초가 많아 부딪히면 깨어져 버리고 말 것입니다."

"……."

"어쩌면 좋겠습니까?"

"일단 밧줄이라도 있으면 잠수함을 바위에 묶어놓을 수 있으니, 뭐라도 해봐야지. 최대한 굵은 밧줄이 필요하다."

이때, 무전병이 큰소리로 보고했다.

"이상 물체가 북한 잠수함인 것으로 해군에서 최종적으로 확인했다는 연락입니다!"

북한 잠수함! 병사들은 갑자기 무거운 침묵에 빠져들었다. 아군 잠수함이 훈련 중 좌초된 것이 아니었다. 누군가 중얼거렸다.

"혹시나 했더니… 역시나."

"그런데 말입니다. 배가…"

"뭐?"

"배가 오면 누가 들어갑니까?"

"누가? 어딜?"

"저 안으로."

"……"

사방이 고요한 가운데 병사들의 숨소리만 들렸다. 서늘한 기운이 병사들 사이를 헤집고 지나갔다. 새벽 날씨와 전혀 느낌이 다른 서늘함이었다. 그러고 보니 수색을 위해 저 잠수함 안으로 누가 먼저, 어떻게 들어갈 것인가는 또 다른 문제였다. 내부에 누가 있는지, 무엇이 병사들을 기다리고 있을지, 그 누구도 알 수 없기에 두려움이 생기는 것은 당연했다. 잠수함은 조용히, 그러나 끊임없이 파도에 흔들리고 있었다. 마치 누구든 들어올 테면 들어와 보란 몸짓처럼 느껴졌다. 잠수함 문제는 해군 관할이고 작전 수행 방식이라든가 장비 운용, 참가 인원 등이 육군과 다를 것이기에 무언가 초동 조치를 한다 한들 얼마나 도움이 되는지도 몰랐다. 이래저래 난감했다. 이때, 누군가 외쳤다.

"앗! 저기 뭐가 온다!"

병사들은 깜짝 놀랐다. 저 멀리 검은 물체 하나가 빠른 속력으로 물살을 헤치며 해안가로 접근하고 있었다. 생김새 등으로 보아 통통배는 아니었다.

"모두 몸을 낮춰라!"

병사들은 얼른 바위 뒤에 몸을 숨기고 총을 앞으로 겨눴다. 상관이 소리쳤다.

"멈춰라! 누구냐?!"

검은 물체가 속력을 줄이더니 대답이 들려왔다.

"우린 특수전단 요원들이다!"

"특수전단?"

"UDT라고도 하지."

고무보트가 다가왔다. 여러 명이 타고 있었다. 검은색 고무보트 표면에 노란색 UDT 글자가 선명하게 찍혀있었다.

| 차례 |

■ 프롤로그

1. 각자 제 입맛대로 사는 거야 • 15

2. 만남 • 56

3. 경쟁자, 비켜라! • 82

4. 평온한 일상은 깨지고 • 106

5. 나란히 누워있는 11구의 시신 • 132

6. 이건 실전이야 • 143

7. 취재 경쟁 • 151

8. 단 한 명 살아남은 사람 • 166

9. 아군에 희생자가 생겨나고 • 179

10. 새로운 인물 • 203

11. 사라진 권총 • 217

12. 원대복귀 그러나 불안한 하루 • 231

13. 네가 양보해 아니 포기해 • 247

14. 서울로 가야 할 사람들, 산속으로 가야 할 사람들 • 271

15. 길을 잃다. 하지만 포기할 순 없다 • 291

16. 세상은 넓고 별난 사람도 많다 • 311

17. 전투, 넋은 바람에 실려 사라지고 • 324

18. 코너에 몰리면 생각이 많아지지 • 353

19. 사상자와 승리자 • 367

20. 상황 종료 그리고 남겨진 이야기 • 390

에필로그 • 422

1. 각자 제 입맛대로 사는 거야

 오늘도 뜨겁고 강렬한 햇빛이 모래사장을 달구고 있었다.
 백색에 가까운 눈부신 모래사장 바로 옆엔 동해의 검푸른 바다가 더 넓게 펼쳐져 있고, 어른의 키보다 높은, 거무스름하고 칙칙한 빛깔의 철조망이 모래사장과 바다 양쪽을 경계로 나누며 끝 모를 만큼 길게 세워져 있었다.
 아지랑이까지 일렁이는 모래사장에 피부가 검게 그을린 두 명의 병사가 어깨를 나란히 한 채 끌개를 하나씩 잡아끌며 흔적선을 긋고 있었다.
 반바지에 러닝셔츠 차림으로, 뜨거운 모래사장 때문에 전투화를 신고 허리춤엔 수통을 하나씩 매달고 있었다. 머리엔 햇볕도 막을 겸 땀을 닦기 위해 수건과 전투모를 겹쳐 눌러 썼다.
 끌개는 쇠스랑처럼 생긴 것으로 소나무 가지를 잘라 만든 것이었다. 흔적 선을 그으려면 끌개의 자체 무게가 있어야 했기에 여러 개의 굵직한 통나무를 사용했다. 오랜 세월 바닷바람과 햇볕에 시달린 탓에 통나무는 여기저기가 상처 나고 갈라졌으나 흔적선 작업엔 무리 없었다. 병사들이 양팔을 뒤로 한 채 끌개의 기다란 손잡이를 잡아끌게 되면 저절로 허리는 앞으로 굽어지고 햇살은 사정없이 두 사람의 뒤통수에 내리꽂혔다.

오늘따라 끌개가 더 무겁게 느껴졌는지 윤 상병이 걸음을 멈추고 수건으로 땀을 닦으며 짜증스레 말했다.

"쓰바, 9월 중순인데도 존나 덥네."

송 이병이 따라서 걸음을 멈추더니 하늘을 힐끗 올려다보고 나서 말했다.

"네, 그렇네요. 햇볕까지 장난 아니고요."

"야야, 다나까로 해. 훈련소에서 안 배웠냐?"

"앗! 시정하겠습니다."

윤 상병이 땀을 닦는 동안 송 이병은 두 사람이 걸어온 길을 뒤 돌아보았다. 끌개가 만든 작은 고랑이 백사장 위로 끝없이 길게 이어져 있고, 그 위에 아지랑이가 춤추고 있었다.

"이렇게 힘들게 해 놓으면 정말 무슨 도움이 됩니까, 윤 상병님?"

"몰라. 쓰바, 위에서 하라니까 그냥 하는 거지."

송 이병은 윤 상병이 허리춤에서 수통을 꺼내 물을 마시는 동안 철조망으로 눈길을 돌렸다. 철조망엔 일정한 간격으로 손바닥 크기만 한 순찰 패가 매달려 있고, 그 아래 모래언덕 위엔 흰 페인트가 칠해진 돌멩이가 탑 모양으로 쌓여있었다.

어린 시절 동해안 해수욕장에 몇 번 가본 적이 있었던 송 이병은 군사시설물에 대해선 잘 모르고 있다가 군에 와서야 해수욕장을 벗어나면 이런 철조망과 다양한 방법의 해안 경계 장치가 있다는 것을 알게 되었다.

"간첩들이 그렇게 어리숙하진 않을 텐데 말입니다. 이런 돌멩이를 쌓아놓고 흔적 선 그어놔도 말입니다."

"군대는 말이 필요 없다. 까라면 까야지."

윤 상병이 수통을 도로 넣으면서 말했다.

"다아 쇼하는 거야. 보여주기식이지. 쓰바."

"아, 예…"

"이딴 얘기 그만하고 딴 얘기 해. 더 더우니깐."

병사들은 초병 근무 설 때나 작업하러 나왔을 땐 길고 지루한 시간을 견디기 위해 서로 이런저런 얘기하는 것이 불문율처럼 되어있었다. 후임이 고참의 귀를 즐겁게 해주어야 했다.

"아, 엡, 죄송합니다. 어… 그럼, 골 병장님은 왜 그렇게 돈을 밝힙니까?"

"골 병장님?"

"예, 혹시 집안이 어려워서…?"

"그건 몰겠고. 나도 군대 와서 골 병장님만큼 돈돈 하는 사람은 첨 본 것 같다. 오죽하면 골 병장이라고 소문났겠냐."

"예, 본래 성 놔두고 골 병장이란 별명이 붙은 이유가 있다고 들었습니다."

"음, 소문에 언제였던가 대민 지원 나갔다가 막걸리 한잔 얻어먹고는 기분이 좋았던지 원래 본인 얘긴 잘 안 하는 사람이 자기가 사회에서 무슨 일을 했는지 주절주절 얘길 해서 말야. 뭐, 금은방에서 일했다고 하더라."

"금은방요?"

1. 각자 제 입맛대로 사는 거야

"그래, 사실인지 아닌지는 모르겠지만."

"금은방 주인이었단 말입니까?"

"주인은 아니고 금은세공 기술을 배워서 서울 종로 부근 금은방에서 잠깐 일하다가 군대 왔다더라. 손재주는 있는 것 같긴 한데 그렇다고 고급 기술자는 아니고 그냥 초보 수준 벗어난 정도랄까, 어쨌거나 본인이 세상에서 좋아하는 것 중 하나가 금이라고 했고 마침 성이 고씨라서 영어 골드의 골과 합쳐서 골 일병, 골 상병으로 불리다가 골 병장까지 된 거지. 그냥 꼴통이라 부르는 사람도 있고…"

"그래서 어디 금은이란 단어만 들어도 사족을 못 쓰는 모양입니다."

"자기 밥그릇인데 어련하겠어. 이제 곧 사회에 나가면 원 없이 금붙이 만지게 되겠지."

"근데 틈만 나면 혼자 자꾸 뭘 만들어 파는 통에 곤란할 때가 많습니다."

"훗! 너도 당했냐. 나도 그랬어."

"예, 반지를 세 개 사서 첫 휴가 때 누나들한테 나눠줬습니다."

"히히! 골 병장님 옆에 있으면 누구든 피하기 힘들지. 그래, 반응들이 어땠냐? 누나들."

"탄피로 만든 반지라고 했더니 첨엔 호기심 반 재미 반으로 며칠 끼더니 그 담부턴 안보였습니다. 물론 그걸 돈 주고 샀단 말은 지금까지 비밀입니다."

"나는 군번줄로 만든 목걸이였는데 시내버스 타고 가다가 장 보러 가는 어떤 할머니한테 손녀에게 주라고 하면서 건네주고 내렸지."

"안 살 수 없었습니다."

"계급이 깡패니까."

"하여튼 골 병장님 별명 오늘 확실히 알게 됐습니다. 다시 찾는 사람은 없어도 꾸준히 만드는 골 병장님 끈기 하나만은 인정합니다."

"이딴 촌구석에나 겨우 통할까 말까 정도 기술이야. 그리고 이것도 얼마 안 있으면 끝나. 제대하니까."

"돈을 그렇게 밝히긴 해도 아주 짠돌이는 아닌 모양입니다."

"음, 쓸 땐 쓰더라고. 작년 겨울 혹한기 훈련 나갔을 땐 3일이나 산속에서 땅 파고 들어가 먹고 자고 했는데 그때 단기사병 시켜서 과자부스러기랑 소주 사 오도록 해서 나눠 먹었거든. 그때 우리 분대원들이 먹은 간식비는 전부 골 병장님이 댔지."

"아 예, 혹한기 훈련요."

"넌 이곳 해안 소초 생활부터 하는 거지만 난 예비대에서 시작했어. 대대 밑에 2개 중대가 예비대로 더 있는 거 알지?"

"예, 압니다."

"곧 알게 되겠지만 우리한텐 이런 해안 소초 생활이 만고땡이다. 흔적 선 긋고 진지 보수 작업하는 게 귀찮아서 그렇지, 예비대에 비하면 천국이니까. 거기선 까닥 잘못 걸리면 혹한기 훈련도 뛰어야 하고 유격 아니면 팀스프릿 훈련 같은 것도 있으니까."

"팀스프릿훈련요?"

"그래, 그냥 다 모여 크게 한탕 뛰는 훈련이라 생각하면 돼. 하여튼 그중에 하나라도 걸리면 뺑이 치는 거거든."

"예, 저도 소초 생활이 괜찮긴 한데 딱 하나…"

송 이병이 입가에 쑥스런 미소를 지으며 말끝을 흐렸다.

"딱 하나 뭐?"

"전 아직 막내라."

"하, 신병이 들어와야 한단 말이네?"

"히히… 그렇습니다."

"니미 신병은… 선임하사님이 그러던데 대대에선 매번 곧 보내줄 거라고 했다던데 꼬라지 보니 당분간 어려울 거 같고… 근데 니가 군 생활 얼마나 했다고 벌써 쫄따구 타령이냐."

"히힛, 막내라 힘들어서 말입니다."

"캬아! 군기가 쑥 빠졌네. 인마, 니가 힘들다고 느끼는 건 진짜 뭐가 힘들어서 그런 게 아니고 막내란 원래 그런 생각이 드는 거야. 내가 막내 땐 어땠는지 알아? 어어? 잠깐! 가만있어 봐."

일장 연설이라도 할 것처럼 보였던 윤 상병이 갑자기 무언가를 발견하고 말을 멈추었다. 그리곤 손바닥으로 눈가에 그늘을 만든 후 저 멀리 어느 한 곳을 유심히 바라보았다. 울퉁불퉁 솟아나 있는 바위 언덕 넘어 육공트럭 한대가 지방도로를 벗어나 소초 앞 위병소 방향으로 막 들어서는 게 눈에 들어왔다.

해안가와 위병소 사이엔 모래언덕이나 바위 등 각종 장애물로 인해 대개 위병소 진입로를 볼 수 없으나 딱 몇 군데 예외 된 장소가 있었다. 차량이 소초로 들어가려면 야트막한 언덕 하나를 지나쳐 가야 했는데, 마침 윤 상병과 송 이병 두 사람이 서 있었던 장소가 직선으로 위병소를 마주 볼 수 있는 곳이었다.

"왜 그러십니까? 윤 상병님?"

송 이병이 역시 눈길을 돌리며 물었다.

"육공트럭이다!"

"어? 맞습니다."

"그냥 지나가는 차인가 했더니 우리 소초로 들어오고 있다."

"그런 것 같습니다."

윤 상병이 급히 끌개를 바닥에 내려놓으며 송 이병에게 말했다.

"야, 너 이거 챙겨서 들어와라. 나 먼저 갈 테니까."

"예? 예, 알겠습니다."

말을 마치자마자 윤 상병은 소초 막사 건물 방향으로 뛰어가기 시작했다. 모래사장 위로 뛰는 건 힘들기만 할 뿐 속력은 나지 않는다. 흔적 선이 그어지지 않은 곳으로 가려면 빙 돌아서 가야 했지만 시간이 아쉬운 지금으로선 어쩔 수 없이 흔적 선 위로 굵은 발자국을 남기며 뛰어야 했다.

뜨거운 열기 속을 숨을 헐떡이며 막사를 향해 달리던 윤 상병이 갑자기 방향을 틀어 막사 뒤쪽 해안가 바위 언덕을 향해 뛰었다. 크고 작은 바위 옆으로 파도가 출렁이고 있었다. 요리조리 바위를 건너뛰고 야트막한 돌산을 오르니 거대한 바위 하나가 나타났다. 바위 아래엔 그늘이 져 있고 시원한 바닷바람이 지나가고 있었다.

윤 상병은 바위 아래 비스듬히 혼자 누운 채 반쯤 졸고 있는 선임하사를 발견했다. 전투화를 벗고 맨발에 웃통까지 벗은 차림이었다. 그의 곁엔 낚싯대 하나가 낚싯줄을 바닷물 속으로 길게 늘어뜨리고 있었다.

"선임하사님!"

선임하사가 눈을 뜨고 돌아보았다.

"뭐… 뭐냐?"

"육공트럭입니다!"

"으음? 어, 알았다."

윤 상병은 이 한마디뿐, 그대로 몸을 돌려 아래쪽으로 도로 달려내려 갔다. 두 사람 사이의 대화는 이게 전부였다. 더 이상의 뒷말은 서로가 필요치 않았기에 선임하사는 서둘러 옷을 입기 시작했다.

연병장까지 숨 가쁘게 뛰어온 윤 상병은 내무반으로 들어가기 전 고개를 돌려 상황실이 있는 건물을 향해 '육공!'이라고 소리쳤다. 그 소리에 저 멀리 위병소 병사 두 명이 삐딱해 있던 자세를 바로 했다. 윤 상병은 재빨리 내무반 안을 살펴보았다. 야간 근무 조는 아직 잠을 자고 있었고, 골 병장의 침상은 비어있었다.

뒤돌아 나와서 막사 뒤에 있는 간이창고로 뛰어가 문을 열자 화공약품 냄새가 훅 끼쳐왔다.

창고 한가운데 골 병장이 한 손에 부탄가스 토치를 들고 탁자 위에 있는 무언가를 열심히 가열하고 있었다. 냄새 때문인지 얼굴엔 두꺼운 마스크를 쓰고 있었고 열기로 인해 국방색 러닝셔츠는 땀에 푹 젖어있었다. 골 병장 옆에 놓여 있는 작은 탁자 위엔 소형 저울은 물론 드릴, 가위, 펜치, 실톱 등 각종 공구가 어지럽게 널려 있었고 창고 바닥 한쪽 구석에는 작은 냄비 하나가 놓여 있었는데 그 안에 담긴 액체에서 김이 솟아나고 있었다. 뭘 만들 땐 골 병장이 몰입 상태에 빠져있다는 것을 알기에 윤 상병은 일부러 큰 소리로 외쳤다.

"골 병장님!"

골 병장이 돌아보고 토치 불꽃을 낮추며 말했다.

"뭐야?"

"육공트럭이 들어오고 있습니다."

"부식 차량 아녀?"

통상적으로 3~4일에 한 번씩 대대본부에서 나온 부식 차량이 소초를 순회하며 쌀, 고기, 야채 등 각종 식량 재료를 전달해 주고 있었다.

"아닙니다. 부식 차량은 오전에 왔다 갔습니다. 대대에서 누군가 나온 모양입니다."

"에이, 뭘 좀 하려니까…"

골 병장이 토치의 불꽃을 끄며 중얼거렸다.

"빨리 나오십시오."

"알았다."

윤 상병이 뒤돌아섰다. 소초 내 병사들에겐 한 가지 불문율이 있었는데 육공트럭이 나타나면 주변에 먼저 알리는 것이었다. 특히나 예고도 없이 불쑥 나타나는 경우엔 더 중요했다. 대개의 경우 육공트럭엔 간부들이 타고 있기 마련이고 따라서 병사들은 간부들에게 꼬투리 잡히는 일은 피하고 싶었기 때문이었다. 그나마 이곳 2-1소초가 타 소초랑 비교해 유리한 점은 도로와 위병소 간 일정 거리가 있었기 때문이었다. 도로를 벗어난 뒤 다시 비포장 길을 5분여간 더 달려야 위병소가 나타났다. 그래서 국도에서 소초로 방향을 트는 육공트럭을 미리 발견만 한다면 나머지는 병사들의 몫이었다. 그 5분여 동안 병사들은 재빨리 나름 채비를 할 수 있었기 때문이었다.

"추웅성!"

육공트럭의 앞바퀴가 위병소 정문을 통과하는 순간 보초를 서고 있던 두 명의 병사가 동시에 큰 목소리로 경례했다. 육공트럭이 막사 앞 연병장에서 반원을 그리며 끽 멈춰 섰다.

연병장 구령대 옆에서 미리 대기하고 서 있던 윤 상병과 작달막한 체구에 뿔테 안경을 쓴 상황병이 트럭을 향해 경례했다.

"충성!"

트럭의 문이 열리고 사람 좋게 생긴 대대본부 인사계장이 불룩한

1. 각자 제 입맛대로 사는 거야

아랫배를 씰룩이며 밖으로 나왔다. 오십 중후반인 인사계장은 갈수록 늘어난 뱃살 탓인지 상대적으로 하체가 점점 작아져 보였다. 경례를 받는 둥 마는 둥 하며 인사계장이 트럭의 짐칸을 향해 소리쳤다.

"야, 내려와!"

쪼그리고 앉아 있었던 탓에 안보였던 두 명의 병사가 자리에서 벌떡 일어나 트럭 밖으로 뛰어내렸다. 딱 봐도 신병이었다.

"아아!"

"신병 왔다! 신병!"

윤 상병과 상황병의 얼굴이 환해지며 동시에 큰 소리로 외쳤다.

"추웅성!"

더플백을 하나씩 멘 신병들이 나란히 서더니 선배들을 향해 소초가 떠나가라 함께 경례를 올려붙였다. 인사계장이 씩 웃으며 소초 병사들에게 말했다.

"그래, 신병들이다. 좋냐? 짜슥들."

"넵! 많이 기다렸습니다!"

윤 상병이 웃으며 말했다.

"인원이 모자라서 근무 조 짜기도 힘들었거든요."

상황병 오 일병이 거들었다.

"집 나간 며느리가 돌아온 것보다 아주 더 좋습니다. 하하!"

윤 상병이 연달아 웃으며 말했다.

"뭐? 며느리? 새파란 게 어른하고 농담 따먹기 하려고 해?"

인사계장이 윤 상병에게 장난스레 전투화 발로 쪼인트 까려는 자세를 취하니 윤 상병도 과장된 몸짓으로 풀쩍 물러섰다.

"아닙니다. 아닙니다. 헤헤…"

아직 다름질조차 안 된 탓에 후줄근해 보이는 진초록색 군복차림으로 어리숙하게 서 있는 신병들을 바라보며 윤 상병과 상황병은 연신 싱글벙글했다. 자대 배치를 위해 인사계장의 인솔로 소초에 도착한 신병들은 잔뜩 긴장한 표정으로 주위 사람들의 눈치를 보고 있었다. 인사계장이 물었다.

"근데 다 어데 가고 너그들 뿐이노?"

"아아, 저…"

윤 상병이 머뭇거리는 찰나 저만큼 막사 모퉁이를 돌아서 빠른 걸음으로 선임하사가 걸어오고 있었다. 동시에 창고 건물 모퉁이에서 골 병장이 전투복 상의 단추를 잠그며 뛰어나오고 있었다.

"바라! 바라! 하나같이 군기가 빠져서는…"

인사계장이 두 사람을 번갈아 보며 끌끌 혀를 찼다. 너희들이 뭘 하고 있었는지 안 봐도 다 알고 있다는 표정이었다. 선임하사와 골 병장이 인사계장 앞에서 경례했다. 신병들 또한 두 사람을 돌아보며 동시에 경례하자 선임하사와 골 병장이 신병들을 돌아보았다. 선임하사가 인사계장에게 물었다.

"어? 뭡니까? 신병입니까?"

"그랬마. 이번에 티오 났다. 7중대는 다섯 명, 11중대는 세 명, 느그 9중대가 젤 적다. 2명."

골 병장이 옆에서 말했다.

"아이고, 2명이라도 와준 것 만해도…"

인사계장이 더 할 말이 있는 듯 말을 이었다.

"근데 그것도 한 명은…"

인사계장이 갑자기 말끝을 흐렸다.

"예?"

인사계장의 말에 소초 사람들은 무슨 뜻인가 몰라 하다가 고개를 돌려 신병들을 바라보았다.

차렷 자세로 서 있는 두 명의 신병 중 한 명은 어딘가 이상한 느낌이 들었다. 전투모를 꾹 눌러쓰고 각이 안 잡힌 군복과 번쩍이는 새 전투화 차림은 같았으나 자세히 보니 한 명은 확실히 나이가 더 많아 보였다. 갓 스물, 앳되어 보이는 얼굴 옆에 다른 한 명은 눈가와 입가에 가는 주름살이 보일 정도였다. 흔히들 신병, 하면 떠오르는 이미지와는 확연히 달랐다.

"어떻게 된 겁니까?"

선임하사가 한 명을 눈짓으로 가리키며 물었다.

"나이가 좀 많다. 애 아빠란다."

"애 아빠요?!"

선임하사와 나머지 사람들까지 놀란 표정을 지었다.

"나이 많은 신병은 나도 첨 본다마는… 뭐, 알아서들 하고 여기 서명해."

인사계장이 옆구리에 끼고 있던 서류철을 선임하사 앞으로 내밀었다.

"안으로 들어가시죠, 인사계님."

상황병 오경규가 말했다.

"뭘 들어가 좁은 데를. 가서 셔야지. 아침부터 돌아댕겼다."

선임하사가 상의에서 볼펜을 꺼내 서류철에 서명했다.

"근데 소초장은 언제 보내준답니까?"

"소초장?"

"예."

"몰라. 신병도 한참 시간 걸렸는데 소초장은… 와? 힘드나?"

"은근히 신경 쓸 게 많아서 스트레스입니다. 팔자에 없는 소초장 노릇 대신하려니."

"야! 그냥 설렁설렁 해. 바닷가 나와서 힘들게 뭐 있어. 애들도 몇 명 안 되는 거로."

"그래도 책임지고 해야 할 일도 있고 뭐… 하여튼 귀찮아서 말입니다."

"지랄하네. 고 말은 너무 편해서 잡생각만 하는 걸로 들린다. 지금 예비대 애들은 이 더운 날에도 빡빡 기고 있데이? 아나? 모르나?"

"후훗! 거긴…"

선임하사가 쓴웃음을 흘렸다.

"짬밥의 무게라는 게 있는기라. 귀찮아도 우짜겠노. 당분간 해야지."

"예, 알겠습니다."

"야! 넌 돈벌이 좀 되나?"

인사계장이 턱으로 이번엔 골 병장을 가리키며 물었다.

"어? 저 말입니까?"

골 병장이 씩 웃으며 말했다.

"그래, 너 새꺄. 아예 실실 쪼개는구나."

"앗, 시정하겠습니다."

"요즘도 많이 버냐고? 도온."

"다들 저만 보면 돈 말씀을 하십니다. 하하…"

"니가 돈 밝히는 걸 모른다면 그건 간첩뿐일 끼야."

"에이, 아닙니다. 돈은 무슨…"

"지랄. 다른 간부들한테 들키지 말고 적당히 해라, 응? 내 잔소리 더는 안 할란다."

"옙! 알겠습니다. 걱정마십쇼!"

인사계장이 서류철을 문이 열려있는 육공트럭 조수석에 툭 던져 올리더니 운전병에게 말했다.

"가자."

곧이어 조수석 문이 닫히고 트럭 시동이 켜졌다. 선임하사와 나머지 병사들이 다 같이 경례를 올려붙였다. 육공트럭이 다시 위병소 정문을 통해 밖으로 나갔다.

"야! 애들 관물대하고 침상 배치해 줘라."

육공트럭이 사라진 뒤 선임하사가 상황실 쪽으로 걸어가며 어깨너머로 병사들에게 말했다. 골 병장이 선임하사의 말을 이어받아 상황병 오경규에게 말했다.

"알아서 해."

"예, 알겠습니다."

이때였다. 저만큼 해안가 쪽에서 송 이병이 끌개 2개를 어깨에 둘러메고 막사를 향해 걸어오고 있었다. 얼굴은 달아올라 있고 땀방울까지 떨어지고 있었다. 윤 상병이 송 이병을 향해 소리쳤다.

"막내야!"

"이병 송용해!"

"오늘부로 너 막내 졸업이다!"

"……!"

사방이 고요한 밤, 멀리서 개 짖는 소리만 간간이 들려올 뿐 막사 전체가 깊은 정적에 잠겼다. 막사 반대편, 연병장을 가로질러 취사장 한 동이 따로 떨어져 있었다. 취사장 창문으로 불빛이 새어 나오고 있었다. 병사숫자가 적은 탓에 아직도 취사병인 노 병장과 윤 상병, 송 이병, 그리고 신병들이 취사장에 모여 있었다. 의자에 나란히 앉은 신병들은 무릎 위에 식판을 하나씩 올려놓고 무언가 먹고 있었다.

"마이 묵어라, 잉! 에구 에구 귀여븐 아그들아. 아니, 한 명 말고."

노 병장의 평소 입버릇이었던 '귀여븐 아그'가 말 그대로 입버릇처럼 무심결에 나왔다. 퍼뜩 자신의 실수를 깨달은 노 병장이 얼른 말을 거둬들였으나 병사들은 웃음이 나오지 않았다. 귀여움과는 거리가 먼 신참 때문이었다. 신병이라 반가우나 또 한편 그 닥인, 이걸 두고 웃을 수도 울 수도 없다는 것일까. 갑자기 취사장 내 공기만 더 무겁게 가라앉았다. 기간병들의 시선이 나이 많은 신병 김한수를 향했다. 김한수는 내내 무덤덤한 표정이었다.

"옙!"

신병들이 숟가락질을 멈추고 노 병장의 말에 큰 소리로 대답했다.

"너그들 밤참 맹글어 줄라꼬 나가 아까 쪼매 바빴당게. 얼릉 무."

"노 병장님, 애들 아까 저녁 먹었는데 또 무슨 밤참입니까?"

윤 상병이 말했다.

"뭔 소리여, 애들 때는 묵고 돌아서면 또 배고플때랑께. 너도 잘 알잖여."

"그래도 시간이 늦어서…"

"저거 다 묵음 보낼겨. 걱정마들라고."

노환희 병장은 부지런히 숟가락질하는 신병들을 만족한 표정으로 내려다보며 말했다. 그러더니 송 이병을 돌아보았다.

1. 각자 제 입맛대로 사는 거야

"야, 송용해."
"이병 송용해!"
"오매불망 기달리던 아그들이 왔는디 소감이 뭐쨔?"
"옙, 너무 좋습니다."
"히히. 글캤지. 너 첨 와서 글케 어리버리 하더니 이제 아그들까지 딸려부렀네. 하여튼 니가 잘 갈쳐주랑게."
"옙, 알겠습니다."

신병들 맞은편에 팔짱을 낀 채 서 있던 윤 상병이 무언가 주저하다 결심한 듯 굳은 표정으로 입을 열었다.

"야, 너!"

신병들이 고개를 들었다. 윤 상병과 눈이 마주친 김한수가 숟가락을 내려놓고 대답했다.

"이병 김한수!"
"너, 뭐 하다 그 나이 먹고 군대 왔어?"
"어… 죄송합니다!"
"죄송하나 마나 씨바, 우리가 얼마나 황당했는지 아느냐고!"
"죄, 죄송합니다!"
"군대 안 오려고 이것저것 뻘짓 다 해보다가 안 돼서 어쩔 수 없이 온 거 아냐?"
"아닙니다. 절대 그렇지 않습니다!"
"그럼, 뭐야? 오늘부터 한 따까리 시작할까? 거짓말하면 주거!"
"거짓말 아닙니다!"

이때, 노환희 병장이 두 사람의 대화에 끼어들었다.

"야, 야 그만해라잉. 한 따까리든 두 따까리든 낼 날 밝으면 하든가 허고 오늘은 야들 첫날이고 밥도 멕였으니 이제 들어가 자게 하드라고."

"늙은 신병이 올지 누가 알았겠냐구…"

노 병장의 말에 윤 상병이 감정을 누그러뜨리며 혼잣말처럼 중얼거렸다. 눈앞에 늙은 신병을 두고도 여전히 믿지 않는 표정이었다.

"쟈도 나이 먹고 온기 좋지 않을팅게 우리도 쪼까 이해해 주자고, 잉. 뭔가 그럴 사정이 있었것지."

매사 긍정주의, 성격 좋은 노 병장이 김한수 편을 들었다. 김한수는 고개를 숙인 채 말없이 앉아 있었다. 짧은 시간 취사장 안은 다시 어색한 침묵이 흘렀다. 잠시 후 윤 상병이 다소 가라앉은 목소리로 말을 이었다.

"이유야 차차 알게 될 테니 그렇다 치고 우선 당장은 전 소초원들이 널 신병으로 대할 거란 말이다. 나이를 떠나서. 무슨 말인지 아냐?"

"옙, 잘 알고 있습니다!"

"사회라면 나이대접 하겠지만 여긴 군대다."

"옙!"

"흐미, 계급이 깡패랑게."

노환희 병장이 혼잣말로 중얼거렸다.

"앞으로 너보다 휠 나이가 어려도 반말할 거니까 그리 알도록."

윤 상병이 다시 다짐받듯 말했다.

"옙, 이미 각오하고 있습니다."

"야, 송. 마지막으로 너 애들한테 뭐 할 말 있냐?"

한쪽 구석에 말없이 서 있는 송 이병을 돌아보며 윤 상병이 말했다.

"예? … 어‥ 없습니다. 아니, 우리 잘해보자."

1. 각자 제 입맛대로 사는 거야 **31**

송 이병이 마냥 기쁜 표정과 쑥스러움이 섞인 표정으로 신병들에게 말했다. 나이가 많든 적든 어쨌든 신병들이 온 사실만으로 기분이 좋았다. 자신에게도 이제 후임병이 생긴 것이다.

"엡! 알겠습니다!"

"아구! 아그들아, 귀청떨어진다니께!"

노환희 병장이 웃으며 말했다.

낮과 밤 일교차로 인해 깔깔이를 챙겨 입은 골 병장이 슬리퍼와 츄리링 차림으로 취사장 불빛을 피해 건물 벽에 기대서 안에서 들려오는 목소리를 듣고 있었다. 잠시 후 취사장을 떠나 느린 걸음으로 상황실 건물 쪽으로 걸어갔다. 상황병은 책상 앞에 앉아 꾸벅꾸벅 졸고 있었다. 그 옆을 지나 소초장실로 가까이 가니 문이 조금 열려있었다. 안을 들여다보니 선임하사가 책상 옆 간이침대에 누워 연예인 관련 싸구려 잡지를 보고 있었다.

골 병장이 안으로 들어서니 선임하사가 힐끗 돌아보고 잡지를 한쪽 구석에 내려놓았다. 골 병장은 소리 나지 않게 문을 닫고 선임하사 맞은편 의자에 털썩 앉았다.

선임하사와 골 병장, 계급은 다르지만 고향이 같고 시골 중학교 1년 선후배 사이라서 평소 가깝게 지내는 편이었다. 고교 졸업 후 각자 사회생활을 하다가 군에서 다시 만났다. 선임하사는 일찍 군인이 되었다. 고등학교 졸업식 다음 날 바로 입대했고 상병이 되었을 때 하교대 후보생 교육을 마치고 하사관이 되었다. 그 후 2년쯤 지나 중사로 진급할 무렵에 전출을 온 부대에서 골 병장을 만났다. 골 병장은 당시 상병 말호봉으로 병장 진급을 앞두고 있었는데 병장이긴 해도 또래의 친구들에 비하면 1년 정도 늦은 편이었다. 도시에 나가 금은세공 기술을 배운답시고 미적거린 탓이었다. 이렇듯 군의 입대에 있어 한 사람은 너무 일찍 갔고 또 다른 사람은 조금 늦게 가는 바람에 직업군인 중사와 말년병장으로 나중 만나게 된 것이었다. 이런저런 이유로 두 사람은 가까워질 수밖에 없었으나, 두 사람을 더욱 밀착시키는 또 다른 무언가가 하나 더 있었다.

"웬 늙다리랍니까? 신병."

"누가 아니라냐. 나이가 31."

"……."

선임하사가 일어나 담배 한 개비를 꺼내 입에 물고 불을 붙이며 말했다. 라이터를 내려놓고 서랍에서 흰 봉투 하나를 꺼내 골 병장에게 건넸다.

"애가 둘이다. 인사기록에. 여섯 살 아들 하나 갓난아이 하나."

봉투를 받아 든 골 병장이 만 원짜리 지폐를 꺼내어 세기 시작했다. 동시에 물었다.

"더구나 외아들이라던데 면제가 왜 안 된 겁니까?"

"내가 어찌 알겠냐. 병무청 새끼들이 실수를 한 건지 아니면 알고 있었으면서도 얼른 조치 않고 뭉기적대다가 이 사달이 난 건지. 스스로 자원한 건 아닐 테고."

"젠장! 우리도 부담이고 지도 힘들고… 대대에서도 하필 우리한테…"

"내 말이다."

돈 봉투를 돌돌 말아서 주머니에 찔러 넣으며 골 병장이 볼멘소리로 말했다.

"근데, 이거 뭡니까? 지난번보다 더 적은데?"

1. 각자 제 입맛대로 사는 거야   33

"야야, 그냥 대충 넘어가자. 요즘 불경기란다."

"허참…"

골 병장이 선임하사를 째려보더니 어쩔 수 없다는 듯 깔깔이 안에서 손수건 뭉치를 꺼내 책상 위에 툭 던졌다. '퉁!' 하는 제법 묵직한 소리가 들렸다. 선임하사가 손을 뻗어 손수건을 펼치니 노란색을 띤 크고 작은 귀걸이와 반지, 목걸이가 형광등 불빛을 받아 반짝였다. 선임하사가 그중 몇 개를 손바닥에 올려놓고 요리조리 살펴보고 만져보았다. 얼핏 보기엔 모든 게 그럴듯해 보여도 자세히 들여다보면 조잡함이 느껴지는 것들이었다. 각종 탄피를 반지 크기만큼 작게 자른 뒤 금색으로 도금하고 끌과 줄로 다듬은 뒤 그럴듯하게 무늬를 그려 넣었다. 제작 과정에 순금을 약간 섞을 때도 있었지만 원가를 아끼느라 극히 드문 경우였고 대부분은 무늬만 금색으로 도금을 한 것들이었다. 군번줄도 도금한 뒤 길게 이어 붙이거나 짧게 잘라서 목걸이나 귀걸이로 만들었다. 은색으로 된 것들도 있었는데, 쇳물이나 안료로 코팅된 표면에 기포가 생기지 않도록 하는 게 중요했다. 휴가병들이 사다 준 구슬이나 큐빅, 비즈 등으로 하트, 돌고래, 꽃 모양을 내었다. 도금된 부분은 무엇으로 광을 내었는지 모두가 진짜 금보다 더 반짝거렸다. 세공이란 말과 어울리지 않는 거의 장난감 수준의 수공품들이었지만 우선은 그럴듯해 보였다.

"지난번보다 양이 좀 는 거 같은데?"

"아, 형. 나도 나갈 준비 해야죠. 몇 달 안 남았는데."

"그래도 양이 좀 많잖아, 인마."

"그럼, 박리다매라도 해보든가요."

"하여튼 군대 와서 한몫 벌어가는 군바리 네가 유일할 거다."

"하, 욕인지 칭찬인지…"

골 병장이 눈을 가늘게 뜨며 말했다.

"근데 계속 비슷비슷한 모양들이잖아. 색다른 맛이 없어. 색다른 맛."

선임하사가 색다른 맛을 두 번이나 강조하자 골 병장은 슬며시 짜증이 나려고 했다.

"재료가 한정돼 있으니까 어쩔 수 없잖습니까. 선임하사님도 잘 알면서."

"요즘 시골 여자들도 똑똑해서 이런 잔재주 부린 물건들 좋아하지 않으니까 그렇지."

"그럼, 다음엔 90밀리나, 박격포 날개 아니면 크레모아 쇠구슬 같은 거, 하여튼 뭐라도 좋으니 가져와 봐요. 획기적으로 만들어 줄게. 아참, 어딘가 3.5인치 로켓포도 있다더만. 탄피랑 군번줄만으로 나만큼 만들 수 있는 사람 있으면 데려 와 보쇼."

"알았어, 알았어. 하여튼 우리 돌팔이 세공사님의 자부심 쩌는 건 알아줘야 해."

"이 실력 덕에 선임하사님도 영외 거주하게 된 거 아뇨. 월세든 전세든 돈이 있어야지."

"아아, 그만하고 탄피는 내가 알아서 할 테니까 넌 모양에 좀 더 신경 쓰란 얘기지."

"알았습다. 그래서 말인데 샘플로 쓸만한 것들 어디 좀 없을까요?"

"샘플?"

"예."

"돈 좀 있는 여자들이 있어야 반지를 끼든 목걸이를 하든 할 텐데 이런 시골 구석에…"

"쯧, 글킨하죠. 뭐, 그냥 해본 소립니다."

"단도리나 잘해. 괜히 말 나오게 하지 말고. 창고."

"신경쓰고 있슴다."

군에서 지급한 물품 외에 다른 물건은 병사 개인이 소지할 수 없었다. 골 병장이 창고에 숨겨둔 각종 연장이나 도금에 사용되는 재료들이 검열관이나 타 간부들에게 발각되는 날엔, 더구나 그 사용 목적이 돈을 벌기 위함이었다면 당장 영창 행이었다. 그래서 만일의 경우 선임하사 본인도 처벌을 피할 수 없기에 수시로 골 병장에게 주의하라 일렀다.

선임하사가 패물을 주섬주섬 모아서 손수건에 도로 싼 다음 작은 군용가방 안에 넣으며 혼잣말로 중얼거렸다.

"… 힘들 텐데… 견디려면…"

"뭐가요?"

"… 신병."

선임하사가 다시 신병 얘길 꺼냈다. 소초장 대리로서 신경이 쓰이는 모양이었다.

"뭘 그딴 걸 신경쓰슈. 각자 알아서 사는 거지."

"넌 곧 제대할 거라고 쉽게 말하는 거 같다만 우리는 아니잖냐."

"에이, 몰라. 난 갈게요."

골 병장이 의자에서 일어나더니 슬리퍼를 끌며 밖으로 걸어 나갔다. 상황병은 여전히 졸고 있었다.

"노리쇠 후퇴 전진!"

"노리쇠 후퇴 전진!"

"어깨 위에 총!"

"어깨 위에 총!"

"격발!"

"격발!"

"상병 윤기수 안전 검사 이상무!"

"이병 송용해 안전 검사 이상무!"

야간 진지투입 근무조로 나갔던 윤 상병과 송 이병이 아침이 되자 소초로 돌아왔다. 윤 상병의 선창에 송 이병이 복창하며 총기 안전 검사를 마쳤다. 병사들 누구나 근무를 마치고 내무반으로 들어가기 전에 필수적으로 해야 하는 절차였다.

"윤 상병님 수고 하셨습니다!"

"응."

송 이병이 윤 상병의 소총과 탄띠, 방탄모를 받아 들고 내무반으로 들어가고 윤 상병은 잠깐 주위를 둘러보았다. 해안가에 있는 2-1소초는 연병장을 가운데 두고 고만고만한 건물 ― 막사, 상황실, 취사장, 창고 ― 등이 빙 둘러 자리하고 있었다. 소초의 북쪽과 남쪽은 사람의 접근이 어려운 바위 지대이고 동쪽으로는 고운 모래가 끝없이 펼쳐져 있는 백사장과 푸른 바다가 있었다. 소초에 접근할 수 있는 유일한 비포장 길 하나가 서쪽으로 국도와 연결되어 있었다.

상쾌한 아침이었다. 소초의 또 다른 하루가 시작되고 있었다. 윤 상병은 취사장으로 걸음을 옮겼다. 취사장 건물 한쪽에 낡은 경운기 한 대가 세워져 있고 앞치마를 두른 노환희 병장과 동네 아저씨가 얘기를 주고받고 있었다.

소초 근처에서 농사를 짓고 돼지를 키우는, 김 씨 아저씨라 부르는 사람이었다. 그의 돼지우리엔 돼지 여러 마리가 있는데 집에서 나온 음식물 찌꺼기만으론 돼지 먹이를 감당할 수 없어 일주일에 한두 번 이곳 취사장에서 나온 음식 찌꺼기를 받아 가곤 했다.

"충성! 노 병장님, 밥 좀 먹을 수 있습니까?"

윤 상병의 말에 노 병장과 김 씨가 돌아보았다.

"어, 왔냐?"

"예, 안녕하세요. 아저씨."

"어, 그려. 윤 상병이구먼."

윤 상병의 인사에 김 씨가 알은체 했다.

"오늘 메뉴는 뭡니까?"

"잉, 순두부 만들어 놨는디 쪼까만 기달려라. 금방 갈텅게."

윤 상병의 물음에 건성으로 대답하고 노환희 병장은 다시 김 씨와 대화를 이어갔다.

"새끼를 낳다고라잉."

"그려, 지난달에 놨는데 입이 하나 더 딸리니까 말일세."

"그라지라. 부지런히 거둬 멕여야죠."

"매번 참말로 고맙구먼."

"아니랑게요. 우리도 아저씨가 고맙지라. 아저씨가 이걸 안 가져가면 우리가 땅 파서 묻어야 하는디, 그 수고 안 하게 해주셨잖여요."

"허허‥ 그리 말하니까 나도 할 말 없네."

"얼릉 해치워부럽시다잉?"

"응, 그럴까?"

노 병장과 김 씨는 음식물 잔반을 가득 모아놓은 커다란 푸른색 플라스틱 통을 서로 맞잡아 들고 경운기에 실었다. 큰 통이 두 개, 작은 통이 하나였다. 잠시 후 경운기의 시동이 걸리더니 김 씨가 경운기를 몰고 위병소 앞을 지나갔다. 털털거리는 경운기 소리가 멀어져가는 동안 노 병장은 손을 씻고, 여태껏 두 사람을 지켜보며 서 있었던 윤 상병이 입을 열었다.

"아까부터 신병들 안 보입니다. 어디 짱박혀 담배 피우고 있는 건지."

"아까 골 병장이 데려가던디?"

"……?"

노 병장의 대답을 듣고 윤 상병은 어디론가 걸음을 옮겼다.

"워디가? 밥 달라더니?"

"아예, 금방 돌아오겠습니다."

윤 상병은 세면장으로 걸음을 옮겼다. 건물 안으로 막 들어가려는데 어디선가 사람의 목소리가 들려왔다. 윤 상병은 뒤돌아 목소리가 난 방향으로 걸음을 옮겼다. 병사들이 빨래를 너는 공터엔 작은 평상이 놓여 있고, 그곳에서 골 병장이 신병 두 명과 마주 앉아 무언가를 하고 있었다. 윤 상병은 얼른 건물 모퉁이에 몸을 숨기고 그들을 지켜보았다.

"아자자! 너희들 보통이 아닌데?!"

골 병장이 신이 난 듯 두 손바닥 안에 동전을 가득 모아들고서 위아래로 흔들었다. 찰랑찰랑 소리가 아침 바다 위로 환하게 비추는 햇빛처럼 밝고 경쾌하게 들렸다. 신병들은 양반 자세에 허리를 꼿꼿하게 세우고 잔뜩 긴장한 얼굴로 골 병장의 손을 바라보았다. 어느 순간 골 병장이 동전을 반으로 갈라 쥐더니 오른쪽 주먹을 앞으로 쑥 내밀며 외쳤다.

"자!"

"……!"

"홀? 짝?"

"…….."

신병들이 머뭇거렸다.

"이름이 뭐랬지?"

골 병장이 한 사람을 턱으로 가리키며 물었다.

"이병 김동익!"

"그래, 동익이 홀? 짝?"

"어… 짝입니다."

골 병장이 재빨리 손바닥을 펼쳤다. 동전 개수는 짝이었다.

"오호! 또 맞췄네. 잘하는데?"

"아, 아닙니다."

"얼마 걸었지? 아, 맞다. 3천 원이었지. 가져가."

골 병장이 장판지 밑에 놓여 있던 돈에서 3천 원을 꺼내어 동익에게 건넸다.

"가, 감사합니다."

동익이 똥 씹은 표정으로 마지못해 돈을 받았다.

"다음 너."

"이병 김한수!"

"그래, 너 한수 짝? 홀?"

골 병장이 다시 동전을 흔들다가 주먹을 쑥 내밀었다.

"모릅니다."

"엉? 몰라?"

"넵."

"야, 홀 아니면 짝인데 아무거나 찍어."

"맞지 않습니다."

"어? 맞지 않다니 뭐가 맞지 않아?"

"어… 제 말은… 이런 게임은 저희 업무와 상관이 없다는 뜻입니다."

김한수의 말에 갑자기 분위기가 싸아해졌다. 건물 모퉁이에서 지켜보고 있던 윤 상병은 꿀꺽하고 침을 삼켰다. 더욱 당황스러운 사람은 동기 김동익이었다. 불안한 표정을 감추려 고개를 숙였다.

"뭐냐? 네가 내 말을 거부한다는 거냐?"

골 병장이 오호, 이것 봐라, 하는 표정으로 다시 물었다.

"아닙니다. 거부하는 것이 아니라 일과를 준비해야 할 시간에 이런 일로 시간을 허비하고 있기 때문입니다. 더구나 선임하사님의 허락도 없었습니다."

골 병장이 한수를 한번 쏘아보고 나서 능글맞고 비꼬듯 말했다.

"그래? 내가 하자고 하면 안 되고 선임하사님은 된다는 말이네?"

"……."

"왜 대답 안 해?"

"제, 제 말은…"

두 사람 간 대화를 참고 지켜볼 수 없었던 동익이 재빨리 끼어들었다.

"고, 골 병장님. 죄송합니다만 한수 대신 제가 계속 이어가면 안 되겠습니까?"

"응?"

골 병장이 동익을 돌아보았다. 어쩔 줄 몰라 하는 표정에 식은땀까지 솟아나는 게 보였다. 동기의 잘못은 자기의 잘못이라는, 신교대의 가르침이 머릿속에 박혀 있는 탓이었다. 골 병장은 실눈을 뜨고 한수와 동익을 번갈아 보았다. 한수는 시선을 먼 곳에 둔 채 굳은 표정으로 앉아 있었다. 마침내 골 병장이 마음을 정한 듯 표정을 누그러뜨리며 말했다.

"까짓거, 그래, 좋다! 좋아! 누구라도 맞추기만 해봐라."

제대 말년의 너그러움이 되살아난 골 병장이 동익을 향해 주먹을 내밀었다.

"자!"

"네, 넵! 홀입니다. 5천 원 걸겠습니다."

"오호?! 5천 원이랬다?"

"넵!"

골 병장이 주먹 쥔 손을 살며시 펼쳤다. 동전은 홀이었다.

"홀이네!"

"넵, 맞습니다."

동익이 난처한 표정을 지었다.

"그럼, 약속대로 5천 원을 줘야지."

골 병장이 또다시 장딴지 밑에서 5천 원 꺼내어 동익에게 건네주었다. 김동익이 손을 내저으며 주저했다.

"괘, 괜찮…"

"괜찮기는! 땄으니까 내가 주는 거지. 부담 갖지 마. 히히…"

골 병장이 아무렇지도 않은 듯, 오히려 즐거운 듯 말했다.

"가, 감사합니다."

김동익이 건네받은 5천 원을 한수 앞에 내려놓았다. 한수는 여전히 묵묵부답이었다.

"계속 달리고! 달리고!"

골 병장과 김동익이 돈 내기를 두 차례 더 하고 났을 때였다. 골 병장이 장판지를 들추며 아래를 내려다보았다. 바닥엔 동전만 남아있었다.

"이것 봐라?! 돈이 다 떨어졌네. 한 판 더 하려면 돈이 있어야 하는데…"

골 병장이 김동익과 김한수 쪽을 돌아보았다. 두 사람 앞자리엔 지폐가 여러 장 놓여 있었다.

"너희들 많이 땄구나. 잘하는데?"

"죄, 죄송합니닷!"

김동익이 목소리에 미안함을 가득 담아 대답했다.

"죄송할 거야 없지. 너희들 실력이 좋아서 그런 거니까. 다만…"

골 병장이 말끝을 흐리며 갑자기 무거운 표정으로 바뀌자 동익과 한수는 긴장했다.

"한 가지 작은 문제가 생긴 거 같다."

골 병장이 동전으로 탑을 쌓은 후 양손으로 번갈아 차르륵 차르륵 장난스레 가지고 놀며 말했다.

"그게 말야. 너희들이 내 돈을 몽땅 따 가면 나 제대할 때 고향 가는 차비는 어떡하지?"

"……!"

골 병장의 말에 동익과 한수는 아무런 대꾸도 할 수 없었다. 골 병장이 능청스레 말을 이었다.

"내가 말년 병장이라고 말야, 앞으로 볼일도 얼마 안 남았다 싶어 인정사정없이 피 같은 내 돈을 따먹은 거야?"

"아, 아닙니다!"

김동익이 큰 목소리로 대답했다.

"그래? 아니란 말이지?"

"넵, 그렇습니다!"

"야, 김한수."

골 병장이 한수를 돌아보며 말했다.

"이병 김한수!"

"너도 같은 생각이냐?"

"예, 그렇습니다."

"오호, 그래…?"

"……."

"아무렴, 너희들이 이 불쌍한 병장을 골탕 먹이려는 것 같진 않고."

골 병장이 문득 좋은 생각이 났다는 듯 밝은 목소리로 두 사람에게 말했다.

"이럼, 어떨까? 너희들 반지 하나씩만 사주라."

"넵? 반지 말입니까?"

동익이 되물었다.

"그래, 반지 말야. 내가 만든 거!"

골 병장이 갑자기 주머니에서 노란빛이 나는 반지 두 개를 꺼내 동익과 한수에게 하나씩 건넸다.

"그거 보기보다 괜찮은 거다. 아무나 쉽게 탄피로 반지를 만들 수 있는 게 아니거든. 진짜 금은 아니지만 이걸 만드는데 들어간 정성은 금값 이상이다. 한 개 3만 원인데 너희들한텐 특별히 5천 원 깎아서 각자 2만 5천 원씩 해줄게. 어때?"

동익과 한수는 반지를 만지작거리기만 할 뿐 아무런 대꾸를 할 수 없었다. 반지의 품질은 차치하더라도 금액이 너무 비쌌기 때문이었다. 이등병 월급은 8~9천 원 수준이었다.

"왜? 부담돼서 그래?"

신병들은 계속 대답이 없었다.

"에이! 힘없고 불쌍한 말년병장 하나 도와준다 생각하고 하나씩 사주라. 기껏 반지하나 가지고 뭘 고민하냐, 짜슥들."

김한수와 김동익은 이제야 어찌 된 노릇인지 알게 되었다. 이거였다. 골 병장이 돈을 잃어도 아무렇지 않았던 이유는 반지를 팔기 위해 게임을 일부러 져준, 치졸한 눈속임 때문이었다. 계속 대답이 없자 골 병장이 선심 쓰듯 큰 소리로 말했다.

"알았다, 알았어. 내가 통 크게 깎아 줄게. 만 원씩 하자. 오케이? 더 이상 못 깎는다!"

"마, 만 원입니까?"

"그래 개당 만 원이다!"

"아, 알겠습니다. 그럼."

동익이 마지못해 주머니에서 만 원짜리 지폐를 꺼내 골 병장에게 건넸다.

"넌?"

골 병장이 김한수를 돌아보며 말했다.

"전 살 수 없습니다."

"살 수 없어? 왜?"

1. 각자 제 입맛대로 사는 거야　45

골 병장이 인상을 쓰며 되물었다.

"전 가진 돈도 없고, 있어도 이런 반지는 사고 싶지 않습니다."

"고향에 와이프 있다던데 하나 사다 주면 좋잖아."

"제 와이프는 반지 끼는 걸 좋아하지 않습니다. 반지뿐만 아니라 목걸이나 다른 액세서리도 마찬가지입니다."

"오호, 그래?"

"……"

골 병장이 한발 물러나는 듯한 표정으로 고개를 살짝 뒤로 젖혔다. 무언가 많은 생각이 머릿속에서 빠르게 지나가는 것처럼 보였다. 계속 무표정한 모습으로 앉아 있는 김한수와 달리 이번에도 정작 안절부절 못하는 사람은 김동익이었다. 골 병장과 김한수의 대화를 옆에서 듣고 있으려니 다시 이마에 땀이 솟아나는 것도 모르고 있었다. 골 병장이 결심한 듯 조용하고 무게감이 느껴지는 목소리로 입술을 떼었다.

"뭐… 네 생각이 그렇담 할 수 없지. 안 사겠다는 사람한테 억지로 사라고 할 수는 없잖아. 안 그래? 내가 동네 양아치 깡패도 아닌데 말이다."

이때, 김동익이 얼른 두 사람 사이에 끼어들었다.

"골 병장님, 한수 것도 제가 사겠습니다."

"응?"

골 병장과 김한수가 동익을 돌아보았다.

"마침 누나가 두 명이라서 두 개가 필요합니다. 제가 다 사겠습니다."

"아냐, 그러지 마."

김한수가 동익을 말렸다.

"아냐, 괜찮아 부담 갖지 마. 여깄습니다."

김동익이 재빨리 주머니에서 다시 지폐를 꺼내어 골 병장 앞으로 내밀었다. 골 병장은 말없이 지폐와 동익, 한수를 번갈아 째려보더니 마음을 정한 듯 천천히 손을 내밀어 돈을 받아 쥐었다. 동시에 크게 웃으며 말했다.

"아하하! 나야 누가 사든 내 반지 사주면야 좋지! 좋아!"

김동익은 표나지 않게 가벼운 숨을 내쉬었다. 김한수는 얼굴을 찡그렸다. 골 병장의 웃음은 서서히 사라졌다. 그러고 나서 천천히 입을 열었다. 이번에도 조용하고 무게감 있는 목소리였다.

"근데, 말이다. 그동안 내가 반지를 많이 팔아보았는데 오늘은 왠지 기분이 별로다. 껄적지근 하다고 해야 할까…"

"죄, 죄송합니다."

동익이 얼른 골 병장에게 말했다.

"넌 빠지고."

골 병장이 동익을 무시하고 시선을 김한수에게 향했다.

"김한수!"

"이병 김한수!"

"내가 오늘 왜 이럴까? 내가 뭔가 실수했나 봐. 이렇게 기분이 이상한 걸 보면. 아마 사과를 해야 할 거 같다. 그게 누구든."

"그, 그건…"

김한수의 목소리가 작게 들렸다. 이때였다. 더 이상 지켜볼 수 없었던 윤 상병이 모퉁이 뒤에서 앞으로 나서며 큰 목소리로 말했다.

"골 병장님, 식사하시랍니다!"

"?!"

1. 각자 제 입맛대로 사는 거야

갑자기 들려온 윤 상병의 목소리에 골 병장과 신병들이 깜짝 놀라 돌아보았다.

"노 병장님이 순두부 만들어 놨는데 식기 전에 와서 드시랍니다. 애들도 밥 먹여야죠."

윤 상병이 다소 과장되게 씩 웃으며 덧붙여 말했다.

"……."

골 병장이 이번엔 윤 상병 포함 신병들까지 죽 둘러보며 말이 없었다. 모두가 다시 긴장하기 시작한 순간 갑자기 골 병장이 웃음을 탁 터뜨렸다. 윤 상병의 마음을 짐작한 것이었다.

"아하하! 그럴까!"

골 병장이 말하며 자리에서 풀쩍 일어나 슬리퍼를 신었다. 괜히 혼자 즐거운 듯 목소리를 높였다.

"그으래에, 밥 먹어야 살지이!"

"예."

윤 상병이 긴장을 풀며 대답했다. 골 병장이 슬리퍼를 끌며 앞장서서 휘적휘적 걸어갔다. 마치 아무런 일도 없었다는 듯 가벼운 콧노래까지 불렀다. 윤 상병은 멀어져 가는 골 병장을 말없이 바라보다가 고개를 돌려 남아있는 두 사람을 매서운 눈초리로 쏘아보았다. 특히 김한수를.

늦가을 해는 아직 떠 있으나 읍내 거리엔 지나다니는 사람이 얼마 보이지 않았다. 버스터미널 가까이에 〈동궁〉이란 간판을 단 지하 다방이 있었다.

사복 차림의 선임하사가 지하 계단을 천천히 걸어 내려갔다. 밝은 곳에서 갑자기 지하로 내려오니 실내조명이 있어도 내부가 어두침침해 보였다. 눈이 차츰 실내에 적응하자 주변 사물이 눈에 들어왔다.
"어머? 오빠?"
다방 문이 열릴 때 딸랑거린 종소리를 들은 미향이 두 명의 노인 사이에 앉아 얘기를 나누다가 선임하사를 돌아보고 알은체 했다.
선임하사는 미향에게 눈길도 주지 않고 말없이 소파와 테이블을 지나친 뒤 다방 한쪽 구석에 세워져 있는 칸막이 뒤로 돌아갔다. 이곳엔 별도의 작은 쪽문이 하나 있고 선임하사는 문을 열고 안으로 들어갔다.
한 평 정도 크기의 방안엔 작은 화장대 하나와 전기매트, 이불 등 각종 자질구레한 것들이 널려 있었다. 손님이 없을 때나 영업 준비할 때 종업원들이 이 방에서 쉬거나 화장을 고치곤 했다.
"손님 아녀?"
미향의 오른쪽 푸른색 남방을 입고 온 노인이 미향에게 물었다. 남방을 사서 곧바로 입고 왔는지 포장 각이 그대로 남아있어서 누가 봐도 한눈에 새 남방임을 알 수 있었다.
"아냐, 오라버니. 신경 쓰지 마. 아, 그래 내가 어디까지 말했지?"
"뭐, 해룡 진주라고 혔지…"
미향 왼쪽의, 흰 머리칼을 뒤로 멋지게 빗어 넘긴 또 다른 노인이 대신 대답했다.
"어머, 맞아. 봐봐! 이쪽은 정말 용 비늘 같고 아래쪽 이 작은 구슬은 진주 같지 않아? 용이랑 진주랑 완벽조화야. 오빠들."
미향이 군번줄과 탄두로 만든 목걸이를 손에 받쳐 들고 두 노인의 코앞에 번갈아 내보였다. 기다란 군번줄의 한가운데엔 비늘 모양의 작은 군번줄이 여러 개 역삼각형 모양으로 이어져 있었고 맨 아래엔 탄두로 만든 구슬이 하나 매달려 있었다. 군번줄은 금빛으로 도금이 되었고 구슬 모양 탄두는 색다르게 도금해서 진초록 빛깔이었다. 노인들 앞에서 미향이 목걸이를 가볍게 들었다 놨다 할 때마다 그녀 손톱의 붉은색과 목걸이의 금빛, 초록이 어우러져 묘한 느낌이 났다. 두 노인은 구부정하게 어깨를 숙인 채 흐린 눈을 깜빡이며 목걸이를 바라보았다.

"허…"

미향이 푸른색 남방 노인에게 힘주어 말했다.

"오빠, 이걸 하나 사서 언니한테 선물해 줘봐. 언니가 좋아서 껌뻑 죽을 거야. 진짜로!"

"그, 글씨…"

"아이참, 뭐가 글쎄야. 그저께 설악 복덕방 사장님이랑 강원 철물점 사장님도 하나씩 목걸이 샀는데 그 오빠들이 가져간 건 이것보다 덜 예쁜 것들이었어. 진짜야."

"어? 그래?"

"응."

"어, 얼마랬지 아까‥?"

"십오만 원이랬잖아. 십오만 원."

"이잉… 그란디… 좀…"

"좀 뭐?"

"그랴도 마이 비싼 거 가타서 말여…"

"비싸긴 뭐가 비싸. 이것 좀 봐. 이 모양이 엄청 세련돼 보이지 않아? 이런 걸 목에 걸면 나이가 더 젊게 보인다니까. 정말이야. 오빠, 내년

봄에 계꾼들이랑 단체 관광 간댔지? 그때 이걸 목에 딱 걸고 가면 언니 인기 끝내 줄 거야. 장담해. 신세대 감각 지녔다고. 응?"

"그, 그려?"

"아이참."

노인은 미향이 젊음을 강조하자 마음이 끌린 듯 얼굴빛이 살짝 밝아졌다.

"좋은 것 같긴 하구먼…"

미향은 노인이 거의 마지막 고비까지 왔다고 판단했다.

"금이란 건 사람마다 다른 거거든. 몸에 걸치자마자 화사한 분위기가 나는 사람도 있고, 고급지고 우아한 느낌을 주는 사람도 있고."

"으응."

"오빠들 내 말 듣고 사 간 뒤에 후회된 적 있었어? 없었잖아. 지금까지."

"그건 그려."

"알았어, 오빠 그럼 딱 두 장 빼 줄게 십삼만 원 오케이?"

"십삼만 원?"

"응, 십삼만 원."

"……."

그래도 적지 않은 금액이라서 노인이 망설이자 미향이 콧구멍 소리와 함께 반쯤 드러난 젖가슴을 노인에게 더욱 밀착하며 말했다.

"아이참, 오빠. 돈 있잖아. 그거 뒀다가 나중에 가져갈 거야? 이럴 때 써야 언니랑 사랑도 더 깊어지고 남편으로 더 인정받지잉. 요번에 과수원도 백 프로 현금 주고 샀다면서?"

"허? 누, 누가 그래? 내가 과수원 샀다고?"

노인이 뒤로 풀쩍 물러나며 무슨 소리냐는 표정을 지었다.
"오빠만 몰랐어? 소문나서 읍내 사람 다아 알던데?"
"크, 큼! 그깟 손바닥만 한 과수원 하나 가지고 뭘…"
"어머? 손바닥만 하대. 나도 한번 지나가면서 봤는데 이 끝에서 저 끝까지 엄청 길고 한가운덴 농막도 두 개나 있더라, 뭐. 그 과수원이 손바닥만 하면 우리 다방은 코딱지보다 작겠네. 왜 그래, 오빠앙?!"
미향이 눈을 흘기며 더욱 애교 있게 말했다. 노인은 완전히 두 손 들고 말았다.
"크흐음! 아, 알았구먼."
남방 노인이 주머니에서 지갑을 꺼내 십만 원권 수표 두 장을 탁자 위에 내려놓았다.
"수표뿐인디."
미향이 얼른 수표를 낚아채며 말했다.
"괜찮아, 오빠! 잔돈 갖다줄게. 그리고 오빠?"
미향이 자리에서 일어나며 흰머리 노인을 향해 말했다.
"오빠도 보여줄 게 있는데 잠깐만 기다려."
"잉?"
"팔찌 새로 나온 거 있걸랑. 보여줄게."
"어어… 괜찮여. 지난번에 반지 샀잖여. 또 뭘 샀다가는 마누라한티 혼나."
"아이참, 오빠까지 왜 그래? 그냥 보기만 하라니까. 쌍화차 마시고들 있어용. 공짜니까. 호호…!"
미향이 애교 있게 웃음을 지었다. 초미니스커트 차림에 미향이 하이힐을 또각거리며 칸막이를 지나 쪽문을 열고 안으로 들어갔다. 베개를 등 뒤에 대고 다리를 꼰 자세로 발목을 까닥대며 비스듬히 누워있던 선임하사가 미향이 방 안으로 들어올 때 일어나 앉았다.

"어머? 웬일이야? 이 시간에?"

"보고 싶어 왔지. 웬일은. 다들 어디 갔어?"

"응, 마담 언니는 피곤하다며 좀 늦게 나온다고 전화 왔고 소영이는 조금 전 목욕탕에 갔어."

대답하며 미향이 화장대 아래에서 작은 가방을 꺼내더니 지퍼를 열고 지폐를 꺼냈다.

"오빠, 뭐 마실 거 가져다줄까?"

"아니, 생각 없어. 그래, 장사는 좀 되냐?"

미향이 대답 대신 원피스 가슴골 사이에 끼워온, 남방 노인한테서 받은 수표 두 장을 꺼내 쓱 내보이며 미소 지었다.

"하핫! 골 병장 이 쉐리 재주 좋다니까."

"피이! 골 병장 아니고 나야 나."

"히히, 그래. 그래."

선임하사가 두 손바닥으로 미향의 얼굴을 감싸며 가볍게 입맞춤하며 말했다.

"아구, 이쁜 것. 오늘 밤에 집에서 만나자."

"어머, 맨날 시간 없다더니?"

"신병이 들어왔걸랑."

"신병이?"

"그래."

"어머, 잘됐다."

"나도 이젠 좀 널널하게 살아야지."

"몇 명이게?"

"두 명."

"꼴랑?"

"아쉬울 땐 한 명도 귀해. 그것도 우리 소초뿐이라고."

"알았어, 오빠. 잠깐만. 잔돈 갖다주고 올게."

"좀 만 더 있다 가지."

"아냐, 노인네들 내가 잠시만 자리 비워도 화내."

미향이 일어나 방안에서 나가며 말했다.

해안가를 따라 일정 거리마다 지대가 높은 곳엔 탐조등이 하나씩 설치되어 있고 병사들이 2인 1조로 매일 밤 탐조등을 밝히고 있었다. 탐조등의 반사경은 자동차 바퀴 크기만 했다. 거대한 불기둥이 마치 레이저 광선을 쏘듯 바다 위를 비추기도 하고 각도를 낮추어 해안가 백사장이나 언덕 바위, 해안가에 근접해 있는 민가까지 이리저리 움직이며 주변을 밝혔다.

소초 화장실 건물 뒤편에 김동익과 김한수가 나란히 서서 저 멀리 탐조등 불빛을 지켜보고 있었다. 불기둥이 때때로 막사 근방까지 다가오면 연병장 일대가 환해지기도 했다.

김동익이 주머니에서 담뱃갑을 꺼내 한 개비를 김한수에게 건네며 말했다.

"한 대 피우실래요?"

"아냐, 끊었어."

"아, 네…"

김동익이 담배를 입에 물고 불을 붙였다.

"존댓말 안 써도 돼."

김한수가 김동익에게 말했다.

"그래도 형님인데… 둘이 있을 때는…"

김동익이 진심이 담긴 표정으로 말끝을 흐렸다.

"여긴 자대잖아. 훈련소 있을 때랑 달라. 괜히 스트레스 받지 말고 그냥 편하게 반말로 해. 그게 오히려 나까지 편해."

"어… 그, 그럼…"

"낮에 왜 내 걸 샀어? 반지 말이다. 그냥 버티고 있었으면 됐잖아."

"그냥 있으면 안 될 거 같아서."

"… 돈은 나중에 내가 돌려줄게."

"괘, 괜찮아. 내가 필요하니까 산 거야."

"거짓말. 네가 진짜 원해서 산 게 아니란 걸 알아."

"솔직히 나도 사고 싶은 맘은 없었지만 어쩌겠어. 앞으로 여기서 생활하려면 좀 손해나더라도 참아야지."

"그냥 줘도 싫은데 1만 원에 팔다니 완전 쌩 양아치 아니냐고."

"어쩌겠어. 여긴 군댄데…"

"후…!"

김한수가 하늘을 올려다보며 긴 한숨을 내쉬었다.

2. 만남

　해안가 근처에 위치한 허름하고 조그만 빌라의 2층 창문으로 쏟아져 들어온 탐조등 불빛이 선임하사의 자취방을 순간적으로 환하게 밝혔다. 1초 만에 탐조등 불빛이 지나가자 방안은 다시 본래 밝기로 돌아왔다. 침대 맡에 스탠드를 켜놓고 미향이 일어나 앉아 침대 위에 널린 지폐를 세고 있었고 선임하사는 미향 곁에 비스듬히 누워 담배를 피우고 있었다.
　"오빠."
　"응?"
　미향이 돈을 세고 나서 지폐를 가지런히 하기 위해 손바닥에 대고 탁탁 치며 말을 이었다.
　"그 골 병장인가, 곰 병장인가 하는 아저씨 말야, 그동안 돈 좀 만졌겠다. 그치?"
　"뭐, 글쎄. 얼마나 벌었는지는 본인만 알겠지."
　선임하사가 담배 연기를 길게 내뿜으며 중얼거렸다.

"근데 내무반에서 돈 관리 쉽지 않았을 텐데?"

"얘기 안 했던가? 외출 외박 휴가 때 직접 은행에 가거나 아니면 출퇴근하는 단기병(방위병)한테 시키면 되니까 어려울 건 없어. 나도 몇 번 농협에 대신 가서 처리해 준 적도 있었으니까."

"으응, 근데 돈에 왜 그렇게 악착같아?"

"글쎄다. 부자가 되고픈 모양이지. 일병 달 무렵부터 개지랄 떨었다니."

"금붙이를 아주 좋아한다고?"

"어, 돈이 쬐끔이라도 모았다 싶으면 제일 먼저 금 쪼가리부터 사 모았대."

미향이 따로 떼어 놓은 돈을 선임하사 쪽으로 밀며 말했다.

"자, 이건 골 병장 몫이야."

선임하사가 돈을 집어 들고 힐끗 보더니 일부를 떼어내어 미향 앞에 다시 툭 던졌다.

"모아 둬."

"으응? 뭐라 하지 않을까?"

"넌 신경 쓰지 마. 알아서 할 테니."

"그래도…"

"우리도 차 운전해 봐야지."

"차? 어머나! 자기 이번엔 차 사려고 하는구나? 맞지?"

미향이 반색하며 물었다. 앞서 선임하사는 미향에게 차량 얘길 몇 번 한 적 있었다. 선임하사는 싱긋 미소만 지었다. 미향의 눈동자와 목소리가 커졌다.

"무슨 차? 어떤 차? 응? 응?"

"요즘 아반떼가 잘 나간다잖아."

"어머?! 그 차 광고 나도 봤어. 좋아! 좋아! 색깔은?"

"뭐… 흰색이 좋지 않을까?"

"하얀색? 아! 이쁘겠다!"

"강릉에도 대리점 있으니까 할인행사 하는 것 봐서."

"오빠, 우리도 이제 마이카 시대가 열리는 거야?"

"뭐? 마이카 시대?"

"그래! 마이카! 나만의 차!"

"후훗!"

"하여튼 자긴 못 말려. 침대도 그렇고 사운드트랙 오디오 세트도 그렇고. 뭐든 최신 것들 나오면 꼭 사고 말잖아. 침대는 가구가 아닙니다. 호호호!!"

"왜? 싫어?"

"누가 싫대? 그렇단 거지이."

"월급관리나 잘해. 나 잘 만난 덕이야."

"그리고 골 병장 덕분이기도 하고. 골 병장 이뻐 죽겠어. 호호!!"

"딴소리 하면 나 화낼 거다."

"하여튼 별꼴이야. 군대 와서 돈 썼다는 군인은 봤어도 돈 벌었단 군인은 첨 봐."

"야야, 잔소리 그만하고 빨랑 불 끄고 자자. 내일 일찍 일어나야 해. 대민 지원 나가."

"대민 지원? 그게 뭔데?"

"농사일 도우러 간다고. 마을 사람들."

"어머! 자기 또 술 먹겠네?"

미향이 돈뭉치를 베게 밑에 찔러 넣으며 말했다.

"쬐끔만 마실 거야. 얘긴 진짜 그만하고 이리 와 봐."

선임하사가 미향의 손목을 잡고서 가까이 당기며 말했다.

"어머? 아잉!"

막사 뒤편에서 골 병장과 선임하사가 작은 목소리로 얘길 나누고 있었다. 선임하사가 바지 주머니 속에서 돈을 꺼내 골 병장에게 건네주었다. 골 병장이 지폐를 세고 나서 말했다.

"왜 또 이것밖에 안 되는 거유? 점점 적어지네."

"일하는 애들이 도통 사람 구경조차 못 한다고 엄살을 떠는데 난들 어쩌겠냐. 농번기라 다방에 올 시간인들 있겠냐고."

"영업이라도 나서서 팔아보든가."

"걔네들이 오토바이 타고 커피 배달해 봤는데 신통찮았나 봐. 가을 추수철엔 부지깽이도 춤춘다고, 누구 한가한 사람이 있어야 영업하든가 하지. 아참, 그래서 말인데 우리도 대민 지원 나간다."

"뭐요?"

"대민 지원."

"……!"

"필수인원만 열외하고 나머지는 밖으로 벼 베러 나간다!"

선임하사가 함께 대민 지원을 나갈 병사들을 연병장에 집합시켜 놓고 전달 사항을 말했다. 미리 지시받았는지 모두들 전투모에 수통을 차고 있었다.

"야호! 오늘 막걸리 좀 마시겠네. 히히…!"

골 병장이 조금 전 떨떠름했던 표정은 어디 간데없이 벌써 입맛을 다시며 신난 목소리로 말했다.
"야야, 골 병장. 흰소리 할래? 애들 앞에서 막걸리 얘길 왜 하고 그래."
선임하사가 짐짓 나무라는 투로 말했다.
"에이, 미리 말해줘야죠. 신병도 왔는데. 아무것도 모르고 있다가 막걸리 보자마자 머리가 휙 돌아 달려들면 어쩝니까."
"흥! 너나 조심 해."
"아니면 먹고 나서 꼬장부릴 수도 있고요. 미리 말해서 단속해야죠. 하하…!"
김동익과 김한수는 차렷 자세로 묵묵히 듣고 있었다. 선임하사가 말을 이어갔다.
"하여튼 다들 요령껏 알아서 행동하도록. 나중에 괜히 골치 아프게 만들지 말고. 알았나?"
"옙, 알겠습니다!!"
소초원들이 일제히 대답했다.
"어디로 나갑니까?"
골 병장이 몸이 단 듯 짝다리 자세로 건들거리며 물었다.
"우리 중대는 점방 아저씨 논으로 정해졌다."
"점방 아저씨? 우리 소초에 와서 돼지 먹이 가져가는 그 아저씨 말입니까?"
"그렇다."
소초 바로 코앞에 작은 크기의 살림집을 겸한 매점이 하나 있었다. 간판은 따로 없이 마루에 철제 막대와 널빤지로 선반을 만든 뒤 칸을 나누어 아이들 장난감이나 공산품, 문구류, 각종 과자, 주류 등을 진열해 놓고 팔고 있었다. 주로 동네 사람들이 이용했다.

"아따매, 그 아저씨네 은근 부자인 모양인가 보네요잉. 가게도 있고 돼지도 키우고 논까지 사람 써야 하니께."

노 병장이 말했다.

"시골은 논, 밭농사만으론 돈이 되지 않아. 가게나 가축은 부업이고."

선임하사가 말했다.

"윤 상병님, 점방이라면 지난번 편지지와 봉투 사러 갔던 그 쬐끄만 구멍가게 말입니까?"

송 이병이 앞서 누군가의 심부름으로 점방에 들렀던 기억을 더듬으며 작은 소리로 물었다.

"응."

이때, 갑자기 노 병장이 입가에 미소 띠며 신병들을 향해 큰 소리로 말했다.

"아야! 신병 아그들아!"

김한수와 김동익이 큰 목소리로 대답했다.

"나가 말여, 군대 올 때 무슨 생각했냐믄 말여. 아, 이제 군대 가서 탱크도 몰고 장갑차도 타보고 총 놀이도 자주 하는 갑다 했는디 그게 아니더란 말여. 군대서 젤 많이 하는기 뭐냐면 노가다란 말이시. 노가다. 무슨 말인지 알랑가?"

"옙!"

김한수와 김동익이 동시에 대답했다.

"야! 짬 장, 말장난해? 쌍팔년도 만담漫談 프로도 아니고 뭔 소리 하는겨? 요즘 그걸 모르는 신병 어디 있다고."

2. 만남 61

골 병장이 옆에서 듣고 있다가 한마디 했다.
"넌 조용히 있거라잉. 모를 수도 있제."
"흥!"
노 병장이 신병들을 향해 다시 말을 이었다.
"이제 느그들도 고생혀 봐. 눈 오면 눈 치우고, 비 오면 도랑 파고, 막사 고치고, 진지 만들고, 싸리나무 찾아서 온 산 뒤지고, 하여튼 생노가다가 따로 없당게."
"……"
신병들은 묵묵히 듣고만 있었다. 노 병장은 자기 말이 먹힌 듯하여 기분이 좋았다. 갑자기 활짝 웃으며 말했다.
"아야, 그치만 오늘 일은 노가다 아니여. 바람도 쐬고 사제 밥 묵는 날이여! 또 거시기…"
노 병장이 힐끗 선임하사 눈치를 보더니 손바닥으로 입을 가리고 목소리를 낮추었다.
"소주도 있을지 누가 알겄어. 흐흐흐‥!"
"흐흐흐‥!"
노 병장의 말에 나머지 병사들도 함께 묘한 웃음을 흘렸다.
"아야, 조용히 안 해? 자꾸 잔소리 같다만 오늘 똑바로 행동해라."
선임하사가 짐짓 경고하는 시늉 했다. 임시 소초장이란 무게가 자꾸 신경이 쓰이는 모양이었다. 하지만 병사들은 밖으로 나간다는 사실에 들떠있었다. 선임하사는 손목시계와 위병소 입구를 번갈아 보며 혼자 중얼거렸다.
"육공트럭이 올 때가 됐는데…"
골 병장은 한쪽 바지 주머니에 손을 넣고 동전을 만지작거리며 가볍게 흥얼거리며 서 있었다. 바지 주머니가 불룩한 것으로 보아 동전이 꽤 많이 들어있는 것 같았다. 이때였다. 저만큼 소초 진입로 쪽에서 엔진소리가 들려왔다.

"온다! 모두 정렬해라!"

선임하사가 병사들을 둘러보며 말했다. 곧이어 육공트럭이 위병소 입구로 들어오더니 연병장 한가운데에서 멈춰 섰다. 운전병 옆자리엔 대위계급인 중대장이 타고 있었고 트럭의 뒤 칸엔 병사 20여 명이 타고 있었다. 타 소초 병사들이었다. 소초마다 들러서 차례로 병사들을 태워 가려는 모양이었다. 9중대 병사는 1-1소초부터 10-2소초까지 해안을 따라 길게 분산 배치돼 있었다. 다부진 체격의 중대장이 차 문밖으로 나와 땅에 내려서자 선임하사와 나머지 병사들이 일제히 경례했다. 중대장이 선임하사에게 물었다.

"그래, 준비들 다 됐나?"

"그렇습니다!"

선임하사가 총인원과 주, 야간 근무자, 기타 열외자 등등·· 보고를 끝내자 중대장은 병사들을 쓱 둘러보고 나서 모두 타라고 했다.

중대장과 선임하사가 육공트럭 앞칸에 올라타고 나머지 병사들은 뒤 칸에 올라탔다. 병사들이 올라탈 때 계급이 낮은 병사들은 자신보다 계급이 높은 병사들에게 일일이 경례하느라 트럭 위엔 충성, 소리가 요란했다. 목소리가 가장 큰 사람은 눈치 보기에 급급한 신병들이었다. 골 병장을 포함, 고참 병사들이 상석에 앉고 계급이 낮을수록 트럭 꽁무니 쪽에 가서 앉았다.

출발한 트럭이 위병소를 벗어나 10여 분 달리자 곧바로 농촌 마을이 눈앞에 펼쳐졌다.

대민 지원.

바쁜 농촌 일손을 돕기 위해 인근 군부대 병사들이 벼 베기나 모심기 등을 돕는 것을 말한다.

자주 있는 일은 아니었고 농번기에 농사꾼의 일손이 부족할 때 군부대에서 훈련이 겹치지 않은 시기를 골라 지역사회 봉사 차원에서 대민 지원을 나갔다. 비록 똑같은 육체적인 일이라도 병사들은 병영 밖에서 일하는 걸 더 좋아하였다. 밖에서는 작은 일에도 주민들이 반겨주고 감사히 생각해 주니 그때마다 마치 무언가 엄청 좋은 일을 한 듯한 기분마저 들었기 때문이다.

더구나 민간인 음식과 참은 물론 때로는 술까지 얻어먹을 수 있어서 마치 소풍을 가는 기분이 들 정도였다.

국도를 따라 육공트럭은 달렸다. 푸른 하늘엔 흰 뭉게구름이 군데군데 떠 있었고 햇살은 강했지만 바람은 적당히 부는, 해안 지방의 전형적인 가을 날씨였다.

주민들은 너도나도 농사일에 매달려 있어 주택과 창고, 농기계 수리점, 상점 근처에도 사람이 보이지 않았다.

넓은 들판이 나오자 비로소 일하는 사람들이 보이기 시작했다.

9중대가 할당받은 논은 소초에서 그다지 멀지 않았다. 트럭이 꽤 넓은 농로로 진입하자 저만큼 10여 명의 타 소초 병사들이 논두렁에 앉아 있다가 자리에서 일어났다. 병사들 곁엔 마을 이장과 돼지 먹이를 가져가던 김 씨가 나란히 서서 무언가 얘기를 주고받고 있었다.

트럭이 멈추고 중대장과 선임하사가 운전석에서 내리자 벌써 정렬해 있던 병사들이 일제히 경례했다.

"충성!"

트럭 뒤 칸의 병사들이 우르르 내려왔다. 중대장 곁으로 이장과 김 씨가 다가왔다.

"중대장님 참말로 감사합니더."

김 씨가 먼저 꾸벅 인사 하며 말했다.

"군인들이 참으로 수고가 많습니다. 그려."

60대 후반의 이장도 군인들을 주욱 둘러보며 한마디 했다.

"하하, 별말씀을요. 다들 서로 도와가며 사는 거 아니겠습니까."

중대장이 인사 받으며 말했다.

"이장님이 마을회관에서 낫하고 목장갑을 마이 가져왔습니데이."

김 씨가 말했다.

"예, 낫이 모자라진 않을겝니다."

"젊은 사람들이 이렇게나 마이 우리 논에 온 다 해서 어찌나 반갑고 기분이 좋았는지 몰랐니데이. 우리 식구 손으로만 하려니 암담했거등요. 중대장님 참말로 고맙니데이."

김 씨가 다시 고마움을 전했다. 김 씨와 노환희 병장은 눈이 마주치자 서로 반갑게 미소 지었다.

"하하, 아닙니다. 저도 위에서 지시받은 대로 할 뿐입니다."

"이장님요, 이장님한테도 고맙심더. 신경 마이 써줘서."

"허허, 원 이 사람."

잠시 후 중대장이 시계를 보더니 선임하사를 불렀다.

"선임하사!"

"중사 김수찬!"

선임하사가 대답하며 중대장 곁으로 왔다.

"나는 모량1리, 동계2리에 나가 있는 우리 애들 현장 확인하고 대대본부에 들렀다 올 거야. 그래서 늦을 거 같으니까 선임하사가 애들 인솔해서 오늘 작업 일정 마무리해."

"알겠습니다."

"트럭은 오후 6쯤 보내줄게."

"옙!"

중대장이 다시 이장, 김 씨와 몇 마디 주고받고 나서 트럭에 올라탔다. 곧 트럭은 농로를 빠져나갔다.

"야, 갔다, 갔어!"

골 병장이 멀어져가는 트럭을 뒤로한 채 입가에 웃음을 지었다. 한쪽 손이 들어가 있는 주머니에서 아까부터 쩔렁쩔렁 동전 부딪히는 소리가 들려왔다.

"자, 모여. 선수들 어디 있냐?"

"야아! 우리 꼴통 각하, 들판에 나와도 변함없구나. 제대도 며칠 안 남았겠다 싹싹 긁어가게?"

타 소초에서 온 정 병장이 벌써 동전을 꺼내든 골 병장에게 웃으며 말했다. 훈련소 동기다.

"새꺄, 헛소리 말고 망이나 잘 봐."

골 병장이 저만큼 선임하사와 이장, 김 씨 세 사람을 곁눈질했다. 그들은 너른 논을 바라보며 올해 벼농사가 풍년이라는 둥, 장화를 신어야 하는 무논이 아니라서 다행이라는 둥, 목장갑은 한쪽만 껴도 될 거 같다는 둥, 얘길 주고받고 있었다.

"야, 붙어. 붙어. 아무나 붙어."

골 병장의 말에 병사들이 하나둘 슬금슬금 모여들었다. 특이하게도 돈내기엔 계급에 상관없이 누구나 낄 수 있었다. 가장 간단하고 쉽고

빠른, 일명 〈홀짝〉 게임. 번갯불에 콩 구워 먹듯, 짧은 시간에도 돈이 오갈 수 있어서 게임이나 도박이라면 사족을 못 쓰는 병사들이 달려들었다. 일, 이병을 포함 금방 대여섯 명의 병사들이 한곳으로 모였다. 돈 내기를 하지 않는 나머지 병사들은 자연스레 골 병장 주위에 빙 둘러서서 가림막이 되어 주었다.

동전을 막 흔들려는 찰나였다. 갑자기 병사들의 귀에 아침밥, 참이란 단어가 들려왔다. 골 병장은 귀를 쫑긋 세웠다. 선임하사, 이장, 김 씨가 오늘 병사들에게 먹일 음식 얘길 하고 있었다.

"예, 저희들은 아침밥을 먹고 왔습니다."

선임하사가 말했다.

"그려도 다들 한 창 먹을 나이들인데 그기 남아 있겠남. 응? 벌써 10시가 넘었구먼."

이장이 시계를 보며 말했다.

"이장님 말씀이 맞습니데이. 우리 논에 일하러 온 젊은 사람들인데 대접을 잘 해얍죠."

김 씨가 맞장구를 쳤다.

"그, 글쎄요… 이거…"

선임하사가 시계를 보며 중얼거렸다. 넓은 논을 바라보니, 할당받은 양을 오늘 다 베고 들어가려면 지금 당장 시작해야 할 것 같은데 정작 논 주인과 이장이 여유를 부리고 있으니 오히려 난처할 지경이었다. 골 병장은 무슨 상황인지 파악되자마자 곧바로 돈내기를 중단했다. 그리고 목청을 가다듬고 입을 열었다.

"야, 너희들 벌써 출출하지 않냐? 오늘 아침에 뭘 먹었는지 기억이 안 난다. 나만 그렇냐?"

골 병장이 짐짓 누구 들으란 듯 일부러 문장을 딱딱 끊어서 말하자 병사들도 바로 눈치를 챘다. 너도나도 한마디씩 거들기 시작했다.

"험험, 그러고 보니 저도 기억이 안 납니다."

"저도 그렇습니다."

"저도 아침에 일어나 곧장 여기 온 것 같습니다."

여기저기서 응원하는 목소리가 들려오자 골 병장은 신난 듯 더 큰 목소리로 말했다.

"자고로 뱃심으로 일한다는데 정작 일꾼들은 앞서 먹은 기억이 없다니 이런 요상 한 경우가 다 있네요잉."

이장이 웃으며 헛기침했다. 병사들이 무얼 요구하는지 눈치챘다.

"허험…!"

김 씨가 웃으며 말했다.

"하하! 젊은이들 말이 맞소. 먼저 참부터 먹고 시작합시다!"

"와아!"

병사들이 반색했다.

"근데 이 사람아, 이 많은 사람들 우예 다 먹이노? 빵 우유 마이 준비 해놨나?"

이장이 물었다.

"내가 이럴 줄 알고 미리 준비한 게 있습니데이. 아, 그러고 보이 올 때가 된 거 같은데…"

김 씨가 말하면서 손목시계를 보았다. 오전 10시 17분. 아니나다를까 바로 이때 저 멀리 농로를 따라 두 명의 여자가 머리에 커다란 함지박을 하나씩 머리에 인 채 걸어오고 있었다.

"아아, 온다!"

병사들이 여인들을 발견하자 짧은 탄성을 질렀다. 이장이 김 씨에게 말했다.

"자네 안사람이 오는구먼?"

"예, 다른 아줌마랑 같이 오는 갑요. 딸도 오고."

"응? 딸이?"

"예, 딸이 왔니데이."

함지박을 인 여인들과 거리가 가까워졌을 때 처음엔 두 사람인 듯했던 일행이 세 사람으로 확인되었다. 두 명의 펑퍼짐한 몸매의 중년 여인들 뒤에 가냘픈 몸매의 젊은 여자가 주전자 하나를 들고 뒤따르고 있었다. 두 여인에 가려 얼른 눈에 띄지 않았을 뿐이었다. 주전자가 커서 혼자 들고 오는 게 힘들어 보였다.

"연임이 아부지 즈이 왔구먼유!"

김 씨의 아내 논산댁이 긴 숨을 내쉬며 말했다.

"어, 수고했다."

김 씨와 이장이 얼른 다가가 여인들이 함지박을 바닥에 내리는 것을 도와주었다. 연임 또한 무거운 주전자를 함지박 곁에 내려놓았다. 선임하사와 병사들은 연임을 본 순간 놀라지 않을 수 없었다. 갑자기 온 들판이 환해진 느낌이었다. 시골 여자답지 않게 하얀 피부와 윤기 나는, 풍성한 검은 생머리, 날씬한 몸매에 더해 아주 예쁜 얼굴을 하고 있었다. 얼핏 보면 최근 TV에서 한창 인기 많은 모 연예인을 닮기도 했다. 가까이에서 보니 키도 170정도 되어 보였다. 허리 부분은 잘록해 마치 몸 전체가 조각한 듯 완벽에 가까운 S라인 이었다. 이 한 사람으로 인해 온 들판의 분위기가 바뀌어 보였다. 모두가 넋을 잃고 바라보고 있을 때 이장의 목소리가 들려왔다.

"전주댁이 여긴 왠일이우?"

연임네 모녀와 함께 온 같은 동네 여인에게 한 말이었다.

"아유, 글씨 나가 읍내 볼일 보고 집에 가는디 연임네가 참을 내 가더만유. 야가 이 큰 함지박을 이고 가려는 게 아뉴. 가뜩이나 몸 약한 애가 안쓰러워버서 나가 대신 이고 왔구먼."

"아이구, 참말로 고맙네요!"

김 씨가 말했다.

"허허, 잘했소. 수고 많았소."

이장이 칭찬했다.

"일꾼이 마이 온 다 길래 참이 모자랄까봐 고구마랑 강냉이까지 쪄서 오느라 애먹었네유. 그나마 연임이가 옆에서 거들어서 좀 나았구유."

논산댁이 말했다.

"응, 애썼네, 연임이도 수고했다."

김 씨가 아내와 딸 두 사람을 번갈아 보며 말했다. 연임은 줄곧 말없이 다소곳한 모습으로 서 있었다. 젊은 남자들의 온통 쏟아진 시선이 부담스럽고 부끄러운 듯했다. 이장이 흐뭇한 표정으로 연임을 바라보고 나서 김 씨에게 말했다.

"연임이가 내려왔다던 소문이 진짜였네, 그려. 더 이뻐졌구먼."

"예, 온 지 닷 세 정도 됐습니더. 건강이 안 좋아져서 좀 쉬게 할라고요."

"응, 객지 나가면 고생이지."

이때, 전주댁이 논산댁에게 말했다.

"근디, 연임이네 함지박 이고 올 때 봤는디 이쁜 반지를 끼고 있더라고?"

반지라는 말을 듣자마자 골 병장은 반사적으로 논산댁의 손으로 시선이 갔다. 논산댁이 반지 두 개를 왼손에 끼고 있었다. 왼손을 살짝 들어 보이며 논산댁이 웃으며 말했다.

"호호… 이거?"

"잉, 비싸 보인 게. 그것도 두 개나."

전주댁이 부러운 듯 말했다.

"하나는 저 양반이 결혼하고 나서 첨으로 사준 거고 또 하나는 작년에 서울서 취직한 재 오빠가 사준 거구먼."

"금반지여? 맞지?"

"잉, 넉돈하구 석돈짜리구먼."

"하이구야, 좋았것다. 그래서 오늘 자랑할라꼬 두 개를 다 끼고 나왔구먼. 다들 보라고."

"아잉, 자랑은 무슨…."

논산댁이 쑥스러운 듯 웃으며 말했다.

"반지를 끼고 다라이를 이면 젤 먼저 눈에 띠는 기 반지 아닌감."

"아이참, 그만혀."

논산댁이 밉지 않게 전주댁의 옆구리를 슬쩍 찌르며 말했다.

"허허, 자네가 워낙 부지런하니까 집안이 펴는구먼. 고생하는 보람이 있네."

이장이 김 씨를 향해 웃으며 말했다.

"히히, 뭘요. 애만 건강하면 좋겠구먼요."

김 씨가 연임을 턱으로 가리키며 말했다. 연임이 부끄러운 듯 살짝 얼굴을 붉혔다. 이때, 선임하사가 시계를 보며 자리에서 일어났다. 마냥 이들의 대화를 듣고 있을 순 없었다.

2. 만남

"자자, 우리는 일해야지. 각자 낫 들고 정렬해."

선임하사의 말에 한동안 꿈속에 취한 듯 연임의 미모에 빠져있던 병사들이 흠칫 정신을 차렸다. 기대하고 기다렸던 술조차 잊고 있었다. 하지만 김 씨가 손을 내저었다.

"아아니, 먹고 시작해얍지요. 지금 시작하나 쬐끔 늦게 시작하나 그게 그거요. 퍼뜩 한술 뜨고 합시데이."

김 씨의 말에 병사들이 엉거주춤 망설였다. 말을 꺼낸 선임하사도 마찬가지였다.

"누가 뭐라카면 내가 책임지고 대신 말해줄 테니 걱정 말고 우선 한 잔씩만 쭉 돌립시다."

이장도 뭐 그게 좋지 않겠냐는 듯 김 씨 편을 들었다.

"그려. 힘들게 이고 온 사람들 성의를 봐서."

"아무렴요."

논 주인 맞나? 라는 생각이 들 만큼 김 씨가 여유를 부렸다. 병사들의 머릿수를 믿고 오늘 안에 벼 베기를 다 끝낼 수 있다고 생각한 모양이었다. 김 씨가 웃으며 마침 옆에 서 있는 김한수에게 막걸리를 사발에 가득 부어 건넸다.

"저는 안 마십니다."

김한수가 딱 잘라 말했다.

"응?"

김 씨가 멈칫했다. 그 바람에 사발의 막걸리가 출렁했다.

"군인이 근무 중에 술을 마시면 안 됩니다."

김한수가 단호한 목소리로 말했다. 순간적으로 주위가 조용해지더니 싸늘한 분위기로 바뀌어 갔다. 말 한마디의 위력이었다.

"으으… 응… 그, 그기 맞긴 맞는데…"

당황한 김 씨가 어쩔 줄 몰라 하며 술잔을 든 채 말끝을 흐렸다. 이 상황에서 벗어나기 위해 주위를 둘러보았다. 아무에게라도 도움을 요청하는 듯한 표정이었다. 그러나 선뜻 나설 수 있는 병사는 아무도 없었다. 어디까지나 규정에 따른 대민봉사여야 했다. 술판이 벌어졌다간 나중에 곤란한 일이 생길 수 있었다. 그러나 다른 한편으로 생각해 보면, 만약 이대로 못 본척 지나간다면 모처럼 오늘 하루 야외로 나온 의미가 퇴색되고 만다. 이러지도 못하고 저러지도 못한 채 우물쭈물하고 있을 때였다. 생으로 사실적인 김한수의 말에 오히려 반발심이 생겨난 골 병장이 앞으로 나서며 큰 목소리로 말했다.

"아저씨, 그 잔 이리 주세요. 제가 마시겠습니다."

"응? 그려! 그려!"

김 씨가 반색했다. 얼른 골 병장에게 술잔을 건넸다. 골 병장이 사발을 받아 들고 단숨에 쭈욱 들이켰다. 주위가 조용해서 꿀꺽 꿀꺽하는 소리가 병사들에게 더 크게 들렸다.

"캬!"

"어, 어떤가?"

김 씨가 물었다. 골 병장이 입을 쓱 닦고 나서 활짝 웃었다.

"아아! 좋네요! 맛이 끝내줍니다."

"응, 그려! 그려!"

"농사일엔 막걸리가 최고지요. 야, 노 병장, 아까부터 한잔 타령한 사람 너 아녔어?"

골 병장의 말에 노 병장이 얼른 나서며 그의 술잔을 빼앗아 들었다.

"고롬! 고롬! 막걸리 하믄 나제! 아저씨 잘 먹겠어라!"

"응, 그려. 그려."

김 씨가 따라준 막걸리를 노 병장이 기분 좋게 마시기 시작했다.

"캬!"

어느 순간 주전자가 이 사람 저 사람 손으로 옮겨지며 모두 즐겁게 한 잔씩 했다. 분위기는 완전히 바뀌어, 어색했던 순간이 언제였나 싶었다.

"젊은 사람들이 보기 좋구먼."

이장이 흐뭇한 표정으로 말했다. 김 씨가 덩달아 웃었다.

"그렇지요. 이게 시골 인심 아입니까. 사카린을 넣어놔서 더 맛이 날겝니더."

"응, 좋지."

김 씨가 문득 생각난 듯 연임을 향해 말했다.

"아참, 연임아. 오늘 이렇게나 많은 사람이 고생하러 오셨는데 네가 대표분께 술을 한 잔 부어 드리면 어떻겠노?"

"…예."

연임이 아버지의 말에 순간 망설이다가 작은 목소리로 대답했다. 함지박 안에 또 다른 작은 크기의 주전자가 하나 더 있었다. 그 주전자로 이장에게 술을 따라주었다.

"캬! 좋다! 고맙구먼."

이장이 마시고 나서 안주를 집어 먹었다.

"마을 대표로 수고 많습니데이. 아, 그리고 선임하사라고 하셨소?"

김 씨가 선임하사를 돌아보며 물었다.

"예, 그렇습니다."

"연임아 저 분께도 한 잔 드리는 게 좋겠다. 군인들 대표로 다가."

연임이 또 말없이 선임하사에게 다가가 술잔을 따랐다. 연임과 정면으로 마주한 순간, 선임하사의 눈동자가 더욱 커졌다. 연임의 미모에 정신을 잃을 정도였다. 작고 예쁜 손이 눈앞에서 움직였다.
"어어… 감사합니다."
선임하사가 황송해하는 표정으로 말했다.
골 병장은 논산댁과 전주댁이 나란히 앉아 반지를 두고 수다를 떠는 모습을 멀찍이 떨어져 바라보았다. 논산댁이 손가락에서 반지를 빼주자 전주댁이 자기의 손가락에 끼워보고 나서 돌려주었다. 전주댁의 부러워하는 모습이 표정에 역력했다.
골 병장이 다시 연임에게로 눈길을 돌렸을 때, 연임이 선임하사에게 막 술잔을 따르고 있었다. 연임과 눈길이 마주치는 순간 선임하사의 눈빛이 반짝이는 것을 보았다. 골 병장은 대수롭지 않게 생각하며 주위를 휘둘러보았다. 김한수는 말없이 한 쪽에 물러서 있었다. 입을 굳게 다문 채 서 있는 한수에게 아무도 관심을 주는 사람은 없었다.

가을 해가 서서히 저물고 하늘을 날던 새들도 하나둘 나무숲으로 찾아들고 있었다.
오후 6시경, 벼 베기를 마친 병사들이 선임하사의 인솔하에 차례대로 트럭에 올라타기 시작했다. 다행히 2-1소초와 2-2소초가 할당받은 양은 시간 안에 무사히 마칠 수 있었다.
중간에 한두 잔 더 얻어먹었던 병사들은 얼굴이 아직도 불콰해 보였고, 모두들 기분이 유쾌했다. 김한수만 얼굴색 하나 변함없이 무표정 그대로였다. 작업시간에도 옆 사람과 대화도 없이 벼 베기에만 열중할 뿐이었다.

"아우씨, 오랜만에 낫질했더니 허리가 존나 아프다."

골 병장이 허리에 양손을 대고 상체를 뒤로 젖히며 말했다. 선임하사가 탑승하는 병사들을 지켜보다가 한마디 했다.

"야야, 엄살떨지 마. 병장들은 설렁설렁했잖아. 신병들이 빡셌지."

"어? 그렇습니까? 야, 신병들!"

골 병장이 돌아보며 신병들을 부르자 김한수와 김동익이 큰소리로 대답했다.

"너그들 오늘 빡셌냐?"

"아닙니다!"

"아닙니다!"

골 병장이 웃으며 선임하사에게 말했다.

"아니라는데요."

"염병. 자자! 다 올라탔으면 벨트 걸어."

병사 하나가 육공트럭 꽁무니에 매달려 있는 안전벨트를 좌우로 걸쳤다. 선임하사가 조수석에 올라타자마자 트럭의 시동이 걸렸다. 누군가 큰 소리로 군가 〈팔도 사나이〉를 부르기 시작하자 모두 따라 불렀다.

> 보람찬 하루 일을 끝마치고서
> 두 다리 쭉 펴면 고향의 안방
> 얼싸 좋다…

이때, 누군가 재미없다며 사제노래 불러라 외쳤다. 병사들이 웃으며 유행가 가사를 바꾸어 노래하기 시작했다.

점방 집 아가씨는 예뻐요
그렇게 예쁠 수가 없어요
그녀만 만나면은…

  중대장도 없겠다, 모처럼 밖에 나온 병사들이 마음껏 노래를 부르도록 선임하사도 싱긋 웃으며 내버려 두었다. 노랫소리가 커 갈수록 그의 머릿속에도 연임의 얼굴이 자꾸만 떠올랐다.
  육공트럭이 국도를 따라 달리고 병사들의 노래 소리가 저녁 공기를 갈랐다.
  같은 시각, 국도 옆으로 길게 나 있는 논둑길을 따라 두 사람의 민간인이 피로에 지친 걸음으로 집을 향해 걸어가고 있었다.
  60대 중반의 아버지와 그의 아들 20대 초반이었다. 아버지는 햇볕에 그을린 검은 피부에 깊은 주름이 여기저기 나 있고 머리칼까지 희끗희끗했다. 움츠린 어깨 자세로 아들은 초점이 없는 눈동자에 입은 반쯤 벌린 모습으로 아버지를 뒤따르고 있었다. 아들이 아버지 뒤에 바짝 붙어있다시피 해서, 멀리서 보면 두 사람은 거의 한 몸처럼 움직이고 있었다.
  육공트럭이 이들 부자와 가장 근접했을 때였다. 육공트럭과 군인을 발견한 아들이 갑자기 그 자리에서 부르르 몸을 떨었다. 겁에 질린 모습이었다.
  발아래만 보며 걷고 있던 아버지가 아들의 반응에 흠칫 놀라 얼른 뒤돌아 아들을 감싸 안았다. 아버지는 그대로 아들을 두 팔로 안은 채 육공트럭이 지나가길 기다렸다. 아버지에겐 익숙한 행동 같았다. 차량의 엔진소리가 점차 멀어져갈수록 아들 또한 차츰 진정되어 갔다.

아버지와 아들은 지는 해를 등에 진 채 아무도 없는 쓸쓸한 저녁 길을 터벅터벅 걸어갔다.

작업을 마치고 돌아온 병사들로 내무반이 떠들썩해졌다.
선임들은 일찌감치 침상 하나씩 차지해 눕거나 앉았고 후임병들은 고참들의 관물대를 정리하느라 분주히 움직였다. 침상 위에 두 다리를 쭉 펴고 앉은 노 병장이 말했다.
"흐미! 아야, 윤 상병아, 딸래미 이름이 연임씨라 혔지? 진짜로 안이쁘던가잉?"
윤 상병이 관물대를 정리하며 대답했다.
"예, 이쁘긴 이뻤습니다."
평소 미인의 기준이 까다롭기로 알려진 윤 상병으로부터 긍정적인 대답을 듣자 노 병장은 더욱 신나서 떠들어댔다.
"아따, 그라지라?! 그런 미인은 첨 봤당게!"
"보기 드문 여자 같습니다."
"아따, 연임씨 손 한번 잡을 수 있다면 내년에 나 혼자 벼 베러 갈 수 있당게요. 아아! 연임씨 또 보고 시푸요!"
노 병장이 말하면서 베게 하나를 집어 들고 꼭 안아주는 시늉을 했다.
"점방 집에 그런 딸이 있었다는 걸 오늘 처음 알았습니다."
송 이병도 신난 듯 한마디 거들었다.
"잉? 뭐여? 물어보지도 않았는디 니가 시방 울들 대화에 끼어들어 부렀어야? 언제부텀 이병이 고참들이랑 맞먹게 된겨? 잉?"
노 병장이 고개를 홱 돌리더니 송 이병을 째려보며 말했다.

"앗! 죄송합니다. 저도 모르게 말이 나왔습니다."
"그려?"
"넵!"
"이병이 빠져갔고 말여."
"실수했습니다. 시정하겠습니다."
"음… 좋아. 연임씨가 이뻐서 특별히 용서한다."
노 병장이 씩 웃으며 말했다.
"감사합니다!"
송 이병은 얼른 하던 일로 돌아갔다. 이때였다. 골 병장이 천천히 일어나 앉았다. 표정이 사뭇 진지해 보였다.
"너희들 눈에도 그렇게 보였다니 이쁜 게 진짜 맞기는 맞구나."
모두 골 병장을 돌아보았다.
"근데 말이다, 앞으로 내 앞에서 연임씨 얘긴 하지 마라."
"어? 그기 무시기 말쌈임꽈? 골 벵장님. 얘기하지 말라고라?"
노 병장이 일부러 장난스러운 말투로 물었다.
"미안하지만 내가 점찍었다."
"잉? 점찍었다고라?"
"그랬마. 내 여자로 만들 거다."
골 병장의 말에 모두 어라? 무슨 소리지? 하는 표정들을 지었다. 자다가 봉창을 두드린다더니. 골 병장의 표정을 살폈다. 장난인지 진담인지 애매모호했다. 윤 상병이 천천히 입을 열었다.
"골 병장님은 곧 사회로 나가잖습니까."
"내 말이 그거다."
"예?"

"먼저 나가니까 내가 걜 꼬실 기회가 더 많고, 그래서 말인데 느그들한테 미리 말하잖냐. 괜히 헛물켜지도 말고 관심들 꺼라고."

"……!"

골 병장은 농담이 아니었다. 연임을 처음 본 순간 언젠가 꼭 한번은 만나서 진지한 대화를 해보리라 마음먹고 있었다. 이때였다. 선임하사가 내무반으로 막 들어오려다가 골 병장과 병사들의 대화를 듣고 멈칫했다. 굳은 표정으로 문밖에서 잠시 그대로 서 있다가 천천히 돌아섰다.

"어쭈? 똑바로 못 서!"

새벽이 막 지나가고 동이 터오려는 시각. 소초원들은 아직 깊은 잠에 취해 있지만 화장실 뒤편에선 윤 상병의 음산한 목소리가 들려왔다. 한바탕 둔탁한 소리가 난 직후였다.

"시, 시정하겠습니다!"

비틀거렸던 김한수가 얼른 다시 차렷 자세를 취했다. 입가엔 피가 맺혀 있었고 눈두덩은 이미 약간 부풀어 있었다. 김한수 옆엔 김동익이 머리를 바닥에 박은 채 원산폭격 자세를 하고 있었다. 윤 상병이 김한수를 매섭게 노려보며 말을 이어갔다.

"여기가 너희 동네, 너희 집이냐, 새끼들아?!"

"아닙니다!"

"아닙니다!"

"여기에 놀러 왔어? 소풍 나온 거냐고?!"

"아닙니다!"

"아닙니다!"

"새끼들이 말야, 신병들이 아니고 말년 고참 같아! 너희들이 신병 맞어?!"

"시정하겠습니다!"

"시, 시정하겠습니다!"

김동익의 목소리까지 바닥에서 들려왔다.

"내가 지난번에 그만큼 눈치를 줬으면 알아서들 행동했어야지 쓰발 새끼들아!"

"……"

"……"

"고참의 말이 말 같잖으면 말이 되게 만들어 준다! 똑바로 서!"

다시 주먹을 움켜쥔 윤 상병의 오른팔이 뒤로 왔다가 김한수의 가슴팍을 향해 막 내 뻗으려는 찰나, 건물 모퉁이에서 상황병 오경규의 아직 졸음이 묻어있는 목소리가 들려왔다.

"윤 상병님."

"으응?"

윤 상병이 돌아보았다.

"김한수 근무 나갈 시간입니다!"

"……!"

3. 경쟁자, 비켜라!

 오후의 맑고 화창한 날씨였다. 소총을 하나씩 어깨에 멘 사수 골 병장과 부사수 김한수가 위병소를 벗어나서 국도를 따라 걷고 있었다. 해안가 진지 경계 근무를 위해 가는 길이었다. 걸어가는 동안 두 사람 모두 줄곧 말이 없었다. 서로 아직 데면데면한 면이 있을 뿐만 아니라, 더 큰 이유는 골 병장 스스로 가끔 말수가 적은 날이 있기 때문이었다. 오늘 같은 경우, 근무 시간이 되자 김한수가 미리 준비해 둔 소총과 탄띠를 말없이 휴대, 착용하고 나선 것뿐이었다. 김한수는 김한수대로 누가 묻지 않는 한 먼저 나서는 성격이 아닌 탓에 오히려 침묵이 다행일 정도였다. 누가 물을 때마다 일일이 대답해 주는 것도 부담스러웠기 때문이었다.
 진지에 투입하려면 동네를 가로질러 가야 했다. 해안가 일부 지역은 깎아지른 벼랑이 있어서 그곳으로는 사람이 지나다닐 수 없었기 때문이었다. 동네 입구에 들어서자 저만큼 제일 먼저 점방이 눈에 들어왔다. 그 순간, 골 병장의 눈이 반짝이더니 침묵을 깨고 입을 뗐다.

"야, 나 잠깐 저 점방에 들렀다 갈게."

"예?"

"저 가게에 갔다 올 테니까, 너 먼저 가라. 진지 어딘지 알지?"

"저 혼자 가란 말입니까?"

"그래."

"저…"

김한수가 난감한 표정을 지으며 말끝을 흐렸다. 근무자 무단이탈은 중대 범죄행위이고 방조자 역시 죄가 가볍지 않기 때문이었다. 마음 같아선 안 된다고 분명히 말해주고 싶으나 윤 상병과의 엊그제 일이 생각났다. 눈치껏 행동하라는.

"야야, 심각하게 생각할 거 없어. 네가 아직 우리 초소 근무에 익숙하지 않아서 그런가 본데, 근무서다가 후딱 볼일 보고 오는 거 아무런 일도 아냐. 금방 따라간다니까."

"……."

"진짜 임마."

"아, 알겠습니다."

어쩔 수 없다는 표정으로 김한수가 먼저 발길을 떼자 골 병장은 재빨리 점방을 향해 걸음을 옮겼다. 골 병장이 대민 지원을 갔다 온 이후 잠시도 머릿속에서 떠나지 않았던 생각 중 하나는 논산댁이 끼고 있었던 금반지였다. 오늘 근무지로 가는 길에 줄곧 생각했던 건, 어떻게 하면 그 금반지를 한 번 더 볼 수 있을까 하는 것이었다. 그러다가 마침 근무 길에 순간적으로 점방에 가보기로 결심한 것이었다. 김한수의 모습은 이제 보이지 않았다.

점방은 작은 한옥을 일부 개조해서 만든 것이었다. 점방의 뒤쪽으로 돌아가니 낮은 블록 담장 너머로 작은 뒷마당이 보였다. 뒷마당으로 통하는 쪽문 앞에 선 골 병장이 재빨리 주위를 살폈다. 동네는 조용하고 개미 새끼 한 마리 보이지 않았다.

소초의 단기사병으로부터 연임의 부모가 요즘 농번기로 인해 이 동네 저 동네 품앗이 다니느라 집에 있는 날이 거의 없다는 말을 엿들은 기억이 났다. 살며시 쪽문을 밀자 다행히 문이 열렸다. 뒷마당으로 들어선 골 병장이 다시 몇 초간 주변을 살피고 나서 어깨에 메고 있던 소총을 등에 가로로 고쳐 메었다. 소리 없는 걸음으로 집을 향해 다가갔다. 뒷문을 열자 점방으로 이어진 마루가 나오고 오른쪽엔 큰방이 보였다. 방문이 조금 열려있어서 골 병장이 고개를 들이밀고 살펴보니 연임의 뒷모습이 보였다. 연임이 벽에 등을 기댄 채 마루에 놓여있는 라디오에서 흘러나오는 팝송에 가볍게 흥얼거리고 있었다.

골 병장은 마루 위로 막 올라서려다가 갑자기 무슨 생각이 났는지 멈춰서 재빨리 주위를 두리번거렸다. 저만큼 빨랫줄 끝에 수건 몇 개가 걸려있는 게 눈에 띄었다. 얼른 수건 한 장을 낚아채어 먼저 전투화 바닥을 닦았다. 양쪽을 닦고 나서 수건은 마당 한쪽 솥단지 옆에 세워져 있는, 양철 굴뚝 안에 뭉쳐서 집어넣었다. 골 병장은 다시 마루를 살며시 밟고 올라섰다. 다행히 아무런 소리도 나지 않았다.

극도로 조심하며 안방으로 들어갔다. 심장이 마구 쿵쾅거렸다. 안방엔 커다란 텔레비전이 가운데 놓여있고 좌우에 장롱이 하나씩 있었다. 오른쪽 장롱의, 3단으로 된 문갑 중에서 첫째 문갑을 여니 각종 고지서와 이런저런 봉투 나부랭이가 가득 들어 있었다. 얼른 도로 닫고 나서 그 아래쪽 문갑을 여니 각종 양말과 내의만 나왔다. 이번엔 맨 아래 문갑을 여니 브로치와 목걸이 반지가 한 움큼 넘게 담겨 있었다. 골 병장은 이것들을 움켜쥐고 재빨리 훑어보았다. 한눈에 봐도 모두 가짜, 싸구려였다. 실망감에 도로 집어넣고 문갑을 닫았다.

반대편 문갑을 열자 크고 작은 연고와 소독 약병, 붕대, 가위 등이 들어 있었다. 잠깐 행동을 멈추고 주변을 살피던 골 병장이 무언가를 생각한 듯 이불장 앞으로 다가갔다. 이불장을 열었다. 이불장 안엔 겨울용 두꺼운 이불부터 여름용 얇은 이불까지 골 병장의 키 높이만큼 차곡차곡 가지런하게 쌓여있었다.

골 병장은 손으로 이불 사이를 군데군데 찔러보았다. 이불이 무너지지 않도록 다른 손으로 이불을 안으로 밀어야 했다. 맨 아래쪽 이불에서 무언가 손에 잡혔다. 얼른 꺼내 보니 반지 함이었다. 반지 함을 열자 노란빛깔의 금반지가 나왔다. 논산댁이 새참 때 끼었던 반지가 분명했다. 골 병장의 표정이 밝아졌다. 한 번 더 깊숙이 손을 넣어 이불 안을 더듬자 반지 함이 하나 더 나왔다.

'두 개 다 찾았다! 아줌마, 애들 좀 잠시 빌립시다.'

반지 함을 재빨리 바지 주머니에 찔러 넣은 골 병장은 다시 문밖으로 살그머니 나왔다.

주위를 한번 살피고 나서 부리나케 마당을 가로지른 뒤 쪽문을 열고 골목으로 나왔다. 골 병장이 안도의 긴 숨을 내쉬려던 찰나였다. 갑자기 뒤에서 연임의 목소리가 들려왔다.

"누, 누구세요?"

깜짝 놀란 골 병장이 우뚝 멈춰 섰다. 순식간에 등줄기에 식은땀이 솟아났다. 가슴이 쿵쾅하는 가운데 그대로 몇 초가 빠르게 지나갔다. 그사이 다른 말이 없자 골 병장은 천천히 몸을 돌렸다. 연임이 뒷문 앞에 서서 골 병장을 향해 이상하단 표정으로 바라보고 있었다. 뒷마당 쪽에 무슨 일로 나왔다가 골 병장을 발견한 모양이었다.

"아아… 그… 그게요…"

골 병장이 말을 더듬었다. '이런 젠장! 다 된 밥에 재라니!'

"군인이 우리 집엘…?"

수건을 가지러 뒷마당에 왔던 연임이 때마침 웬 군인이 뒷마당을 가로질러 쪽문 밖으로 나가는 모습을 발견한 것이었다. 연임의 까맣고 커다란 눈을 마주한 골 병장은 참으로 난감했다. 군복차림이라 도망을 칠 수도 없는 노릇이었다. 어찌해야 할지 모르고 있는 순간에 붉은 장미 송이가 문득 골 병장의 눈에 띄었다. 담장 옆, 골 병장의 허리춤 높이에 장미 몇 송이가 활짝 피어있었기 때문이었다. 번쩍 좋은 생각이 떠올랐다. 손으로 단번에 한 송이를 잘라 등 뒤에 숨겼다. 담장으로 인해 연임은 골 병장의 손놀림을 볼 수 없었다. 골 병장은 더듬거리는 목소리로 조심스럽게 입을 열었다.

"아… 안녕하세요. 저, 저기 바로 요 근처 소초에 근무하는 사람입니다. 지난번 벼 베기 하러 갔었던…"

"아? 그러세요?"

"예, 예."

"그날 수고 많으셨어요. 우리 집 일 도와주셔서 너무 감사했어요."

"예, 예."

"덕분에 추수도 빨리 마칠 수 있었고요."

"예, 예."

"어머?!"

이때, 연임이 무언가 생각난 듯 눈을 반짝였다.

"예?"

"이제 보니까 그날 용감하게 첫 잔 마신 아저씨?"

"어? 아하하하! 그렇습니다."

"호호호! 맞군요."

이게 웬일인가. 연임이 자신을 기억하는 데다 웃음까지 보이니 골 병장은 더욱 용기가 생겼다.

"저… 연임씨라고 했던가요?"

"네."

"이거 받으세요."

골 병장이 장미 송이를 두 손에 받쳐 들고 연임 앞으로 불쑥 내밀었다.

"어머?"

연임이 눈을 동그랗게 떴다.

"이게 뭐래요?"

"… 제… 마음입니다."

"무, 무슨…?"

"연임씨, 사귀는 남자 있습니까?"

"나, 남자요?"

"예, 남자친구 말입니다."

"그, 글쎄요."

연임이 어색한 미소와 함께 말끝을 흐렸다.

"없군요?! 그럼, 나랑 사귑시다!"

"예?"

"그날 첫눈에 반했습니다. 연임씨 만큼 예쁜 여자는 본 적이 없습니다.

"어머? 호호!"

연임이 갑자기 웃음을 터뜨리자 골 병장은 다시 용기를 얻어 말을 쏟아냈다.

"연임씨 같은 미인은 이 동네 아니, 우리나라 통털어도 몇 명 안 될 겁니다. 장담합니다. 감히 따라 올 여자가 없어요."

"아이, 비행기 태우지 마세요."

연임이 쑥스러워했다. 솔직히 연임은 골 병장의 말이 과장된 줄 알면서도 기분이 좋았다. 여상을 졸업하고 구미공단에 있는 어느 작은 회사의 경리로 몇 년간 일하다가 건강이 나빠져 고향으로 돌아온 연임은 지금껏 제대로 된 연애를 해본 경험이 없었다. 근무 시간 끝나고 기숙사로 돌아오면 피곤해서 잠을 자기 바빴고 또 지금껏 누군가로부터 남자를 소개받은 적도 없었다. 심지어 고향의 중학교 남자 동창들조차 학교 졸업과 동시에 모두 뿔뿔이 흩어졌기 때문에 연애는 딴 세상의 일이었다.

"근무하러 가던 길에 도저히 그냥 지나칠 수 없어서 집주변에서 한참 서성였습니다."

거짓말임을 스스로 의식하기도 전에 먼저 골 병장의 입에서 나왔다.

"어머?"

"약속도 없이 보고 싶은 마음에 마당까지 들어왔다가 그냥 가려던 참이었습니다."

"네…"

"이장님 말씀이 객지서 회사 다니다가 집에 온 지 얼마 안 됐다고…?"

"아, 네."

"만나서 영광입니다. 이 꽃 받아주세요. 저, 팔 아파요."

골 병장이 장미를 가볍게 위아래로 흔들며 엄살을 떨었다. 연임은 장미와 골 병장을 번갈아 보며 머뭇거렸다.

"아이참…"

연임으로선 처음 있는 일이라 당황스러웠다. 골 병장이 또다시 재촉했다.

"얼릉요."

연임이 골 병장을 정면에서 훑어보았다. 입가에 밝은 미소를 띤 골 병장이 부드러운 시선으로 연임을 바라보고 있었다. 얼굴은 밉상이 아니었다. 키도 175 이상은 충분히 되어 보였고 말투나 몸짓 하나에도 애교가 있어 보였다. 진짜 성격은 어떠한지 모르나 붙임성은 확실히 있어 보였다. 머뭇머뭇, 쭈뼛쭈뼛하던 연임이 마침내 결심한 듯 손을 내밀어 장미를 건네받았다. 골 병장이 오히려 속으로 깜짝 놀랐다.

"고맙습니다. 하하!"

골 병장이 얼굴 가득 환하게 웃으며 연임을 향해 인사했다.

"아이."

연임이 부끄러운 듯 살며시 고개를 돌려 미소 지었다.

"여인의 마음을 얻는 건 세상을 얻는 것과 같습니다."

"호홋!"

"아차차! 근데 지금 가봐야 해서요."

그제야 문득 자신의 처지가 생각난 골 병장이 소총을 고쳐 메며 말했다.

"전역이 몇 달 안 남았지만 시간 나는 대로 자주 올게요. 괜찮죠?"

"… 네."

연임이 여전히 쑥스러운 듯 작은 목소리로 대답했다.
"그럼!"
연임은 돌아가는 골 병장을 바라보며 입가에 미소를 지었다.
손을 흔들어 인사를 나눈 뒤 골목길 밖으로 나온 골 병장은 기분이 좋아서 껑충껑충 뛰면서 근무지로 향했다. 이럴 수가! 마치 하늘을 날고 구름 속을 걷는 기분이었다. 나에게도 애인이 생긴 것이다. 그것도 엄청난 미모의. 전투화를 신은 다리로 껑충거릴 때마다 소총과 철모가 부딪혀 덜컥덜컥 소리가 났다. 그 소리가 골 병장에겐 축하의 소리로 들렸다.

"히히히…! 히히히…!"
웃음이 저절로 터져 나왔다. 처음엔 너무 당황해서 무조건 도둑으로 몰리지 않으려고 입에서 나오는 대로 말했는데 이게 바로 신의 한 수였다. 죽으란 법은 없었다.
연임을 처음 본 날부터 그녀에게 반해버렸던 골 병장은 연임에게 사랑 고백을 이렇게, 뜻밖의 기회에 순식간 해치울 수 있었다는 게 꿈만 같았다. 내 여자로 만들겠다고 내무반에서 소초원들에게 큰소리쳤던 일이 현실이 된 것이다. 갑자기 맞닥뜨린 일이라 거절을 당하면 어쩌나 하는, 생각은 아예 할 수도 없었다. 단 며칠 만에 반지도 내 주머니에 들어오고 미인까지 얻었으니 꿩도 먹고 알도 먹고, 이런 걸 두고 하는 말이리라. 그렇다! 무슨 일이든 일단 저지르고 볼 일이다. 인생은 한 치 앞을 알 수 없기에.
연임 생각에만 빠져있던 골 병장이 문득 생각났다는 듯 탐조등이 설치되어 있는 진지에 도착하자마자 주머니에서 반지 함을 꺼냈다. 뚜

껑을 열자 노란빛의 순금이 햇빛을 받아 더욱 빛이 났다. 어렸을 때부터 금 빛깔을 좋아했던 골 병장이었다. 국민학교 미술 시간에 색종이로 무언가 만들 땐 금색 색종이를 가장 많이 사용했다. 공룡 몸통에도 금색 색종이를 붙이다가 금색 종이가 모자라면 친구들 것을 빌리거나 빼앗기도 했다. 커서는 벨트와 구두를 금색 빛깔로 깔 맞춤하기도 했었다.

진지 안에서 방탄모를 깔고 앉은 골 병장은 점방에서 훔쳐 온 반지를 누구에게라도 자랑하고픈 마음에 문득 김한수를 돌아보았다.

김한수는 소총을 든 경계 자세로 골 병장을 곁눈질로 살피며 말없이 서 있었다. 김한수의 입장에선 조금 전만 해도 전혀 말이 없던 골 병장이 이제는 혼자 싱글벙글하니 영문을 모를 판이었다.

"야!"

골 병장이 김한수를 불렀다.

"이병 김한수!"

"이리 와 봐."

김한수가 옆에 와서 서자 골 병장이 반지를 한수의 눈앞에 보여주면서 말했다.

"이거 어떻게 보여? 지난번 꺼랑 비교해서."

김한수는 골 병장의 손에 들인 반지가 다른 반지와 어떤 점이 다른지 구분하기 어려웠다.

"모… 모르겠습니다."

"몰라? 자세히 보라고. 뭔가 중후한 느낌 안 와?"

김한수가 이번엔 실눈을 뜨고 반지를 바라보다가 고개를 갸웃거렸다.

"아무리 봐도 전 잘 모…"

"으이그, 물어본 내가 잘못했다. 꼴통 새끼."

"죄송합니다."

"하나만 알려준다. 짜가 일수록 화려한 법이야, 씨."

골 병장은 본인이 가짜를 만들긴 했어도 말은 이렇게 했다. 어쨌든 오늘은 순금을 손에 넣은 날이라 기분이 좋았기 때문이었다.

"짜가 일수록 말이 많고, 짜가 일수록 그럴듯하지. 넌 사회생활 해봐서 더 잘 알 거 아냐."

"……."

골 병장은 진짜와 가짜의 구별법이라든가, 금이 좋은 이유, 심지어 인류가 언제부터 금을 제련해서 장신구 등에 사용했는지, 화폐적 가치라든가 매장량과 채굴 등등 한 시간으로도 모자를 만큼 얘기할 자신이 있었지만 내 반지를 안 사준 녀석에게 뭐 하러 그런 얘길 하랴, 싶어 반지 함을 주머니 안에 도로 넣으면서 말했다.

"네가 고문관 기질을 넘어 꼴통 기질까지 있다던데 사실이냐?"

"죄송합니다."

"난 이제 몇 달 있으면 전역이라 느그들한테 아무 관심도 없걸랑. 그래서 일부러 듣지도 보지도 않고 있어. 다만 나이 먹고 신병인 게 짠해 보여 한 마디 해주는겨."

"……."

"너희 집 돈 많냐?"

"예?"

"집에 돈이 많냐고? 부자여?"

"아닙니다."

"그러니까 네가 그 나이 먹고도 군대에 잡혀온겨, 인마."

"……."

"우리 집도 부자 아니다."

"……."

"너 소초에서 내 소문 들었어? 못 들었어?"

"조금 들었습니다."

"내가 군대에 와서까지 사람들한테 괴짜이니 꼴통이니 이런 소리 듣는 이유는 돈이 제일 중요하기 때문이다. 돈이 없으면 어딜 가든 사람 취급 못 받아. 내가 짧은 사회생활 해보면서 절실히 느꼈지."

"……."

"넌 돈 어떻게 생각해?"

"돈도 중요하지만 돈보다 더 소중하고 가치 있는 일도 많습니다."

"그래? 그게 뭔데?"

"……."

무슨 말로, 어떻게 설명해야 하나 싶은 듯 미간을 찡그리는 김한수를 보고 골 병장이 먼저 말을 꺼냈다.

"너 혹시 이런저런 사회단체라든가 운동본부 뭐 그런데서 일하다 온 겨?"

"비슷한 일입니다."

"내 예상이 맞았구만. 깐깐하더라니. 더플백 메고 나타난 순간부터 알아봤다."

"……."

골 병장은 종로 거리에서 데모하는 사람들을 본 기억이 났다. 김한수도 그쪽 계통이라 짐작했다.

"그래도 우선 나부터 잘살고 봐야지, 안 그래?"

"이 지구는 인간만 사는 게 아니라서 모두가 함께 공존하도록 노력해야 합니다. 예를 들면 저 바다도 보호하고 지켜야 합니다."

김한수의 말에 골 병장은 힐끗 바다를 돌아보았다.

"저 바다가 어때서? 시퍼렇게 맨날 잘 있잖아."

"알고 나면 의외로 많은 사람이 오염을 시키고 있습니다. 기름때라든가 폐수, 특히 플라스틱이 더 문제가 될 겁니다. 지구환경에 위기가 올 수도 있습니다."

"뭐? 지구환경?"

"갈수록 지구환경 문제가 생길 겁니다."

"나는 네가 문제이다."

"예?"

"내 말은 그런 일로 네가 뭐가 달라졌냐고? 기껏 나이 먹고 군에 온 거?"

비꼬듯 골 병장이 말했다.

"어떤 일이든 앞장서는 사람이 필요합니다."

"지구환경이랬냐? 나는 가방끈이 짧고 무식해서 그런 건 모르거든. 다만 한 가지는 잘 알고 있는데, 누가 뭘 주장하고 싶을 땐 돈까지 있으면 더 잘 먹힌다는 말이다."

"나부터 모범을 보이면 돈도 언젠가 따라온다고 믿고 있습니다."

"아이구, 아저씨 됐거든! 샌님 같은 소리 말고 누가 오는 거나 잘 봐. 난 한숨 때릴 테니까. 너 같은 족속들한텐 백날 말해 줘봐야 돈이 암 것도 아니지."

벽에 기댄 골 병장이 팔짱을 끼고 눈을 감았다. 김한수는 말없이 바다를 바라보았다.

"연임아부지, 내 반지 만졌슈?"

장롱 앞에서 무언가를 찾고 있던 논산댁이 텔레비전 드라마를 보고 있는 남편에게 물었다. 저녁을 먹고 난 후였다.

"뭐? 반지?"

"야아. 장롱 안 이불 밑에 감춰 둔 거유."

"난 모른다. 손댄 적 없다."

"분명 여기에 놔 두었는디…"

논색댁이 두 손으로 계속 이불 여기저기를 찔러보다가 아예 이불을 차례로 방바닥에 내려놓고 찾기 시작했다. 탈탈 털어도 보았다.

"없구먼… 없어…"

끝내 허탈하고 황당한 표정을 지으며 논산댁이 말했다.

"더 잘 찾아봐라. 어디 있겠지."

"이쪽 장롱 아닌가 싶어서 저쪽 장롱까지 다 뒤져봤어유. 내가 깜박했나 시퍼서유. 경대도 뒤지고 장판까지 들쳐 봤구먼유."

"분명 집에 둔 거 맞나? 밖에 끼고 나갔다가 잊어버린 거 아이가?"

"미쳤수? 어떻게 밖에서 잃어버린단 말유. 밖에선 반지를 한 번도 손가락에서 뺀 적 없는디. 내 손가락을 자르면 모를까 밖에선 잃어버릴 수가 없슈."

사태의 심각성을 느낀 김 씨가 벽에 기대어 있다가 바로 앉았다.

"허어어…"

논산댁이 이번엔 연임을 향해 고개를 돌렸다. 연임은 건넌방 방문을 열어놓은 채 손거울을 한 손에 들고 머리에 빗질하며 앉아 있었다. 무언가 즐거운 듯 가볍게 콧노래까지 부르고 있었다.
"연임아!"
"응?"
연임이 빗질을 계속하며 대꾸했다.
"너, 엄마 반지 봤냐?"
"반지?"
"그려, 너그 아빠하고 오빠가 엄마 생일이라고 사준 거 말여. 며칠 전 논에 참 가지고 갔을 때 너도 봤잖여."
"아, 그 반지."
"잉! 매일 한 번씩 확인하는디 두 개 다 없어야."
"모르겠는데."
"으이구! 이게 어찌된겨…!"

논산댁이 울상을 지으며 손바닥으로 방바닥을 탁, 소리 나게 치며 주저앉았다. 빗질에만 몰두하고 있던 연임이 그제야 정색하고 거울과 빗을 내려놓았다.

"엄마. 그럼, 반지 잃어버린 거야?"
"그래, 이것아! 그게 어떤 반지인데에…!"

어느새 담배 한 대를 절반이나 피운 김 씨가 모녀의 대화를 듣다가 재떨이에 담뱃불을 신경질적으로 비벼 끄며 벌컥 소리 질렀다.

"아니, 그걸 하나 제대로 간수 못하고 이 난리고!"
"힝!… 연임 아부지…"

논산댁의 눈에 눈물이 고였다.

"온 집안을 다 까뒤집어 찾든가 새 걸로 다시 사든가 재주껏 해라! 대신 나 또 못 사 준데이!"

남편이 홱 돌아앉았다. 연임이 엄마에게 다가가 어깨를 쓸어주며 작은 목소리로 위로했다.

"엄마…"

"……."

김 씨는, 시선은 텔레비전을 향해 있었으나 머릿속은 반지를 샀었던 당시 기억으로 돌아가 있었다. 모처럼 아내를 위한답시고 시내 금은방에서 아껴둔 비상금까지 털어서 샀던 반지였다. 아들도 나만큼이나 돈 꽤나 들었으리라. 그런 반지를 제대로 관리 못 하고 이런 일이 생기다니 생각할수록 부아가 났다.

잠시 동안 누구도 말이 없는 가운데 방안엔 텔레비전 드라마 소리와 간간이 쿨쩍이는 논산댁의 울음소리만 들렸다. 다시 먼저 입을 연 사람은 논산댁이었다.

"연임아, 낮에 우리 집에 온 사람 중에 누구 수상한 사람 없었냐?"

"수상한 사람?"

"잉, 점방 손님 중에 혹시 수상한 사람 없었냐고?"

"음… 그런 사람 없었는데."

"점방에 누구누구 왔다 갔는디?"

"대실네 할머니가 라면 3개 사가고, 길용이 아재가 집에 아직 파리가 많다면서 파리채를 사 갔고, 아이들 두 명 왔을 때 스케치북이랑 4B 연필을 각자 하나씩 사 갔어. 아참, 그중 한 애가 다시 돌아와서 공기놀이 장난감 하나 더 사 갔어. 오늘은 그게 전부야."

"그중에 누구 수상하거나 이상하게 행동한 사람 없었냐? 평소와 다르게."

"아니."

3. 경쟁자, 비켜라!

"이 마누라야, 도둑질을 대놓고 나 도둑이요, 하고 얼굴에 써놓고 하겠나?"

남편이 와락 못마땅한 소리로 말했다.

"당신은 가만 계슈! 답답하고 화가 나니께 물어 본거유. 그럼, 그 사람들 말고는 다른 사람은 없었단 말이제?"

논산댁의 말에 연임은 순간 망설였다. 골 병장을 만난 사실을 말할까 말까, 아직 판단이 서지 않았기 때문이었다.

"응, 아니 응."

"무슨 소리여? 응, 아니라니?"

"아냐, 그 사람들 외엔 아무도 안 왔어. 정말이야."

연임이 확실하다는 표정으로 힘주어 말했다. 자신을 예쁘게 바라봐주었던 골 병장의 서글서글한 눈빛이 떠올랐고 또 설마하니 군인이 남의 집 물건을 훔치진 않을 거란 생각 때문이었다. 더구나 우리 집 일을 도와주러 왔었던 군인이 아닌가. 연임은 골 병장으로부터 받았던, 장미를 살짝 고개 돌려 바라보았다. 앉은뱅이책상 가장자리에 장미 한 송이가 박카스 빈 병에 꽂혀 있었다. 집안에 마땅한 화병이 없어서 우선 빈 병에 꽂아두었다가 나중에 예쁜 화병을 사서 옮길 생각이었다. 골 병장의 얼굴과 그가 말한, 달콤했던 말이 다시 머릿속에 떠오르자 마음 한쪽 구석에 묘한 기분이 들었다.

"아, 그러게 그걸 와 집 밖으로 내 돌렸노? 가만 놔두잖고?"

"야아?"

논산댁이 남편을 돌아보았다.

"동네방네 자랑하니 부정 타서 글타! 아무 소리 말고 낼 당장 경찰서에 신고해라!"

김 씨가 못 박듯 잘라 말했다.

아침이었다.

누군가와 길게 통화를 하던 논산댁이 수화기를 쾅 소리 나게 내려놓았다. 화가 잔뜩 묻어있었다.

"뭐라카나?"

김 씨가 밀짚모자와 낫을 챙기며 논산댁에게 물었다.

"일이 많아 바빠서 시간이 없대유."

"그 자슥들, 바쁜 게 아니라 귀찮고 느려 빠져서들 글타!"

김 씨가 벌컥 역정을 내었다. 예상했다는 표정이었다.

"히잉… 워쩌믄 조아…?"

경찰의 대답을 듣고 논산댁이 이러지도 못하고 저러지도 못하고 있었다.

"얼릉 가자카이. 이러다 늦겠다. 동네 사람들 다 모였을 텐데."

"혼자 빠질 수도 없고 워쪈댜…?"

"아, 품앗이 약속을 다 해놨잖나. 우선 일부터 하고 반지를 찾든가."

어쩔 수 없다는 듯, 주춤거리며 남편을 따라나서며 논산댁이 말했다.

"연임아 점방 잘 보거라잉. 혹시나 수상한 사람 있음 바로 경찰에 신고 혀."

"신고 하나마나 경찰이 요즘 얼마나 물러빠졌는지 모르나?"

김 씨와 논산댁은 연장을 챙겨 들고 집을 나섰다. 연임은 총총히 걸음을 옮기는 부모를 착잡한 표정으로 바라보았다.

"수도꼭지가 이상해."

미향이 싱크대 수도꼭지를 이리저리 돌려보다가 선임하사에게 말했다. 선임하사는 현관문 앞에 쪼그리고 앉아 오늘따라 더욱 정성스럽게 전투화를 닦고 있었다. 대답이 없자 미향이 다시 말했다.

"응?"

선임하사가 돌아보았다.

"응? 뭐?"

"이거 말야. 싱크대 수도꼭지. 손 좀 봐야겠다고."

"어? 그래? 알았어. 나중에 봐줄게."

"……?"

미향이 왜 지금 당장 아니냐고 말하려는 찰나 선임하사가 갑자기 무언가 생각난 듯 먼저 말했다.

"아참, 지난번 잡아 왔던 노래미 아직 남았지?"

"응? 어, 그거 몇 마리밖에 안 남았어. 매운탕 끓여 먹었잖아."

"그래?"

"왜? 가져가서 부대원들이랑 같이 먹게?"

"아, 아냐. 그럼 그냥 나둬. 양이 그뿐이면…"

"……?"

"나 어디 좀 갔다 올게."

"부대로 가는 게 아니고?"

"응, 잠깐 들를 때가 있어서."

"어디?"

"어? 뭘 자꾸 물어…"

"……."

선임하사는 전투화를 신고 나서 군용가방 하나를 어깨에 메었다. 무엇이 들었는지 가방이 두툼했다. 곧 가벼운 발걸음으로 자취방을 나섰다.

먼지털이개를 손에 들고 상품 진열대 앞에서 먼지를 털고 있던 연임이 선임하사를 돌아보고 인사했다.
"어서 오세요."
"안녕하세요. 저 아시겠습니까?"
"네? 누구…?"
"지난번 새참 때 막걸리 얻어먹은 사람입니다."
연임이 기억을 더듬었다. 그러고 보니 군인대표로, 선임하사에게 막걸리를 따라준 기억이 났다.
"아아, 네."
"혼자 가게 보시나 봐요?"
가게 안 이곳저곳에 시선을 주며 선임하사가 물었다.
"네, 누군가는 가게를 봐야 하고, 제가 농사일에 익숙하지 않아서 바깥일을 할 수 없으니까요."
"어쨌든 부모님께 도움이 되겠군요."
"네. 조금은. 뭘 사러 오셨나 봐요."
"옙, 아가씨 마음을 사러 왔죠."
"어머?!"
"하하!"
"아이, 농담하시면 싫어요."
연임이 어색한 미소를 지었다. 그래도 듣기 싫진 않았다.

"저는 진담으로 말해도 가끔 사람들이 농담으로 오해하더군요. 억울할 때가 있습니다."

"호호! 아이…"

"군것질 좋아하세요? 오는 길에 건빵 좀 가져왔습니다."

선임하사가 군용가방 안에서 건빵 봉지 3개를 꺼내놓았다. 봉지 겉면에 군용마크가 선명하게 찍혀있었다.

"건빵요?"

"예, 사제품이랑 맛이 좀 다를 겁니다."

연임이 먼지털이개를 내려놓고 건빵 봉지를 집어들며 말했다.

"네에, 감사해요. 저 군것질 좋아하는데. 호호호…"

"예, 담에 또 가져다드릴게요."

이때, 연임이 읽고 있던 시집이 마루에 놓여있는 것이 선임하사의 눈에 들어왔다.

"시를 좋아하시나 봐요?"

"어? 네, 시집 읽는 거 좋아해요."

"저랑 똑같습니다. 하하! 나도 시집을 읽는 거 좋아하는데 어떤 시집을 읽어 보셨어요?"

"저는 서정윤 시인의 〈홀로서기〉라든가 도종환 시인의 〈접시꽃 당신〉 같은 시집 좋아하고 김소월이라든가 윤동주는 당연히 오래전부터 좋아했고요. 아저씨는요?"

"어? 아저씨? 하하…!"

"어머? 뭐라고 할까요. 아이참."

"뭐, 괜찮아요. 그런데 저는 서양 시인들 좋아하거든요. 보도대로라든가 니켈 같은 시인요."

"보도대로? 니켈요?"

"예. 그 왜 있잖아요. 〈악마의 이〉 쓴 사람하고 니켈."

"어머? 호홋!!"

"어? 왜 웃으시죠?"

"보도대로가 아니고 보들레로. 그리고 〈악마의 이〉가 아니고 〈악마의 시〉래요. 시인 릴케의 작품이죠. 니켈은 화학 기호일걸요."

"어? 아, 하하하! 맞다! 〈악마의 시〉였지. 릴케."

선임하사가 쑥스러워하며 슬쩍 뒷머리를 긁었다. 연임이 선임하사를 자세히 바라보았다. 콧날이 우뚝하고, 커다란 눈에 얼굴선도 뚜렷해서 미남형이었다. 키도 커서 연임이 약간 올려다봐야 했다.

"서양 이름은 저도 가끔 잊어버리거나 헷갈릴 때가 있어요."

연임이 미소 지으며 말했다.

"이건 뭔가요? 직접 쓴 겁니까?"

시집 옆엔 노트 한 권이 펼쳐져 있었다. 노트엔 연임이 직접 쓴 시도 적혀 있고 책에서 본 좋은 문구를 그대로 베껴놓은 것도 있었다. 노트 귀퉁이엔 어설프게나마 꽃이나 나무, 구름 따위의 그림까지 그려져 있었다.

"네, 시간 날 때마다."

"정말 잘 쓰신 거 같아요. 그림도 이쁘고. 어디 한 번만 읽어봐도 될까요?"

선임하사가 노트를 집어 들고 읽기 시작했다. '가을 모과 향기는 그대, 보고 싶은 그 얼굴, 나 몰래 전해져 오는 향기…'

"아이참, 부끄러워요."

"제목은 〈모과 향 그대〉이군요. 제목도 좋아요."

"그래요? 제목 정할 때마다 고민돼요."

"좋은 시 잘 읽었습니다."

"고마워요. 맘에 드시면 드릴게요. 호호!"

"정말요? 영광이죠."

"근데 글씨가 미워요. 전 예쁘게 못 쓰고 남자가 쓴 필체 같아서 늘 불만이에요."

연임의 글씨체는 단정함이라든가 귀여운 느낌은 부족했다.

"이런 글씨도 좋은데요, 뭐. 그리고 글씨보다 내용이 더 중요하니까요."

"다 좋게 봐주셔서 감사해요."

"하하!"

"그럼…"

연임이 노트의 시가 적혀 있는 부분을 뜯어서 선임하사에게 건네주자 선임하사는 종이를 소중한 것인 양 곱게 접어서 품속에 넣었다. 그리고 손목시계를 보았다.

"음… 오늘은 시간이 없어서 이만 가봐야겠습니다. 지나가다 또 들러도 되겠죠?"

선임하사가 점방 문을 나서며 말했다. 연임은 미소만 지었다. 승낙의 뜻으로 받아들인 선임하사의 표정이 밝아졌다. 걸음을 옮기며 선임하사는 생각했다. 성공이다. 유명 서양 시인의 이름이나 시집 제목 정도는 선임하사도 이미 알고 있었다. 사실은, 많은 시인과 시집 제목 중에서 선임하사가 기억할 수 있는 시인과 시집만을 골라 일부러 틀리게 말했던 것이었다. 그래야 그렇게 뭐라도 건덕지가 되어 연임과 좀 더 길게 얘길 나눌 수 있으리라 계산했기 때문이었다. 덕분에 이제 연임의 자작시까지 얻게 되어 무척 기뻤다.

　선임하사가 떠나고 혼자 남은 연임은 기분이 좋았다. 이틀 사이에 건장한 남자가 두 명이나 나타나서 연달아 자신에게 호감을 보였기 때문이었다. 예전에 없던 일이었다. 어제부터 거울을 보는 횟수가 늘어났고 얼굴에 로션을 바르는 손길도 전에 없이 더 세심해졌다. 연임은 즐거운 마음으로 건빵 한 봉지를 뜯은 뒤 건빵 하나를 꺼내어 입에 넣고 깨물었다. 맛있었다.

4. 평온한 일상은 깨지고

며칠이 지났을 때였다. 이른 아침햇살이 동해 위로 막 고개를 내민 시각이었다.

해안가 각 소초는 물론 예비대까지 갑자기 벌집을 쑤셔놓은 듯 큰 소란이 일었다. 병사들이 정신없이 이리저리 뛰어다니고 육공트럭의 거친 엔진소리가 아침 공기를 갈랐다.

"수상한 물체라는 보고다!"

간부들의 명령 소리와 병사들이 복창하는 소리, 군화 소리, 장비 부딪히는 소리가 트럭 엔진 소리와 한꺼번에 뒤섞인 탓에 신병들은 정신을 못 차릴 정도였다.

"5분대기조는 이미 출발했다!"

"전체 단독군장으로 하라!"

"전달! 전달! 단독군장으로 한다!"

"탄약고 열쇠 누가 가지고 있나?!"

"탄약고!" "탄약고!"

"야! 정렬해!" "소대별!" "분대별!"

각 소초에 분산되어 있던 병사들이 차례로 육공트럭에 실려 최종집결지 2-1소초에 도착했다. 마침 출동할 목표지점과 가장 가까운 거리의 소초였기 때문이었다. 작은 연병장에 육공트럭 3대가 자리하자 소초 전체가 꽉 차 답답해 보였다. 병사들은 연병장 가장자리로 밀려나 도열 했다. 앞사람의 뒤통수를 코앞에 둔, 자연스레 밀집대형이 되었다. 소대장들이 인원 점검하는 동안 병사들은 각자 자신의 휴대품을 꼼꼼히 체크했다. 개인화기, 탄띠, 대검, 야전삽 등…. 김한수와 김동익도 눈치껏 행동했다. 생전 처음으로 맞닥뜨린 비상 상황에 잔뜩 긴장된 표정들이었다.

"선임하사 어딨나?!"

골 병장은 짬밥의 영향인지 비상이 걸렸어도 별로 개의치 않고 무덤덤하게 서 있을 때 9중대장이 큰소리로 선임하사를 찾고 있었다. 골 병장의 시선이 9중대장을 향했다.

'어라?' 그러고 보니 아까부터 선임하사가 골 병장의 눈에도 보이지 않았다.

"선임하사!"

중대장이 불러도 대답이 없고 병사들이 연병장과 위병소를 둘러보아도 선임하사는 눈에 띄지 않았다. 간부가 함부로 자리를 비우다니. 9중대장이 인상을 썼다. 내무반과 상황실 취사장 다 뒤져보라고 버럭 소리치자 병사 몇 명이 뛰어나갔다.

상황실로 뛰어가고 있던 병사 앞으로 상황병 오경규가 마주 달려오며 본인 혼자 있었노라 중대장에게 보고했다. 창고, 화장실에도 없었다. 9중대장의 얼굴이 더욱 일그러졌다. 시계를 보았다. 예비대소속

7중대와 11중대는 이미 출발했을 것이다. 9중대도 더 지체할 시간이 없었다.

골 병장이 자전거를 타고 정신없이 어디론가 달려가고 있었다. 평소 선임하사가 타던 자전거가 상황실 건물 벽에 기대어 있었는데 그것을 타고 온 것이었다. 자전거가 소초에 그대로 있었다는 것은 선임하사가 대대본부라든가 다른 어떤 곳으로 멀리 가지 않고 근방에 있다는 뜻이었다. 소초를 나온 골 병장은 민간인들이 사는 동네 골목길을 따라 힘껏 페달을 밟았다. 시간은 자꾸만 흘러가고 있었다. 빠르게 이리저리 10여 가구를 가로지르는 동안 어디에도 선임하사는 눈에 띄지 않았다. 어느새 다방 앞까지 달려온 골 병장이 다방 입구에 자전거를 던져두고 허둥지둥 계단을 뛰어 내려가더니 곧바로 도로 나왔다. 이곳에도 선임하사는 없었다. 다시 자전거에 올라탄 골 병장은 어디론가 다시 허둥지둥 달려갔다.

"아이참, 정말 없다니까요! 보세요!"
자취방 안엔 잠옷 차림에 머리칼을 산발한 미향이 골 병장에게 방안을 가리키며 짜증 난 목소리로 말했다. 현관문 문고리를 잡고서 숨을 헐떡이며 골 병장이 다시 말했다.
"비상 걸렸다니까요? 어디 있는지 정말 몰라요?"
"비상이든 뭐든 난들 어떻게 알아요. 어디 간단 말도 없이 사라졌는데."
"……!"
"요 며칠 뭐가 그리 바쁜지 뭘 물어도 대답도 거의 안 해요."

골 병장은 맥없이 돌아섰다. 욕이 저절로 나오려 했지만 애써 참았다.

선임하사를 찾는 걸 포기한 골 병장은 소초로 돌아가려고 또다시 가쁜 숨을 몰아쉬며 자전거의 페달을 밟았다. 연임 네 점방 앞을 지나다가 혹시나 해서 점방 안으로 눈길을 주었다. 닫혀있는 점방 창문을 통해 선임하사의 뒷모습이 얼핏 눈에 들어왔다. 골 병장은 자전거를 던져 놓고 점방으로 뛰어갔다.

마루에 걸터앉아 있는 선임하사와 방문을 열고 방 안에 앉아 밖에 있는 사람과 얘길 나누고 있는 연임이 보였다. 두 사람 모두 즐거운 표정이었다. 단순히 손님과 가게주인의 모습이 아닌 어떤 묘한 분위기가 느껴진다고 골 병장은 생각했다. 드르륵 가게 문을 열어제꼈다.

"선임하사님!"

선임하사와 연임이 깜짝 놀라 돌아보았다.

"엇? 골 병장!"

"어머?!"

"여기서 뭐 하고 있습니까?"

"고, 골 병장 넌 여기 왜 왔어?"

"지금 소초가 아니 전 대대 병력이 비상 걸린 거 모르십니까?! 선임하사님 찾으러 다녔소!"

"뭐? 비상?"

"연임씨, 텔레비전 좀 켜 봐요!"

연임이 얼른 리모컨을 찾아들고 안방에 있는 텔레비전을 켰다. 벌써 뉴스 속보가 떴다. 헤드라이트를 켠 육공트럭이 줄을 지어 달려가고 있고 트럭엔 중 무장을 한 병사들이 입을 굳게 다문 채 무거운 표정들을 하고 있었다.

"뭐, 뭐냐?"

선임하사가 놀란 목소리로 물었다.

"오늘 새벽 안인진리 해안가에 수상한 물체가 나타났답니다. 얘기할 시간 없습니다. 갑시다!"

"아, 알았다!"

선임하사가 벌떡 일어나는 순간 마루에 놓여있던 건빵을 툭 건들었다. 연임에게 주려고 또 가져온 건빵이었다. 골 병장은 그제야 건빵이 있었음을 알 수 있었다.

"건빵…?"

골 병장이 선임하사와 연임을 번갈아 보며 말했다.

"으응? 저, 저거 아무것도 아냐."

선임하사가 밖으로 서둘러 나서며 어깨너머로 대답했다. 골 병장은 선임하사를 뒤따라 나서다가 그 자리에 멈춰 섰다. 무언가 찜찜한 기분이 쉽게 발걸음을 떨어지지 않게 만들었다. 해서 연임을 돌아보고 입을 열었다.

"연임씨…"

어떤 실망감조차 느껴지는 골 병장의 목소리였다. 동시에 연임을 바라보는 골 병장의 눈빛이 순간적으로 날카롭게 반짝였다. 연임과 선임하사 두 사람의 행동을 이해할 수 없다는 눈빛이었다.

연임이 당황해하는 표정으로 고개를 옆으로 돌리며 낮은 목소리로 중얼거렸다.

"아, 아니… 전… 그냥…"

"야, 안 나오고 뭐 해?!"

선임하사가 문밖에서 소리쳤다. 골 병장은 더 이상 시간을 지체할 수 없어서 밖으로 나오며 중얼거리듯 한마디 했다.

"… 나중에 얘기합시다."

"……."

골 병장이 쓰러져 있던 자전거를 일으켜 세우니 선임하사가 뒷자리에 앉으려 했다.

"대신 페달 좀 밟아 봐요! 정신없이 달려왔더니 다리가 뻣뻣해졌소!"

선임하사가 앞자리에 올라타고 골 병장이 엉덩이를 뒷자리에 걸치자마자 자전거는 출발했다. 1분 정도 두 사람은 말이 없었다. 서로 다른 생각이 두 사람의 머릿속에서 떠나지 않았다. 골 병장으로선 연임에게 골 병장이 장미를 건네줄 때 함께 나눴던 대화가 생각이 났고, 선임하사는 연임과 오붓하게 대화를 나누고 있던 순간이 골 병장으로 인해 깨어져 버려서 기분이 좋지 않았다. 건빵을 건네준 첫날을 포함해 오늘로써 세 번째 만남이었다. 물건을 살 것도 아니면서 불쑥 찾아갈 때마다 연임은 미소로 맞았고, 선임하사는 그 미소에 빠져 가슴이 부풀었다. 오늘은 조금만 더 시간이 있었더라면 연임에게 더 적극적으로 다가갈 수 있었을 텐데. 끼익 끼익 페달이 돌아가는 쇳소리만 한낮의 정적을 갈랐다. 침묵을 참을 수 없어 골 병장이 먼저 입을 열었다.

"아까 그 건빵은 뭡니까?"

"아무것도 아니라니깐."

아니긴 개뿔, 하나를 보면 상대방 숨소리만으로도 대여섯은 알 수 있는 말년이다. 과자를 파는 집에 건빵이라니. 그것도 군용건빵이.

"이건 군대 계급으로 하는 말이 아니고 고향 선후배 사이로 말하는 거요."

"······?!"

선임하사는 아무런 대꾸도 없이 계속 페달을 밟았다.

"여자랑 동거하고 있는 양반이 왜 또 다른 여자한테 눈독을 들이는 거유?"

"······."

"왜 말 안 합니까? 내 말 안 들려요?!"

선임하사가 마지못해 툭 내뱉었다.

"그 여잔… 택시하고 자가용이 같냐."

"흥!"

자신의 짐작이 맞았구나, 라는 생각과 함께 골 병장은 기분이 나빠지려 했다. 선임하사가 말을 이었다.

"걔랑은 결혼을 약속한 사이도 아니고…"

"우리 엄마가 나한테 자주 했던 말이 뭐냐면 말요, 새로운 여자 만나봐야 그년이 그년이고 반대로 여자 입장에선 남자도 그놈이 그놈이란 거요."

"그런 말이나 듣고 다니다니 의외로 순진하네. 골 병장 답지않게. 연애의 짜릿함을 모르는구만."

"그냥 나한테 양보하쇼!"

"싫타. 너나 관심 꺼라."

골 병장은 화가 나서 자전거에서 풀쩍 내려서며 버럭 소리쳤다.

"아씨!"

선임하사가 급히 자전거를 세우고 돌아보았다.

"뭐냐?! 왜 내려?! 그리고 너 나한테 욕했냐?! 난 너 상관이야. 새꺄!

하극상 몰라?!"

"고향 선후배로 말한다고 했잖수!"

"빨랑 타! 급하다며!"

"걸어갈 테니까 먼저 가슈!"

"네가 나 엿 먹이려고 작정했냐?! 타! 명령이다!"

"안 타!"

"뭐?!"

"연임씨를 포기한다고 약속하면 타지."

"개소리 마라!"

선임하사가 자전거를 세워놓고 뛰어와 골 병장의 손을 잡고 당겼다.

"나중에 얘기하자. 부대 복귀가 우선이다!"

"이거 놔!"

골 병장이 손을 뿌리치며 벗어나려 하자 선임하사의 표정이 일순간 험악하게 변하기 시작했다.

1소대와 2소대 병사들이 두 대의 육공트럭에 나눠 올라타고 명령을 기다리고 있는 와중에 9중대장이 고래고래 소리를 질렀다. 4소대와 본부중대는 5분대기조와 함께 이미 출발하고 없었다.

"야, 선임하사 아직 못 찾았나? 골 병장까지 왜 안 보여? 앙?!"

아직 연병장에 총을 메고 도열 해 있는 3소대 병사들은 난감하고 굳은 표정으로 말없이 서 있었다. 무능한 간부는 고문관 병사보다 더 골칫거리 임을 확인하는 순간이었다. 시계를 연신 바라보던 9중대장이 결심한 듯 말했다.

"안 되겠다. 다른 소대부터 먼저 출발해!"

"옙!"

"알겠습니다!"

조수석에 앉아 명령을 기다리고 있던 1소대장과 2소대장이 큰 소리로 외쳤다.

"1소대 출발!"

"2소대 출발!"

육공트럭이 매연을 뿜으며 움직이기 시작했다. 차량을 앞뒤로 여러 번 움직인 뒤에야 방향을 바꿀 수 있었다. 두 대의 육공이 떠나가고 나서 5분 정도 지났을 때였다. 저만큼 숨을 헐떡이며 뛰어오는 선임하사와 골 병장을 먼저 발견한 윤 상병이 손으로 가리키며 외쳤다.

"앗! 중대장님, 저기 옵니닷!"

중대장이 돌아보았다. 선임하사와 골 병장이 9중대장 앞으로 뛰어와 번갈아 경례한 뒤 차렷 자세로 섰다. 머리끝까지 화가 난 중대장이 소리쳤다.

"야, 뭣들 하는 새끼들이야?! 앙?!"

"죄, 죄송합니다!"

숨을 헐떡이며 선임하사가 굳은 표정으로 먼저 대답했다.

"찾아다니느라 늦었습니다. 죄송합니다."

골 병장이 숨을 고르며 말했다.

"변명하지 마라! 어? 근데 너희들 얼굴은 왜 그래?"

선임하사와 골 병장 둘 다 얼굴에 군데군데 긁힌 듯한 상처가 있었다.

"이, 이건… 자전거 함께 타고 오다가 넘어졌습니다."

손으로 얼굴을 만지며 선임하사가 말했다. 두 사람 사이에 분명 무슨 일이 있었음을 눈치 챈 9중대장은, 할 말은 많으나 지금은 때가 아니라는 듯 화를 억누르며 명령했다.

"긴말할 시간 없다. 잘잘못은 나중에 가리고 우선 애들 인솔해서 출발해. 앞차를 따라가!"

"알겠습니다!"

선임하사가 뒤돌아 3소대 병사들을 향해 소리쳤다.

"3소대 전원 탑승! 출발한다!"

병사들이 빠른 동작으로 트럭 위에 올라타기 시작했다. 이 와중에 순간적으로 선임하사와 골 병장의 눈이 마주쳤다. 서로 불만 가득한 눈빛이었다. 두 사람은 굳게 입을 다문 채 선임하사는 트럭 앞칸으로, 골 병장은 뒤 칸에 올라탔다.

이날 새벽에 일어난 일이었다.

민간인 복장을 한 십여 명의 남자들이 아직 새벽의 여운이 남아있는 안인진리 해안가에 나타났다. 이들은 먼저 울퉁불퉁한 해안가 바윗돌 뒤에 숨어 사방을 조심스레 살피다가 재빠른 걸음으로 7번 국도를 가로지른 후 청학산 초입으로 숨어들었다.

이른 새벽이라 지나다니는 차량이나 사람은 없었다.

다만, 같은 시간대에 장애인 아들과 아버지가 배낭을 하나씩 메고 능선을 따라 산을 오르고 있었다. 언제나 아버지가 앞장서고 아들은 뒤따랐다. 앞만 보며 걸음을 옮기던 아버지가 무심코 고개를 들었을 때 저 멀리 반대편 능선에 여러 사람이 줄을 지어 서둘러 산으로 올라가는 모습이 눈에 들어왔다. 평소와 다른, 흔치 않은 일이라 좀 더 자세히 보려고 했지만 금방 산그늘 속으로 사라져 버려서 그들이 누구인지 알 순 없었다. 약초꾼들인가? 하지만 그럴 리는 없었다. 십수 년을 산을 오르내렸던 아버지는 지금껏 주위에 떼를 지어 다니는 약초꾼은 본적도, 들은 적도 없었다. 혹시 잘못 본 게 아닐까, 라는 생각도 들었다. 나이를 먹으니 시력이 예전만 못하다고 요즘 들어 느끼고 있었기 때문이었다. 아버지는 아들의 배낭을 다시 한 번 추슬러준 뒤 걸음을 재촉했다.

"작전 대기하라!"
상부에서 내려온 명령이었다. 병사들은 모두 굳은 표정으로 불안한 눈빛을 숨기지 않았다.
하루하루 국방부 시계가 잘 돌아가기만 바라며, 평온한 일상을 보내고 있던 병사들에게 뜬금없이 비상 출동이라니. 그것도 단순 해안 경계병들인 자신들까지. 이건 전혀 예상 못 한 일이었다. 육공트럭이 한참을 달려 산 초입에 병사들을 내려놓자, 병사들은 또다시 능선을 따라 한참을 걸어 정상까지 올라왔다. 정상에 올라와 보니 사방에 높다란 봉우리들 천지였다. 저 멀리 태양이 서서히 떠오르자 이에 맞춰 군데군데 산 중턱에 깔려있던 구름도 걷혀갔다. 그러자 먼 곳의 봉우리들까지 더욱 또렷이 보이기 시작했다. 마치 거대한 산맥이 지금 막 기지개를 켜고 아침을 맞는 듯했다. 그러나 이런 장관을 감탄할 여유도 없이 고참 병사들은 너도나도 한마디씩 소곤거렸다.
"병장 말년에 이게 뭔 짓이여. 씨부랄 것들, 나 제대한 뒤에나 오든가."
"쉿! 11중대엔 전역 대기자까지 투입됐다는 말 못 들었냐."
"쓰발, 뭔가 수상한 게 나타났다는데 뭐여."

"해안가라던데 왜 우린 산속으로 온 겨?"

"몰러, 에이 재섭어!"

골 병장은 가만히 주위를 둘러보았다. 불과 몇 시간 전만 해도 자신이 침상에 누워있었던 게 분명했건만, 지금은 전혀 낯선 어느 산, 산꼭대기와 올라와 있다는 사실이 스스로도 낯설게 느껴졌다. 다만 자신의 탄띠에 140발의 실탄과 한 발의 수류탄의 무게감이 그동안 빈총으로 가볍게 다니던 때와는 확연히 달라서 꿈을 꾸고 있는 게 아니라는 것을 알 수 있었다.

병장 짬밥까지 먹는 동안 이런저런 훈련을 많이 받긴 했지만, 그것은 말 그대로 어디까지나 훈련이었을 뿐, 오늘처럼 실탄과 수류탄을 휴대한 채 긴장감으로 명령을 기다린 적은 없었다. 더구나 아직 적이 누구인지, 어디에 있는지 실체가 명확히 드러난 것도 아니잖은가.

이때였다. 중키에 아랫배가 불룩 나온 대대장이 작전장교와 무전병을 양쪽에 거느리고 어디에선가 불쑥 나타났다. 오른쪽 허리에 권총 한 자루가 매달려 있었다. 대대장이 병사들에게 속사포처럼 말했다.

"안인진리에 소형잠수함 한 척이 발견됐고 승조원은 모두 사라졌다고 한다! 우리 임무는 공비를 한 명도 남김없이 색출해서 생포하거나 사살하는 것이다!"

"고, 공비?!"

"잠수함?!"

병사들에게 이 소식은 놀라움을 너머 충격적이었다. 공비라니!

민간인들의 고깃배로 오인되었거나 기껏해야 북한에서 떠내려 온 어선 정도 아닐까 예상했던 병사들에겐 잠수함과 공비라는 단어는 생경한 느낌을 주었다. 공비란 말에 병사들은 오래전 TV, 신문 등에서 아군에게 사살된 공비들이 실린 사진을 본 기억이 떠올랐다. 아군의 허점을 이용하거나 위장 전술 등으로 국내에 침입 후 큰 피해를 주다가 끝내 사살된 공비들. 그런 공비들이 또 나타났다니, 믿을 수가 없었다. 더구나 안인진리는 골 병장의 소초와도 멀지 않은 곳이었다. 바로 코앞으로 공비들이 지나간 것이었다. 병사들의 충격이 가시기도 전에 대대장이 또다시 목청을 높였다.

"별도의 명령이 오기 전까지 우선 중대별로 사주경계 철저히 하면서 대기하라."

이 말과 함께 대대장은 어디론가 사라졌다. 즉시 중대별로 인원을 나누어 사주경계 조를 선발했다. 사주 경계조가 떠나자 남은 병사들은 장비 점검과 자신들이 서 있는, 거점지역의 지형과 지리를 익히느라 부산을 떨었다.

시간은 빠르게 흘렀다. 얼떨결에 오전이 지나가 버렸고 어느덧 오후를 가리키고 있었다.

아무런 일도 없이 반나절이 지나자 병사들은 공비 출몰이라는 처음 충격도 어느 정도 가라앉았다. 날씨가 워낙 좋은 탓에 시간이 흐를수록 일부 병사들은 오히려 야외로 등산, 소풍을 온 느낌마저 들었다. 높고 푸르른 하늘에 크고 작은 흰 구름이 떠다녔다. 전형적인 가을 날씨였다.

공비가 침투했다지만 아직 공비의 그림자조차 본 적 없고, 잠수함은 커녕 쪽배 한 척 보지 못했다. 나무 그늘에 풀썩 주저앉으며 골 병장이 주위 병사들에게 말했다.

"야야, 판 벌려!"

"예… 예?!"

병사들은 놀란 표정으로 돌아보았다. 아무리 돈에 환장한 골 병장이라지만 이런 상황에서 무슨 돈 내기를 하겠다는 건지 다들 이해 못하겠다는 표정들이었다. 다행히 근처에 간부들은 눈에 띄지 않았다.

"뭘 쫄고들 그래? 금방 상황 종료된다."

골 병장 스스로 상황이 곧 종료되길 바라며 병사들에게 한 말이었다. 그의 말에 몇 명의 병사가 구미가 당기는지 머뭇머뭇했다. 골 병장이 준비운동처럼 양 손바닥을 샤샤삭 비벼대며 계속 바람을 넣었다.

"선수들 모여라, 모여. 놀면 뭐 해. 저축도 하고 그래야지."

"……"

병사들이 계속 쭈뼛거리자 골 병장이 채근했다.

"어라? 다들 쫄보들이세요? 괜찮다니깐, 그래. 긴장을 푸는 덴 이게 최고여. 안 그렇습니까, 선임하사님?"

골 병장이 저만큼 서 있는 선임하사를 향해 일부러 선임하사란 단어를 또박또박 끊어 발음했다. 선임하사를 바라보는 눈빛엔 개인적인 일로 여기서 분위기를 무겁게 하지 말자는, 타협의 뜻도 담겨 있었다. 눈치가 빠른 선임하사이기에 내 말뜻을 모르지 않으리라 골 병장은 생각했다.

"……"

선임하사는 가타부타 말이 없었다. 말하기가 곤란했다. 본인 스스로 출근 시간에 영외에서 노닥거린 죄가 있을뿐더러, 어쨌든 골 병장의 도움까지 받은 터라 차마 대놓고 금지하란 명령을 할 수 없었다. 더구나 간부는 현재 혼자였다. 선임하사로부터 별다른 말이 없자 허락으로 생각한 병사들이 골 병장 가까이 우르르 몰려들었다. 골 병장은 신났다.

"그렇지! 하하! 다들 긴장 풀고! 풀고!"

병사들이 떠들어 대기 시작했다.

"따면 PX가서 한 턱 쏜다!"

"넌 지난번에 빌려 간 돈부터 갚아, 임마!"

"누구 잔돈 좀 바꿔주십시오. 오천 원짜리입니다."

"미리 좀 잔돈 챙겨서 다녀."

"예."

"여깃다."

당장 돈이 오가기 시작했다. 선임하사는 굳은 표정으로 팔짱을 낀 채 말없이 지켜만 보았다. 하지만 그래도 이건 아니다 싶은 생각이 슬슬 치밀어 올랐다. 이대로 놔두면 골 병장은 물론, 병사들에게까지 위신이 서지 않을 것 같았다. 그래서 본인이 절대 만만한 존재가 아니란 걸 일깨워 주기 위해서라도 골 병장에게 한마디 하기로 결심했다.

"경고하는데 다른 간부들이 보면 영창 간다. 고참도 예외 없다."

골 병장이 손바닥 안의 동전을 흔들어 대면서 대답했다.

"신병들까지 실탄을 가지고 있는 마당에 오발 사고라도 나면 안 되잖습니까. 우선 긴장을 푸는 게 중요하다니깐요. 히히…"

병사들은 점점 돈내기에 빠져들기 시작했다. 선임하사가 시선은 먼 산에 둔 채 골 병장과 신경전을 벌였다. 골 병장은 한 귀로 듣고 있었다.

"골 병장, 너는 너 스스로 고집이 세다는 것 정도는 알고 있지?"

벌써 돈을 따기 시작해 기분이 좋아진 골 병장이 웃으며 선임하사의 말에 대꾸했다.

"고집요? 아닙니다. 그 일에 대해 말하는 것 같은데, 나한텐 당연한 일입니다."

"얼씨구."

골 병장의 말에 선임하사가 인상을 찌푸렸다.

"다시 말하는데 그 일은 그분이 포기하는 게 좋을 겁니다. 나는 끝까지 갈 거거든요."

"그 분이라니 누구를 말하는지 모르겠지만 어쨌든 아랫사람이 윗사람한테 양보해야 하는 거다."

"그런 일은 양보하고 자시고 할 문제가 아니라니깐요. 인생이 걸린 건데."

"뭐야?"

"그분은 집에 바라봐 주는 사람이 있잖습니까. 난 이해를 못 하겠습니다."

"다르다고 얘길 했을 텐데."

"아, 그런 말은 귀에 안 들어올 때가 있습니다. 누가 이상한 소리할 때요."

"뭐? 음…"

병사들은 골 병장과 선임하사가 주고받는 대화를 이해할 수 없어서 어리둥절하기만 했다. 그 분이란 누굴 두고 하는 말인지, 양보하라니 무얼 양보하란 것인지, 집안의 사람은 무엇을 본다는 것인지.

선임하사는 불만 가득한 얼굴로 골 병장을 줄곧 노려보았다.

11명의 남자가 숨을 헐떡이며 산 정상 부근까지 올라왔다. 대부분 청바지에 운동화 차림으로, 20살 중반부터 갓 60살이 된 사람까지 연령이 다양했다. 나무를 헤치며 앞장섰던 사람이 정상 부근에 조그마한 공터가 나오자 – 태풍 등으로 뿌리째 나무가 뽑혀 나가며 생긴 공터였다 – 장소를 정한 듯 길게 숨을 내쉬고 나서 땅바닥에 풀썩 주저앉았다. 뒤따라 나머지 사람들도 길게 숨을 내쉬며 하나둘 자리를 잡고 앉았다.

태양 빛은 점점 머리 꼭대기에서 내리쬐고 산 정상 부근임에도 바람한 점 없었다. 간헐적으로 먼 곳에서 새들이 지저귀는 소리가 들려올 뿐 주위는 무척이나 조용해서 적막감마저 들었다.

11명 남자 가운데 누구도 입을 뗄 생각조차 않고 다들 험상궂은 표정에 매서운 눈초리로 땅바닥만 내려다보았다. 침묵이 주변공기와 더불어 남자들의 어깨를 더욱 짓눌렀다. 남자들의 거칠었던 숨소리가 점차 가늘어지더니 이제는 아예 들릴 듯 말 듯 했다. 갑자기 무리 중에서 쇳소리가 나는 목소리를 가진 사내가 고요함을 산산조각 내었다. 그가 마른 체구의 한 사내를 손가락으로 가리키며 날카로운 말투로 입을 열었기 때문이었다.

"내가 너무 가까이 붙으면 안 된다고 여러 번 말하지 않았음매! 이거이 동무책임이오!"

강한 쇳소리가 마른 남자를 더 자극한 탓인지 그가 무섭게 휙 돌아보며 대거리했다.

"파도치는 걸 못 봤음매?! 이런 날씨엔 잠수함도 파도에 휩쓸린단 말이우다."

"그깟 파도가 조금 쳤다기래 잠수함이 그리 출렁이간? 핑계대지 말라우."

"모르면 입 다물라우. 날씨하고 조건이 얼마나 물속에서 중요한디 모르간?!"

"파도가 치든 안치든 잠수함은 해안가에서 항상 2km이상 떨어져 있어야 한다는 규정을 잊었음매?"

"규정, 규정하디 말아우. 조건따라 상황따라 조금 바꿀 수 있는거디. 동무는 꽉 막혔시야."

"기래도 무조건 동무책임이오!"

"억울하구만 기래. 진짜 잘못이라면 운항을 잘 못 한 기관장 동무 책임이 크디!"

이번엔 화살을 다른 사람에게 돌렸다. 그 말을 들은 기관장이 발끈했다.

"뭐시기요? 워째 내 책임 임둥?! 파도가 가라앉을 동안 기다리자고 내 말하지 않았음매? 그러면 바위틈에서 충분히 빠져나올 수 있었을 끼오. 동무가 무리하게 서둘러서리 스크루까지 망가진 것이오! 책임지시라요!"

"이미 수면으로 나온 상황에서리 뭘 더 기다린단 말입매? 날이 밝기 전에 조치해야 발각 안 될 거고, 무엇보다 우리 동지들을 멀리 대피시켜줘야 해야 했음 둥. 이길 왜 모르지비?!"

"수면으로 나온 것은 동무가……!"

이때였다. 갑자기 또 다른 목소리가 두 사람의 대화를 가로막았다.

"모두 닥치라우!"

그 말에 쇳소리와 마른 체구 두 사람은 입을 다물었다. 대화를 중단시킨 사람은 굳은 표정으로 줄곧 말없이 앉아 있던 함장이었다. 60초반의 나이에 권위와 무게감이 느껴지는 낮고 침착한 목소리로 다시 입을 열었다.

"상황은 이미 벌어진 기고 돌이킬 수 없게 됐음매."

"……."

"……."

모두를 묵묵히 함장의 말을 듣고만 있었다.

"지금에 와서리 어느 동무가 잘했고 어느 동무가 잘못했고 이거이 아무런 소용없음매."

"……."

"……."

함장은 부하들이 뭐라고 떠들어대든 최종책임은 자신에게 있다는 것을 잘 알고 있었다. 설령 모두가 살아서 돌아간다고 한들 이번 일에 대한 책임과 처벌은 피할 수 없을 것이다. 남자들은 함장의 말을 인정하지 않을 수 없었다. 갑자기 함장의 목소리가 빨라졌다.

"시간이 없음매. 남조선 아이들이 우리 행방을 찾기 시작했을 끼요. 이리 된 마당에 누굴 책임자로 처벌하는 거이 아무 의미 없다 이말임매. 우리가 마지막으로 할 일은 우리의 나머지 영웅 전사들이 발각되지 않고 무사히 조국 품으로 돌아가도록 도와주는 것임매. 내 말이 무슨 뜻인지 다들 알겠지비?"

"……."

"반드시 따라야 하는 상부 지시를…"

"……."

모두 무거운 표정으로 땅바닥을 내려다보았다. 마른 남자가 고개를 들고 함장에게 말했다.

"아, 알고 있습네다. 함장 동지. 발각 시에는 자폭으로 혁명 과업을 완수하라는…"

"기렀소. 기럼, 시작하자우. 급하게 탈출하느라 수류탄은 못 가지고 나왔으니 대신 총으로 하자우."

함장이 품속에서 권총을 꺼냈다. 샛노란 빛깔의 권총이, 햇빛을 받자 더 번쩍거렸다. 함장은 만감이 교차하는 듯 잠깐 권총을 바라보았다.

'군대가 곧 인민이고, 국가이며 당이다,'라고 말씀하신 최고 존엄. 해군력 강화를 특히 강조하셨던 위대한 지도자 동지께서 함경도 락원군(퇴조군) 동해함대 사령부를 방문하셨을 때 특별히 하사품으로 주신 권총이었다. 해군을 위해 공로를 세운 사람 중에서 고르고 또 골라 단 7명에게 7정을 하사하셨다. 참으로 엄청난 영광이었다. 아내는 권총을 보자마자 울음을 터뜨렸다. 원산항을 떠나올 때 아내는 권총을 향해 머리 숙여 절한 뒤 나에게 두 손으로 권총을 건네주며 지도자 동지께서 당신을 지켜주실 거라고 말했다.

'으음…'

이 권총을 남조선 땅, 이런 상황에서 사용하게 될 줄이야. 남자들은 권총을 눈앞에 보는 순간 속으로 결국 올 것이 오고야 말았다는 표정들이었다. 결단과 체념과 슬픔이 묘하게 섞여 있었다. 함장은 이 장소가 자신의 최후, 생을 마감하는 자리라는 생각이 들자 다시 잠깐 주위를 둘러보았다. 이곳은 남한 땅. 문득 잠수함과 별개로 개인적 궁금함으로 머릿속이 혼란스러워지기 시작했다. 동지들을 태워서 남북으로 왕복하는, 전임자의 직위와 임무를 이어받은 함장은 이번이 세 번째 출항이었다. 두 번째 출항 때의 기억이 떠올랐다.

강릉 앞바다 수 킬로미터 근처에서 어떤 일로 인해 잠수함을 수면 가까이 잠깐 부상시킨 적이 있었다. 밤이었다. 그 때 잠망경으로 본 강릉은 밝은 빛을 띠고 있었다, 온 세상이 까만 가운데 강릉은 또렷하게 불을 밝히고 있었다. 위치를 착각했거나 상선을 본 것도 아니고 분명 강릉시였다. 남한은 전력난이 심하다고 들었는데 이게 뭐지? 서울이나 부산 같은 대도시가 아님에도 이렇게 불을 밝힐 수 있단 말인가. 그 순간 함장은 최근에 들었던 라디오 방송이 생각났다. 퇴근 후 라디오를 만지작거리다가 우연히 들었던 남한 방송이었다. 라디오에서 누군가 남쪽 사람들은 누구나 자유롭게 여행을 다닐 수 있다고 했다. 그 말을 듣자 믿을 수 없었다.

통행증이 없으면 절대 아무 곳에도 갈 수 없는 곳에서 살고 있었기 때문이었다. 그날 이후 수시로 몰래 라디오를 들을수록 자신의 믿음에 의문이 가기 시작했다. 주위를 돌아볼 여유도 없이 오로지 군과 당을 위해서 평생을 살아온 자신이었기에 도무지 혼란스럽기만 했다. 이런 와중에 함장은 세 번째 출항에서 어쩔 수 없는 상황을 맞아 남한 땅을 밟게 되었다. 함장은 오늘 새벽에 건너왔던 해안가 도로도 잘 닦여 있었음을 기억했다.

이때였다. 어디선가 부스럭하는 소리에 함장은 자신의 생각에서 깨어났다.

분명 무슨 소리가 들렸었다. 일동은 순식간에 그 자리에 엎드렸다. 함장은 권총을 소리가 난 방향으로 겨누었다. 잔가지 스치는 소리와 바닥에 닿는 발소리로 누군가가 걸어오고 있음을 알 수 있었다. 발걸음 소리는 점점 가까워졌다. 긴장감으로 함장과 승조원들은 숨도 제대로 못 쉬며 상대방이 나타나기를 기다렸다. 곧 아버지와 그 아들이 나타났다.

두 사람뿐임을 확인한 함장이 눈짓으로 승조원들에게 신호를 보냈다. 그러자 모두 일제히 바닥에서 일어나 부자를 에워쌌다.

"헉!"

부자는 깜짝 놀라 그 자리에 우뚝 멈춰 섰다.

"누… 누구시오?"

"그 말을 내가 먼저 물어봅세. 이 시간에 산속에 돌아다니는 동무는 뉘기요?"

뜻밖의 말투와 억양에 어리둥절해진 아버지가 대답했다.

"도… 동무? 우리말이오? 우린 약초 캐는 사람들이오."

"약초?"

함장과 승조원들은 부자의 차림새를 살폈다.

"그렇소, 매일 이산 저산 돌아다니면서 버섯 같은 걸 따러 다니는 게 직업이오. 9월이라 더 일찍 산에 올라왔소. 약초꾼 모르시오? 그런데 댁들은 누구시오?"

아버지가 영문을 모르겠다는 표정으로 주변 사람들을 둘러보며 물었다.

"음… 우린 군인이나 경찰 뭐 그런 쪽 사람들인 줄 알았지비. 소식 못 들었는기요?"

함장이 안 주머니에 권총을 숨기며 대답 대신 되물었다.

"소식이라니오? 무슨…? 우린 새벽밥 지어먹고 산으로 들어와서 암 것도 모르오."

"……."

함장과 승무원들은 아버지의 말에 잠시 침묵했다. 아버지의 말엔 주저하거나 막힘이 없었기 때문이었다.

"거짓말 아니디?"

쇳소리 남자가 날카로운 눈빛으로 아버지를 쏘아보며 주먹을 쥐고 불쑥 앞으로 나서며 다짐받듯 말했다. 아버지와 아들은 흠칫 놀라 주춤했다.

"아흐…! 아흐…!"

아들이 잔뜩 무서워하며 아버지의 팔에 매달려 입에서 이상한 소리를 냈다. 초점 없이 흐릿했던 눈동자엔 두려움이 나타났다.

"괘, 괜찮다. 괜찮아. 아부지 여기 있다. 아부지…"

아버지가 아들의 어깨를 감싸 안고 어깨를 토닥였다. 아들이 아버지의 가슴으로 파고들며 무언가를 웅얼거리더니 겨우 진정되었다.

"가진 것 모두 땅에 내려놓으라우!"

아버지가 자신의 망태기와 아들의 망태기까지 땅바닥에 내려놓자 승조원 두 명이 달려들어 망태기를 뒤지기 시작했다. 망태기 안에서 자루가 짧은 괭이 하나와 호미 두 개가 나왔고 따로 싼 작은 보자기 안엔 찐 고구마와 옥수수 그리고 작은 물통 하나가 들어있었다. 함장과 승무원들은 부자가 약초꾼이란 것 믿지 않을 수 없었다. 하지만 선뜻 어떤 결정을 못 하고 서로 얼굴만 바라보았다. 예상 못 한 일이었기 때문이었다. 아버지와 아들은 두려움에 아무런 말도 못 하고 서로 꼭 안고 있었다.

"없애야 하지 않겠슴매? 함장 동지?"

갑자기 가는 눈을 가진 남자가 빠른 말투로 입을 열었다.

"맛수다래."

30대 정도 나이의 키가 작은 남자가 맞장구쳤다.

"내려가자마자 신고할 거이 아임둥! 즉각 처리해야 함매!"

"……"

함장이 결정 못 하고 머뭇거렸다. 순간, 무언가 큰 위험 상황에 빠진 것을 직감한 아버지가 함장이라고 하는 사람에게 두 손을 모아 사정했다.

"선생님들, 무슨 일인지 모르나 우리 부자 살려주시오. 제발! 아침 일찍 산에 올라온 게 죄라면 죄일 텐데 그것 말고는 우린 아무런 해를 주지 않고 살아왔소. 그저 산나물이나 캐 먹고 사는 시골 사람입니다."

"살려두면 내려가 신고할기 분명 함매!"

쇳소리가 다시 동료의 말을 되풀이했다.

"잠깐!"

함장은 잠깐 부자의 차림새를 천천히 훑어보았다. 아버지는 긴소매 남방에 면바지를 입고 목이 긴 장화를 신고 있었다. 주머니가 많은 민소매 조끼도 망태기에 담겨 밖으로 삐죽 나와 있었다. 아들도 아버지와 비슷한 차림이었으나 운동화를 신고 있었다. 두 사람 모두 헐벗고 굶주린 모습과는 완전히 거리가 멀었다. 11명 중 유일하게 잘 다름질 된 인민복과 나름 고급품인 가죽 단화를 신고 있는 자신과 견주어 보아도 두 사람의 차림새가 못 나보이거나 하지는 않았다. 북에서 배운 대로라면 부자는 넝마를 걸치고 몸은 빼빼 말라 있어야 했다. 함장은 또다시 혼란스러웠다. 아직도 아버지의 가슴팍에 머리를 묻고 가볍게 떨고 있는 아들에게 시선을 고정한 채 함장이 낮은 목소리로 물었다.

"…… 몇 살이오?"

"스, 스물다섯입니다. 장애가 있어서 신고 같은 건 할 줄 모릅니다. 나도 오늘 암 것도 못 봤소."

"함장 동지!"

키 작은 남자가 외쳤다.

"가만있으라우!"

함장이 큰 소리로 되받아쳤다. 한걸음 승조원들 앞으로 다가서며 함장이 낮고 분명한 소리로 말했다.

"이 시간이면 산 아래엔 이미 신고 들어갔을 끼고 수색을 시작했을 끼 분명한데 한두 명 더 죽인다고 상황이 달라질 건 없지비."

"기, 기럼?!"

키 작은 남자가 놀란 표정을 지었다. 나머지 승조원들도 믿을 수 없다는 표정이었다. 함장의 무게감 있는 목소리가 이어졌다.

"우선 이 동무들은 놔두고 우리가 해야 할 일 먼저 하갔어."

"……."

"그러고 나서 이 동무들도 처리하갔어."

"……."

단호한 함장의 말에 그 누구도 더 이상 입을 열지 못했다. 함장이 품 안에서 권총을 다시 꺼냈다. 햇빛을 받은 권총이 눈부시게 빛났다. 승조원들 중엔 권총을 눈앞에 보는 순간 눈을 질끈 감는 사람도 있었다. 아버지와 아들은 움찔 놀라지 않을 수 없었다. 공비들과 처음 마주쳤을 땐 경황이 없어서 번쩍이는 물건이 권총인 줄 몰랐었다. 아버지는 아들을 두 팔로 힘껏 안으며 눈을 질끈 감았다.

"자, 시작하자우. 일렬로 앉기요."

함장이 승조원들을 향해 명령했다. 흩어져 있던 승조원들이 순간적으로 머뭇거리다가 하나둘 차례로 반원을 그리며 양반 자세로 땅바닥에 앉았다. 모두 굳게 입을 다문 채 시선은 먼 곳을 바라보고 있었다. 함장이 승조원들 뒤에 다가섰다. 권총을 겨누며 입을 열었다.

"이 총은 우리 위대한 지도자 동지께서 하사품으로 주신 것이다. 동무들은 이 총으로 혁명 과업을 마무리할 수 있게 된 걸 영광으로 생각하길 바람매."

함장의 총구가 맨 왼쪽의 승조원 뒤통수 한가운데서 불을 뿜었다. 총소리에 놀란 근처 새들이 푸드덕 날아올랐다. 그대로 앞으로 꼬꾸라진 승조원의 머리에서 길고 붉은 핏줄기가 쭈욱 쏟아져 나와 땅바닥을 적시기 시작했다. 아버지와 아들은 깜짝 놀라 서로 부둥켜안았다.

"아흐…! 아흐…!"

피를 본 아들이 더욱 흥분해서 발버둥 쳤다. 아버지는 아들을 온몸으로 감싸 안고 바닥에 주저앉았다. 아들이 더 이상 보지 못하도록 양팔로 얼굴을 가리고 온 힘으로 아들을 내리눌렀다.

"아흐…! 아흐…!"

"영석아 괜찮다! 괜찮다! 아버지가 있다! 영석아아아!"

5. 나란히 누워있는 11구의 시신

"헬기 착륙장을 만들라는 명령이다!"

중대장이 숲속에서 나오며 말했다. 눈치를 보며 돈내기하던 골 병장과 나머지 병사들은 얼른 돈을 숨기고 돌아보았다.

"헬기가 주변 사물에 방해받지 않고 착륙하려면 최대한 넓은 공간을 확보하는 게 중요하다."

중대장이 선임하사에게 말했다.

"알겠습니다."

중대장과 선임하사의 대화를 들으며 골 병장은 뒤로 물러났다. 동전이 가득 든 주머니가 손에 느껴지자 흐뭇했다.

중대장의 지시에 따라 9중대 병사들은 야전삽을 들고 공터 작업을 시작했다. 톱이나 낫을 미리 준비 못 한 탓에 야전삽으로 나무를 찍어 넘기고 가지를 쳐냈다. 다행히 정상 부근엔 굵은 나무보다 작은 나무가 많아서 그나마 작업이 수월했다. 돌을 들어내고 바닥을 평탄하게 하느라 병사들은 9월의 한낮에 땀을 흘렸다. 야상과 엑스반도를 벗어

나뭇가지에 걸어두었다. 제법 너른 공터가 겨우 생겨났을 때였다. 김한수가 어떤 소리를 듣고 갑자기 '앗!' 하고 짧은 탄성을 지르며 삽질을 멈췄다. 놀란 병사들이 돌아보자 김한수가 입을 열었다.

"초, 총소리가 났습니다."

"뭐?!"

작업 과정을 지켜보던 중대장이 김한수의 말을 듣고 급히 다가왔다. 병사들도 작업 도구를 내려놓았다.

"총소리라고?"

"예, 중대장님. 총소립니다."

"진짜야?"

김한수는 저 멀리 높고, 깊은 봉우리와 계곡을 휘돌아 메아리로 들려온 소리는, 총소리였음이 분명했다고 생각했다.

"예, 분명 총소리였습니다."

"어느 쪽에서?"

"저기, 저쪽이었습니다."

김한수가 손으로 방향을 가리켰다. 중대장 곁에 있던 무전병이 재빨리 지도를 펼치자 중대장은 지도와 김한수가 가리킨 방향을 번갈아 보았다.

"음… 저쪽이면 청학산 방향인데…"

"예, 그런 것 같습니다."

무전병도 고개를 끄덕였다. 이때였다. 헬기장 공터 아래쪽에서 대대장과 참모들이 숨을 헐떡이며 올라오고 있었다. 불룩한 아랫배 탓에 대대장이 가장 많이 숨을 몰아쉬고 있었다.

"야, 9중대. 착륙장 어떻게 됐나?"

중대장이 얼른 대대장 곁으로 다가갔다.
"옙, 거의 다 됐습니다. 그보다 방금 총소리를 들었다는 병사가 있습니다."
"뭐? 총소리? 잘못 들은 거 아냐?"
"아닙니다. 총소리였답니다."
"누구야? 누가 들었단 거야?"
"이병 김한수!"
김한수가 대대장 앞으로 뛰어가 차렷 자세를 취했다.
"총소리 들었단 말이지?"
"옙! 그렇습니다!"
어릴 때부터 귀 하나는 밝다는 소리를 자주 들은 김한수가 확신에 찬 목소리로 대대장의 물음에 대답했다.
"한발? 아니면 연발이냐?"
"한발이었습니다."
9중대장이 옆에서 설명했다.
"지도를 보니 청학산 쪽이고 저와 다른 병사들은 아무런 소리도 못 들은 상황입니다."
"뭐? 그럼, 이 새끼 거짓말하는 거 아냐?"
"아, 아닙니다!"
김한수가 더욱 차렷 자세를 취하며 말했다.
"다른 사람들은 아무런 소리도 못 들었다는데 너 혼자만 귀가 있냔 말이다!"
"……."
김한수는 답답했다. 소리를 들었기에 들었다고 말했을 뿐이었다.

"괜히 불안감이나 주면 가만 안 둬. 뭐야? 이병 새끼네?"

대대장이 벌컥 화를 내면서 김한수의 계급장을 째려보았다. 김한수는 굳은 표정으로 말없이 차렷 자세로 서 있었다. 분명히 들었다고, 거짓이 아님을 주장하고 싶었지만 남의 말을 무조건 강하게 의심하며 윽박지르는 대대장에겐 통하지 않을 것 같았다.

"이렇게 많은 인원 중에 달랑 한 명이 하는 소리는 믿을 수 없다."

"……."

"입조심해. 가 봐!"

김한수는 경례한 뒤 돌아갔다. 9중대장이 대대장에게 변명하듯 말했다.

"전입한 지 며칠 안 된 상태에서 작전을 나와 많이 긴장한 모양입니다. 경험 부족 탓입니다."

"그럼 아직 신병 아냐?!"

"그렇습니다."

"야, 9중대장, 애들 관리 잘해. 쓸데없는 사고 안 나게 하려면 애들 관리부터 잘해야 한단 말이다!"

"아, 알겠습니다!"

대대장이 9중대장에게 쏘아붙였다. 3소대로 인해 늦게 출동한 죄로 9중대장은 대대장 앞에서 더욱 움츠러들었다.

다음 차례의 승조원 뒤에 함장이 섰다. 권총의 방아쇠를 막 당기려는 찰나 아까부터 벌벌 떨며 앉아 있던 가장 나이 젊은 승조원이 갑자기 몸을 돌려 함장의 바짓가랑이를 잡고 늘어졌다.

"하… 함장동지 살려주시라요… 오마니 아바디가 보고싶수다레…

딩말이오…!"

뜻밖의 돌발행동에 함장과 승조원들은 깜짝 놀랐다. 곁에 있는 쇳소리가 벌컥 화를 내며 말했다.

"이 종간나 동무! 무슨 소릴하는 기야?! 그따위 썩어빠진 정신으로 우리랑 함께 했음매?!"

"사… 살려주시라요. 동무들…!"

젊은 승조원이 쇳소리에게 사정했다.

"동무는 내 손에 죽어라우!"

쇳소리가 품속에서 단도를 꺼내 동료의 아랫배를 푹 찔렀다. 순식간의 일이었다.

"으윽!"

젊은 승조원이 비명과 함께 머리를 숙이는 순간 함장의 권총이 불을 뿜었다.

"아악!"

승조원의 머리에서 피가 솟구치자 쇳소리가 칼을 든 손을 머리 높이 쳐들고 외쳤다.

"위대한 김정일 장군 만세!"

권총 소리와 함께 쇳소리가 쓰러지자 다음 차례, 키 작은 남자가 외쳤다.

"경애하는 최고 사령관 동지의 영웅 전사로 영예롭게 죽갓습네다!"

나머지 승조원들이 차례로 큰소리로 외쳤다.

"조선민주주의 인민공화국 만세!"

"죽어서도 장군님 품에 영생하겠습네다!"

"조국 통일 만세! 만세! 만세!"

"앗! 또 총소리가 들렸습니다!"

김한수가 주위 사람들에게 다시 큰 소리로 외쳤다. 앞서 그의 말을 무시했던 사람들은 하던 일을 이어가던 중이었다. 대대장과 9중대장은 지형지도를 보며 얘길 나누고 있었고, 병사들은 마무리 평탄 작업 중이었다. 김한수의 외침에 모두 일제히 동작을 멈추었다. 삽이 돌멩이에 부딪히는 소리, 나무가 부러지는 소리, 여러 명이 땅바닥을 쿵쿵 밟아대던 소리가 한순간에 사라지니 사방에 정적이 감돌았다. 그대로 몇 초가 지났다. 대대장이 또다시 인상을 쓰며 막 입을 열려던 순간이었다.

'타‥ 아‥ 아‥ 아‥ 앙…'

모든 사람의 귀에 들렸다. 메아리로 들려온 이 소리는, 총소리가 분명했다. 소리가 끊어지는가 싶다가도 또다시 꼬리를 물고 들려왔다. 짧은 순간 넋이 나간 듯 서 있는 병사들을 향해 누군가 큰 목소리로 외쳤다.

"저… 전투준비! 모두 전투준비!"

메아리는 길게 계속 이어졌다. 타 아 아 아 앙—

열 명의 승조원이 피를 흘리며 나란히 땅바닥에 꼬꾸라져 있었다. 함장이 총을 든 채 아버지와 아들을 돌아보았다. 부둥켜 안은 채 쪼그려 앉아 있던 아버지와 아들은 함장과 눈이 마주치는 순간 진저리를 쳤다. 부자 앞으로 걸어간 함장이 낮은 목소리로 입을 열었다.

"담배 가진 거 있소?"

무슨 소리인가 몰라 어리둥절하던 아버지가 퍼뜩 정신을 차리고 벌떡 일어났다.

"이‥ 있습니다."

아버지가 손을 더듬어 품속에서 담배를 꺼내 떨리는 손으로 함장에게 건넸다. 불을 붙여주자 함장은 길게 한 모금을 빨았다.

"……."

두 사람은 잠시 말이 없었다. 아버지는 자신의 바짓가랑이를 붙잡은 채 떨고 있는 아들을 일으켜 안았다. 함장이 아들을 보며 낮은 음성으로 중얼거렸다.

"스물다섯이라 했소?"

"그‥ 그렇습니다."

"내 아들과 같은 나이군."

"……."

아버지는 말없이 듣고만 있었다. 함장이 어떤 행동을 할지 두려웠다.

"어쩌다 장애를 가진검매?"

"구‥ 군대에서 사고로‥ 이리 되었습니다."

"음, 기래?"

"예."

"보상은 없었음매?"

"어, 없었습니다. 아무것도."

"우리 전사들이었다면 영웅이 됐을 낀데 여긴 다른 모양이군."

"……."

"나라에 원망이 많았겠구만, 기래. 동무는 이남보다 더 좋은 세상이 있다는 걸 아시오?"

"더 좋은 세상요?"

"기렇소. 썩어빠진 자본주의 말고."

"모, 모르겠소. 생각해 본적도 없고… 난 그저 하루 하루…"

"… 음."

두 사람은 대화를 멈추고 잠깐 그대로 서 있었다. 함장은 지금 아버지의 머릿속이 두려움으로 가득 차 있음을 알고 있었다. 죽음을 목격했고, 죽음을 마주하고 있는 마당에 다른 무슨 얘기가 필요하랴. 함장은 누구에게라도 묻고 싶었던, 남조선에 관한 것들에 더 이상 미련을 갖지 말고 포기해야 했다. 아버지는 묵묵히 땅바닥에만 시선을 두고 있었고 함장은 담배연기를 여러 번 깊숙이 빨아들였다가 천천히 입 밖으로 내뿜었다. 몸속 세포 하나까지 맛을 기억하려 함인지 달게 피웠다.

침묵이 흐르는 가운데 아버지는 이 시간이 억겁의 시간만큼 길게 느껴졌다. 반대로 함장은 갈수록 초조하여졌다.

길지 않은 시간, 함장이 거의 필터 근처까지 타들어 간 담뱃불을 천천히 땅바닥에 버렸다.

함장이 아버지에게 권총을 내밀었다. 권총 손잡이를 반대로 하고서.

"자, 받으라우."

아버지가 깜짝 놀라 눈을 크게 떴다.

"담뱃값은 해야겠지비?"

"예?!"

"금총이오. 가지라우. 담뱃값으로 주갔어."

"……!"

"대신 나를 쏘기오."

"예… 옛?! 나… 나보고 다, 당신을 쏘란 말입니까?!"

"기렇소. 동무 외엔 쏠 사람이 없으니까."

아버지가 황급히 두 손을 내저으며 말을 더듬었다.

"나‥ 난‥ 못 합니다. 할 수 없소!"

"동무가 우리 혁명 전사들의 마지막을 본 증인이오. 이제 나까지 최후 과업을 완수하도록 도와주시오."

"……!"

"기래서 대가로 이 총을 주겠다는 것임매."

"사‥ 살려주시오! 난 사람을 죽일 수 없습니다! 제발…!"

아버지가 두 손을 모아 사정했다.

"당신 아들이 쏘게 시키면?"

"헉!"

"아무것도 모를 테니."

"안 됩니다. 안 돼! 그것도!"

"두 가지 다 싫다면 아들을 없애 버릴것임매."

함장이 위협하듯 말했다.

"아, 아들은 안 됩니다! 아들을 죽일 테면 나까지 죽여주시오!"

아버지가 목소리를 높였다. 두려움에 떨고 있던 조금 전과 반대로 단호함이 있었다. 여전히 총을 반대로 든 채 함장은 잠시 말없이 아버지와 아들을 바라보았다. 함장은 굳이 협박하려는 생각보단 마지막까지 남조선과 남조선 사람들이 궁금했다. 아아! 시간이 많다면 더 많이 알아볼 수도 있으련만. 더 이상 지체할 수 없었다. 그 누구든 생포되어선 안 되었다. 태양의 움직임에 따라 그림자는 이전보다 더욱 짧아졌다.

"흠… 역시나 소심한 남조선 동무들에겐 과한 부탁인가보군…"

혼자 중얼거리듯 함장이 말하면서 권총을 바로 쥐자 총구가 아버지와 아들을 향했다. 아버지와 아들은 두려움에 두 눈을 크게 떴다. 총구가 천천히 위로 올라가더니 함장의 관자놀이에서 멈추었다.

"??"

"조국 통일 만세!"

'탕' 소리가 들리고 곧 권총이 먼저 땅바닥에 툭 떨어지더니 함장이 자리에 스르르 무너졌다. 아버지와 아들은 눈과 입을 크게 벌리고 쓰러진 함장을 내려다보았다.

마지막 총성까지 사라지자 갑자기 시간이 멈춘 듯 주위는 깊은 정적에 싸였다. 열한 명의 시체가 눈앞에서 뒹굴고 있는 모습이 아버지에겐 꿈을 꾸고 있는 듯했다. 조금 전만 해도 살아 움직이던 사람들이, 그토록 무시무시했던, 아버지와 아들 자신들을 두려움에 떨도록 했던 사람들이 이젠 완전히 딴 세상 사람들이 되어있었다.

아버지의 정신이 서서히 돌아오면서 사위가 제대로 눈에 들어오기 시작했다. 가느다랗게 불어오는 바람이 느껴지고 어디선가 먼 곳에서 새소리가 귀에 들려왔다.

"가‥ 가자!"

아버지가 아들의 손을 낚아챈 뒤 망태기를 집어 들었다. 공포감이 한꺼번에 몰려왔다. 아들은 아버지가 이끄는 대로 말없이 따랐다. 허둥지둥 비탈길을 내려오던 아버지가 무슨 생각이 들었는지 갑자기 우뚝 걸음을 멈추고 왔던 길을 되돌아갔다.

권총은 땅바닥에 그대로 있었다. 아버지는 권총을 주워 망태기 안에 찔러 넣고 재빨리 돌아섰다. 그리고 다시 아들의 손을 잡고 산에서 내려가기 시작했다.

이때, 갑자기 두 사람의 머리 위로 굉음과 함께 전투기 두 대가 나타났다. 작전에 투입된 전투기였다. 아버지와 아들은 황급히 땅바닥에 주저앉았다. 전투기 굉음에 두려워하는 아들을 위해 아버지가 아들의 머리를 또 감싸 안았다. 빨리 전투기가 멀리 사라지기를 바랐다. 곧 전투기가 사라지고 주위가 다시 조용해지자 두 사람은 서둘러 비탈길을 내려가기 시작했다.

6. 이건 실전이야

 타타타.
 군용헬기 한 대가 낮은 고도를 유지하며 안인진리 해안가 주위를 계속 맴돌고 있었다.
 상어급 잠수함 한 척이 절반쯤 모습을 드러낸 채 해안가에서 파도를 맞으며 출렁이고 있었다. 시커먼 몸체가 파도를 맞을 때마다 하얀 포말이 일어났다. 잠수함 곁엔 해군 고무보트가 여러 척 경계를 서고 있었고 해안가 바위틈에서 발견된 잠수복, 오리발, 물안경 등을 군 관계자들이 사진 촬영하고 있었다. 국도를 따라 민간인들이 잠수함을 보기 위해 몰려들자 군인과 경찰이 현장 질서 통제하고 있었다.
 아직 상세한 상황을 모르는, 지나가는 시내버스, 승용차, 경운기에 타고 있는 사람들이 무슨 일인가 하고 고개를 돌려 바닷가를 바라보았다. 방송 장비를 실은 각 방송사의 차량이 속속들이 도착하기 시작했다.
 자동차 경적, 호루라기 소리, 사람들의 떠드는 소리가 한데 섞여 일대가 점점 아수라장이 되어갔다.

"멈춰랏! 움직이면 쏜다!"
숲속에서 벼락처럼 들려온 고함에 아버지와 아들은 기겁하며 우뚝 걸음을 멈췄다.
"두 손 들어!"
아버지는 아들의 손을 잡고 함께 두 팔을 번쩍 들어 올렸다.
"쏘… 쏘지 마시오! 우린 민간인들이오!"
총을 겨누고 골 병장과 소대원이 나타났다. 국군임을 알아본 아버지는 안도의 숨을 내쉬었다. 그러나 아들은 군복차림을 보자마자 두려워하며 아버지에게 달라붙었다.
"민간인이 확실합니까?! 여기에서 무얼 하고 있습니까?!"
골 병장이 물었다.
"야, 약초꾼이오!"
"약초꾼?"
"그렇소."
"일단 소지품부터 검사하겠습니다."
아버지가 자신과 아들의 망태기를 벗어서 군인들에게 건넸다.
"무슨 소리 못 들었습니까? 총소리라든가."
9중대장이 숲속에서 나오면서 물었다. 9중대장 뒤엔 대대장과 참모들이 뒤따르고 있었다.
"모‥ 모두 죽었소. 공비들 같소."
아버지가 떨리는 목소리로 대답했다.
"무슨 말을 하는 거요?"

대대장이 퉁명스레 물었다.
"나를 따라오시오."
아버지가 아들과 함께 앞장서서 걸음을 옮겼다.

11명의 공비가 피를 흘린 채 나란히 누워있는 현장을 발견하자 모두들 깜짝 놀라지 않을 수 없었다. 과거에 무장 공비들이 사살된 장면을 사진이나 영상으로 어쩌다 한두 번 본 게 전부였던 병사들은 실제 현장에서 숨진 공비들을 목격하자 충격적이지 않을 수 없었다. 인원도 무려 11명이나 되었다. 1명만 따로 떨어져 쓰러져있고 나머지 10명은 나란히 누워있었다. 시신 주위엔 피가 흥건하고, 피비린내가 워낙 강해서 근처에 서 있던 병사 중엔 고개를 돌리고 헛구역질까지 하는 사람도 있었다. 9중대장이 대대장에게 보고했다.
"한 명만 빼고 모두 뒤통수에 총격 흔적이 있는 것으로 보아 저분의 말대로 열 명은 사살당한 모양입니다. 침투 목적과 정체가 탄로 나지 않으려고."
9중대장이 말을 하는 동안 아버지와 아들은 여전히 두려움이 가득한 얼굴로 주변 사람들을 둘러보며 서 있었다. 함장이 한 명씩 뒤통수에 총을 쏘던 장면이 다시 눈앞에 그려졌다.
"흠, 그래? 집단 자살이란 말인가?"
대대장이 말했다.
"예, 그런 것 같습니다."
"여기 11명이 전부겠지? 침투 인원은."
"아직 정확히 알 수 없습니다."
"뭐?"

"저분 말씀에 의하면 새벽이라 정확하진 않으나 수상한 사람들이 두 군데서 무리 지어 움직이는 것을 보셨답니다."

중대장이 눈짓으로 아버지를 가리키며 말했다.

"무슨 소리. 소형잠수함이라던데 여기 11명이 전부일 거다."

"곧 있으면 사단 헌병대와 감찰단에서 조사하러 나올 겁니다."

"사용한 무기는?"

"무기랄 게 없습니다. 단검 두 자루뿐입니다. 나머지는 시계 볼펜 수첩 따위입니다."

"그럼, 머리에 난 총탄 흔적은 뭐야?"

"예, 그게…"

이때, 선임하사가 급히 다가와 무언가를 내밀었다.

"권총입니다. 저 민간인 망태기 안에서 나왔습니다."

권총을 받아 든 대대장이 중대장과 함께 놀랍다는 표정을 지었다.

"하! 이, 이게 뭐야?! 금으로 만들었나?!"

"그, 그런 것 같습니다!"

이때, 갑자기 금이란 말에 귀가 번쩍 뜨인 골 병장이 공비들의 시신을 판초우의로 덮어주고 있다가 획 돌아보았다. 대대장이 쥐고 있는 권총이 햇빛 아래 번쩍번쩍 빛나고 있었다. 순금으로 정교하게 제작된 것이란 걸 멀찍이 떨어진 곳에서도 한눈에 알 수 있었다. 공비 시체를 보던 두려움은 순간 사라지고 대신 권총에 온 신경이 집중되었다. 대대장, 9중대장, 작전 과장 세 사람은 번갈아 가며 권총을 손에 들고 요모조모 뜯어보았다. 권총 탄창을 꺼내자 탄창은 물론이고 사용하고 남은 총알까지 금으로 도금되어 있었다. 작전 과장이 권총을 손에 들고 말했다.

"제 생각이 틀릴 수도 있지만 이 권총은 체코제 CZ-75 같습니다. 9㎜, 15발 자동권총인데 무척 잘 만들어진 총이라 사회주의 공산권에서 많이 사용됐고, 그래서인지 김정일 국방위원장이 특별히 하사하는 일명 '백두산 권총'으로 알려져 있다고 교본에서 본 기억이 있습니다."

"백두산 권총? 이놈들이 이런 총까지 가지고 있었다니 의왼데?"

"공비 중에 최고위급이 포함되어 있었던 모양입니다."

"음…"

작전 과장으로부터 권총을 도로 건네받은 대대장은 더욱 호기심이 생긴 듯 한쪽 눈을 찡그리고 총구까지 들여다보았다.

"그럼, 이 총으로 부하들을 사살하고 본인은 자살했다는 말이 사실인 모양이군."

대대장이 곁눈으로 아버지를 힐긋 보고 나서 말했다.

"예"

9중대장이 대답했다.

"그럼, 이게 왜 당신 망태기 안에서 나온 거요?"

대대장이 아버지를 향해 직접 물었다. 아버지가 말을 더듬으며 대답했다.

"그, 그건 마지막 공비가 담뱃값으로…"

"담뱃값이라니? 무슨 소릴 하는 거요?!"

대대장이 인상을 찌푸렸다.

"그, 그러니까… 증인이 됐다고… 담배는 보답차원에서…"

"뭐요?! 증인은 뭐고 또 공비가 왜 당신한테 보답해?! 공비랑 서로 알고 있던 사이라도 된단 말이오?!"

"아, 아니. 그게 아니라 하여튼 저, 정말입니다."

"괜한 이상한 소리 마시오! 지금은 작전 중이란 말이오! 진돗개 하나란 말 들어봤소?"

"그, 글쎄요… 전 그런 것엔…"

"공비가 뭐라 했건 상관없소! 이건 우리 군에서 보관할 테니까 그리 아시오!"

"예?! 그, 그건…"

아버지가 더 이상 말을 잇지 못하고 머뭇거릴 때였다. 전령과 무전병이 급히 뛰어오며 소리쳤다.

"대대장님!"

사람들이 돌아보았다.

"뭐야?!"

대대장이 물었다.

"아, 아군에서 전사자가 나왔답니다!"

"뭐?!"

타타타.

하늘 위로 헬리콥터 여러 대가 지나가며 삐라를 뿌렸다. 무기를 버리고 투항하라는 글귀가 적혀 있었다. 헬기가 지나가는 자리엔 삐라가 눈송이처럼 휘날리며 나무 위로 떨어져 내렸다.

헬리콥터가 지나가자 산속 비트에 몸을 숨기고 있던 무장 공비들이 조심스레 밖으로 나와 어디론가 빠르게 달려갔다. M16 소총을 휴대하고 국군과 비슷한 군복을 입고 있었다.

숨거나 뛰고 걷는 몸놀림이 무척 재빨랐다.

대대장이 도열 해 있는 병사들 앞에 서서 굳은 얼굴로 말을 이어 나갔다.

"상황이 훨씬 심각하다. 진돗개 하나가 떨어졌다. 애초 5분대기조 출동 당시엔 단순히 수상한 물체 출현 정도로 생각했지만 침투한 공비의 숫자와 장비가 상상 이상이다. 아군 전사자까지 나왔다는데 잔당이 얼마나 더 있는지 아직 모른다. 남은 공비까지 빨리 소탕하라는 명령이다. 각 병사는 자신의 직책에 따른 임무를 철저히 숙지하고 있도록 할 것. 이상!"

병사들은 결국 올 것이 오고야 말았다는 듯 모두 무거운 표정이 되었다. 숨소리조차 내지 않았다. 대대장이 간부들에게 따로 명령했다.

"각 중대장은 병사들이 동요하지 않도록 우선 단속 잘하고 아직 별도의 명령이 없는 관계로 현재 위치에서 매복한다."

"알겠습니다."

간부들 또한 무거운 표정이었다. 9중대장이 물었다.

"식량문제는 어떻게 하면 좋겠습니까? 전투식량이 부족합니다."

"우선 가지고 있는 걸로 대충 때우라, 그래. 젊은 놈들이 그 정돈 견딜 수 있어야지."

"……"

"아참, 민간인 말야."

"예?"

대대장이 중대장에게 아버지와 아들을 가까이 데려오라 했다. 대대장이 아버지에게 무뚝뚝한 목소리로 말했다.

"곧 해가 지기 때문에 두 사람은 우리와 함께 이곳에서 밤을 보내야 겠소. 그냥 내려가면 아주 위험하기 때문이오."

"……!"

 대대장의 말에 아버지는 아무런 말도 할 수 없었다. 대대장의 말이 사실이었기 때문이었다.

 병사들은 아군 전사자 소식에 놀라지 않을 수 없었다. 공비가 죽어 있는 장면을 본 것만으로도 충격적이었는데 아직 살아있는 공비가 있다니! 더구나 그 공비를 자신들이 잡아야 하는 것이다. 애초에 상황이 금방 종료되길 기대했던 병사들은 실망감과 함께 두려움이 몰려왔다.

 곧 군용 천막이 쳐지고 병사들은 각자 흩어져 매복을 위한 참호를 파거나 야간작전 준비에 들어갔다.

 산속이라 해가 산 너머로 더 일찍 사라지자 금방 어둠이 밀려왔다. 어느새 별빛 하나 없는 깜깜한 밤이 되자 병사들의 온종일 무거웠던 마음이 차차 더 큰 두려움으로 바뀌어 갔다.

7. 취재 경쟁

 시커멓고 둥그런 잠수함이 파도에 몸을 맡긴 채 출렁이고 있었다. 밤이 되었으나 군에서 설치한 헤드라이트가 잠수함을 집중적으로 비추고 있었다.
 강릉시, 안인진리 국도변엔 각 방송국 소속의 많은 자동차가 세워져 있었다. 뉴스 취재를 위해 서울은 물론 지방 방송국에서도 몰려왔다. 중계차와 지원차가 빼곡히 들어서 있어 현장은 발 디딜 틈이 없었고 여기에 더해서 사람들이 떠들어 대는 소리에 마치 시장바닥 같았다.
 자동차 곁엔 언제든 바로 작업할 수 있도록 삼각대, 카메라 조명 등 각종 방송 장비가 거치돼 있었다. 천막이 있는 곳엔 조명으로 인해 주위가 대낮처럼 밝았다. 기자들이 바삐 오가는 가운데 공비 관련 뉴스가 천막 안에 설치된 텔레비전을 통해서 신속히 방송되고 있었다.
 《무장 공비를 수색 소탕하기 위해서 군 당국은 강원도 지역 ○군단과 ○군단 예하 모든 부대에 긴급 소탕 작전 명령을 내렸고, 곧 예비군 동원령까지 내리겠다는 발표가 있었습니다》

《무장 공비라니 갑자기 1968년 김신조 일당이 대통령의 목을 따러 왔다면서 침투했다가 잡힌 사건이 생각납니다. 이번 사건도 목적이 비슷한지 아니면 다른 목적이 있는지 아직 알 수 없군요》

《이번 강릉발 뉴스를 접한 전 국민의 불안감과 우려 속에, 모든 수단과 방법을 동원해서 사태를 조속히 해결하라는 대통령의 지시가 있었습니다》

○○○ 방송국 소속의 김 팀장이 방송 장비를 정리하고 있는 모준에게 말했다.

"막내야."

모준이 돌아보고 대답했다.

"예, 팀장님."

"그건 잠깐 놔두고 소나무 옆에 있는 승합차 정리를 먼저 해라. 잡동사니가 너무 많더라. 급히 내려오느라 이것저것 마구 싣고 와서 그래."

"아, 네."

"그리고 또막이 잠자리도 봐줘야 하니까."

"예. 알겠습니다."

모준이 하던 일을 내려놓고 걸어 나갈 때 김 팀장이 다시 말했다.

"또막이 아직 머리 아프대?"

"예, 그런 것 같아요."

"그러게 말릴 때 그냥 있지 괜히 따라와선. 일만 해도 바쁜데 막내까지 신경 쓰이게 하니 원…"

"죄, 죄송합니다."

"너 보고 하는 소린 아냐. 가봐."

"예."

"나도 곧 가볼게."

"예."

모준이 꾸벅 인사를 하고 천막 밖으로 나갔다.

모준은 ○○○ 방송국 뉴스 관련 부서 중 영상취재부의 촬영 보조이자 막내였다. 나이는 갓 20살. 입사 1년 차였다. 고등학교를 졸업하자마자 방송가 연줄로 임시직 촬영 보조가 되었다.

일주일 후 고등학교 동창이었던 소연이 또 다른 누군가의 연줄로 촬영 보조로 들어왔다. 원래 채용 계획은 1명이었지만 모집 과정의 혼선으로 2명이 된 것이었다.

누구를 내보낼 것인가 설왕설래하다가 결국 2명 모두 촬영 보조로 남게 되었는데 소연이 더 늦게 막내로 또 들어왔다고 해서 또막이라 별명이 지어졌다.

고등학교 동창이었지만 모준과 또막은 그다지 친하진 않았다. 하지만 취재팀을 따라다니며 하루 종일 거의 같이 붙어있다시피 하다 보니 저 친구에게 저런 면이 있었던가 하고 서로의 새로운 모습을 발견하게 되었고 힘든 일을 서로 도와주는 동료애까지 생기게 됐는데, 그만 공비 출몰로 인해 서울에서 낯선 강릉까지 취재를 오는 바람에 소연은 풀이 죽어 있었다. 하지만 원인은 소연에게 있었기에 불평할 수도 없었다.

취재팀을 따라가겠다고 소연이 먼저 고집을 부렸기 때문이었다. 보조로서 책임감 때문이라고 강변했으나 속으론 지방 촬영가면 무척 재미있고 신날 것만 같은 생각이 들어서였다. 하지만 이 생각은 도착 첫날부터 허무하게 깨지고 말았다. 그날 정오 무렵, 급히 오느라 제대로 챙겨 먹지 못한, 아침 겸 점심으로 식당에서 음식을 먹었는데 물과 음식이 안 맞아서인지 배탈이 났기 때문이었다. 강릉에서 먹은 첫 식사였다. 어쨌든 지금은 다 나았지만 심한 배앓이를 한번 겪고 나서부터 풀이 죽더니 숙식의 불편이 계속 이어지자 우울한 표정만 하고 있어서 팀장을 포함, 다른 사람들까지 신경 쓰이게 만들고 있었다. 안인진리 주변엔 직원들이 숙소로 이용할 만한 호텔은커녕 여관이나 민박조차 없었다. 그래서 소연뿐만 아니라 다른 직원들 역시 천막이나 차량에서 잠을 청해야 했다.

만약 강릉 시내에 숙소를 정한다면 취재 현장까지 오가는 시간이 있어서 부담스러울 게 뻔했다. 그날그날 빠른 취재와 보도가 중요했기 때문이었다. 결국 ○○○ 방송국 취재팀은 차박이라는 방법으로 전 인원이 일과 휴식을 번갈아 하면서 버티고 있었다. 음식마저 제대로 먹지 못하고 겨우 자장면 정도 원거리를 배달해서 끼니를 때우고 있었다.

모준이 승합차가 세워져 있는 곳으로 다가갔다.

또막은 의자를 들어낸 승합차 뒷좌석에 은박지 매트리스를 깔고 나서 그 위에 침낭을 펼치고 있었다.

"배 안 고파?"

또막이 돌아보고 작은 목소리로 대답했다.

"어? 아직…"

"저녁도 제대로 못 먹었잖아. 새벽에 깨서 배고프다고 하면 곤란한데?"

"그럴 일 없으니 걱정마셔."

"그러게 왜 사서 고생이냐."

"그래도 후회는 없어."

"너 땜에 딴 사람들까지… 아·· 아니다··"

모준이 말을 얼버무렸다.

"왜 팀장님이 뭐라 했어?"

"아, 아냐. 도와주라는."

"……."

"자, 내가 도와줄게."

모준이 신문지 모서리에 청 테이프 조각을 붙여서 또막에게 건네주자 또막이 받아서 자동차의 안쪽 창문에 붙였다. 돌아가며 창문마다 신문지를 붙였다. 신문지를 붙이면서 두 사람은 말이 없었다. 모준은 모준대로 우울해 있는 소연에게 무슨 말을 해야 할는지 지금으로선 판단되지 않았고, 소연은 소연대로 심란한 마음에 누구랑 길게 얘길 나누고 싶지 않았기 때문이었다. 신문지를 거의 다 붙였을 때 김 팀장이 두 사람 곁으로 걸어왔다.

"잘 붙였구나."

"예."

모준이 대답했다.

"그래도 새벽엔 춥지 않을까?"

김 팀장이 소연에게 물었다.

"침낭이 두꺼워서 괜찮아요."

"그래. 문지방 넘으면 고생이란 말이 있으니까 그리 알고 힘들어도 좀 참아봐."

"네, 팀장님. 괜히 저 땜에…"

"잘 자라."

김 팀장이 또막에게 쓸데없는 말을 못 하게 하려는 듯 얼른 승합차의 뒷문을 탕 소리 나게 닫았다.

"팀장님, 그럼 전 아까 하던 일 마저 할까요?"

모준이 테이프와 가위를 챙기며 팀장에게 물었다.

"그래. 아참, 어디 가서 담배 좀 사 와라. 담배가 떨어졌다."

"예, 알겠습니다."

"근처에 가게가 있을까 몰라. 이 밤중에."

"낮에 잠깐 근처 돌아봤는데 멀지 않은 곳에 구멍가게 하나 봐두었습니다."

"알았다."

모준과 김 팀장이 밖에서 대화하는 소리를 소연은 차 안에서 엿들었다. 어둠 속에 눈을 뜨고 천장을 멍하니 바라보며 누웠다. 강릉에서의 사흘째, 오늘도 잠이 잘 올 것 같지 않았다.

모준은 가게를 보았던 곳으로 걸음을 옮겼다.

대도시의 길고 굵은 가로등을 보다가 시골의 작고 가느다란 철골로 만든 가로등을 보자 어떤 정겨움이 느껴졌다. 시골 가로등은 그 주변만 겨우 밝히고 있었다. 그래서 가로등이 없는 곳은 아주 깜깜했다. 길거리엔 지나다니는 사람 하나 없고 개 짖는 소리조차 들리지 않았다. 때마침 어느 집에서 흘러나오는 TV 아나운서의 말이 어두운 밤을 가르고 있었다.

《그 누구도 예상 못 한 일이었습니다. 잠수함은 상어급으로 정원 20명인데 이번에 좌초된 잠수함은…》

"연임아, 이건 뭐다냐?"

논산댁이 군용마크가 찍혀 있는 건빵 봉지를 손에 든 채 연임을 향해 물었다. 연임은 얼굴에 로션을 바르고 있었다.
 "응? 아, 그거?"
 "우리가 파는 게 아닌디."
 "아무것도 아냐. 군인 아저씨가 지나가다 먹으라고 줬어."
 "군인? 누구?"
 "아이참, 요 옆에 소초 하나 있잖아. 거기 아저씨 말야."
 "혹시 화병에 있는 꽃도 아저씨가 준거?"
 "으응. 그건 다른 아저씨가."
 "뭐여? 아, 이것아! 아무한테서 넙죽넙죽 받으면 어떡혀? 응? 그 사람들이 누군 줄 알고?"
 논산댁이 버럭 소리를 질렀다.
 "군인들인데 뭘 그래."
 "이것아, 군인이든 뭐든 남자들한테 헤프게 실실거리니까 그런겨!"
 "엄만, 뭐가 헤프게 실실거렸다고 그래. 그냥 주니까 받은 거지."
 연임이 입을 비쭉거리며 말했다.
 "으이그, 가뜩이나 반지까지 도둑맞았는데 너까지… 휴우!"
 논산댁이 화가 나고 답답하다는 듯 한숨을 내쉬었다. 텔레비전을 보고 있던 김 씨가 모녀를 돌아보며 한마디 했다.
 "군인들이 젊은 혈기에 수작을 건 모양이구먼. 쯧, 아무튼 조심해서 나쁠 건 없다. 시국이 시국이 아니데이. 저길 봐라."
 김 씨가 턱으로 텔레비전을 가리켰다. 화면 속엔 군인들이 도로변에서 차량을 검문 검색하는 장면, 산속을 수색하는 군인들의 모습과 그 위로 헬기가 상공을 가로질러 가는 장면이 뉴스를 통해 방송되고 있었다. 또 다른 화면에선 젊은 장교가 기자들과 카메라 앞에서 지휘봉으로 상황판 이곳저곳을 가리키며 설명하고 있는 모습도 보였다. 텔레비전 아나운서의 말이 들려왔다.

《군 당국이 내일은 ○○사단 병력을 투입해서 칠성산 일대와 강동면 일대 두 갈래로 나누어 수색할 것이라고 합니다. 칠성산 서남방 방면은 이미 예비군이 포위망을 구축해 놓았기 때문에 나머지 방향으로 수색을 집중할 수 있겠다는 판단을 한 것으로 보입니다. 가용 장비와 병력은 준비를 마치고…》

"뭐유? 연임 아부지?"

논산댁이 놀란 표정으로 물었다.

"공비가 나타났다잖아. 공비!"

"잉?! 공비요?! 공비가 웬말이래유?!"

논산댁이 건빵을 한쪽에 내려놓으며 말했다. 연임도 놀란 표정으로 텔레비전 화면을 응시했다. 현장의 긴장감과 부산함이 텔레비전 화면으로도 느껴졌다.

"오늘 낮에 사람들이 시끌벅적 떠들어 대더니만 뉴스에 나오네."

"난 일하느라 몰랐구먼유. 무섭네유."

"아버지 우린 어떻게 되는 거래요?"

"뭐, 우리야 조심하면 되겠지만 군인들이 힘들고 고생할 것 같다."

"맞네유. 우리 정재는 저 고생들 안 하고 재작년에 제대해서 다행이구먼유. 딴 집 자석들은 얼마나 힘들까잉…"

논산댁이 안도의 표정과 함께 안타까워 했다.

"그치? 오빠는 빨리 군대 갔다 오길 잘했어. 엄마."

연임이 맞장구를 쳤다. 이때, 아나운서의 더욱 빠르게 말하는 목소리가 들렸다.

《속보입니다. 속보를 전합니다. 공비 11명의 시신이 발견되었습니다. 군 당국은 청학산 정상 부근에서 11명의 공비가 총상을 입고 누워있는 시신을 발견했다고 발표했습니다. 자세한 상황을 위해서 김효각 기자를 연결하겠습니다.》

김 씨와 논산댁, 연임 세 사람은 뉴스를 보며 놀라움에 입을 다물지 못했다. 화면 속에 11명의 공비가 피를 흘리고 나란히 누워있는 장면이 나왔다.

"워매! 세상에나‥!"

논산댁의 입에서 탄식이 흘러나왔다.

"아이, 무서워…"

연임이 표정을 찡그리며 말했다. 취재기자의 흥분된 목소리가 들려왔다.

《입을 막기 위해 자살을 당한 것으로 추정됩니다. 정말 잔인하고 끔찍합니다. 군 당국은 주민들의 안전을 위해서 야간 통행금지도 실시할 것이란 말이 있습니다》

"살다 보니 별일이 다 있네유, 잉. 동네 코앞에 공비가 웬 말이여. 시방."

논산댁이 아직도 믿기지 않은 듯 말했다. 김 씨가 가족을 단속했다.

"어디 돌아댕길 생각들 말어라. 밤이든 낮이든 당분간. 특히 연임아. 알았제?"

"예…"

"아마 야간 통행금지 내릴 거 뻔하지만서도."

"야간 통행금지요?"

"그래. 그리되면 가게에 오는 손님도 없겠다. 쯧쯧…"

김 씨의 말이 끝나는 순간 드르륵 하며 가게 문이 열렸다. 세 사람은 깜짝 놀랐다.

"안녕하세요."

모준이 인사하며 들어섰다. 세 사람은 두려움 섞인 눈으로 뚫어져라 모준을 바라보았다. 당황한 모준이 말을 더듬었다.

"어? 무‥ 무슨…?"

청바지에 단정한 머리, 흰 피부, 깨끗한 운동화 차림의 모준을 재빨리 아래위로 훑어본 김씨가 대답했다.

"아, 아니오… 뉴스… 뉴스에서…"

모준이 말을 이해하고 안심했다.

"아네, 저도 좀 전에 알았습니다. 장난이 아니네요."

"이 지방 사람은 아닌 거 같은데…?"

논산댁이 모준의 억양을 듣고 물었다.

"네, 맞습니다. 서울에서 뉴스 취재하러 그제 내려왔습니다."

"아, 그럼, 방송국 사람이구먼. 기자 분은 첨 보오."

김 씨가 말했다.

"정식 기자는 아니고요. 그냥 뭐 비슷한 일을 합니다. 히."

"아무튼 이 난리 통에 서울 사람 다 보네유."

논산댁이 말했다. 서울에서 직장 다니는 아들이 생각나 반가운 마음이 들었기 때문이었다.

"뭐 사러 온 모양이오."

김 씨가 물었다.

"네, 88 두 갑 주세요."

김 씨가 연임을 돌아보며 말했다.

"내어 드려라."

연임이 방에서 일어나 마루로 나왔다. 가게를 휘둘러보며 서 있던 모준이 밖으로 나오는 연임에게 눈길이 가는 순간 깜짝 놀라지 않을 수 없었다. 세상에 이런 미인이 있었다니!

연임을 바라보는 모준의 눈꺼풀이 빠르게 깜박거리다 진정되었다. 놀라운 걸 발견했을 때 반사적으로 나타나는 버릇이었다. 다시 보아도 확실히 예쁜 여자가 눈앞에 있었다.

"저, 여기…"

연임의 목소리에 퍼뜩 정신이 든 모준이 연임이 내민 손을 내려다보았다. 역시나 예쁜 손으로 담배를 들고 있었다.

"아? 네. 네."

"두 갑이라고 하셨죠?"

"네네, 두 갑입니다."

모준이 얼른 담배를 받았다. 그리고 얼른 주머니에서 돈을 꺼내어 연임에게 주었다.

"감사합니다."

"네네. 감사합니다."

모준이 허둥대며 밖으로 나와 문을 닫으면서 인사를 건넸다.

"아, 안녕히 계세요."

가게 안 세 사람은 모준이 마치 당황한 듯 서둘러 멀어져가는 모습을 의아한 표정으로 바라보았다. 촬영 팀 자동차가 주차된 곳까지 걸어오는 동안 모준의 머릿속엔 연임에 대한 잔상이 떠나지 않아서 혼잣말로 중얼거렸다.

"이거 참…"

서울에서 소위 예쁘다는 여자들을 그동안 숱하게 보아온 모준이었다. 더구나 방송국 안에는 그 숫자가 얼마나 더 많았겠는가. 하지만 연임에게는 단순히 예쁘다고만 하기 엔 설명이 부족한, 또 다른 어떤 매력이 있었다. 그게 어떤 매력인지는 말로 설명할 수 없지만 모준은 분명히 느낄 수 있었다.

밤 아홉 시가 넘었는데 촬영 팀 주변은 아직 대낮처럼 밝았다. 흰 천막 아래 몇 명의 직원들이 책상 앞에 앉아 무언가를 하고 있었고 김 팀장은 한쪽 구석에 놓여 있는 모니터를 바라보며 커피를 마시고 있었다. 정신없이 바쁜 하루를 보내고 찾아온 휴식 같은 시간이었다.

"다녀왔습니다."

"어, 그래."

김 팀장은 시선을 모니터에 고정한 채 대답만 했다. 모준이 담배를 김 팀장 책상 위에 내려놓고 나서 갈까 말까 망설이다 입을 열었다.

"저… 팀장님."

"응?"

"드라마 제작팀에 황 PD님이 팀장님의 후배라고 들었습니다."

"응, 그래."

"내년 봄 개 편 방송 때 출연할 새 주인공 찾고 있으시다던데요."

"그렇다더라."

"아직 주인공은 못 정했고요."

"응, 잘 아네."

"예, 그 피디님은 우리 방송국에서 스타 피디님으로 통하시니까요. 다들 관심 많죠."

"근데 뭐? 너도 출연하고 싶어서?"

"아닙니다. 다른 사람요."

김 팀장이 모니터에서 눈을 떼고 모준을 돌아보았다.

"무슨 소리야?"

"적합한 사람을 본 것 같아요."

"누구? 설마 또막이는 아니겠고."

"방금 갔던 가게에서 예쁜 여자를 보았습니다."

"담배 가게?"

"예."

"훗! 농담하냐?"

"아닙니다. 걸어오면서 내내 팀장님께 어떻게 말씀드려야 하나 고민했을 정도입니다. 이런 시골에 있기엔 너무 아까운 인물로 생각되어서요."

"네 눈에만 예쁘고 뭐 그런 거겠지."

"팀장님도 한번 보시면 놀라실 겁니다. 정말요."

"야야, 그만 해. 오늘 9시 뉴스 특보는 우리가 딴 방송국보다 몇 분 차이로 늦었어. 너까지 열 받게 할래? 뉴스데스크에서 분명 한소리 할 거다."

"어? 죄, 죄송합니다."

찔끔 놀란 모준이 스스로 과했구나 싶어 꾸벅 인사하고 물러났다. 김 팀장은 담뱃갑을 집을 들고 신경질적으로 포장을 뜯어낸 뒤 담배 한 개비를 꺼내 불을 붙였다. 뜬금없이 웬 예쁜 여자 타령이지? 서울에 가면 눈길 가는 곳마다 예쁜 여자 천지이건만. 시골 여자 하나가 뭐 그리 대단 하다고. 김 팀장이 다시 모니터를 돌아보려다가 저만큼 천막 사이로 어깨를 움츠리고 걸어가는 모준의 뒷모습이 눈에 들어왔다. 함께 일 한 기간은 얼마 안 되지만 성실한 아이다.

"엄모준!"

김 팀장의 부름에 모준이 걸음을 멈추고 돌아보았다.

"네, 팀장님."

"네가 봤다는 그 여자."

"예."

"뭐, 사진이라도 한 장 얻어와 보든가."

"옙! 알겠습니다."

모준이 활짝 웃으며 다시 꾸벅 인사했다. 기분좋게 걸어가는 모준을 바라보다 김 팀장은 잠시 모니터에서 돌아앉았다. 후배인 황 PD가 생각났다. 두 사람은 2주 전 서로 바쁜 일정 와중에 잠시 대화를 나눈 적이 있었다. 요근래 황 PD가 희망하는 바를 한마디로 요약하자면 '어디 참신한 인물이 없을까'이었다. 드라마 AD(조연출) 출신인 후배는 4년이 지난 시점에 정식 PD가 되었던 만큼 능력이 출중했다. 일반적으로 AD 과정을 6년이나 7년, 길게는 10년 정도 거치게 되어있건만 그는 4년이란 짧은 시간에 해치웠다. 이 결과에 이르기까지 본인의 엄청난 노력이 있었다. 직업상 김 팀장 자신의 일인 뉴스 담당에 있어선 발빠른 취재력으로 핵심 뉴스를 심층 분석해서 시청자에게 알려주는 게 존재 이유이고 본질이라 할 것이다. 이 과정에서 정확성도 당연히 요구된다. 드라마의 경우는 어떠할까. 드라마는 영상시대의 말로 하는 문학이라 할 수 있다. 이 바탕엔 우리 삶이 고스란히 들어가 있기에 이 일을 하는 PD의 자질이 크게 요구될 수밖에 없다. 문학과 인간에 대한 열정을 카메라에 한 컷씩 담는 과정은 힘들지만 시청자들이 즐겨

워하는 모습을 볼 때 기쁨과 보람을 느끼는 듯했다. 일반적으로 드라마 AD는 화면분할, 편집, 사이즈 분할 등 콘티의 기본을 익히는 것으로 시작하여 PD가 된 뒤에도 틈만 나면 영화, 히트 드라마를 시청하기도 하고 연극과 뮤지컬을 관람한다. 여기엔 숨어있는 인재들을 발굴하고 본인이 준비하고 있는 작품의 배역에 맞는 인물들을 찾아내려는 의도도 숨어있다.

드라마 PD는 자신의 스타일과 색깔을 나타낼 수 있는 종합세트 지휘자와 같다고 할 수 있다. 그러하기에 프로그램을 만드는 과정에 참여한 각 분야의 전문가들(스태프)과 갈등이나 대립 없이 조화로워야 한다. 카메라, 음악, 미술, 조명, 소도구, 의상, 엑스트라, 자문해 주는 외부 전문가 등등 드라마 제작은 공동작업이기에 이들 스태프의 전문적 능력과 잠재력이 필수다.

AD는 돌발상황에도 잘 대처해야 한다. 후배의 경우, 어느 날 야외촬영 당시 함께 일하던 PD가 자신이 원하는 앵글을 잡았으나 나뭇가지 하나가 화면을 가렸다. 당장 톱이나 낫 등 나무를 자를 수 있는 도구가 없었고 시간까지 촉박하니 후배는 망설이지 않고 나뭇가지에 혼자 매달렸다. 5분여간 씨름한 끝에 나뭇가지를 부러뜨리고 원하는 촬영을 무사히 마칠 수 있었다.

후배의 행동은 다소 위험했으나 그 당시엔 이것저것 따질 여유가 없었다. 이렇듯 후배는 갖은 노력 끝에 4년 뒤 정식 PD가 되었고, 그럼에도 조금도 잘난 척하거나 으스대지 않았다. 언제 어디서나 겸손하고 성실한 모습이기에 김 팀장은 그를 특히 아꼈고 더 큰 성공을 기대해 왔다. 이제 황 PD는 또 다른 도약을 앞두고 있었다.

8. 단 한 명 살아남은 사람

다음날 날이 밝자마자 ○○대대 예하 7중대. 9중대, 11중대가 부산하게 움직이기 시작했다.

아침 일찍 사단장이 탄 헬기가 산 정상에 도착했다. 공비들의 시체를 확인하고 브리핑까지 듣고 나서 도열 한 작전 지휘관, 간부들과 일일이 악수했다. 골 병장은 헬기 착륙장 사주경계를 위해 멀찍이 떨어져 있었으나 곁눈질로 그들을 지켜볼 수 있었다. 별들을 포함, 예하 부대 연대장과 대대장 등, 골 병장은 제대 말년이 될 때까지 높은 계급의 상관들이 한 장소에 이렇게 많이 모여 있는 장면을 본 것은 처음이었다.

지루하고 불안한 밤을 산에서 보냈던 병사들은 사단장이 탄 헬기가 떠난 뒤에 헌병대와 감찰단을 상대로 또다시 뒤처리하느라 진땀을 빼야 했다. 뒤이어 UH-60P, UH-1H, AH-1S헬기가 공비들의 시체를 싣고 간 후에야 한숨 돌리고 전투식량으로 끼니를 해결할 수 있었다. 전투식량 봉지 안엔 건조된 쌀이 들어있었다. 물을 봉지 안에 붓고 나서 잠시 기다렸다가 쌀이 적당히 불으면 숟가락으로 떠먹었다. 맛은 없지만 배는 고프니 먹어야 했다.

대대장은 권총을 남겨놓았다. 일부러 보고하지 않았기 때문이었다. 혼자 다시 권총을 꺼내 예술품인 듯 감상하는 대대장의 모습을 천막 사이로 발견하고 골 병장은 권총이 그대로 있음을 알았다.

대대장은 30분 째 권총을 만지작거리고 있었다. 출동 당시 굳어 있었던 표정은 오래전 간데없고 지금은 입가에 엷은 미소까지 나타나 있었다. 권총을 이용할 계획을 세우고 있었다.

공비들이 집단 자살한 현장을 최초로 발견한 부대는 자신이 지휘하는 부대였다. 때문에 상관들에게 이미 눈도장이 찍혔음은 분명 할 터, 여기에 더해 앞으로 좀 더 공훈을 세우고 나서 이 권총을 육참총장에게 아니, 더 운이 좋아서 국방장관에게 전리품으로 전달한다면?

생각만으로 기분이 좋았다. 자신에게도 기회가 온 것이다. 탐나는 물건을 보면 누구나 욕심을 내게 마련일 테고, 일이 제대로만 맞물려 가준다면 나의 진급은 확실하다. 적어도 나를 모른 척하지는 않으리라.

대대장의 꿈은 별에 있었다. '군문에 들어온 이상 별이지, 암.' 권총을 연대장, 사단장 모르게 윗선에 전해줄 방도까지 연구해야겠다고 마음먹었다.

아버지와 아들은 헬리콥터를 타지 못했다. 조종사와 관계자들이 아들을 보자마자 한눈에 그냥 태우긴 곤란하다고 생각했기 때문이었다. 타고 가는 도중에 돌발 행동을 하면 모두가 위험해지기 때문이었다. 아들은, 가끔 무슨 뜻인지 알 수 없는 말을 혼자 중얼거릴 때도 있지만 거의 종일 말이 없었다. 항상 입은 조금 열려있어서 부러진 치아가 보이기도 했고, 눈으로 보곤 있지만 무엇을 보고 있는지 알 수 없었다. 두 사람은 지난밤 잠을 잤던 천막 밖으로 나와 햇볕을 쬐고 있었다. 골 병장이 부자에게 다가갔다.

"잠은 잘 주무셨습니까? 산속이라 불편하셨을 겁니다."

"응, 밤새 마음이 편치 않았네."

아버지가 희미하게 미소 지었다.

"그러셨을 것 같습니다. 사람이 죽는 걸 눈앞에서 보셨으니까요."

"……."

"아참, 배고프실 텐데. 이거라도."

골 병장이 건빵을 꺼내 건네주었다.

"아니, 괜찮네. 우린 고구마, 옥수수 아직 남아있네."

아버지가 사양하자 골 병장은 건빵을 야상 주머니에 도로 넣었다. 아들은 말없이 골 병장의 행동을 바라보고 있었다. 어느 순간 골 병장과 아들의 눈이 마주쳤다. 골 병장은 살며시 고개를 돌렸다. 아들은 골 병장보다 나이가 한두 살 더 많아 보였다.

"아드님은 어… 쩌다가…?"

골 병장이 아버지에게 조심스레 입을 열었다. 아버지가 무겁게 한숨을 쉬고 나서 낮은 목소리로 대답했다.

"애가… 군에서…"

"예?"

"군에서 사고를 당해서 이렇다네."

"사고를요?"

"음… 자네들 못지않게 건강하고 착하고 밝은 아이였는데… 군에서…"

"아아…"

골 병장은 더 이상 말을 듣지 않아도 나머지 일은 짐작하고도 남았다. 멀쩡했던 사람이 군 입대 후 구타나 돌발사고 등으로 장애인이 된 경우가 어디 한둘이었던가. 듣고 나니 기분이 나빠지려 했다.

그래서 아버지가 건빵을 싫어한 것이라 이해되었다. 군과 관계된 것이라면 어떤 것이든 곱게 보이지 않을 테니까. 골 병장 자신도 언제든 사건 사고에 노출되어 있었다.

"그럼, 보상이라도 잘 받으셨습니까?"

골 병장이 속상한 마음에 다시 물었다.

"아닐세. 보상은 뭘…"

"전혀요?"

"음… 증거가 없다고…"

"……!"

골 병장은 할 말을 잃었다. 참으로 인생은 한 치 앞을 알 수 없었다. 나라를 위해 일했던 개인을 위해 국가가 그 어떤 최소한의 대우조차 않다니. 분노를 넘어 슬픔이 느껴졌다. 새삼 총을 들고 낯선 산골짜기에 와 있는 자신의 처지가 처량하게 느껴질 정도였다.

"아‥ 아… 버지."

갑자기 들려온 아들의 목소리에 골 병장은 본인 생각에서 깨어났다. 아들이 손가락으로 골 병장의 야상을 가리키며 아버지에게 무언가 조르고 있었다.

"으응?"

아버지가 아들과 골 병장의 불룩한 야상을 번갈아 보고 금방 무슨 뜻인지 알아차렸다.

"아, 건빵을 달라는 거군. 건빵을 아들에게 줄 수 있나?"
골 병장이 얼른 건빵을 꺼내 주며 말했다.
"그럼요. 여깄습니다."
아들은 건빵을 받자마자 봉지를 뜯고서 맛있게 먹기 시작했다. 아버지는 조용히 담배를 꺼내 물었다.

9월 하순. 날씨가 변하여 늦더위는 이미 물러간 뒤였다. 이젠 대낮에도 약간 서늘한 기운을 느낄 수 있었고, 밤이 되면 확연히 추위가 느껴졌다. 이것은 그동안 병사들의 긴장이나 두려움으로 인한 심리적 추위가 아닌 직접적인, 물리적인 추위였다. 불과 일주일 만에 확 변해 버린 날씨에 병사들은 깜짝 놀라 야상을 꺼내 입었다. 야상을 입었어도 깊은 산속에서 가만히 서 있을 땐 대낮에도 한기가 느껴졌다.

마을에서 외따로 떨어져 있는 작은 크기의 농가 위로 가을 햇살이 내리쬐고 있었다. 슬레이트 지붕으로 된 살림집을 중심으로 좌우엔 헛간과 화장실이 하나씩 있는 전형적인 시골집이었다. 마당 한쪽 구석엔 제법 굵은 감나무 한 그루가 붉은 감을 치렁치렁 늘어뜨리고 있었다.
올해 초등학교에 입학한 꼬맹이 하나가 따가운 햇빛을 피해 처마 아래 그늘진 동마루에서 배를 깔고 숙제하고 있었다. 꼬맹이 바로 곁엔 꼬맹이의 할아버지와 할머니가 집안 소일거리로 무언가 하며 앉아 있었다. 공책에 무언가 적다 말고 꼬맹이가 콩을 고르고 있는 할머니에게 물었다.
"할머니! 할머니 이름이 뭐야?"
"으응?

"할머니 이름 말야!"

"할미 이름?"

"응, 오늘 숙제야. 가족 이름 적어 오는 거."

"아항, 글나. 할미 이름은 이문자. 이문자데이."

꼬맹이가 연필을 쥔 손가락에 힘을 주고 공책에 또박또박 적으며 중얼거렸다.

"이 문 자."

"아랫사람이 어른 이름을 말할 땐 이자 문자 자자해야 하는기라."

"그럼 자도 이름이야?"

"아이다. 어른 이름은 높여서 불러야하니까 그렇데이."

"아잉, 어려워. 할아버지 이름은 뭐야?"

꼬맹이가 소쿠리를 손질하고 있는 할아버지에게 물었다. 할아버지가 꼬맹이의 머리를 쓰다듬으며 말했다.

"할아버지는 최용수인기라."

"최 용 수. 아니 자자를 붙여야 한다고 했지. 그럼, 최자 용자 수자가 되는 거야?"

"이그, 그래. 불쌍한 내 새끼. 부모 품에서 한창 어리광부릴 나인데…"

할머니가 대신 대답을 해주며 바구니를 비뤄놓고 다가와 꼬맹이의 양쪽 볼을 손바닥으로 비벼주었다.

"어데 보자 코 한번 풀자. 세게 불어보거라이."

할머니가 손수건을 꺼내 꼬맹이의 코를 힘주어 집었다.

"팽! 아야! 아파!… 힝!"

"오, 됐다마."

이때였다. 허름한 차림새에 낡은 운동화를 신은 낯선 남자 하나가 대문 앞에서 두리번거리다가 조심스레 마당으로 들어섰다. 눈물 찔끔거리던 눈으로 남자를 발견한 꼬맹이가 손으로 대문을 가리켰다.

"어? 누가 왔다."

"응?"

할아버지와 할머니가 돌아보았다. 남자가 더듬거리며 입을 열었다.

"저… 저기레… 실례하우다."

"뉘시오?"

"지나가다가 배가 고파서리…"

"으응?"

뜻밖의 말에 할아버지와 할머니가 다시 한 번 남자의 위아래를 살펴보았다. 며칠간 면도를 못 한 듯 거무튀튀한 얼굴에 수염이 자라있고 요즘 시골 사람들도 지나치거나 거절할 싸구려 운동화를 신고 있었다. 차림새가 촌스럽고 남루해도 체격은 다부져 보이고 눈빛은 살아있었다. 걸인은 절대 아닌듯했다. 할머니가 가볍게 혀를 차며 말했다.

"쯔쯔, 우짜다가 때를 놓쳤누…?"

"예, 그… 그기…"

"임자, 그게 우선 중요한 게 아니잖나. 얼른 뭐 좀 내와."

"아아, 야아…"

할머니가 서둘러 부엌 쪽으로 걸어갔다.

"아이쿠, 정말 고맙수다레."

남자가 굽신굽신하며 입가에 어색한 미소를 지었다.

"우선 이리로 올라오시오."

할아버지가 물건을 치우며 자리를 권했다. 자신의 숙제가 방해되어

뚱한 표정을 지었던 꼬맹이가 남자가 마루에 올라앉자 호기심이 생겨난 듯 가만히 남자를 바라보았다. 머리칼이 덥수룩하고 손까지 까무잡잡해서 며칠은 씻지 못 한 것 같았다. 할아버지가 물었다.

"이 동네 사람은 아닌듯한데 어디서 오셨소?"

"아, 고거이 좀 멀우다."

"어, 그래요."

"할아버지 멀우다가 뭐야?"

꼬맹이가 불쑥 말했다. 할아버지가 작은 소리로 나무라듯 말했다.

"어허, 어른들이 말씀 나눌 땐 아이들은 조용히 있어야 하거늘."

"히, 멀우다 모릅매? 아기 동무는 몇 살이지비?"

남자가 싱긋 웃으며 꼬맹이에게 물었다. 할아버지는 남자의 말투가 계속 이상 하자 표정이 조금씩 변하기 시작했다. 꼬맹이는 남자가 자신에게 관심을 보여주자 신난 듯 떠들었다.

"동무는 또 무슨 말이야? 나는 나이는 7살 ○○국민학교 1학년 2반 이름은 최순기."

"호, 똑똑하구만 기래."

남자가 꼬맹이의 머리를 쓰다듬으며 미소 지었다.

"내래 동무만한 아이가 있지비."

남자가 문득 가족 생각이 났던지 눈빛이 흔들렸다. 할아버지는 행여 남자로부터 의심받을까 두려워 최대한 침착한 표정으로 물었다.

"아이는 지금 어디에 있소? 어쩌다가 혼자 낯선 동네까지 오시게 됐는지…?"

남자가 할아버지를 돌아보며 대답했다.

"고거이 말하기 곤란하우다. 내래 이래봬도 아주 못 난 남자는 아님

둥."

"아니오, 못났다는 말이 아니고 그냥 궁금해서 물어본 거요. 불쾌했다면 사과하리다."

"일없슴네다."

남자가 미소를 지으며 다시 꼬맹이를 돌아보며 말했다.

"뭐하네? 숙제하네?"

"예, 숙제하고 있어요. 아참, 아저씨 이름은 뭐래요?"

"이름? 내래 리철수라 하지비. 리철수!"

"리철수? 이철수?"

꼬맹이가 공책에다가 이철수라고 적자 남자가 내려다보고 말했다.

"아니지비. 이가 아이고 리임매. 리."

남자가 연필을 대신 잡고 이에 엑스자를 표시하고 리로 바꾸었다. 꼬맹이가 말했다.

"이상해. 우리 반에는 리씨 성 가진 사람은 없는데…"

"이상하네? 히히 우리 동네는 많우다. 리씨가 흔함둥."

"아잉, 아저씨 말도 이상해."

순간, 할아버지는 부엌문 앞에서 음식이 담긴 소반을 들고 서 있는 할머니와 눈이 마주쳤다. 할머니도 손자와 낯선 남자의 대화를 듣고 있었다. 할아버지가 할머니에게 얼른 고개를 까닥이자 할머니도 무슨 의미인지 안다는 듯 고갯짓으로 응답했다.

"남은 밥이 없어서 고구마하고 옥수수 내어 왔니더. 밥을 드렸어야 하는데…"

할머니가 남자 앞에 소반을 내려놓자 남자는 바짝 다가앉으며 말했다.

"아임둥! 괜찮수다레. 아무거라두 좋슴다."

남자가 옥수수를 집어 들고 알갱이를 입으로 빠르게 훑기 시작했다. 배가 엄청 고팠던 모양이었다. 급히 먹느라 알갱이가 바닥에 떨어져도 그러거나 말거나 우걱우걱 계속 훑어 먹느라 정신이 없었다.

"저, 저런, 물이라도 마시잖고…?"

할아버지는 이렇게 말하면서도 잰걸음으로 안방을 향해 걸어가는 할머니를 눈으로 쫓았다. 꼬맹이는 남자의 먹는 모습이 신기한 듯 입을 반쯤 벌린 채 멍하니 바라보고 있었다. 이때였다. 갑자기 바람이 휙 불어오더니 마룻바닥에 있던 종이 한 장이 날아갔다.

"어?! 안 돼! 할아버…"

꼬맹이가 종이를 가리키며 소리쳤다. 그 소리에 남자의 눈빛이 순간적으로 빛났다. 동시에 날아가는 종이를 향해 번개처럼 품속에서 무언가 꺼내 세게 던졌다. '탁!' 소리가 나면서 날아가던 종이가 감나무에 그대로 달라붙었다. 대검이 날아가 종이를 감나무에 꽂아버린 것이었다. 대검 길이가 30센티는 돼 보였다. 눈 깜짝할 사이의 일이었다.

"와아!"

꼬맹이가 소리쳤다. 할아버지도 깜짝 놀랐다.

"멋있어요! 아저씨 따봉이야! 따봉!"

남자가 꼬맹이를 돌아보며 씩 웃었다.

"따봉이라 했네? 따봉이 머간?"

"최고라고요! 최고!"

"히힛, 이거이 암 것도 아임매. 우리 전사 동지들은… 어? 아, 아니우다."

남자가 얼른 말을 얼버무렸다.

"나도 가르쳐줘요! 아저씨. 예? 응응!"

다시 옥수수를 먹기 시작한 남자의 팔을 잡고 꼬맹이가 응석 부리듯 조르기 시작했다. 할아버지가 기겁해 큰 소리로 말했다.

"인석아, 무슨 짓이야? 어른이 식사하시는데! 너 얼른 민수네 집에 놀러 가거라! 어어… 얼른!"

할아버지의 목소리가 이젠 떨려 나오기 시작했다.

"민수는 아까 읍내 나간댔어."

"그, 그럼 은아네 집에 가서 놀아라. 응응."

할아버지가 초조한 어조로 말했다. 갑자기 입안이 말라가기 시작했다.

"은아네 집은 너무 멀잖아. 가기 싫어. 왜 할아버지는 가라고 해? 맨날 학교 갔다 오면 집에서 놀라고 해 놓고."

"그, 그건 말이다… 응, 그, 그래. 점방에 가서 과자 사 먹고 있어. 오지 말고."

할아버지가 급히 주머니에서 동전 여러 개를 꺼내 꼬맹이에게 쥐어 주고 엉덩이를 떠밀었다.

"점방이 아니라고 했잖아. 슈퍼야 슈퍼. 맨날 점방이래."

"그, 그래. 슈퍼. 슈퍼. 알았으니까 얼릉가!"

돈을 받아 쥔 꼬맹이가 신나 하며 대문 밖으로 뛰어나가다가 누군가의 배에 부딪혀 벌렁 뒤로 넘어졌다.

"아야!"

갑자기 나타난 경찰관 복장의 두 명의 남자가 꼬맹이를 지나쳐 리철수에게 와락 달려들며 소리쳤다.

"꼼짝 마! 손들어!"

나이가 젊은 경찰관과 나이가 꽤 들어 보이는 경찰관이었다. 젊은 경찰이 한 자루뿐인 칼빈총으로 리철수를 겨누었다. 깜짝 놀란 리철수가 먹고 있던 옥수수를 얼른 내려놓고 양손을 번쩍 들어 올렸다.

"살려주시라요!"

"할아버지! 할머니!"

"순기야!"

갑자기 나타난 사람들에 눈이 휘둥그레졌던 꼬맹이가 혼자 떨어져 있어 무서워졌는지 그제야 울상을 짓고 일어나면서 할아버지와 할머니를 불렀다. 할머니가 아이구! 내 새끼, 하며 방안에서 뛰어나와 꼬맹이를 품에 안았다.

"뉘시라우? 뉘김매?"

리철수가 어리둥절해하며 두 경찰관을 번갈아 보며 말했다.

"경찰이다! 수상한 사람이 나타났다는 신고 받고 왔다! 뒤돌아 서!"

젊은 경찰관이 명령했다. 리철수가 머뭇거리며 돌아섰다. 나이가 많은, 정년퇴임이 가까워 보이는 동료에게 젊은 경찰이 소리쳤다.

"얼른 수갑 채워요. 뭐해요?!"

"아, 알았네."

나이 많은 경찰이 허리춤에서 수갑을 꺼내 리철수의 손목을 채우려 했다. 손이 떨려서 동작이 굼떴다. 수갑이 채워질 듯하다가 자꾸만 벗겨졌다.

"이, 이런, 오랜만에 하려니…"

"그러길래 술 좀 적당히 드시라고 맨날 말해도…"

두 사람의 대화를 들으며 리철수가 고개를 돌려 응원하듯 말했다.

"이봅세 동무들, 너무 애쓰지 말고 천천히 하우다."

"입 다물어!"

젊은 경찰이 경고했다.

"음, 남조선 동무들, 한심하구만, 기래."

헬기가 고도를 최대한 낮추니 베레모를 쓰고 위장크림을 바른 특공대원들이 차례로 헬기에서 밧줄을 타고 뛰어내렸다.

다른 특공대원들은 소총을 겨눈 채 농가에 딸린 볏 짚단을 뒤지고 옥수수밭을 헤쳐 가며 전진하고 있었다.

어느 순간 공비를 발견한 특공대원이 소총을 발사하자 공비들이 도망을 가며 응사했다.

소총탄이 난무하고 동시에 수류탄이 터졌다. 불꽃과 파편이 튀어 오르고 연기가 솟았다. 함성과 함께 교전이 시작되었다.

9. 아군에 희생자가 생겨나고

토끼몰이.

수색 작전을 시작하며 골 병장에게 먼저 떠오른 생각은 토끼몰이였다. 어렸을 때였다. 시골 마을에 눈이 그치면 동네 청년들이 토끼몰이를 나가곤 했다. 산을 하나 정해서 서로 일정한 간격을 유지하며 산 밑에서 위로 올라갔다. 인원은 많을수록 유리했기에 동네 청년들이 몽둥이를 하나씩 들고 너도나도 모여 들었고, 딱히 형들에게 도움이 될 처지가 아닌 골 병장 자신도 호기심 반 장난 반 대열에 끼곤 했다.

하지만 지금은 그때와 너무나 달랐다. 잡아도 그만, 안 잡아도 그만인 토끼 정도가 아니었다.

9중대 병사들이 산개하여 앞으로 나아가고 있었다.

길은 험했다. 비탈길을 오르고 나면, 평지인가 싶다가 또 경사가 나타났다. 대나무 숲을 통과하고 물푸레나무가 우거진 곳도 지나왔다. 바위 위로 칡넝쿨과 쓰러진 갈대가 뒤엉켜 있는 바람에 그늘이 생겨 바위 밑은 어두컴컴했다. 그래서 병사들은 탐침봉이나 소총 끝으로 조심스레 장애물을 헤치고 바위 밑을 확인했다. 어떤 경우엔, 인기척을 느낀 멧돼지 새끼나 토끼가 갑자기 후다닥 뛰쳐나오면 병사들은 질겁을 하기도 했다.

맨 앞줄에 서 있던 골 병장이 문득 어깨너머로 병사들을 돌아보았다. 그의 바로 뒤에 7명의 병사가 따라오고 있었다. 맨 앞줄엔 M60 사수 윤 상병, 그 뒤엔 부사수 박찬우 일병, 203 사수 천영철 일병 그리고 신병 김한수와 김동익 순이었고 맨 뒤엔 노환희 병장과 소총수 송용해 이병이 뒤따랐다. 그러고 보니 공교롭게도 예비대에서 같은 소속 분대원 그대로였다.(신병 두 명을 제외하고) 골 병장은 예비대에서 병장으로 진급 후 얼마 안 되어 분대장이 되었고 해안으로 나와서도 마찬가지였다.(하사가 없을 땐 병장이 분대장이 되었다) 하나도 달갑지 않은 분대장. 말년을 조용히 보내려던 꿈은 달아나 버렸다.

이곳까지 오는 동안 공비의 흔적은 어디에도 없었다. 한낮의 햇볕은 따스하고 바람은 가늘게 불어왔다. 지형은 갈수록 경사가 지면서 울퉁불퉁한 바위가 점점 많아지기 시작했다. 경사면을 넘어가니 운동장 절반 크기만 한 넓은 평지에 무릎 높이의 작은 바위들이 풀밭에 점점이 흩어져 있고 그 한 가운데엔 집채보다 더 큰 바위가 하나가 당당히 자리하고 있었다. 산꼭대기에 이런 평지가 있었단 사실도 의외였지만 독특한 바위가 더 눈에 띄었다. 전체 바위 모양은 둥그스름한 형태로 오랜 세월 비바람에 쓸리고 깎인 탓에 바위 표면은 매끄럽게 다듬어져 있었다. 여기저기 생겨난 바위틈새마다 작고 어린나무가 뿌리를 내리고 있었고 사방에 말라붙은 이끼도 보였다. 바위는 딱 한가운데쯤에서 세로로 길게 쪼개져 있었다. 한 사람 어깨너비 정도의 폭으로 위로 갈수록 조금씩 더 벌어진, 역삼각형 모양이었다.

수색을 위해 산속으로 깊이 발을 디딘 후 골 병장은 우리나라, 이 땅에도 우리가 미처 몰랐던, 숨겨진 비경이라든가 지형과 장소가 많다는 사실에 놀라곤 했다. 이 바위도 그런 장소의 한곳으로 태곳적에 지각변동으로 원래 하나였던 바위가 절반으로 나누어진 듯했다.
　병사들은 바위틈 앞에서 걸음을 멈추고 주위를 둘러보았다. 안쪽으로 길게 나 있는 바위 틈바구니는 바위 자체의 그림자로 인해 약간 어두컴컴하게 보였다. 마치 대낮에 창문에 얇은 커튼을 쳐 놓은 느낌이었다. 바위 위쪽은 열려있기에 동굴 같지 않은 동굴인데다 틈바구니 길은 얼마나 긴지 알 수 없었다.
　"요상한 동네이구마 잉…"
　바위를 눈길 닿는 곳까지 훑어보더니 노환희 병장이 입을 열었다. 작전 중임을 의식해서 작은 목소리로 한 말이었다.
　"모카빵을 무딘 칼로 쓸다가 안 되니께 손으로 쥐어뜯어 반 갈라 논 모양센게."
　골 병장이 힐끗 돌아보고 역시 작은 목소리로 대꾸했다.
　"누가 짬장이 아니랄까 봐 꼭 먹는 걸로 비유를 해."
　"봐봐야, 그리 생겼잖여. 둥글 넓쩍 우툴두툴 누리끼리한 색까지."
　"아, 몰러. 쓰바, 빵 얘기하니까 빵 먹고 싶다."
　"빵은 모카빵이 맛 좋제."
　"쯧, 농담은 그만하고 자, 이제 어떡하냐?"
　나머지 병사들도 모여들어 총을 내려놓고 두 사람의 대화에 귀를 기울였다.
　"우짤거? 분대장?"
　"음… 우리가 가려는 방향에서 비켜난 곳이라 다 함께 이곳을 통과

할 필요는 없고… 그렇다고 굴을 발견한 이상 못 본 체할 수도 없으니…"

"그렇긴 한데, 설마 이런데 공비가 숨어 있겠어? 넓은 땅 놔두고."

"그거야. 그 생각을 노리고 공비가 저 안에서 잠자고 있을지 누가 알겠냐고."

"흐미…"

"한두 사람만 들어가서 확인하고 지나가자."

"그려, 그게 낫겠구마. 몰려갔다가 저 틈바구니에 한꺼번에 낑겨버리면 볼썽사납고 말여."

"누가 들어갔다 올래?"

"……"

골 병장의 물음에 아무도 대답 못 했다. 골 병장의 말을 듣고 난 뒤 왠지 호랑이굴로 들어가는 것만 같은, 알 수 없는 두려움이 슬금슬금 고개를 내민 탓이리라. 역시나 물어보나 마나였다고 생각한 골 병장은 분대장으로서 어쩔 수 없이 자신이 나서야겠다고 입을 열려던 순간이었다.

"제가 가겠습니다."

김한수가 한 걸음 앞으로 나서며 말했다.

"뭐?"

골 병장과 나머지 병사들이 놀란 표정으로 김한수를 돌아보았다.

"누군가 꼭 가야 한다면 제가 가겠습니다."

김한수가 눈빛을 빛내며 진지한 표정으로 거듭 말했다.

"넌 안돼야. 신병이 무슨…"

노환희 병장이 말렸다.

"그래, 넌 안 돼."

"그라제, 넌 사람으로 치면 애기여, 애기. 애기들은 어른들 뒤에 따라다니면 되는겨."

"문제없습니다. 맡겨주십시오."

"흐미, 자꾸 말 같잖은 소리혀네잉. 늬들은 말여, 엄폐 은폐나 잘 혀. 엄폐 은폐가 뭔지 훈련소에서 배웠쟈?"

"노 병장 말이 맞아. 넌 빠지고 나 혼자 간다."

"잉? 골 병장?"

병사들이 골 병장을 바라보았다.

"그래, 너희들은 사주경계나 하고 있어. 문제는 틈이 좁아서 총을 들고 갈 수 없을 거 같다."

골 병장의 말에 병사들은 다시 바위틈을 돌아보았다. 그의 말은 사실이었다. 쪼개진 바위의 단면은, 틈이 좁으면 표면이나마 편편했으면 좋으련만, 말 그대로 울퉁불퉁 제각각 모양으로 튀어나와 있었다. 심한 굴곡 탓에 소총을 앞으로 겨눌 수 없었다. 총을 제대로 쏘려면 위나 아래로만 쏘아야 했고 그래서 소총은 걸리적거리기만 할 뿐 아무런 도움이 되지 못했다. 골 병장은 소총을 바위에 기대놓고 최대한 몸을 가벼이 하기 위해 엑스 반도까지 벗어 소총에 걸어 놓았다. 방탄모는 그대로 쓴 채 대검만 빼 들고 동굴로 향했다.

"흐미…"

노환희 병장이 짧은 탄식을 내뱉었다. 나머지 병사들도 걱정 반 미안함이 반 섞인 표정으로 골 병장을 바라보았다. 골 병장은 쉽게 떨어지지 않는 발걸음으로 동굴 안으로 들어섰다.

아, 말년에 이게 무슨 짓이란 말인가. 원래대로라면 제대 신고식 준비하느라 군복에 각을 잡고 있거나 전투화에 물광이나 내고 있을 시간이 아닌가. 이것도 귀찮으면 텔레비전을 끼고 있거나 PX에 가서 노닥거리고 있으련만.

걸음을 내딛는 때마다 바윗덩이가 어깨나 무릎에 툭툭 부딪혀 왔다. 어느 순간, 몸이 저절로 S자형이 되기도 했다. 권총이 한 자루 있다면 딱 좋겠다는 생각이 들었다. 전반적으로 어두웠으나 역광으로 들어온 빛으로 인해 동굴 바닥이 드러난 곳도 있었다. 바닥엔 고운 모래가 깔려있고 안으로 들어갈수록 작은 짐승들이 배설해 놓은 똥이 있었다. 골 병장은 한숨 돌릴 겸 고개를 젖히고 바위틈으로 하늘을 올려다보았다. 저 높은 푸른 하늘에 흰 구름 조각이 보일 듯 말 듯 했다.

깊이 들어갈수록 공간이 좁아졌다. 어두워 제대로 보이진 않으나 막다른 곳까지 온 느낌이 들었다. 이쯤에서 그만 돌아갈까 말까 망설이던 순간이었다. 갑자기 귀를 찢는 소리와 함께 골 병장의 어깨 근처에서 불꽃과 함께 돌조각 파편이 튀었다. 총알이 날아온 것이다. 공비다!

너무 놀라 순간적으로 몸이 마비되었던 골 병장은 정신을 차리자마자 뒤돌아 달아나기 시작했다. 들어올 때와 마찬가지로 나가는 것 또한 쉽지 않았다. 허둥거릴수록 바위에 부딪히고 속도가 나지 않았다. 반면에 총알을 피하는 것에 도움이 되기도 했다. 공비 또한 소총을 가진 탓에 직선으로 쏘아보았자 소용없음을 알고 바위 위로 올라가서 대각선 방향으로 총을 쏘며 쫓아왔다. 좌측 우측 바위를 번갈아 건너뛰며 왼손으론 바위를 잡고 오른손으론 소총을 난사했다. 총알이 골 병장 주위로 계속 날아왔다. 파편이 마구 튀었다. 어느 순간, 제법 굵은 돌멩이 하나가 달려가던 골 병장의 머리 위로 떨어졌다. 돌멩이는 방탄모에 튕겨 나갔다. 순간적으로 어질했으나 골 병장은 그대로 동굴 입구를 향해 뛰었다. 저만큼 입구가 보였다. 그때, 갑자기 누군가 나타났다. 김한수였다.

"골 병장님 받으십시오!"

김한수가 큰소리로 외치며 소총을 골 병장을 향해 던졌다. 소총이 바윗돌을 간신히 패해 날아오자 골 병장은 두손으로 소총을 낚아챘다. 반격이 시작되었다.

뒤돌아 바닥에 등을 대고 누운 골 병장이 저만큼 바위에 매달려 좇아오는 공비를 행해 방아쇠를 당겼다. 조종간을 자동에 놓고 쏘았다. 동시에 동굴 입구 쪽에서도 병사들이 공비를 향해 총을 마구 쏘아대었다. 당황한 공비는 바위 뒤에 몸을 숨겼다. 어느새 화약 연기와 먼지, 모래가 동굴 안에 가득 찼다. 집중사격을 당하자 더 이상 견딜 수 없었던 공비가 몸을 홱 돌려 달아나기 시작했다. 계단처럼 덤벙 덤벙 양쪽 바윗돌을 밟고 위로 올라가더니 그대로 사라져 버렸다. 신기에 가까운 몸놀림이었다.

공비의 흔적은 더 이상 찾을 수 없었다. 공비가 바위 위로 사라진 순간 골 병장과 분대원들은 동굴 밖으로 뛰어나가 공비를 쫓았으나 헛수고였다. 총소리를 듣고 달려온 인근 중대원들과 함께 바위와 주변 일대를 샅샅이 뒤졌으나 소용없었다. 중대장이 곧 대대장에게 보고할 거라며 그동안 삼시 휴식하라고 병사들에게 말했다. 병사들은 삼삼오오 모여 오늘 있었던 일을 얘기했다. 처음으로 맞닥뜨린 공비와의 교전이었다. 일, 이병들은 입을 꾹 닫은 채 눈만 말똥말똥하고 있었고 그나마 짬밥 좀 먹었다는 고참들만 공비가 암벽을 탈 땐 거미 인간 같았다는 둥, 도망칠 땐 날다람쥐처럼 동작이 빨랐다는 둥, 이런 곳에 숨어있는 줄 몰랐다는 둥, 말들이 많았다. 골 병장은 풀밭에 앉아 물을 마시며 아직 여운이 남아있는 두근거리는 가슴을 진정시켰다. 호랑이 굴에서 살아나온 자신이 한편 대견했다. 물론 김한수의 도움이 있었기에 가능했다. 김한수는 말없이 소총을 닦고 있었다. 그러고 보니 실탄을 양 제한 없이 총을 마음껏 쏜 것은 이번이 처음이었다. 그동안 영점사격한답시고 끽해야 서너 발씩 정도에 그쳤건만 이제는 총열이 뜨거워질 정도로 갈겨대고 있었다.

다행히 아군의 피해는 적었다. 눈에 돌가루가 튀어 들어가거나 타박상 입은 정도에 그쳤다. 교전이 짧은 시간에 끝났기 때문이었다.

골 병장은 사라진 공비를 생각했다. 공비로선 스스로 안전하다고 여겼던 곳에서 예상 밖 적군을 만나는 바람에 크게 당황한 것 같았다. 만약 그가 미리 준비할 시간이 있었다면 대검 등으로 소리 나지 않게 아군을 헤칠 수도 있었다. 아찔했다.

공비는 골 병장 자신이 뛰어오는 속도만큼이나 빠르게 뒤쫓아왔었다. 바위틈의 경우, 아래에서 위쪽으로 올라갈수록 몸을 놀리는 데 유리했겠지만 그만큼 떨어질 위험도 있었다. 그걸 감수하고 쫓아온 것이었다. 김한수가 제때 나타나지 않았더라면 목숨을 잃었거나 심각한 부상에 처할 수밖에 없었던 아주 위험한 순간이었다. 공비 토벌? 앞으로 쉽지 않겠군. 모두 실전경험이 없는 처지들이었다. 그나마 가장 최근에 실전경험을 치른 장본인들이라야 베트남전을 치른 선배 군인들이었으니, 세월이 한참 지난 지금으로선 그냥 난감할 뿐이었다.

어느덧 토벌 작전 30일째.

오늘도 9중대는 전투 자세로 험준한 산을 오르고 계곡을 지나가며 수색을 이어갔다. 갈대밭은 물론이고 커다란 바위 아래를 일일이 확인하며 조심스레 전진했다.

늦가을이건만 이른 아침부터 여러 산을 오르내렸던 병사들에겐 더위가 느껴질 정도였다.

어느 순간, 중대장이 손짓하자 1소대장, 2소대장 그리고 3소대 선임하사가 명령을 이어받아 본인들의 소대원들에게 잠시 휴식을 취하란 신호를 보냈다. 모두들 소총을 내려놓고 자리를 잡고 앉았다. 병사들은 땀을 닦거나 물을 마시면서 긴장을 풀었다. 작전 중에는 목소리를 크게 낼 수 없어서 모두들 거의 소곤거리듯 말해야 했다.

"아, 배도 고프고… 씨팔, 말년에 이게 뭐야."

골 병장 주위로 그의 신교대 동기들이 모여들었다. 3소대 김문태 병장이 인상을 찌푸리며 중얼거렸다.

"씻지도 못하고…"

깔끔함을 넘어 결벽증 증상까지 있는 진호강 병장이 툴툴거렸다. 벌써 몇 날 며칠째 물다운 물은 구경조차 못 하고 있었다.

"누가 아니라냐. 언제 끝날지도 모르고…"

2소대 최중만 병장이 두 사람의 대화에 끼어들었다.

"야, 휴가 나갔다가 불려 온 애들보단 낫다고 생각해라."

골 병장이 동기들을 향해 한마디 했다. 최중만 병장은 계속 불평했다.

"짬밥 먹을 날이 아직 많이 남은 애들이야 당연 그래야 겠제. 울 들은 낼모레 사회인인데 지금 여서 뭘 하고 있냐구. 뭘 해서 벌어 먹고사나 궁리할 시간도 모자를 판에."

김문태 병장이 말했다.

"씨팔, 높은 놈들이 언제 우리 병사들 신경이나 써 줬남. 부려 먹기 바빴지."

골 병장이 잘라 말했다.

"그러니까 각자도생이란 말이 있는 거야."

최중만 병장이 말했다.

"야, 근데 골 병장 너 돈 많이 모았다며?"

"돈? 인마, 세상엔 돈보다 더 좋은 것들도 많아."

골 병장이 웃으며 말했다.

"글치! 넌 돈이 아니고 골드지."

김문태 병장이 자신의 허리춤에 있는 수통을 손으로 통통 두드리며 말했다.

"너, 시골집에 금붙이를 여기 이 수통 하나 찰 정도로 모아놨다는 소문이던데, 진짜냐?"

"수통? 야, 좀 제대로 먹고 살려면 그깟 수통 하나로 되겠냐. 더플백 정도면 몰라도."

"지랄한다."

"그리고 돈도 돈 나름이라서 국산보다는 외국산이 더 좋거든. 들어봤지? 달러라고."

"달러고 나발이고 오늘도 한판 해야지? 티끌 모아 태산, 동전 모아 골드."

김문태 병장이 동전을 꺼내 짤랑거리며 말했다.

"오늘은 됐고, 물 남은 거나 주라. 대신 내 주머니에 있는 돈 다 너 줄게."

"물? 오전에 다 마셨지."

"넌?"

골 병장이 최 병장에게 물었다.

"나도…"

최 병장이 수통을 거꾸로 들고 흔들었다. 물이 한 방울도 남아있지 않았다.

산중이라서 물이 귀했다. 병사들에게 힘든 점 3가지는 부실한 식사, 물, 추위였다. 가파른 산을 헉헉대며 수색하다 보면 쉽게 입안이 마르게 되고, 더구나 언제 어디에서 공비가 나타날지 모르는 상황에선 줄곧 긴장할 수밖에 없기에 더 갈증이 났다.

물을 쉽게 공수할 수도 없어서 타 부대에선 예비군들이 집에서 물통을 여분으로 가져와 병사들에게 나누어주었다는 소문도 있었다. 물이란 단어를 듣자, 병사들은 입술을 축이며 다시금 물 생각이 간절해졌다. 하지만 없는 물을 억지로 만들 수도 없기에 참아야만 했다.

"야, 골 병장. 그나저나 넌 왜 그렇게 돈을 밝히냐? 그게 궁금했다."

잡담으로 갈증을 잊으려는 듯 김문태 병장이 물었다. 최중만 병장도 맞장구쳤다.

"그래, 아직 직장인도 아닌데 말야. 제대하고 슬슬 벌어도 되잖아?"

골 병장이 대답하기 귀찮다는 표정으로 마지못해 한마디 했다.

"나랑 너희들이랑 처지가 같냐."

김문태 병장은 중대 내 가장 학력이 높았고 그의 형들은 대기업 직원과 고위공무원이었다. 김문태도 학교를 졸업하면 좋은 직장에 취직할 것으로 예정돼 있었다. 최중만 병장은 그의 아버지가 지방 소도시 레미콘 회사의 사장으로 있었다. 회사 규모가 제법 클뿐더러 최 병장이 아버지의 사업을 물려받을 계획인 것으로 골 병장은 알고 있었다.

"쨔샤! 인생은 한방이다. 한방!"

사회생활 할 때 복권을 한꺼번에 몇만 원어치 매주 샀다는 정 하사가 말했다. 푼돈에 매달리는 골 병장이 한심해 보여 한 말이었다.

"진짜 제대 며칠 안 남았는데 오늘 함 말해 봐라."

김문태 병장이 농담조로 다시 한 번 골 병장에게 졸랐다. 골 병장은 이들의 말을 무시하려다가 마지못해 씁쓸한 표정으로 입을 열었다.

"너희들 어렸을 때 돈 때문에 울어본 적 있냐? 저금통 잃어버렸거나 용돈 떼인 일 이딴 거 말고."

"……."

"내가 국민학교 1, 2학년 무렵이었을 때인데 어느 날 학교에서 전교생에게 돈을 거둔 적 있었지. 적은 금액이었지만 우리 집은 낼 수 없었어. 워낙 가난했기 때문에. 부모님은 농사를 지으셨는데 남의 땅이라서 도지료를 주고 나면 딱 한해 먹을 양식밖에 안 남았어. 추수하고 부모님 따라 방앗간에 갔는데 하얗고 따뜻한 쌀을 논 주인이란 사람이 나타나서 실어 가는 모습이 어린 마음에도 너무 안 좋았어. 학교에 가져가야 할 돈을 몇 날 며칠째 못 가져가기도 했고, 다 떨어진 낡은 가방을 이웃집에서 얻어다 썼지. 다른 무엇보다 돈 좀 있다는 사람들이 부모님을 무시하고 모욕하던 일들이 잊히지 않아. 정작 그 사람들이 엄청난 부자였냐면 그것도 아니었어. 그냥저냥 밥술이나 먹는 정도였으면서 우리 부모님께 그리 상처를 줬지."

골 병장 주위의 병사들은 말없이 그의 말을 들었다.

"나의 부모님이 가난 때문에 얼마나 많이 고생하셨고 서러운 일까지 당하셨는지 잘 알기에 난 이담에 커서 꼭 부자가 되겠다고 결심했었다. 반드시 부자가 될 테다."

최중만 병장이 무겁게 입을 열었다.

"음… 그랬냐. 몰랐다."

정 하사가 웃으며 말했다.

"흥, 잘해봐라. 인생은 한방이라니깐."

"쓰바야, 골 병장이 나름 진지하게 말할 땐 듣는 척이라도 해라."

"염병."

"에이, 이거 갑자기 분위기 썰렁한데."

처음 얘길 꺼낸 김문태 병장이 멋쩍은 듯 얼굴에 주름을 만들며 말했다.

"그래, 맞다. 날씨까지 썰렁한데 이런 얘기 그만하자."

골 병장이 화제를 바꾸기 위해 엉덩이를 털고 일어났다.

"앗! 물소리가 난다!"

갑자기 누군가 말했다. (아마도 귀가 밝은 김한수가 물소리를 먼저 들었으리라) 물이란 소리에 모든 병사가 반색하며 귀를 쫑긋했다.

"맞다! 저쪽이다!"

손가락으로 가리킨 방향으로 병사들이 우르르 달려갔다. 바로 근처 야트막한 산허리 하나를 돌자마자 정말 계곡물이 나타났다. 맑고 깨끗한 물이 졸졸졸 소리를 내며 흐르고 있었다. 이렇게 가까이 물이 있었을 줄이야.

"와아! 물이다! 물!"

병사들은 손으로 물을 떠먹거나 얼른 수통을 꺼내 물을 담아 마시기 시작했다. 너도나도 기뻐하며 물을 마셨다. 코앞에 물을 놔두고 고생들 하고 있었다며 병사들은 낄낄댔다. 줄곧 병사들 뒤를 따라온 아버지와 아들도 망태기 안에서 물통을 꺼내어 물을 담았다. 아버지가 아들에게 먼저 물을 마시게 했다. 물을 마신 병사들이 바위에 기대거나 앉아 담배를 피우기 시작했다. 중대장과 무전병이 병사들 앞으로 나섰다.

"그대로 편한 자세에서 듣는다. 춘천 근처 타 부대에서 공비 3명을 사살했다는 소식이다. 그리고 덧붙여서 공비 한 명을 생포했다는데 곧 새로운 소식이 또 올 거다."

중대장의 말에 병사들은 반색했다. 공비들의 숫자가 줄수록 아군의 원대복귀가 빨라지기 때문이었다.

"아구, 쫌만 더 견디면 내무반에서 늘어지게 잘 수 있겠구낭."

최 병장이 말했다.

"아, 씨팔! 난 PX에도 가고 싶다."

김 병장이 말했다. 골 병장은 주위 사람들의 말을 건성으로 들으며 주변 경치를 휘둘러보았다. 늦가을 붉은 단풍나무가 지천이었다. 바람이 살랑거릴 때마다 단풍잎이 계곡물 위로 우수수 떨어졌다. 올 한해도 얼마 남지 않았구나, 골 병장은 생각했다. 자신도 어서 부대로 돌아가고 싶었다. 그리고 미래를 꿈꾸고 싶었다.

'저게 뭐지?'

저만큼 작은 바위 위에 물이 채 마르지 않은 흔적이 눈에 띄었다. 동물이 밟고 지나간 자국 같기도 했다. 골 병장은 조용히 움직였다. 좀 더 가까이 가서 보고 싶었다. 바위 위 흔적은 동물의 발자국 치곤 많이 커 보였고 모양도 달랐다. 사람의 발자국이 아닐까 의심되었다.

발자국은 여러 바위를 거쳐 산속 어두컴컴한 곳까지 이어져 있었다. 공비는 절대 발자국을 남기지 않는다는 것을 골 병장 역시 알고 있었다. 만약 이 흔적들이 실제 공비의 발자국이라면 그건 아마 공비가 급히 밟고 지나갈 수밖에 없었던 상황이었거나 아니면 설마 이곳까지 국군이 수색을 나왔을까 싶은, 방심했던 탓이리라. 공비도 인간인지라 한 번쯤은 실수하기 마련이다.

골 병장은 재빨리 소총 노리쇠 안전장치를 풀었다. 자세를 낮추고 병사들에게 손을 흔들어 신호를 보냈다. 잡담을 나누고 있던 병사들이 골 병장과 눈이 마주치자 무언가 일이 발생했음을 직감하고 모두 소총을 집어 들고 일어났다. 최 병장, 김 병장이 발소리를 죽이며 가장 먼저 뛰어와 작은 목소리로 물었다.

"야, 뭐야?"

커다란 바위 뒤에 몸을 숨기고 있던 골 병장이 손가락으로 먼저 입을 막은 후 발자국과 숲속을 번갈아 가리켰다. 김 병장이 알았다는 눈짓을 했다. 뒤따라온 병사들이 하나둘 두 사람 뒤에 몸을 숨겼다.

"뭐가 보였냐?"

김 병장이 옆에서 골 병장에게 속삭였다.

"아직."

골 병장이 전방에서 눈을 떼지 않고 대답했다. 두 사람은 1분간 그대로 가만히 있었다. 사방은 쥐 죽은 듯 고요하기만 하고 머리 위 하늘 높은 곳에 바람이 지나가는 소리가 들려왔다.

더 이상 참을 수 없었던 김 병장이 머리를 조심스레 바위 위로 내밀었다. 그 순간이었다.

총소리와 동시에 김 병장이 짧은 비명을 지르고 뒤로 넘어졌다.

"앗! 문태야!"

골 병장이 김 병장에게 달려들어 양팔로 그를 안아 든 순간 누군가 외쳤다.

"공비닷!"

동시에 병사들의 개인화기가 불을 뿜었다. 압권은 M60 기관총이었다. 마구 쏘아대자 바윗돌 위에 좌르르 쏟아진 탄피가 사방으로 튕겨 나갔다. 총소리에 흥분한 병사들이 목표물을 정확히 모른 채 전방을 향해 마구 쏘아대기 시작했다. 총알이 어느 방향에서 날아왔는지, 공비가 어디에 있는지 몰랐다. 다른 사람이 쏘아대니 자신도 덩달아 쏘면서 시간이 10여분 지났다.

"사격 중지!" "사격 중지!"

뛰어온 중대장이 명령했다. 병사들이 하나둘 사격을 멈췄다.

"중대 공격대형으로 산개한다! 1소대는 좌측, 2소대는 중앙, 3소대는 우측을 맡는다! 각 분대장은 선두에!"

병사들이 중대장을 바라보았다.

"신속하게 전진한다! 멀리는 못 갔을 것이다!"

중대장이 말을 마치자마자 흩어져 있던 병사들이 소대별, 분대별 전열을 갖추고 추격을 위해 빠르게 움직였다. 이때, 저만큼 바위 아래 김 병장을 안고 있는 골 병장이 중대장의 눈에 띄었다. 중대장이 급히 달려갔다.

"의무병 이리 와! 빨리!"

중대장이 골 병장과 함께 김 병장을 안아 들었다. 눈을 감고 있는 김 병장의 이마 한가운데에 총탄 흔적과 함께 핏줄기가 코 옆길을 거쳐 목 아래 군복 안까지 길게 이어져 있었다.

"김문태! 김문태! 내 말 들려?!"

중대장이 김 병장의 어깨를 마구 흔들며 소리쳤다. 김 병장은 어떤 작은 반응조차 없었다.

"김문태, 정신 차려! 정신! 김문태! 나, 중대장이다!"

"문태야, 나다! 내가 누군지 말해 봐, 어서!"

간신히 눈을 뜬 김 병장이 들릴 듯 말 듯 한 목소리로 대답했다.

"… 고… 고‥ 골 병장…"

"그래, 골 병장이다! 골 병장!"

"어… 어‥ 지럽다…"

"그래, 조금만 참아! 곧 헬기 올 거다! 너 살 수 있어! 정신 차려, 인마!"

"… 내‥ 내가 왜… 여기서… 여기서…"

"말하지 마! 정신만 차리고 있어! 응!"

골 병장이 소리쳤다. 의무병이 지혈하려 했지만 쉽지 않았다. 다시 눈을 감은 김 병장의 어깨가 가볍게 부르르 떨리기 시작하더니 곧 멈추었다. 온몸의 기력이 다 빠져나간 듯했다. 중대장이 김 병장의 이름을 부르며 그의 턱을 한 손으로 잡고 좌우로 흔들었다. 그러나 아무런 반응이 없었다. 중대장은 맥없이 손을 내려놓았다. 곁에 앉아 있던 골 병장과 눈이 마주쳤다. 골 병장의 눈가에 이미 눈물이 가득 맺혀 있었다. 중대장의 두 주먹이 가늘게 떨리기 시작했다. 의무병이 김 병장을 위해 다시 무언가 해보려 했지만 소용이 없었다. 주위에 서있던 병사들은 숙연한 모습으로 이들을 지켜보았다.

김문태. 충북 영동군 황간면. 명문대 1년 휴학 중이었다. 추운 겨울날 교대근무를 항상 5분 일찍 와 주곤 해서 병사들은 그에게 고마워했다. 활짝 웃을 때면 덧니가 언제나 인상석이었다. 제대 11일을 남겨놓고 있었다.

이때, 힘겹게 중대장이 벌떡 일어났다.

"중대, 멈출 수 없다! 계속 전진한다! 뒤를 쫓아라!"

중대장이 앞장서서 달려가자 병사들이 뒤따랐다. 어두침침한 숲속으로 들어서자마자 한기가 훅 느껴졌다. 무성한 나무 이파리가 시야를 가로막기도 하고 가느다란 나뭇가지들이 사정없이 얼굴에 자국을 그으며 지나갔다. 총알 세례를 맞은 작은 소나무들은 절반으로 잘려 나갔고 굵은 소나무는 껍질이 달아나 허연 속살을 내민 채 송진을 흘리고 있었다.

'발자국이닷!'

선두에서 누군가 사람의 발자국을 발견하자마자 손으로 신호를 보냈다. 중대장이 발자국을 내려다보고 나서 소대장들에게 손가락으로 방향을 지시했다. 소대는 산개했다.

작전 44일째.

소총을 잡은 두 손에서 식은땀이 나도 골 병장은 닦을 생각 못 했다. 한발씩 내딛을 때마다 생사의 기로에 선 느낌이었다. 죽고 사는 게 종이 한 장 차이라는 걸 김 병장의 죽음을 목격하고 절실히 깨달았다. 분대 선두에 서 있던 골 병장은 고개를 돌려 뒷사람들을 바라보았다. 오늘도 그의 바로 뒤엔 분대원이 따르고 있었다. 맨 앞줄엔 역시나 M60 사수 윤 상병. 최소 전술 단위인 분대는 9명이 원칙이지만 인원이 항상 한두 명 모자랐다. 더구나 신병을 두 명이나 데리고 다니는 것도 골 병장에겐 부담이 컸다.

분대원을 돌아보는 골 병장과 눈이 마주친 윤 상병이 왜요? 하는 물음을 눈빛에 담아 보냈다. 아냐, 그냥 한번 돌아봤어, 하고 응답하자 윤 상병이 가볍게 미소 지었다. 후임 중 가장 아끼는 윤 상병이었다. 무거운 M60을 들고 다니면서도 한 번도 불평한 적 없었다. 골 병장은 윤 상병 같은 후임들만 있다면 군 생활이 신선놀음까지는 못되더라도 상당 부분 편하리란 생각을 자주 하곤 했다.

나무가 적고 바위가 많은 지대에 들어섰을 때였다. 갑자기 들려온 소리에 분대원들이 일제히 자세를 낮추며 사격 자세를 취했다. 작은 돌멩이가 떨어진 소리였다. 골 병장은 재빨리 주위를 살폈다. 산 정상 부근이고 여기저기 거대한 바윗덩어리가 많았다.

골 병장은 분대원들에게 자신을 엄호하라 명령하고 혼자 앞으로 나아갔다. 소리가 들려온 방향으로 소총을 겨눈 채 한발 한발 숨죽인 채 다가갔다. 등 뒤로 식은땀이 흐르는 걸 느낄 수 있었다. 누가 있다! 저 바위 뒤에 분명 무언가 있다! 사람이든 짐승이든, 어렸을 때 건물 모퉁이에 숨어있던 친구들을 곧잘 찾아내곤 했던 골 병장이었다. 눈에 안 보여도 감으로 알 수 있었다.

방아쇠를 걸은 검지에 신경이 집중됐다. 바윗덩이에 몸을 밀착시킨 골 병장이 바위 옆으로 홱 돌아가며 방아쇠를 당기려는 찰나.

"아아!"

"아아!"

총구를 서로 마주한 골 병장과 최중만 병장이 동시에 비명 같은 탄성을 질렀다. 하마터면 아군끼리 쏠 뻔한 순간이었다.

"야, 너희들이었어?!"

골 병장이 긴 안도의 숨을 내쉬며 말했다.

"아, 씨팔! 식겁했네!"

최 병장 또한 긴 숨을 내쉬었다. 그 역시 많이 놀란 듯 식은땀을 내비쳤다. 양쪽의 분대원들도 서로 한마디씩 하며 모여들었다.

"야, 너희들 왜 이쪽으로 왔냐? 3분대는 저기 저쪽 아냐?"

골 병장이 손으로 방향을 가리키며 말했다.

"우리도 모르는 사이에 이리로 왔다. 지형이 험하고 큰 바위까지 많아서 똑바로 못 나가고 돌아서 가려다가 어느새 길을 잃었던 거야."

"어쨌든 사고 안 나서 다행이다. 십년감수했다."

"아우씨, 누가 아니래. 다시 생각해도 소름이 돋아."

"대낮인데 이 정도면 야간엔 정말 위험하겠는걸. 아군끼리 오인사격."

"그러게 말야. 무슨 대책 세우든가 해야지."

"골치 아프네."

"야야, 우선 한 대 피자. 진정 좀 하게."

"좀 참아라. 교본에 담배 연기가 몇 ㎞ 간댔지?"

"아우씨, 좀 봐주라. 아직도 가슴이 쿵닥거리잖냐."

골 병장은 사정하는 최 병장의 말을 듣고 어찌할까 망설이다가 주변 병사들에게 말했다.

"옷으로 가리고 얼른 한 대씩 피워라. 안 피우면 더 좋고."

일부 병사들은 담배를 피우고 나머지 병사들은 수통의 물을 마셨다. 담배 연기가 멀리 가지 않도록 야상 지퍼를 내리고 몸 안에다 연기를 내 뿜었다.

"이쪽은 벼랑길이라 갈 수 없다. 다 함께 좀 더 이동해서 적당한 곳에서 갈라지자."

담배를 다 피우고 난 최 병장이 주변 지형을 둘러보고 나서 말했다.

"음… 그럴까."

병사들은 다시 수색을 시작했다. 눈앞에 펼쳐진 또 다른 고지를 향해 걸음을 옮겼다. 시간은 어느덧 오후를 지나고 있었다. 길다운 길도 없을뿐더러 장애물까지 많아서 병사들은 때론 엉금엉금 기어서 이동해야 했다. 비탈길엔 이끼에 미끌어지지 않으려 발밑을 더욱 조심해야 했다. 평지가 가까워지자 소나무 숲이 나타났다. 숨소리까지 죽여가며 한발 한발 전진하던 병사들이 한숨 돌리려고 잠깐 걸음을 멈춰선 순간이었다. 30미터 전방에 나뭇잎 사이로 무언가 얼핏 움직이는 것을 골 병장이 가장 먼저 발견했다. 재빨리 바닥에 엎드리면서 사격 자세를 취한 골 병장이 큰소리로 외쳤다.

"누구냐? 우린 국군이다!"

깜짝 놀란 병사들이 모두 바닥에 엎드리며 전투태세를 취했다. 동시에 반대쪽에서 무언가가 후다닥 도망을 치기 시작했다.

"공비다!"

"쏴랏!"

누군가의 외침 소리에 일제히 총탄이 발사되었다.

골 병장은 벌떡 일어나 공비가 달아난 쪽을 향해서 뛰어갔다.

"투항하라! 투항하면 살려 준다!"

공비는 계속 도망치면서 순간순간 뒤돌아 총을 쏘았다.

총알이 골 병장을 스쳐지나 바윗돌에 박히는 소리가 들렸다.

"저쪽으로 간다!"

어느새 골 병상 옆으로 뛰어온 최 병장이 방향을 가리켰다. 두 사람은 같은 방향으로 달려가기 시작했다. 하지만 산악지형에 단련된 공비의 재빠른 발놀림을 따라가기 힘들었다. 그 때문에 대신 총을 마구 쏘아대어야 했다.

어느 순간 거대한 바윗덩이가 도망가던 공비의 앞길을 가로막았다. 바위 아래는 깊은 골짜기라서 쉽게 내려갈 수 없었고 나무까지 빽빽이 자라있었다. 바람에 부러진 나뭇가지들이 하늘을 향해 뻗어 있었다. 그 때문에 마치 수많은 날카로운 송곳이 바위 아래에 생겨난 형상이었다. 절대로 이쪽으론 갈 수 없었다. 바윗덩이 앞에서 순간적으로 머뭇거리던 공비가 결심한 듯 바위 위로 뛰어 올라갔다. 반대편 바위로 건너뛰려는 모양이었다. 하지만 거리가 너무 멀었다. 잘못 내디디면 그대로 바위 아래로 꼬꾸라질 것이다.

"서라!"

"항복하라!"

골 병장과 최 병장이 동시에 외치며 뒤쫓아 갔다. 두 사람의 말을 무시하고 공비가 있는 힘껏 허공으로 뛰어올랐다. 동시에 순간적으로 허리를 비틀어 총을 쏘았다. '맙소사! 저 상황, 저 각도에서 총을 쏠 수 있다니!' 골 병장이 이 생각을 할 찰나, "윽!" 소리와 함께 최 병장이 뒤로 넘어졌다.

"앗? 최병장?"

짧은 비명과 함께 넘어진 최 병장은 양팔을 벌린 누운 자세로 멍하니 하늘만 바라보았다. 이마에서 피가 흘러내리고 있었다. 공비는 착지하면서 발목을 접질렸는지 일어섰다가 주저앉기를 몇 번 반복하고 바위 옆으로 몸을 숨겼다. 공비가 있었던 바위 위로 겨우 올라선 골 병장이 재빨리 수류탄을 꺼냈다. 클립과 핀을 제거하고 2초간 기다렸다가 공비가 숨어있는 바위를 향해 던졌다. 공비가 수류탄을 도로 던지는 위험을 피하기 위해서였다. 쾅, 소리와 함께 수류탄이 터지자 뒤따라온 다른 병사가 수류탄을 또 던졌다. 불꽃과 함께 연기가 피어올랐다. 공비의 모습은 더 이상 보이지 않았다.

"3분대는 골짜기를 타고 4분대는 돌아서 간다! 빨리! 빨리!"

골 병장이 병사들을 향해 외쳤다. 병사들이 두 방향으로 나뉘어 뛰어가기 시작했다.

"최 병장! 중만아! 중만아!"

골 병장이 최 병장을 안아 들고 외쳤다. 최 병장의 입술이 가늘게 떨리고 있었다.

"자‥ 잠이 온다… 내‥ 내무반에 가서 시‥ 실컷 자려고… 했는데…"

"얌마! 정신 차려, 정신!"

"고‥ 골‥ 병자… 장아…"

최 병장의 목소리가 작아지더니 고개가 옆으로 스르륵 돌아갔다.

"아, 아악!"

골 병장이 비명을 질렀다.

"중만아 중만아 안 돼! 으흑‥!"

최중만. 경남 창원시 성산구. 노래를 잘 부르고 악기연주에도 소질이 있어서 제대 후 가수가 되고 싶다며 아버지와 의견조정 중이었다. 제대 8일을 남겨두고 있었다. 골 병장의 눈물이 터져 나왔다. 두 명이나 소중한 전우를 눈앞에서 잃었다. 아아, 이게 꿈이 아닐까, 골 병장은 갑자기 현실감각을 잃은 듯했다. 조금 전만 해도 함께 웃고 떠들었던 전우가 아니었던가. 하지만 지금은 이렇게 아무런 대꾸도 없이 누워만 있다니. 참으로 생과 사는 종이 한 장 차이였다.

'앗! 총소리닷!'

슬픔에 빠져있던 골 병장이 문득 정신이 들었다. 아직 전투 중이고 상황이 종료되지 않았다. 골 병장은 총을 들고 벌떡 일어났다. 뛰어가려다가 다시 고개를 돌려 최 병장을 내려다보았다. 조금 전과 달리 편안한 얼굴로 눈을 감고 있었다. 골 병장은 애써 눈물을 삼키고 총소리가 난 방향으로 달려갔다.

 총탄 때문인지 아니면 수류탄의 파편 때문인지 피투성이로 누워있는, 사살된 공비의 몸은 처참해 보였다. 공비는 아군과 거의 똑같은 군복을 입고 있었다.
 확인을 마친 중대장이 눈짓하자 두 명의 병사가 판초우의로 시체를 덮었다. 시체 옆에는 또 다른 판초우의가 펼쳐져 있고 그 위에는 공비가 소지했던 무기와 물품이 종류별로 놓여 있었다. M16 소총과 실탄, 소형카메라, 지도, 단파 라디오, 수첩과 볼펜 그리고 국군이 하늘에서 뿌린 삐라를 주워 벼 낱알과 도토리를 함께 싸서 가지고 있었다.
 "근방에 혹시 잔당이 남아있을지 모르니 수색을 이어간다! 박격포!"
 중대장이 60밀리 박격포 포반 병사들을 불렀다. 이미 서서히 어둠이 내려앉는 시각이었다.
 "병장 한경태!"
 "조명탄 아끼지 말고 쏴!"
 "옙!"
 재빠른 동작으로 박격포가 세워지고 각도가 맞춰지자 이내 박격포가 발사되었다. 하늘 높은 곳에서 연소하며 내려오는 조명탄으로 인해 갑자기 온 사방이 대낮처럼 환해졌다. 중대장이 명령했다.
 "각 소대와 거리를 유지하며 전진한다! 발밑을 조심한다! 굴러떨어지지 않도록!"
 병사들은 다시 대열을 갖춰 전진하기 시작했다.

10. 새로운 인물

    연임은 마루에서 알맞은 주파수를 찾느라 라디오를 만지작거렸다. 열려있는 방문을 통해 텔레비전을 보고 있는 김 씨가 보였다. 논산댁은 머리를 흰 수건으로 싸맨 채 방에 누워 간간이 아이구, 내 반지, 내 반지 하며 중얼거리고 있었다. 텔레비전에서 아나운서의 말이 이어지고 있었다.

    《… 합동참모부 작전처장의 발표가 있었습니다. 이번 공비들의 침투 목적은 군사 및 사회주요시설을 정찰하기 위한 것으로 파악됩니다. 사살된 공비들의 소지품 안에서 아군의 군부대나 가스충전소, 변전소, 교량 등을 촬영한 사진이 많이 나왔습니다. 각 사진에 찍혀있는 날짜로 미루어 보아 이번 침투가 처음이 아니고 수년에 걸쳐 왔음을 알 수 있었습니다. 1993년, 1994년 사진이 있었습니다. 현재 우리 군은 ○○사단 병력으로 진부령에 2차 포위망을 구축하고 있고, ○○사단 병력과 예비군은…》

    뉴스를 보던 김 씨가 혀를 끌끌 찼다.

"허참, 저렇게 생방송으로 군인들 동태를 알려도 되나 모르겠다. 공비가 들으면 우짤라꼬…"

연임이 돌아보며 말했다.

"맞아요, 아버지. 어떤 기자는 군인들 뒤에 졸졸 따라다녀요. 밤에는 불빛까지 비추면서 여기에 매복하고 있다고 가르쳐주던걸요."

"쯧쯧…"

이때, 가게 문이 열리면서 모준이 인사했다.

"안녕하세요."

"어머? 어서 오세요."

연임이 인사했다. 김 씨와 논산댁도 돌아보았다.

"으응? 지난번 봤던 그 뭐냐, 서울서 왔다는…"

"예, 아버님 맞습니다. 잘 지내시죠?"

불과 며칠밖에 안 됐는데 잘 지내시느냐고 묻는 게 어색했으나 모준은 최대한 밝은 표정을 지었다. 공비가 출몰하는 마당이니 전혀 틀린 말은 아니었다. 김 씨가 일어나 바로 앉으며 대답했다.

"허어, 요즘 이 난리 통에 어딘들 갈 수 있남. 산에도 공비가 있고 마을에도 공비가 돌아다니다가 잡혔다니 무서워서 어디 나가지 못하고 집에만 있네. 통행금지라 농사일도 못 하고 말일세."

"네, 다들 고생이 많으십니다."

"또 뭘 사러 왔는감?"

"아아뇨, 저… 사진 한 장 얻을 수 있을까 해서요."

"사진?"

"예, 따님의 사진을요."

"연임이 사진을 왜 달라하는거노."

연임은 자신에 대한 얘기가 오가자 호기심 어린 표정으로 귀 기울였다.

"네, 제가 첫날 따님을 만난 뒤 저희 팀장님께 이렇게 말씀드렸거든요. 아주 예쁘신 분인데 우리 방송국 미니시리즈 신인 발굴에 가장 적합한 인물을 발견했다고 말입니다."

"어머?!"

모준의 말에 연임이 눈을 동그랗게 뜨며 손바닥으로 입을 가렸다.

"미시즈가 뭐여? 미니스커트 같은 거여?"

논산댁이 머릿수건을 풀어 던지고 일어나 앉으며 모준을 향해 물었다. 연임이 대신 대답했다.

"아이참, 미니시리즈. 연속극 말야."

"네, 연속극입니다. 어머님, 연속극 좋아하세요?"

"암, 연속극 보는 게 낙이제. 이순재, 김혜자, 최불암 나오는 연속극은 다 봤구먼."

"젊은 사람들이 나오는 것도 좋아하시죠?"

"잉, 그럼. 요즘은 최수종이 하고 하희라가 뜬 거 같혀. 황신혜는 두말할 것도 없고."

대화하기에 더 수월해진 모준이 각 방송국의 특징, 드라마의 역할과 효과, 시청률, 관련된 광고와 광고 수익 기타 제반 사항들에 대해서 거의 한 시간가량 얘기했다. 세 사람은 얘기에 빨려 들어간 듯 숨소리조차 내지 않고 모준의 얘길 들었다. 모준이 얘기 말미에 덧붙였다.

"그래서 이번에 우리 국민들 공비들 땜에 놀란 가슴 새로운 인물로 위로하면, 더구나 공비와 직접 관련 있는 지역인 강릉 출신이라고 하면 더 좋아할 거예요."

모준의 얘기가 끝나자 세 사람은 잠시 말없이 서로의 얼굴만 번갈아 보았다. 아직 실감이 나지 않는 모양이었다.

"음매, 세상 별일이여. 듣고도 도무지 뭐가 뭔지 몰겠네."

논산댁이 가장 먼저 입을 열며 고개를 좌우로 흔들었다. 연임도 무슨 말을 해야 할지 몰라 멍하니 모준의 입만 바라보았다.

"음… 그러니까 자네 말에 의하면 우리 연임이가 연예… 아니, 방송국 쪽으로 나가면 성공할 수 있다는 얘긴 가?"

나름 머릿속을 정리한 듯 김 씨가 입을 열고 모준에게 물었다.

"예, 그렇습니다. 아버님. 장담할 수 있습니다. 크게 성공할 겁니다. 어떠세요?"

"갑자기 이런 말을 들어서 뭐라 하기엔… 허, 참…"

"저희 들을 믿어주세요. 아버님, 어머님. 그리고 연임씨는 어떠세요?"

모준이 얼른 연임에게 고개를 돌려 물었다.

"어머?!"

"솔직히 말씀해 주세요."

연임이 한참 망설이다가 쑥스런 표정으로 대답했다.

"저, 저는 좋아… 아니, 싫진 않아요."

"그러시면 됐습니다."

모준의 표정이 환하게 밝아졌다.

"그, 그래도 왠지 겁나요."

"조금도 겁내실 거 없습니다. 연임씨. 서울에선 이런 일이 흔하거든요. 길거리 캐스팅이라고도 하죠."

"잘만 하면 우리 딸이 테레비에 나온다는 말인데…"

김 씨가 어느새 담배를 물고 길게 연기를 내뿜으며 중얼거렸다. 아직도 어리둥절한 모양이었다. 한 번도 들어보지 못한 말이었기에.

"네, 아버님. 그래서 오늘은 우선 사진을 몇 장 얻으려고 왔습니다."

"연임아, 사진 있냐?"

어쨌든 한번 지켜보자고 결심한 듯 김 씨가 연임에게 물었다.

"회사 입사할 때 쓰고 남은 증명사진 몇 장 있어요."

"우선 그거라도 주시겠어요?"

모준의 말에 연임이 일어나 방으로 들어가더니 증명사진을 가지고 나왔다. 사진으로도 예쁘게 나왔지만 역시나 실물이 훨씬 예뻤다.

"감사합니다. 이건 팀장님 명함입니다. 제 것은 아직 안 나와서요."

모준이 팀장의 명함을 연임에게 건네주고 연임의 사진을 받았다.

"방송국에서 일하든 연예인들도 많이 보고 좋겠구먼."

논산댁이 말했다.

"좋다뿐일까요. 성공할 기회가 많습니다. 그리고 내가 보러 가는 게 아니라 나를 보려고 사람들이 몰려온답니다."

"……!"

연임과 연임의 부모는 꿈만 같은, 아니 외계인이 말하는 듯한 모준의 입을 큰 호기심으로 바라보았다.

저녁 무렵 간식으로 김 팀장과 또막이 컵라면을 먹고 있을 때 텔레비전에서 속보가 방송됐다.

《속보를 전합니다. 민가에서 공비 한 명을 생포했다고 합니다. 나이는 29세, 민간인 복장을 하고 있었으며 소지한 무기는 대검 한 자루를 가지고 있었습니다. 검거 당시 민가에는 할아버지, 할머니 그리고 손

자로 보이는 국민 학생까지 세 사람이 있었습니다.》

카메라가 농가 이곳저곳과 할아버지, 할머니, 손자의 얼굴을 모자이크 처리하지 않고 그대로 보여주고 있었다.

《… 잡힌 이 생포자를 통해 더 자세한 내막을 알 수 있을 거라 예상됩니다.》

아침 햇살이 서서히 밝아오고 있었다.

병사들이 열 지어 앉아 대대장의 일장 훈시를 듣고 있었다. 새벽 추위가 남아있는 탓에 병사들은 서로의 온기를 느끼려고 다닥다닥 붙어 앉아 있었다.

"하하핫! 그것 봐! 내가 우리 부대에서 할 수 있다 말했지. 함께 있었던 다른 공비는 놓쳤지만 그놈도 곧 잡을 수 있다!"

대대장이 들뜬 목소리로 말했다. 부하들이 전사한 슬픔보다 공비를 잡았다는 사실이 더 실감 나고 기쁜 모양이었다. 어젯밤 ○○대대 소속 7, 9, 11중대 병사들은 새벽 3시까지 온 산속을 헤집고 다녀야 했다. 공비는 분명 2명 이상이었다. 한 명은 사살되었으나 수색 과정에서 또 다른 공비는 도망을 친 것이다. 왜냐하면 도망을 치면서 흘린 핏자국이 조명탄에 의해 발견되었기 때문이었다.

새벽까지 더 이상의 진척이 없자 수색을 중단하고 짧은 취침을 한 탓에 병사들은 피로와 졸음에 시달리고 있었다. 작전 참가 이래 병사들에겐 잠을 실컷 자 보는 게 소원이었다. 대대장의 말은 귀에 들어오지도 않고 무거운 눈꺼풀만 자꾸 내려오려고 해서 괴로울 지경이었다. 저만큼 따로 떨어져 앉아 있는 아버지와 아들도 제대로 잠을 못 잤을 것이다. 언제 어디에서 공비가 나타날지 모르기 때문에 산 아래로 내려갈 수도, 내려보낼 수도 없는 상황이었다. 대대장이 말을 쏟아내었다.

"특수 훈련을 받아서 그런지 사격술도 뛰어나고 몸놀림까지 빠르다. 하지만 피를 흘렸으니 멀리는 도망 못 갔을 것이다. 우리 대대가 잡을 수 있다! 반드시 잡아야 한다!"

대대장은 아침부터 ○○대대를 계속 강조하고 있었다. 본인의 진급이 달려있기 때문이었다. 무척이나 연대장이 되고 싶어 하는 대대장의 희망 사항을 병사들은 소문으로 알고 있었기 때문이었다.

"땅을 파고 잘 숨는다니까 수색할 때 너희들 발밑을 잘 살펴야 한다. 그리고…"

말하던 대대장이 마침 본인의 전투화에 무언가 둥그렇고 시커먼 물체가 닿자, 솔방울이겠거니 무시하려다가 내려다보니 수류탄이었다.

"수, 수류탄이닷!"

"으와악!"

병사들이 비명을 지르며 사방으로 흩어졌다. 앞 열에 앉았던 병사들이 뒷 열에서 졸고 앉아 있던 병사들에 걸려 넘어지는 바람에 서로 뒤엉켜 아수라장이 되었다. 대대장은 뒤로 벌렁 넘어지며 엉덩방아를 찧었다. 순식간에 일어난 일이었다. 모두가 땅바닥에 엎드린 채 1분여 시간이 흘렀다. 조용했다. 골 병장이 일어나 조심스레 수류탄이 놓여 있는 곳으로 다가갔다.

클립은 달아나 없고 안전핀은 빠져나오다가 걸려있었다. 긴 숨을 내쉬고 나서 골 병장은 조심스레 수류탄을 집어 들었다. 핀을 안전하게 도로 끼운 다음 수류탄을 머리 높이까지 한 손으로 쳐들었다. 그리고 선 병사들에게 안심하란 의미로 그 자리에서 병사들을 쭉 돌아보았다.

병사들이 안도의 숨을 내쉬며 하나둘 일어났다. 골 병장이 탄약 집에 수류탄을 넣은 뒤 똑딱이 단추까지 채우고 제자리로 돌아갔다. 대대장은 바닥에 떨어진 지휘봉을 집어 들고 방탄모를 고쳐 썼다. 얼굴이 붉으락푸르락 해지더니 병사들을 향해 소리쳤다.

"야, 새끼들아! 수류탄 던질 땐 안전핀을 제대로 확인하고 던지란 말이다! 안전핀! 저게 수류탄이지 지뢰냐?! 앙?!"

병사 중에 급한 마음에 또는 아직 훈련이 부족해서 안전핀과 클립을 제대로 확인하지 않고 던지는 사람도 더러 있었다. 혼자 고래고래 소리 지르는 대대장을 무시하며 병사들끼리 소곤대며 모여들었다.

"수류탄을 지뢰로 쉽게 바꿀 수 있는 무서운 대한국군."

"낄낄…"

"대대장 저 양반 식겁했겠다. 오줌 안 쌌나 몰라."

"히히…"

"진급에 몸 달아있는데 오줌인들 대수겠어."

"후후…"

"하여튼 울 중대만 졸졸 따라다니는 게 밉상 바가지네."

"내 말이."

어느새 졸음은 멀리 달아나 버린 병사들이 한마디씩 했다. 뜻밖의 수류탄 헤프닝으로 어느새 초롱초롱해진 서로의 눈빛을 보며 머쓱하다 못해 쓴웃음이 나왔다.

"음…"

테이블 위에 놓여있는 연임의 사진을 내려다보며 김 팀장이 묵직한 신음 같은 소리를 내었다. 증명사진 1개와 고등학교 때 친구들과 놀러 가서 찍은 사진이 1장이었다. 확실히 미인이었다. 평범한 외모의 친구들과 함께 찍은 사진은 연임을 더욱 돋보이도록 만들었다. 마치 영화의 한 장면인 여왕과 시녀 같은.

"정말 예뻐요. 같은 여자가 봐도."

모준 곁에서 함께 사진을 내려다보고 있던 또막이 말했다. 우울증을 이겨내고 갈수록 밝아지고 있었다. 김 팀장이 혼잣말로 중얼거렸다.

"고등학교 졸업 후 바로 구미공단 섬유회사에 취업해서 일하다가 1년여 만에 건강상의 이유로 퇴사하고 요양을 위해 고향으로 돌아왔다. 나이는 스물. 만으론 19살. 취미는 독서, 음악 감상, 남친은 없었고… 당연히 스캔들 될 만한 요인도 없을 테고…"

"네, 거기까지 제가 알아낸 것들입니다."

모준이 말했다.

"음…"

"어떻습니까? 팀장님?"

"알았다. 네가 다시 가서… 아니, 나랑 같이 가보자."

"저, 정말요?!"

"그래."

김 팀장이 결심을 굳힌 듯 자리에서 일어나며 말했다. 모준은 속으로 너무 기뻤다. 자신의 판단이 틀리지 않았다. 김 팀장에게 인정받게 되어 앞으로 더욱 자신감 있게 일할 수 있을 듯했다. 김 팀장으로선 본업을 두고 다른 일에 신경 쓰고 있는 자신이 우습기도 했으나 한편으론 ○○○방송국 본사 전체를 위해선 시간을 감내하는 것도 나쁘지 않아 보였다.

꽤 오래전 김 팀장이 방송국에 갓 입사했을 무렵 한 차례 섬뜩하리만치 기괴한 경험을 한 적 있었다. 어떤 볼일 때문에 혼자 친척 집을 방문하기 위해 기차를 타고 지방으로 내려갔을 때였다. 친척 집은 기차역 인근의 읍내에 있었기 때문에 택시를 타야 했다. 집을 찾는 건 쉬울 거라는, 친척 집 가족의 말만 믿고 주소와 연락처는 따로 챙기지 않았다. 읍내에서 농협을 오른쪽으로 끼고돌면 세 번째 녹색 대문집이 친척 집이라고 했다. 택시 안에서 잠깐 조는 사이 읍내에 도착했다. 그 시각, 날은 이미 저물어 거리엔 가게 간판마다 불이 켜져 있었다.

행정구역상으로는 읍이었으나 시에 가까운 번화가였다(실제로 2년 뒤 시로의 승격이 이루어졌다) 막상 목적지에 도착은 했으나 자신이 서 있는 곳이 읍내 어디쯤인지 감을 잡을 수 없었다. 그래서 지나가는 사람에게 물어보려고 주위를 둘러보았지만 아무도 없었다. 사람뿐만 아니라 차조차 한 대도 지나다니지 않아서 말 그대로 읍내 전체가 쥐 죽은 듯 조용했다. 눈에 보이는 건물 창문마다, 가게마다, 집집마다 불은 켜져 있건만 정작 사람이 보이지 않았다. 이 골목 저 골목을 살펴보아도 마찬가지였다. 김 팀장은 갑자기 두려운 생각이 들었다.

한참을 헤맨 끝에야 겨우 슈퍼를 발견하고 부리나케 안으로 들어갔다. 그러나 슈퍼 안에도 주인이 안 보였다. '누구 안 계세요'를 여러 번 말하고서야 슈퍼에 딸린 방문이 열리더니 중년 여인 나타났다. 이때, 김 팀장은 중년 여인의 어깨너머로 어른과 아이 할 거 없이 중년 여인의 가족으로 여겨지는 사람들이 TV 앞에 앉아 있는 모습을 보았다. TV에선 당시 모 방송국의 가장 인기 있는 드라마가 방영되고 있었다. 사람들은 모두 넋이 나간 듯 드라마에 빠져있었다. 그제야 김 팀장은 왜 거리에 사람들이 없었는지 이해되었다. 모두 TV 앞에 앉아 드라마를 보고 있었던 것이었다. 택시 기사가 손님이 와도 반가워하지 않고, 김 팀장이 택시에서 내려서자마자 왔던 길을 되돌아 총알같이 달려가던 모습까지도 함께 머리에 떠올랐다. 서울에 돌아와 확인해 본 그 드라마의 시청률은 무려 49%였다.

드라마는 이제 더 이상 시간 때우기 정도가 아니다. 1996년 한국의 TV 드라마가 중국에 수출되었고, 글로벌시장에서 점점 더 많이 거래되면서 부를 창출하는 주력상품이 되었다.

드라마와 함께 한국의 대중문화가 아시아를 중심으로 알려지면서 어디선가 '한류'라는 새로운 용어가 막 생겨났다고 했다. 흥행에 성공한 드라마가 가져다주는 경제효과와 파급효과는 실로 엄청나다. 미디어시장에서 가장 강력한 콘텐츠의 하나로 드라마가 떠올랐고 후배인 황 PD는 앞날이 창창한 신인 PD가 되었다. 그가 연출을 맡았던 단막극과 주말극으로 사람들에 강한 인상을 남겼기 때문이었다.

"그럼, 제가 안내하겠습니다."

모준이 환한 표정으로 말했다. 세 사람은 곧바로 가게로 향했다. 가게는 멀지 않아서 금방 갈 수 있었다.

연임이 원피스 차림으로 가게 벽면에 붙어있는 거울로 이리저리 옷매무새를 살피고 있었다.

어제 모준의 얘길 듣고 나서 집안엔 한바탕 작은 소동이 일어났다. 밤늦도록 온 집안을 뒤지듯 해 연임의 옷과 각종 액세서리 등을 찾았기 때문이었다. 겨우 몇 벌 뿐이긴 했으나 최근에 산 옷 중에서 가장 예쁜 옷으로 오늘 갈아입어 보는 중이었다.

"워매, 내 딸이지만 참 이쁘구먼. 안 그래유? 연임 아부지?"

딸을 바라보고 있던 논산댁이 감탄하며 말했다. 김 씨도 옆에서 연임을 지켜보고 있었다.

"큼, 이쁘구나."

"아이참…"

연임이 쑥스러운 듯 살짝 얼굴을 붉혔다.

"아야, 이왕이면 구두랑 핸드백까지 들고 제대로 맞춰 보거라잉."

논산댁이 부추겼다.

"아잉…"

연임이 속으론 좋으면서 마지못해 엄마의 말을 들어준다는 표정으로 한쪽에 놓여 있는 하이힐을 신고 핸드백을 메었다. 특별한 날에만 쓰던 구두와 핸드백이었다.

"히야, 이쁘다. 이뻐!"

논산댁이 또다시 감탄조로 말했다.

"진짜?"

"옷이 날개라더니 차려입으니 아주 딴사람 같구먼. 그렇치유? 연임 아부지?"

"흠흠…!"

김 씨가 긍정도 부정도 아닌 헛기침만 했다. 흐뭇한 표정을 숨길 순 없었다. 이때였다.

"안녕하세요!"

김 팀장과 모준, 또막이 들어와 인사를 건넸다.

"워매? 총각이 왔구먼!"

논산댁이 반갑게 맞이하자 나머지 사람들도 서로 인사를 나누었다.

"우리 방송국 피디 겸 팀장님이십니다."

"아, 예."
"이 친구로부터 말씀 많이 들었습니다."
김 팀장이 연임 부모에게 정중히 인사했다.
"부족한 딸을 좋게 봐줘서 감사하요."
김 씨가 말했다.
"아뇨, 부모님께선 정말 훌륭한 따님을 두셨습니다. 직접 와서 보니 사진으로 본 것보다 훨씬 예쁘고 아름답군요."
모준 역시 원피스 차림의 연임을 보니 앞서 청바지에 티셔츠 차림의 모습과 확실히 다른 분위기와 느낌이 전해졌다. 비록 시장표 싸구려 원피스였지만 연임이 입으니까 마치 명품에 버금갈 정도로 달리 보였다. 같은 옷이건만 사람에 따라 느낌이 천양지차였다.
"사실 저도 본업이 따로 있고 시간 관계상 여기 오래 있을 수 없어서 바로 본론부터 말씀드리고 싶습니다."
김 팀장이 말했다. 이어서 각 방송국 현실과 방송국 실무 책임자들의 역할은 물론 프로그램의 품질을 높이기 위해 노력하는 과정을 우선 짧게 설명했다. 그리고 나서 신인을 기용하는 이유와 방법을 이야기했다. 기획사들이 생겨났고 명동, 홍대 등에서 쓸만한 인물을 길거리 캐스팅해서 오디션을 보는 일이 이제는 흔하다는 말도 덧붙였다. 김 씨와 논산댁은 물론 연임도 김 팀장의 말을 집중해 들었다. 모준이 말없이 옆에서 이들을 지켜보는 가운데 김 팀장의 설명이 끝났다. 잠시 침묵이 흘렀다. 지난번 모준에게서 들었던 말에 더해서 세상의 또 다른 놀라운 얘기였다. 더구나 김 팀장의 말은 직책 때문인지 모준보다 더 무게감 있었다. 긴 숨을 한번 쉬고 나더니 논산댁이 입을 열었다.
"그러니께 야를 서울로 보내서 담당자를 만나게 하자는 말이쥬?"

"네, 그렇습니다, 어머님."

"근디 우선 당장은 서울까지 올라갈 일이 걱정이구먼."

"네, 그렇습니다. 지금 공비 출몰이니 뭐니 시끄럽지만 특정 지역에만 한정된 일이라서 대관령 길 따라 조심조심 올라가면 무난하게 서울까지 갈 수 있으리라 생각합니다."

김 씨가 물었다.

"음… 그러면 언제 출발하면 좋겠소?"

"예, 빠르면 빠를수록 좋습니다. 그래서 내일 출발하는 게 어떨까요?"

김 팀장은 생각했다. 나 스스로 서두르는 감이 없잖아 있으나, 이런 일은 시간을 다투는 일이라 꾸물거려서는 안 된다. 봄 개편 방송을 위한 시간은 얼마 남지 않았다. 더구나 꾸물대다가 만약 타 방송국 직원들이 이 가게를 발견하고 연임씨까지 눈에 띈다면? 아찔했다.

"내일이라…"

"근디…"

논산댁이 무언가 말을 하고 싶어 하며 머뭇거렸다.

"네, 어머님. 말씀하세요."

"울 딸이 탈란트가 되믄야 그보다 더 좋을 수 없겠지만… 안 되도 밑져야 본전이긴 한디… 서울까정 가서 고생할 거 생각하믄…"

"어머님, 너무 걱정마세요. 서울엔 나름 체계가 잘 잡혀있고 연임씨가 올라가면 도와줄 사람들이 많아요. 소개서도 가져갈 거예요."

모준이 옆에서 말했다.

"네, 맞아요. 어머님."

또막이 거들었다.

11. 사라진 권총

하루하루 공비 관련 새로운 뉴스가 빠르게 전국에 방송되고 있었다. 기차역, 터미널마다 많은 시민이 텔레비전 화면을 응시하며 걱정과 함께 국군을 응원했다.

《… 군 당국과 정부 합동신문 조사단의 말을 따르면 리철수가 순순히 자백 아니 어찌 보면 적극적으로 모두 자백했다고 합니다.》

《그렇군요. 어떤 부분에 집중적인 질문이 있었습니까?》

《침투 인원과 목적 그리고 침투경로라든가 잠수함이 좌초된 원인 등 전반적인 질문이 있었던 것으로 압니다. 리철수는 북한 인민무력부 산하 정찰국 소속으로 상어급 잠수함의 승조원으로서 이번 침투에 가담하게 되었다고 합니다.》

《네, 그 외에 또 알려진 사실이나 전할 말씀 있습니까?》

《기자회견을 마친 리철수가 단상을 내려오면서 묻지도 않았는데 혼잣말로 대한민국은 살기 좋은 나라라고 중얼거렸다고 합니다.》

《그래요? 무슨 의미일까요?》

《검거 과정에서 시골 동네까지 전화기가 들어와 있는 줄 전혀 몰랐다는데 그걸 두고 한 말인지, 아니면 다른 뜻으로 한 말인지 본인만 알겠죠.》

산 중턱 우람한 소나무 숲 주변에 바위가 여기저기 솟아나 있고, 짙은 소나무 그늘로 인해 대낮임에도 주변 일대는 어둑어둑해 보였다. 이 부근에 한두 명이 겨우 들어갈 정도의 작은 동굴이 큰 바위 아래에 생겨나 있었다. 동굴 안에서 신음이 흘러나오고 있었다.

"으… 으… 으…!"

공비 2명이 이곳에 숨어들어와 있었다. 한 명은 옆구리에 피를 흘리며 누워있고 또 다른 한 명은 그 옆에서 동료를 걱정스레 내려다보고 있었다.

"피를 많이 흘렸음매. 동무."

"으… 으…!"

"이대로 있음 위험하우다. 이거이 무슨 방도를 찾아야겠음 둥."

머리카락이 스포츠형인 공비가 동료의 피에 젖은 군복을 열어 상처난 부위를 유심히 살피며 말했다. 피부가 찢어지거나 가벼운 골절 정도는 어떻게라도 손쓸 수 있게 배웠으나 현재는 부상 정도가 심했다. 우선 출혈이 많았다. 그나마 다행한 점은 내장의 중요 장기는 피해가 없었다.

"어… 어떻게 말이우까?"

"멀지 않은 곳에 남조선 아이들 있으니까니 다시 가서 약을 훔쳐 와야겠음…"

"위… 위험하우다."

"안 기러면 어째함매? 이 몸으로 어딜 갈 수 없으니."
"……."
"곧 해가 디면 나 혼자 갔다 올테니까니 그동안 참고 있으라우."
"……."
스포츠머리 공비가 단단히 주의를 주었다. 서서히 산속에 어둠이 내리기 시작했다.

평소보다 일찍 자리에 누웠지만 연임은 쉽게 잠이 오지 않았다.
내일 서울로 올라간다는 사실이 아직도 잘 실감이 나지 않았다. 더구나 놀러 가는 것도 아니고 방송국으로 간다고 하니 긴장과 걱정이 앞섰다. 지금껏 연임 스스로는 크게 예쁘다고 생각한 적 없었다. 눈, 코, 입 등 하나씩 뜯어보면 불만이 없지 않아 있었다. 군인들에게 인기 있었던 것은 지역과 인구 특성상 홍일점이기 때문이라 생각했었다. 그런데 방송국 사람들이 찾아와서 진지하게 말하는 걸 들을 때면 이게 무슨 일인가? 싶은… 모든 게 얼떨하기만 했다.
그러면서도 다른 한편으론 그동안 남의 일로만 여겼던 연예인이란 걸 진지하게 생각해 보게 되었다.
이 시간, 워낙 조용한 밤이라 건너편 안방에서 부모님이 두런거리는 소리가 또렷하진 않아도 연임이 알아들을 만큼 작게 들려왔다.
"연임아부지, 자요?"
"… 안 자."
"휴… 연임이가 잘 할 수 있을라나… 자꾸 걱정되야서…"
"에잉, 걱정한다구 일이 더 잘 되나. 그냥 믿고 놔 둬."
"그기 말처럼 쉽지 않으니께 글치유. 하나밖에 없는 울 딸 무사히 잘 댕겨 와얄텐디."
"그렇게 걱정되믄 낼 가지 말라고 하든가. 다 취소하고."
"그, 그건…"
"그람 잠자코 있든가 잠이나 자. 자꾸 쑤석대지 말고. 에잉!"
"……."
이대로 두면 밤새도록 시달린다는 걸 잘 아는 아버지가 엄마에게 한마디 쏘아주고 휙 돌아눕는 소리가 들려왔다.

노환희 병장이 매복호 밖으로 나오며 송 이병에게 낮은 목소리로 물었다.
"아야, 오늘 암구호가 뭐라고라?"
"예, 강낭콩, 메추리입니다."
"잉, 알겄다. 강남콩, 메추리."
"노 병장님, 강남콩이 아니라 강낭콩입니다."
"강남콩이나 강낭콩이나 그게 그거지. 오줌 누고 올팅게.(혼자 지키고) 있어."
"옙."
"워매, 춥우니까 자꾸 오줌이 마렵구마잉."
노 병장은 오줌 냄새를 염려해서 열댓 걸음 앞으로 나와 소나무 옆에 서서 소변을 보았다. 부르르 진저리 치고 나서 옷을 추스르며 매복호 뒤편을 한번 휘둘러보았다.
사방은 쥐 죽은 듯 고요하고 희미한 달빛이 얕은 평지 위에 세워져 있는 삼각형 모양의 천막 두 개를 알아볼 수 있게 했다. 두 개의 천막 중 한 개는 대대장의 작전지휘소 겸 잠을 자는 곳이고 바로 옆 천막은 중대장과 참모들이 잠을 자는 곳이었다. 주변에 다른 병사들이 매복해 있는 모습은 어두워서 보이지 않았다. 돌아가려 걸음을 막 옮기려는 순간 자신과 멀리 떨어지지 않은 곳에서 갑자기 불꽃이 반짝했다. 어? 뭐지? 하는 찰나, 불길이 확 일어났다.

"부, 불이다! 부울!"

노 병장이 큰 소리로 외쳤다.

"뭐, 뭐야?! 누구냐?!"

어느 매복호에서 외치는 목소리가 들려왔다.

"3소대 노 병장이다! 불났다! 불!"

노 병장이 불을 끄기 위해 뛰어가고 뒤이어 천막 주변이 시끄러워지기 시작했다.

"저쪽이다! 모두 서둘러라! 불이 번지면 안 된다!"

소란이 일자 대대장과 중대장이 천막 밖으로 나왔다. 저만큼 불이 난 곳이 대낮처럼 환했다. 그 불빛에 매복호 안에서 뛰쳐나온 병사들이 불을 끄려 달려가는 모습이 보였다. 건조한 날씨가 며칠째 이어진 터라 낙엽은 바짝 말라 있었다. 때문에 불이 쉽게 번져갔다. 이 속도라면 대형 산불이 날 위험이 있었다. 참모들과 전령, 의무병은 물론 급기야 대대장까지 모두 달려들어 진화 작업을 할 수밖에 없었다. 너도나도 소나무 가지를 꺾어들고 사정없이 땅바닥에 대고 내리쳤다. 우선 낙엽에 붙은 불부터 꺼야 했다.

골 병장은 뛰어가는 척하며 주변을 살피다가 방향을 바꾸어 천막을 향해 달려갔다. 대대장의 천막 안을 엿보자 아무도 없었다. 재빨리 안으로 들어가 여기저기를 살폈다. 권총을 찾기 위해서였다. 반쯤 열려 있는 천막을 통해 비치는 달빛에 의지해 찾아야 했다. 작은 탁자 위엔 크고 작은 지도와 각종 서류철, 군용 물품들이 놓여있고 탁자 옆엔 더플백이 기대어 있었다. 더플백을 열어볼까 하다가 고개를 숙이고 야전침대 아래를 살폈다. 가죽으로 된 작은 군용 서류 가방 하나가 보였다. 얼른 가방을 열자 권총이 안에 들어 있었다. '찾았다.' 재빨리 권총만 빼내어 품 안에 넣고 밖으로 나왔다. 여전히 먼 곳으로부터 병사들이 외치는 소리가 들려왔다. 불을 끄느라 모두 제정신이 아니었다. 골 병장이 중대장 천막을 지나치는 순간, 사람의 형체 하나가 천막의 반대쪽으로 불쑥 나왔다. 옆구리에 무언가 큼직한 것을 끼고 있었다. 어두워 누구인지 알 수 없었다.

"누, 누구냐?! 강낭콩!"

골 병장이 암구호를 하자 상대방은 깜짝 놀라 우뚝 멈춰 섰다. 그러나 아무런 대답이 없었다. 수상히 여긴 골 병장이 어깨에 메고 있던 소총으로 재빨리 사격 자세를 취하려는 찰나, 상대방도 어깨에 메고 있던 총으로 뒤돌아 쏘려 했다. 하지만 텐트를 고정한 밧줄에 총열이 걸리는 바람에 소총이 크게 흔들렸다. 어두워서 밧줄을 보지 못했기 때문이었다. 이틈을 놓치지 않고 골 병장이 먼저 앞 차기로 내질렀다. 사타구니를 정통으로 맞은 듯 상대는 짧은 비명과 함께 머리를 숙였다. 중학교 때 동네 형들에게 장난삼아 배운 태권도를 오늘 써먹게 될 줄이야.

골 병장이 노리쇠를 후퇴 전진한 순간, 그림자가 숙인 머리로 골 병장의 가슴을 힘껏 박았다.

골 병장은 그대로 천막 위로 벌렁 넘어졌다. 천막이 무너지며 골 병장의 소총과 품속의 권총이 함께 땅바닥에 떨어졌다. 달빛에 권총은 흰색의 작은 덩어리로 보였다. 그게 권총임을 알아본 상대는 얼른 권총을 집으려고 했다. 하지만 콜록거리며 일어나던 골 병장이 번개같이 한쪽 발로 권총을 저만큼 차 버리자 상대는 골 병장에게 달려들었다. 위험을 느낀 골 병장이 상대의 턱을 오른손 주먹으로 힘껏 때린 순간 상대도 오른발로 골 병장의 아랫배를 찼다. 두 사람은 동시에 뒤로 벌렁 자빠졌다.

강한 고통을 참으며 골 병장이 일어나자 상대도 역시 비틀거리며 주춤했다. 그러고는 다시 골 병장을 향해 달려들었다. 골 병장이 손날로 상대방의 목을 치자 상대도 무릎으로 반격해 왔다. 골 병장은 심한 아픔을 느꼈다. 정강이뼈를 세게 한 대 얻어맞았기 때문이다. 서로 만만찮은 상대임을 안 순간 갑자기 상대가 몸을 비틀어 다시 권총을 향해 몸을 날렸다. 그러자 상대의 뒷다리를 낚아채며 골 병장 또한 권총을 향해 손을 뻗었다. 두 사람 모두 양손으로 권총을 움켜쥔 채 땅바닥에서 뒹굴었다. 권총을 절대 뺏길 순 없었다. 골 병장은 초인적인 힘으로 버텼다. 총구를 위로 향한 채 골 병장과 상대가 한창 엎치락뒤치락하던 순간 '탕!' 소리와 함께 권총에서 불이 뿜어져 나왔다. 두 사람은 깜짝 놀랐다. 엉겁결에 방아쇠가 당겨진 것이었다.

"앗! 총소리닷!"

"어디야?! 어디?!"

"천막 있는 곳이다! 천막!"

여기저기서 병사들의 외침이 들려왔다. 골 병장이 병사들을 향해 소리치려고 막 입을 벌리는 찰나, 그림자가 이마로 골 병장의 얼굴 정면을 때렸다. 골 병장이 비명을 지르는 순간 그림자가 벌떡 일어나 달아나기 시작했다. 저만큼 바닥에 나뒹굴었던 무언가를 번개같이 낚아채고서. 권총은 골 병장이 그대로 움켜쥐고 있었다. 띵한 머리를 좌우로 흔들며 골 병장은 자리에서 일어났다. 병사들이 뛰어오는 소리가 들렸다.

"으… 여기다… 이쪽…"

"앗! 누구냐?!"

"나, 나다. 골 병장."

"골 병장님이다!"

병사들이 삼삼오오 모여들었다. 골 병장은 병사들이 눈치 채기 전에 재빨리 권총을 품 안에 숨겼다. 손전등을 든 병사들이 오자 골 병장 주위가 밝아졌다.

"공비였다. 도망갔다."

"어디로 갔습니까?"

"저기 저쪽. 10시 방향이다."

병사들이 10시 방향을 향해 총을 마구 쏘아대기 시작했다.

날이 밝았다.

불이 났던 곳에서 병사들이 야전삽으로 잔불을 정리하고 있었다. 불 탄 자리는 온통 새까맣게 변했고 여기저기 나무 밑둥치와 낙엽이 덜 탄 곳에선 아직도 연기가 가늘게 피어오르고 있었다. 아군에게 별다른 피해는 없었다. 가벼운 화상을 입은 병사와 바짓단이 찢어진 병사들 정도였다. 다만 골 병장은 온몸이 쑤시고 저렸다. 얼굴을 맞은 뒤 코피까지 흘렸으나 다행히 코뼈는 무사했다. 공비. 밤늦도록 그림자를 쫓았지만 결국 아무런 소득 없이 철수해야 했다. 병사들이 천막까지 달려오는 사이에 이미 멀리 달아나 버렸기 때문이었다. 골 병장은 아깝게 놓친 공비가 분했으나 어쩔 수 없었다.

"불이 난 곳에서 볏짚단이 나왔습니다."

선임하사가 타다만 볏짚 끄트머리 하나를 가져와 중대장에게 보였다.

"일부러 불을 냈군."

"예."

이때, 천막 밖으로 나온 대대장이 굳은 표정으로 말했다.

"권총이 없어졌다!"

"예? 권총 말입니까?"

중대장이 물었다.

"청학산 공비들이 소지하고 있었던 거!"

"혹시 이동하다가 실수로 산속에서 떨어뜨렸거나…"

"답답한 소리 마라! 그게 어떤 건데 칠칠맞게 흘리고 다녀. 분명 가방 안에 잘 넣어두었단 말이다."

"마지막으로 가방 안에 있는 걸 확인하신 날짜는 언제입니까?"

"그건… 한 이틀 정도 전인 것 같다."

"작전 과장이 따로 보관해 두지 않았을까요?"

"항상 내 옆에 두었단 말이다. 중대장, 혹시 너희 얘들 중에 쓰리 잘하는 새끼 없나?"

쓰리라는 말에 저만큼 등을 돌리고 앉아 열심히 총기 수입을 하는 척하고 있던 골 병장은 속으로 뜨끔했다. 대대장과 중대장의 대화를 잔뜩 신경써서 듣고 있었기 때문이었다.

"쓰리 말입니까?"

"그래, 좀도둑 말이다."

9중대장은 속으로 생각했다. 짐작이 가는 병사가 있긴 했다. 골 병장이 금이라면 환장을 한다는 소문을 익히 알고 있었기 때문이다. 문제의 권총도 순금으로 만들어진 것이라서 골 병장이 아니라 그 누구라도 탐을 낼 만한 물건이란 걸 9중대장도 알 수 있었다. 하지만 일개 병사가 대대장의 물건을 훔친다? 그런 일은 감히 있을 수 없었다.
"그런 병사는 없습니다. 우리 중대 내에선…"
"그럼, 대체 그 총이 어디로 갔단 말이냐? 앙?!"
대대장이 버럭 소리를 질렀다. 화가 많이 난 모양이었다. 중대장은 난감했다. 화가 나면 어디로 튈지 모르는 대대장의 성깔머리를 잘 알고 있기 때문이었다. 하지만 본인 잘못으로 없어진 총을 난들 어쩌란 말인가. 이때였다.
"대대장님!"
의무병이 뛰어왔다.
"뭐야?"
대대장이 돌아보았다.
"의약품 상자가 없어졌습니다."
"뭐?"
"천막 안에 두었던 의약품 상자가 없어졌습니다. 그리고 또…"
"또 뭐?"
의무병이 탄피 한 개를 내밀었다. 반짝이는 권총 탄피였다.
"땅바닥에 반쯤 묻혀 있는 걸 발견했습니다."
"어젯밤 그 공비의 소행이 분명합니다. 그때 권총까지…"
중대장이 변명거리가 생긴 듯 말했다. 골 병장은 속으로 안도의 숨을 내쉬었다.
"음…"

대대장이 인상을 찌푸렸다.

"자기들의 물건을 도로 찾으러 왔다가 의약품까지 약탈해 간 것으로 보입니다."

"……."

"그리고 우리 병사가 하마터면 그 권총에 맞을뻔했습니다. 맨몸으로 공비를 상대한 중대원이 있어 오히려 자랑스럽습니다."

골 병장은 아무 소리도 못 들은 척 꽂을대로 총열만 열심히 쑤셔대었다. 대대장으로선 더 이상 할 말이 없었다. 눈알을 희번득 굴리더니 주위에 대고 버럭 소리 질렀다.

"야, 새끼들아 뭘 꾸물대고 있어. 앙! 밥 처먹었으면 빨랑빨랑 움직여야 할 거 아냐. 언제까지 여기 있을래?!"

병사들이 찔끔 놀라 바삐 움직이기 시작했다.

상의 군복을 벗고 붕대를 감은 공비가 다시 바닥에 누웠다. 통증이 계속 이어지는지 간헐적으로 신음했다.

"아아…"

스포츠머리의 공비가 옆에서 부상자를 내려다보았다. 그의 옆에는 국군의 천막 안에서 훔쳐 온 약품 상자가 놓여 있었다. 작게 떨리는 목소리로 동료가 물었다.

"나… 남조선 에미나이들이 추, 추적 못 하겠지비?"

"완전히 따돌리고 나서리 혹시나 또 몰라서 빙 둘러서 왔음매. 걱정 말라우."

"중좌동지를 어서 찾아야 할낀데…"

"만나기로 한 장소가 여기서 멀지 않우다. 우선 동무의 몸 상태가 중요함매."

"……."

15인승 승합차 앞자리에 모준, 연임, 또막 세 사람이 올라탔다. 김 씨가 연임의 옷가지가 들어있는 작은 트렁크 하나를 승합차 뒷자리에 싣고 나서 문을 닫았다. 논산댁과 김 팀장은 옆에 서서 지켜보았다.

"하여튼 몸조심 하거라이잉, 연임아."

논산댁이 반쯤 울상을 지으며 당부했다.

"알았어. 엄마. 너무 걱정마."

"그럼, 팀장님 저희 들 출발하겠습니다."

모준이 또막과 함께 김 팀장을 돌아보며 말했다.

"그래, 운전 조심하고 도착하거든 황 PD를 먼저 찾아가."

"예, 알겠습니다."

모준이 홀로 연임을 서울까지 데려가려고 했으나 계획이 바뀌어 또막까지 세 사람이 함께 가기로 했다. 또막의 숙식 불편도 덜 겸 기분 전환을 위해 서울로 가게 되었다. 승합차가 움직이기 시작하자 연임이 창밖으로 부모와 손을 흔들며 작별 인사를 건넸다. 남은 세 사람은 점점 멀어져가는 승합차의 뒤꽁무니를 말없이 바라보며 무사히 도착하길 바랐다.

가을 햇살을 받으며 승합차는 달려갔다.

"또막아, 강릉에서 고생만 하다가 돌아가는구나."

모준이 곁눈으로 창가에 앉아 있는 또막을 힐끗 보고 나서 말했다.

"뭐, 고생이라면 고생이긴 한데… 그냥 좋은 경험했다고 생각해야지."

"하핫! 그래. 그렇게 생각해야 정신건강에도 좋을 거다."

"……."

또막이 잠깐 우울한 표정을 지었다. 모준이 연임에게 물었다.

"연임씨 서울에 자주 가 보셨나요?"

"서울요? 아뇨. 처음 가는 거래요."

"그래요? 강릉에서 서울까진 그리 먼 곳 아닌데."

"서울엔 친척도 없고 얼마 전 오빠가 서울서 취직하긴 했으나 항상 바쁘다 하고. 엄마 아빠도 농사일 땜에 시간이 안 나서요."

"네, 서울 가보시면 아마 깜짝 놀랄 거예요. 하루하루 변화하는 곳이 서울인데 특히 방송 연예계는 더 하거든요."

"아, 네…"

"평소 누구나 이담에 서울에 가면 이거 꼭 봐야지 했던 거 있었을 텐데요."

"네, 저는 음… 넓은 것은 여기서 맨 날 봐서 서울서는 높은 걸 보고 싶었어요."

"높은 거라면…?"

"호호, 뭔지 한번 알아 맞춰보세요."

모준이 잠시 골똘히 생각했다. 차 창밖으로 풍경이 빠르게 지나가고 있었다.

"아하, 방금 생각났어요. 넓은 거는 바다를 말하는 거고 높은 건 남산타워 같네요."

"호호, 센스가 있으시네요."

"아, 그럼, 맞군요."

"거의 맞췄어요."

"그럼, 정답은 아니란 말인데… 높은 거…"
이때, 또막이 두 사람의 대화에 끼어들었다.
"63빌딩인가요?"
"딩동댕."
연임이 미소를 지었다.

차창 밖은 여느 때와 다름없이 평화로운 풍경이었다. 공비 때문에 난리라지만 크게 실감할 수 없었다. 하지만 서울로 향하는 길목이 가까워지자 분위기가 조금씩 바뀌더니 급기야 차량이 정체되기 시작했다. 여기저기에서 경적이 울렸다. 모준이 고개를 빼내어 앞을 보자 군, 경이 검문검색 하고 있었다. 갓길에 주차된 어느 차량에선 집중 수색이 이루어지고 있었고, 운전자와 탑승자들이 밖에서 담배를 뻑뻑 피워대고 있었다. 사방이 소란스러웠다.
이때, 소총으로 무장한 어떤 군인이 모준 곁으로 다가왔다. 연임과 또막은 긴장되었다.
"잠시 검문이 있겠습니다."
"네. 네."
"통행증 있으십니까? 있으면 보여주십시오."
"통행증요? 어, 없는데요."
"그럼 통과할 수 없습니다."
"네?!"
"어머?!"
세 사람은 깜짝 놀랐다.

12. 원대복귀 그러나 불안한 하루

"일단 원대 복귀하라는 명령이다!"

통화를 끝낸 대대장이 무전기 송수화기를 무전병에게 건네주며 중대장과 간부들에게 말했다.

"예? 그, 그럼?"

중대장이 뜻밖의 소식에 반색하며 되물었다.

"그래, 이곳에서 철수한다. 병사들 사기를 위해 며칠 동안 휴식을 취하게 하라는 사단 지시다."

"마침 잘 되었습니다. 그간의 작전으로 병사들이 많이 지쳐있었습니다."

"야, 뭘 이 정도… 여튼 가서 애들한테 전해."

대대장이 퉁명스럽게 말했다. 권총이 없어지고 난 후 더욱 신경질적으로 변한 대대장이었다. 마음 같아선 병사들에게 화풀이 할 생각으로 막 굴리고 싶지만 우선 당장 본인이 야전 생활에 시달리고 지친 탓에 눌러 참아야 했다.

"알겠습니다. 소대장들은 가서 모든 작업 중단하고 복귀 준비하라고 해."

중대장이 다시 소대장들에게 말했다.

"옙, 알겠습니다."

2, 3소대 소대장과 선임하사는 기뻐하며 명령을 전하기 위해 천막 밖으로 나갔다.

"야호!"

"와아!"

매복호를 파고 있던 병사들은 원대복귀 소식을 전해 듣자마자 환호성을 질렀다. 또 생포된 리철수의 자백을 통해 군 당국은 공비에 대한 상세한 정보도 얻게 되었다.

침투한 공비 전체 26명 중 공비 스스로 처형한 11명과 생포자 1명을 제외하자 남은 공비들은 14명. 하지만 이 숫자도 아군 특공대와 타 부대의 선전으로 점점 숫자가 줄어들고 있었다.

하지만 최근 일주일이 넘는 동안 공비의 그림자조차 발견 못 하고 있었다. 소강상태로 계속 날짜만 지나가니 여기저기에서 병사들의 불만이 터져 나왔다. 많이 지친 탓이었다. 그래서 이번 토벌 작전에서 최일선에서 고생한 부대를 중심으로 잠깐의 휴식을 주기로 결정이 난 것이다.

드디어 잠다운 잠을 자고 음식다운 음식으로 배를 채울 수 있게 되어 병사들은 기뻤다. 매복호를 도로 묻고 뒷정리까지 마친 병사들이 하산을 서두르기 시작했다.

"저기 저 산이 방해되니까 이리로 해서 이 방향으로 내려가면 될 거다."

대대장이 펼쳐진 지도와 저 멀리 산봉우리 몇 개를 지휘봉으로 번갈아 가리키며 말했다. 곁에 있는 중대장과 간부들은 그런가 싶어 대꾸를 못 하고 있었다. 이때, 아버지가 그들 곁으로 다가왔다. 아버지도 집으로 돌아갈 수 있게 되어 기쁜 듯 밝은 표정이었다.

"대대장님, 이 근방은 제가 길을 잘 압니다."

대대장이 돌아보고 퉁명스레 말했다.

"뭐요?"

"대대장님이 말씀하신 곳으로 병사들이 이동하면 더 멀리 돌아가게 됩니다. 더구나 그 근처엔 최근에 채석산까지 생겨서 길이 좋지 않습니다. 산허리를 중구난방으로 깎아 놓은 곳이 많거든요. 차라리 이리로 해서 저기 저쪽으로 가면 더 수월하게 내려갈 수 있습니다."

아버지가 손으로 이 산 저 산을 가리켰다.

"당신이 뭘 안다고 군이 하는 일에 참견인지 모르겠소."

대대장이 관심 없다는 듯 말했다. 아버지는 중얼거리며 할말을 잃었다.

"참견하려는게 아니라……"

중대장이 조심스레 대대장에게 말했다.

"약초를 캐러 돌아다니시다 보면 지리를 우리보다 잘 아실 수 있지 않겠습니까?"

"야, 지도에 빤히 나와 있는데 뭐가 문제냐. 채석산이 있단 말은 듣지도 못했어. 꾸물대지 말고 출발해!"

"……!"

병사들이 이동하기 시작했다. 객지에서 고생하다 집으로 돌아가는 심정이라 모두 발걸음이 가벼웠다. 하지만 막상 하산 길도 그리 쉽지 않았다. 아버지의 말대로 채석장이 생겨나면서 군데군데 산이 파헤쳐져 있었다. 베어진 소나무가 골짜기에 가득 쌓여있거나 산이 깎여 생긴, 가파른 절벽으로 인해 길게 돌아서 이동해야 했다. 파헤쳐진 땅으로 계곡물이 여기저기에서 흘러들어 와 땅이 질척거렸다.

"오옷?! 고구마다!"

어느 병사가 말했다. 점점 마을이 가까워지니 산기슭에 작은 고구마밭 하나가 눈에 띄었다.

"히힛, 정말이네!"

몇몇 병사들이 간부의 눈을 피해 재빨리 고구마밭으로 뛰어가 고구마를 캐어왔다. 한 개를 골 병장에게 건넸다.

"골 병장님, 여기."

"어, 그래."

건네받은 붉은색 고구마를 군복 바지에 쓱쓱 문대고 나서 한입 베어 물자 새하얀 속살이 드러났다. 줄곧 전투식량만 먹다가 새로운 걸 먹으니 기막히게 맛이 좋았다. 골 병장이 한창 먹다가 그냥 서 있는 김한수가 눈에 띄었다. 순간 짠한 생각이 들었다. 고참도 힘든데 신참은 오죽할까 싶어서였다.

"야, 김한수!"

"이병 김한수!"

"넌 안 먹냐?"

"옙, 저는 괜찮습니다."

"왜? 양심에 걸려서? 괜찮아. 주민들도 우리가 고생한 걸 알면 이해해 줄 거다."

"그래도 남의 것에 손대면 안 된다고 생각합니다."

"허? 잘났군. 물어본 내가 잘못했다."

골 병장이 고구마 꼭지를 바닥에 던지고 돌아서서 행군에 합류했다. 두 사람의 대화를 들은 윤 상병이 김한수를 향해 잔뜩 인상 썼다.

신작로까지 내려온 병사들이 양쪽으로 나뉘어 행군했다. 비포장이라 길은 군데군데가 패이고 물까지 고여 있었다. 채석산 때문이었다. 신작로에서 미리 대기하고 있었던 지프차 운전병이 차량을 몰아 대대장을 찾아왔다. 대대장은 무거운 몸으로 혼자 올라탔다. 옆자리엔 지휘봉과 서류 가방을 내려놓았다. 잠시 후 서류 가방을 열어 탄피를 꺼내 한참 동안 만지작거리다가 도로 넣었다. 슬그머니 또다시 화가 나려고 했다. 권총의 멋진 외양과 옆면의 불꽃모양 양각 음각 무늬, 번쩍번쩍 빛을 발해서 멀리서도 눈에 띄던 생김새가 아직도 눈앞에 아른거렸다. 생각할수록 아쉬움이 남았다. 군인의 길을 빛내줄 권총이었기에. 대대장은 애써 잊으려 노력하며 쿵덕거리는 지프차에 몸을 맡겼다. 이때, 갑자기 지프차 한쪽 바퀴가 진창길에 빠져 움직이지 않았다.

속력을 높여도 헛바퀴만 돌 뿐이었다. 몇 명의 병사가 지프차 양쪽에 서서 차량을 밀기 시작했다. 얼굴과 옷에 진흙이 튀었다.

바퀴가 빠져나올 듯 말 듯 앞뒤로 조금씩 움직였다. 병사 몇은 앞쪽 범퍼를 잡아당기기 시작했다. 조금만 더 움직이면 빠져나올 수 있지만 지프차의 무게로 인해 쉽지 않았다. 옆에서 열심히 밀고 있던 김한수가 무심코 한마디 했다.

"한번만 내려오면 될 텐데 왜 안 내려오시나 몰라."

지그시 눈을 감고 생각에 잠겨있던 대대장이 김한수의 말을 듣고 눈을 번쩍 떴다.

"뭐? 누가 뭐라고 했어?"

대대장의 고함에 모두가 깜짝 놀라 행동을 멈추었다.

"누구야?! 나와?!"

중대장이 급히 뛰어왔다.

"무, 무슨일이십니까? 대대장님."

"어떤 새끼가 나보고 내려오라 지껄였다. 감히! 색출해!"

"서, 설마… 잘 못 들으신 거 아닐까요?"

"중대장, 넌 왜 자꾸 애들 편만 들려고 해. 앙?!"

'아, 아닙니다. 너희 중에 대대장님께 뭐라 한 사람 있냐?'

중대장이 주변 병사들을 둘러보며 물었다. 김한수가 머뭇거리다가 앞으로 나섰다.

"이병 김한수!"

대대장과 중대장이 돌아보았다.

"응? 너야?"

대대장이 버럭 소리 질렀다.

"옙, 대대장님께서 내려오시면 쉽게 빠져나올 것 같아서 말입니다."

"이 새끼 군기가 빠졌네. 이병 새끼 주제에!"

"저… 대대장님, 아직 아무것도 모르는 신병이라…"

중대장이 곤혹스러워하며 변명했다.

"신병이든 나발이든 상관에 대한 자세가 안 돼 있잖아. 이 새끼!"

대대장이 지휘봉을 집어 들고 김한수의 배를 여러 차례 쿡쿡 찔렀다. 이때였다. 저만큼 병사들을 뒤따라오고 있던 아버지와 아들이 이 광경을 보았다. 순간, 아들이 양팔을 허공에 휘저으며 발작하듯 소리를 질렀다.

"아아욱… 이이… 익… 아아…!"

깜짝 놀란 아버지가 부리나케 아들을 잡고 달래기 시작했다.

"아, 안 돼! 괜찮아! 괜찮아, 아버지 여기 있다! 아버지!"

아들이 가늘게 떨며 흐느끼기 시작했다. 아버지가 아들의 어깨를 다독이며 계속 달랬다.

"영석아, 이제 집에 다 왔다. 걱정마라. 응. 무서워할 게 없다."

"흐… 흑…"

아들이 차츰 진정돼 갔다. 두 사람의 모습을 어깨너머로 힐끗 본 대대장은 아무런 일도 아니란 듯 다시 김한수를 향해 버럭 소리 질렀다.

"이런 새끼는 정신이 번쩍 들게 만들어야 한다! 앉아!"

차렷 자세의 김한수가 바로 무릎을 굽히며 앉았다.

"일어나!"

김한수가 일어났다.

"앉았다 일어나기 30회. 복창하고, 실시한다. 실시!"

"실시!"

김한수가 연달아 반복 동작했다. 중대장과 주변의 병사들은 말없이 지켜볼 수밖에 없었다. 김한수가 30회를 마치고 일어나자 그래도 분이 풀리지 않은 대대장이 돌아보며 외쳤다.

"야, 60밀리 가져와!"

포반 병사가 포신을 가지고 뛰어왔다.

"이걸 얹고 오리걸음으로 간다. 실시!"

멈칫한 포반 병사가 마지못해 포신을 김한수의 어깨에 얹었다. 포 무게가 느껴지는 순간 김한수의 입에서 저절로 짧은 신음 소리가 흘러나왔다. 그는 소총과 포신을 함께 어깨에 메고 쪼그려 앉았다. 그를 지켜보던 병사 중엔 고개를 돌려 외면하는 사람도 있었다.

"시, 실시!"

"앞으로 갓!"

대대장이 행군대열에 명령했다. 병사들이 작은 걸음으로 움직이기 시작했다. 김한수와 보조를 맞추기 위해서였다. 장거리 행군으로 이미 지쳐있었던 김한수는 포를 메고 오리걸음으로 한 걸음 한 걸음 나아갔다. 곧 숨을 헐떡이며 땀을 비 오듯 흘리기 시작했다. 진창에서 어찌어찌 빠져나온 지프차가 김한수 곁을 지나가며 대대장이 소리쳤다.

"야, 똑바로 못해!"

"시… 시정… 하겠습니다!"

김한수는 이를 악물었다. 그러나 3소대 병사들은 점점 뒤 쳐졌다. 행군이 계속되면서 얼마 후 대대장이 탄 지프차가 보이지 않게 되자 중대장이 김한수에게 얼른 일어나라고 명령했다. 포반 병사가 뛰어와 포를 가져갔다. 극도로 지쳐있는 김한수에게 골 병장이 말없이 다가갔다. 탄창, 수통, 대검이 주렁주렁 매달려 있는 그의 엑스 반도를 벗기고 소총까지 대신 들었다. 빈손으로 걸어갈 수 있도록 하기 위해서였다. 그 모습을 본 윤 상병과 김동익이 달려와 엑스 반도와 소총을 도로 빼앗아 나누어 들었다. 김한수는 땀을 흘리며 묵묵히 걸음을 옮겼다.

공식 브리핑을 하는 장소에서 각 방송국 카메라와 기자들이 진을 치고 군 관계자의 설명을 듣고 있었다. 이때, 모준 일행이 탄 승합차가 서행하다가 기자단 근처에서 멈춰 섰다. 승합차를 발견한 김 팀장이 부랴부랴 다가와 물었다.

"뭐, 뭐야? 왜 돌아왔어?"

모준. 연임, 또막이 차량 밖으로 나왔다.

"진돗개 하나 상황에서 통행증 없이는 누구도 검문소를 지날 수 없답니다."

"뭐?!"

"잘못하면 아군에게 공비가 탄 차량으로 오인되어 위험해질 수 있다면서요."

"젠장, 이쪽은 실제 작전지역에서 벗어나 있는 길인데 답답하게들 일 처리하네."

김 팀장은 서울행을 안일하게 생각한 자기 잘못도 있으나 군의 입장도 아쉬웠다.

"어떡할까요? 팀장님."

"음…"

김 팀장은 고민되었다. 이번 봄 개편 방송은 부서와 상관없이 ○○○ 방송국 직원이라면 모두 중요하게 생각하고 있었다. 그래서 서울행이 빠르면 빠를수록 좋았지만 그렇다고 군의 말을 무시하고 맘대로 행동할 수도 없었다.

'지금 이곳 강릉에선 언론사라고 이름을 단 곳이라면 너도나도 달려들어 속보, 특보 경쟁을 하고 있다. 우리의 목표는 당연히 뉴스 속보 보도지만 항상 전체를 생각해야 한다. 언제, 어디서 무엇을 하든 ○○○ 방송국이란 타이틀 안에서 시청률과 연관시켜야 한다. 그게 뉴스이든 드라마이든.

더구나 지난번 속보 경쟁에서 진 탓에 보도본부장은 물론 사장까지 눈치를 봐야한다. 무엇으로든 만회해야 한다.'

이때였다. 저만큼 원대 복귀하는 병사들이 김 팀장의 눈에 들어왔다. 하나같이 지치고 지저분한 모습들이었다. 대대장이 탄 대대 1호차가 국도 중앙으로 서행해 왔다. 브리핑 상황판과 기자단을 발견한 대대장이 갑자기 지프차를 세우더니 한창 브리핑 중이던 대위를 물러가게 한 뒤 자신이 지휘봉을 대신 잡았다.

"하핫! 여러분 ○○대대 대대장입니다. 오늘도 수고가 많으십니다!"

기자들의 시선이 대대장에게 집중되었다.

"아, 대대장님. 그럼, 대대장님의 말씀 좀 부탁드립니다. 더 자세하고 많은 걸 아실 테죠?"

어느 기자가 말했다.

"하핫! 그럼요. 마침 작전을 마치고 온 우리 부대가 제일 정확하고 현장감이 있을 겁니다."

"네, 그럼, 공비 사살 과정을 말씀해 주세요."

"하핫, 예 우리 ○○대대는…"

스포트라이트를 받은 대대장이 이말 저말 해가며 신나게 떠들어 댔다. 지켜보던 김 팀장이 갑자기 무슨 생각이 떠오른 듯 세 사람을 돌아보며 말했다.

"나한테 생각이 있으니까 모준이 넌 우선 연임씨 집에 모셔드려."

"알겠습니다."

모준과 연임이 기자단 옆을 걸어서 지나갔다. 행군해 오던 병사들 사이에 골 병장과 선임하사가 멀리서 연임의 뒷모습을 발견했으나 그녀가 연임임을 전혀 눈치채지 못했다. 평소와 다른 헤어스타일과 옷차림 때문이었다.

"저, 대대장님, 전 ○○○ 방송국 피디 김유찬이라고 합니다."

장황한 브리핑을 마치고 지프차로 돌아가던 대대장에게 김 팀장이 다가가 공손하게 말했다.

"아, 네. 수고 많습니다."

대대장이 웃으며 말했다.

"뵈니까 낯이 익은 분이십니다. 혹시 지난번 텔레비전에 나오시지…?"

"그렇습니다. 칠성산이었습니다. 공비들이 모여 죽은 곳."

"그러시면?"

"나, ○○대대장 방찬대 중령이오."

"아, 맞군요. 이거 만나 뵙게 돼 영광입니다."

"하하, 별말씀을."

두 사람은 짧게 악수했다. 대대장은 누군가 자신을 알아봐 주니 기분이 좋았다.

"바쁘시겠지만 잠깐만 시간을 내 주실 수 있을까요? 아주 잠깐이면 됩니다."

"아? 무슨 일로…?"

"이번 작전에서 ○○대대 예하 병사들의 용감하고 치밀한 작전 성공 비결과 대대장님의 현명하고 날카로운 지휘가 돋보인 비결 등을 집중적으로 더 취재해서 보도할 생각입니다."

"하핫! 그런 이유라면야 얼마든지 좋죠."

대대장이 흔쾌히 응했다.

"이, 이쪽으로 오실까요."

김 팀장이 더욱 공손하게 승합차를 가리켰다. 대대장이 승합차에 올라타자마자 김 팀장은 얼른 승합차 문을 탕 닫았다. 김 팀장이 흰 봉투 하나를 대대장의 야상 주머니에 재빨리 쑥 집어넣었다. 봉투가 꽤 두툼했다.

"저, 이거 약소합니다."

"뭐, 뭡니까? 이게?"

대대장이 깜짝 놀라 물었다.

"대대장님께 딱 한 가지만 부탁드리려고 합니다."

"뭐, 뭘 말입니까?"

"저희 직원이 급히 서울에 갈 일이 있어서 말입니다. 통행증 한 장만 부탁드립니다."

"통행증요?"

"예, 그렇습니다. 대대장님의 직인이 찍힌 통행증 말입니다."

"허…"

"딱 한 번만 부탁드립니다."

"지금은 한창 작전 중인 상황이고… 또 함부로…"

"그래서 이렇게 부탁드리는 게 아니겠습니까. 대대장님과 저 말곤 아무도 모릅니다. 정말입니다."

김 팀장이 차창 밖 주변을 살피며 말했다.

"음…"

이미 주머니 안으로 들어온 봉투를 도로 꺼낼 용기가 없는 대대장이 마침내 한마디 했다.

"뭐… 좋은 방향으로 해 봅시다."

"가, 감사합니다."

김 팀장이 밝게 웃었다. 차량 문을 열고 밖으로 나오며 대대장은 생각했다. 꿩 대신 닭이라고, 권총 대신 현금이면 어때.

"와따매! 따순 밥 묵고 침상에 누우니 천국이 따로 없네, 잉!"

내무반 매트리스 위에 노 병장이 대자로 벌렁 누워 무척 행복한 듯 말했다. 골 병장은 관물대에 기대어 텔레비전을 보고 있고 나머지 병사들은 매직으로 계급장에 열심히 검정 칠을 하고 있었다. 원대 복귀하자마자 병사들이 가장 먼저 한 일은 남은 실탄과 수류탄을 상황병에게 반납한 것이었다.
　"아야, 골 병장아. 모포가 이렇게 반갑기는 첨이랑게. 안 글냐?"
　산속에서 고생한 기억이 새삼스러운지 모포를 돌돌 몸에 감으며 노 병장이 유난을 떨었다. 그러자 골 병장이 돌아보고 재밌다는 듯 헛웃음 날렸다.
　"골 병장님, 검정 칠 다 했습니다."
　김동익이 골 병장의 군복을 가져왔다.
　"어, 그래. 관물대에 넣어 둬라."
　노랑, 빨강으로 만들어진 약장과 계급장이 검은색으로 바뀌어져 있었다. 노 병장이 모포 밖으로 머리만 빼꼼 내밀고 물었다.
　"아야, 근디 검정 칠은 왜 하라는 겨?"
　"아군의 약장 계급장 사단 마크가 야간에 공비들 눈에 쉽게 띄어서 전사자까지 생겼다잖아. 그래서 이걸 지금 당장 교체할 수 없으니까 임시방편으로 검정 칠하는 거고. 뉴스에도 나온 거 못 봤냐."
　"잉, 그려. 아야, 그럼 내 것도 칠해 줘야."
　노 병장이 김동익에게 말했다.
　"옙!"
　김동익이 노 병장의 관물대에서 군복을 가져가고 골 병장은 자리에서 일어났다. 창고에 자신이 숨겨놓은 세공 연장들이 그대로 있는지 궁금해서였다.

창고 가까이 다가가자 어두컴컴한 창고 안에서 사람 소리가 들려왔다. 윤 상병의 목소리였다.

"너, 씨팔! 귓구멍에 개구리 ×박아 놨냐?! 앙?! 눈치껏 행동하라고 내가 몇 번을 말했어, 안 했어. 앙?!"

"시, 시정하겠습니다!"

김한수의 목소리였다. 또 한따까리 할 모양이군. 골 병장은 생각했다. 고참을 깍듯이 챙겨주는 윤 상병, 공비를 잡고 쫄따구 군기까지 잡느라 중간계급의 고달픔이 느껴져 왔다. 상병이라는 위치가 고참의 눈치를 봐야 하고 또 아래 후임들을 단속해야 하기에 무척 피곤한 자리이리라. 그렇긴 해도 윤 상병아, 적당히 해라. 나이 먹고 군대 온 김한수도 생각해 줘야지.

그냥 모른 척하고 돌아갈까? 망설이던 골 병장이 에라, 하고 뒤돌아 두 손을 입에 대고 연병장을 향해 큰 소리로 외쳤다.

"야, 김한수 어딨냐?! 김한수! 빨래 좀 널라고 했더니 어디 갔어?!"

창고 안이 갑자기 조용해지더니 곧 덜컹 문이 급히 열리고 누군가 뛰어왔다.

"이병 김한수!"

골 병장이 돌아보았다.

"어? 너 찾았잖아. 임마!"

"죄송합니다. 빨래 주십시오."

"빨래?"

"예, 빨래를‥?"

"몰랍 마."

골 병장이 뒤돌아 아무런 일도 없었다는 듯 내무반으로 휘적휘적 걸어갔다.

슬레이트 지붕의 작고 낮은 단독주택 부엌에 달그락거리는 소리와 함께 냄비에서 김이 일었다. 아버지가 저녁밥 준비하는 동안 아들은 멍하니 텔레비전 소리가 나는 쪽으로 고개를 돌리고 앉아 있었다.
"자, 영석아 밥 먹자."
아버지가 아들 앞에 놓여있는 밥상 위에 찌개와 밥을 내려놓았다, 아들이 숟가락을 들고 밥을 푹 떠서 먹었다.
"천천히 먹어. 어때 맛있냐?"
"흐… 으… 응."
아들이 음식을 씹으며 희미하게 미소를 지었다. 아버지도 따라 미소 지었다.

방안에서 미향이 선임하사의 군복 계급장에 검정 칠하는 동안 선임하사는 양쪽 팔을 베게 삼아 누워서 멍하니 텔레비전을 보고 있었다.
"어서 빨리 공비가 다 잡혀야 자기도 시간 날 거 아냐. 자기가 없으니까 밤엔 무섭더라."
"……."
"맛집에 우리가 언제 가봤더라. 아참, 오빠 내년 휴가 땐 우리 어디로 놀러 갈까? 그땐 우리도 마이카로 가는 거지? 호호!"
"……."
선임하사의 대답이 없자 미향이 돌아보았다. 아무런 소리도 못 들은 듯 텔레비전만 보고 있다.
"오빠?!"

"으, 으응?"

선임하사가 돌아보았다.

"내 말 안 들려?"

"뭐, 뭐랬는데?"

"아이참, 무슨 생각 하고 있어? 작전 나갔다 돌아왔으면 무슨 말이라도 있어얄 거 아냐. 전에는 내가 듣기 싫어라 떠들어 댔잖아. 달랑 군복만 던져주고, 뭐야?"

"아, 미안. 피곤해서 그랬어."

"언제 놀러 갈 거야?"

"으응, 상황 봐서."

"칫! 딴 사람 같애. 이렇게 색칠하면 되는 거야?"

미향이 계급장에 검정 칠한 부분을 보여주었다.

"응, 괜찮아. 쉽게 눈에 안 띄면 되니까."

"근데 검정 매직펜이 다 떨어졌어. 파란색하고 빨강색 매직펜뿐이야. 파란색 쓸까?"

"아냐, 내가 사 올게. 오늘은 늦어서 안 되고 내일 꼭."

13. 네가 양보해 아니 포기해

　골 병장은 부푼 가슴으로 점방으로 달려왔다. 마음 한쪽엔 자나 깨나 연임 생각으로 가득했기 때문이었다. 점방 안으로 들어서자 마침 연임이 앉아 있었다.
　"어머?"
　"안녕하세요."
　골 병장은 연임을 보자 참으로 기뻤다. 비상 걸린 날 이후 처음 만나는 것이었다. 산속에서 보내고 온 날이 마치 몇 년 지난 느낌이었다.
　"바쁠 텐데 어떻게…?"
　"매직펜 사러 간다고 핑계 대고 달려왔어요. 연임씨가 보고 싶어서요."
　"어머? 호호…!"
　"너무 반가워요."
　"까닥했음 저, 못 볼 뻔했어요."
　"예? 왜요?"

"저 서울 가려다가 돌아왔거든요."

"서울 요? 무슨 일로요?"

"긴 얘기를 하려면 끝도 없을 테고, 그냥 취직자리 알아보러 간다고 생각하면 돼요. 또 언제 다시 가게 될지 모르지만. 호호…!"

"아, 그래요. 우리도 때맞춰 원대복귀 했고 어쨌거나 다시 만나서 너무 좋네요. 부모님은요?"

"네, 맨날 집안에만 있어서 답답하다고 엄만 마을회관에 갔고, 아버진 돼지 접종 약 사러 시내 나가셨어요."

골 병장은 마침 잘 됐구나 싶었다. 그동안 머릿속에서 떠나지 않았던, 선임하사와 관련해 물어보고 싶은 게 있었기 때문이었다.

"저… 연임씨."

"네?"

"한 가지 물어봐도 돼요?"

"뭘…?"

골병장이 단어에 주의해 가며 조심스레 물었다.

"그날… 그러니까 비상 걸린 날 선임하사님이랑…"

연임이 바로 기억했다.

"아, 네…"

"제가 과민해서 인가 몰라도…"

"신경 쓰지 마세요."

"예?"

"전 그냥 선임하사님이랑 친하게 지내는 것도 좋다고 생각해서 일 뿐…"

"그, 그럼…?"

"가게 손님이잖아요."

"그, 그렇죠…"

골 병장은 연임의 말이 진심일까 의심스러웠다. 선임하사가 가져온 건빵을 본 기억도 뚜렷하게 남아있었다. 하지만 더 물어볼 순 없었다. 괜히 너무 꼬치꼬치 캐물었다간 두 사람 간 분위기가 어색해지고 역효과가 날까 염려되었다. 시간을 두고 지켜보기로 하고 우선 연임의 말을 믿기로 마음먹었다.

"앞으로 또 출동하나요? 아니면 이제 더 이상 출동 안 해도 돼요?"

연임이 화제를 바꾸어 물었다.

"저희도 알 수 없어요. 상황에 따라 수시로 명령이 바뀌니까요."

"아무튼 다들 고생이 많아요. 몸조심하세요."

"네. 그래야죠. 감사합니다."

골 병장이 품 안에서 수건으로 둘둘 말아온 무언가를 꺼내 보이며 말했다.

"연임씨, 이거 잠깐 숨겨둘 수 있어요?"

"뭐래요? 그게?"

"음… 일단 비밀입니다. 나중에 다 말해줄게요. 폭탄은 아니니까 걱정마세요."

"어쩌지…?"

"부탁할게요. 마땅히 숨겨둘 만한 장소가 없어서요."

"그럼, 어디가 좋을까요?"

연임이 주위를 둘러보았다. 골 병장도 함께 살피다가 마루 밑이 눈에 들어왔다.

"여기가 좋겠어요."

어두컴컴한 마루 밑에는 낡은 장화와 운동화, 녹슬고 부러진 각종 농기구가 먼지를 잔뜩 뒤집어쓴 채 여기저기 널려 있었다. 골 병장이 쪼그리고 앉아 잡동사니들을 한쪽으로 치우고 나서 수건에 싼 물건을 내려놓았다. 그리고 나서 다시 잡동사니를 물건 위에 눌러 덮었다.

"됐어요. 당분간 아무한테 말하지 말아 주세요."

골 병장이 손바닥을 털면서 말했다.

"네, 그럴게요."

"연임씨, 언제 봐도 예뻐요. 뭘 하고 있었어요?"

골 병장이 이제야 여유가 생긴 듯 연임을 바라보며 물었다.

"어머, 호호, 그냥 버릇처럼 끄적거리고 있었어요."

마루 위에 놓여있는 노트를 가리키며 연임이 말했다.

"저 좀 보여줄래요?"

"아잉, 부끄러운데."

골 병장이 노트를 집어 들고 펼쳐보았다. 여러 시詩구나 짧은 감상문이 페이지마다 적혀 있고 노트 위아래 작은 여백엔 어설프게나마 그림까지 그려져 있었다. 주로 꽃이나 나무, 새, 갈대 같은 그림이었다. 소녀적 감수성이 아직 많이 남아있었다.

"멋져요. 지난번에 본 것도 그렇고 난 이렇게 글 잘 쓰는 사람 부럽더라."

"아잉…"

"난 국어를 못 해서 맨날 혼났거든요. 이 정도 글만 쓸 수 있어도 걱정 없겠어요. 작가를 해도 되겠는걸요."

"호호, 그래요? 마음에 들면 몇 장 드릴게요."

"감사합니다. 아주 좋아요. 하하…"

연임이 노트 몇 장을 찢어 골 병장에게 주었다. 종이를 받아 든 골병상이 말했다.

"천천히 더 읽어 보고 싶지만 돌아가야 합니다. 매직펜 주실래요. 검정으로요."

"네."

연임이 매직펜 몇 자루를 비닐봉지에 넣어 건네주자 골 병장이 계산하고 문밖으로 나갔다.

"매직펜 핑계 대고 오길 잘했어요. 내 맘 알죠?"

골 병장이 한쪽 눈을 찡긋했다.

"어머? 호호…!"

"그럼, 또 봐요."

"네, 몸조심하세요."

골 병장이 막 돌아서는 순간 자전거가 멎더니 선임하사가 내려섰다. 눈이 마주친 두 사람은 서로 움찔 놀랐다. 연임도 뒤에서 두 사람을 발견했다.

"야, 근무 시간에 여긴 왜 왔어?"

선임하사가 째려보며 퉁명스레 말했다.

"이거 사러요."

골 병장이 검은 봉지에 담긴 매직펜을 내보이며 역시나 퉁명스레 대답했다.

"그러는 선임하사님은 왜요?"

"나도 펜 사러 왔다. 왜 나한테 말도 안 하고 네 멋대로 행동하냐?"

"상황병 경규한테 말하고 왔소. 경규가 전하지 않았나 보군."

선임하사가 갑자기 한쪽 구석으로 골 병장의 팔을 확 잡아끌었다.

두 사람의 코가 서로 맞닿을 만큼 가까운 거리에서 속삭이듯, 하지만 또박또박 힘주어 선임하사가 말했다.

"내가 분명히 말했지. 연임씨에 대해서 관심 꺼라고. 근데 왜 자꾸 집적대냐?"

골 병장이 어이가 없다는 듯 픽 웃고 나서 손을 뿌리쳤다. 골 병장 역시 작은 소리지만 힘주어 말했다.

"연임씨가 선임하사님 애인이라도 됩니까? 이거 왜 이러세요?"

"뭐? 이‥ 이‥ 익! 아우‥!"

선임하사가 말을 잇지 못하고 주먹을 쥔 채 가볍게 떨었다. 두 사람이 으르렁대는 모습을 뒤에서 지켜보던 연임이 앞으로 나섰다. 그냥 두었다간 아무래도 무슨 일이라도 생길 것만 같아서였다.

"어머나, 두 사람 왜 그러세요?"

선임하사가 돌아보며 억지 미소를 지었다.

"아, 안녕하세요. 연임씨. 아무런 일도 아닙니다. 하하…"

"같은 소초에 근무하는 사람끼리 잘 지내셔야죠. 안 그래요?"

골 병장이 연임의 말을 받아 대답했다.

"그럼요, 그럼요. 그래서 나 먼저 가볼게요. 수고하세요."

골 병장이 손을 들어 연임에게 인사한 뒤 휘적휘적 걸어갔다. 잠시 주춤하던 선임하사가 얼굴에 미소 짓고 연임에게 다가왔다.

"신경 쓰지 마세요, 연임씨. 그냥 뭐 이런 게 남자들끼리 대화하는 방식이거든요. 하하‥!"

"네, 근데 무슨 일로‥?"

"아네, 매직펜 사러 왔죠."

"방금 사 갔는데‥?"

"뭐, 매직펜이 많이 필요해서요. 남으면 뒀다가 나중에 쓰면 되고요."

"네, 그럼 그러세요."

연임이 또 비닐봉지에 매직펜을 담았다.

"오호, 연임씨 작품이군요?"

마루에 펼쳐져 있는 또 다른 연임 노트의 시詩구를 내려다보며 선임하사가 말했다.

"작품은요. 그냥 느낌 가는 대로 막 쓴 건데."

"너무 훌륭한 것 같습니다. 정말요."

"그럼, 몇 장 드릴까요?"

"그러면야 감지덕지죠. 잘 간직하겠습니다."

연임은 여러 사람이 자신의 글을 좋아해 주자 즐거운 듯 노트를 찢어 선임하사에게 건네주었다.

"감사합니다."

종이를 돌돌 말아서 주머니에 넣고 나서 선임하사가 진지한 표정으로 연임에게 말했다.

"연임씨, 뵐 때마다 정말 미인이십니다. 언제 조용히 차 한 잔 할 수 있을까요?"

"어머? 글쎄요. 호호…!"

연임이 웃자 연임을 바라보는 선임하사의 눈에서 꿀이 뚝뚝 떨어지는 듯했다.

"일단 오늘은 돌아가고 나중에 시간 봐서 다시 만납시다."

"네."

선임하사가 인사 하고 가게에서 나와 자전거를 타고 돌아갔다. 연임은 기분이 좋았다. 건장한 남자들이 자꾸만 자신에게 호감을 보여주니 저절로 콧노래가 나왔다. 예전에 없던 일이었다. 더구나 이제는 방송국 직원들까지 나서서 스타로 만들어 준다는 둥 하며 비행기를 태우고 있어서 뭐가 뭔지 날마다 어리둥절하기만 했다. 이때였다. 때마침 논산댁이 집으로 돌아오다가 연임과 선임하사가 인사를 나누고 헤어지는 광경을 멀리서 보았다.

"손님이여?"

논산댁이 점방에 들어서자마자 물었다.

"으… 응."

"손님치고는 뭔가 다른 거 같은디…?"

"다르긴 뭐가 달라. 그냥 손님이라니까."

연임이 아무런 일도 아니란 듯 점방을 정리하며 대답했다. 논산댁이 계속 의심 가는 눈빛으로 말했다.

"혹시 지난번에 건빵하고 꽃가져다준 남자여?"

"뭐? 아, 아냐. 다른 사람이야."

연임이 눈을 동그랗게 뜨며 얼버무렸다.

"넌 다 좋은디 너무 착해서 탈이여. 기냥 이 사람 저 사람 아무한테나 웃음이 헤프고 말여."

"엄만 참…"

작은 막대기를 하나씩 들고 소나무가 울창한 산속을 중년의 부부가 송이버섯을 채취하려고 돌아다니고 있었다. 큰 소나무가 가지를 길게 뻗어 있어서 대낮임에도 사방에 짙은 그늘을 만들고 있었다. 중년 여인이 말했다.

"종수 아부지, 작년에 이 근방에서 마이 따지 않았소?"

남편이 고개 들고 주변을 휘둘러보았다.

"글타, 이 산 여기서만 10키로 넘게 나왔더랬지, 아마."

"올라오면서 보니까 소낭구 가루가 마이 퍼져 있더만요."

"응, 그래서 올해는 좀 더 마이 나오지 않으까."

"그라면야 좋지요… 근데 종수 아부지."

"어"

"좀 <u>으스스</u> 해서요."

중년 여인이 왠지 모르게 불안한 듯 주변을 둘러보며 낮은 소리로 말했다.

"뉴스 보믄 지금 공비가 난리치고 있다잖여요."

"괜찮다. 공비가 잡힌 곳은 여서 엄청 먼 곳이니까. 종일 걸어도 갈까 말까 한 곳이라카이."

"그, 그렇겠쥬?"

"하모, 발밑이나 잘 보거라. 어린 송이 밟지 말고."

"야아."

"종수 등록금 만들라믄 부지런히 돌아댕겨야 한데이."

중년 부부는 다시 송이버섯을 찾느라 나무 밑둥치를 살피며 조심스레 걸음을 옮겼다. 이때였다. 갑자기 두 사람 뒤로 검은 그림자가 하나가 나타나서 소리 없이 중년부부를 향해 다가갔다.

김 팀장은 직면한 문제에 대해 직원들이 모두 모인 자리에서 설명했다. 기자와 카메라맨은 물론 송수신 방송 장비와 음향, 편집, 조명 일을 하는 직원들과 보조요원들까지 30여 명이 김 팀장의 말을 진지하게 들었다. 김 팀장이 작은 종이 한 장을 내보이며 말을 이었다.

"드디어 통행증을 발급받았습니다. 길이 위험할 수도 있지만 우리는 우리가 해야 할 일을 해야 합니다. 시청률을 위해선 무리가 되더라도 우리가 더 빡세게 뛰어야 합니다. 우리에겐 첫째도 시청률, 둘째도 시청률이니까."

"……."

"우리가 연임씨를 아예 처음부터 몰랐다면 어쩔 수 없지만 지금 상황에선 그냥 있다가 타 방송국에 선수라도 빼앗기게 되면 경쟁에서 또 지게 됩니다. 그래서 제가 본업까지 제쳐두고 이렇게 나선 겁니다."

"……."

모두 묵묵부답이었다. 방송 밥을 먹고 있는 자신들에겐 시청률은 숙명이란 걸 너무나 잘 알기 때문이었다. 김 팀장은 또다시 서울을 떠나올 때 황 PD 와 나눴던 대화가 떠올랐다. 드라마의 경우 시청률은 PD 들에겐 그야말로 하늘같은 것이었다. 편집하느라 밤을 새우다시피 하고서 아침마다 시청률을 마주할 때 입술이 마르고 가슴이 떨린다고 했다.

시청자의 시선을 잡으려는 전술 중 하나가 '조금이라도 일찍 방송'하기가 있었다. 정규 프로그램의 시작이 상대사보다 몇 분이라도 빠를 경우 시청률에 영향이 있었다. 과거 30분 단위로 정시에 방송하던 프로그램이 55분 또는 25분이라는 애매한 시간에 시작하는 것은 시청률을 선점하려는 목적이었다. 반대의 경우도 있었다. 즉 '방송 시간 늘리기'였다. 70분 편성 드라마의 경우 최초 방송분인 1, 2회는 80~90분으로 제작하여 시청자들이 TV 앞에 더 앉아 있도록 하는 전술이다. 두

가지 모두 초반에 시청자의 눈을 잡지 못하면 승산이 별로 없다는 걸 방송사가 잘 알고 있기 때문이다. 드라마가 재미있어지면 엿가락처럼 방송이 연장되지만 아무리 정성을 다해 만든 프로그램이라 해도 시청자가 외면하면 여지없이 종방되고 만다. 시청자는 이른바 채널 선택권이 있기에 PD들에겐 시청자도 하늘처럼 보일 때가 많았다. 그들은 주말과 휴가까지 반납하고 빚어낸 그 '자식' 같은 프로그램을 한 사람이라도 더 보게 하려고 마음속으로 간절히 기도한다. 지상파 3사 외에 최근 들어서 외주제작사까지 많이 생겨났다. 외주제작사는 본인들이 만드는 드라마에 맞는 배우를 섭외하기 위해 많은 비용을 들이고 있었다.

김 팀장은 황 PD와 연임이 만난다면 두 사람으로 인한 시너지 효과로 자사의 시청률을 올리는 데에 있어서 분명히 큰 도움이 되리라 믿었다. 그러려면 1시간이라도 더 서두를 수밖에 없었다. 한편, 9월부터 방송이 시작된 KBS 드라마 〈첫사랑〉이 전국적으로 서서히 인기몰이 하고 있었다. 최수종, 배용준, 이승연이 주인공이었다. 요즈음 너도나도 사람들의 최대 관심사는 무장 공비와 드라마 〈첫사랑〉 2가지였다. 공비 관련 소식이 전해질 때면 무거운 얼굴이 되었다가도 어느샌가 드라마 얘기로 바뀌면 얼굴에 미소가 번졌다.

"단순계약만으론 안심할 수 없다는 걸 잘 알 겁니다. 경쟁사에서 더 나은 조건으로 나오면 흔들리는 게 사람 심리이니까요. 누구 할 말 있습니까? 없으면 모두 찬성하는 걸로 알고 계속 이 일 진행하겠습니다."

이때, 모준이 뭐라도 한마디 해야겠다 싶어서 손을 들었다.

"팀장님, 팀장님의 말씀처럼 길이 위험하면 연임씨 부모님이 반대할 것 같아 걱정입니다."

"그렇긴 한데 설득을 잘해야겠지. 연임씨 본인은 나름 의지도 강하고, 세상 밖으로 나간다는 용기도 엿보여서 괜찮은데 부모님은 다르겠지. 모준이랑 또막이가 잘 말씀드려."

"예."

모준과 또막이 함께 대답했다. 김 팀장이 팀원들에게 말했다.

"두 명이 빠지면 인원이 부족하지만 다들 힘 좀 내자고."

"예."

모준은 천막 밖으로 나오면서 지금 연임은 무얼 하고 있을까 궁금했다. 그녀도 방송국 자신들만큼이나 이번 일에 큰 기대와 희망을 걸고 있으리라 믿었다. 아니 그래야만 했다.

논산댁은 이제 텔레비전 화면에 나오는 탤런트나 광고 모델이 남의 일 같지 않았다. 그래서 연예인 관련 방송이라도 나오면 더욱 귀를 쫑긋해서 듣는가 하면 시도 때도 없이 남편에게 이것저것 관련 궁금증을 묻곤 했다. 김 씨조차 아는 게 별로 없어서 아내의 말을 기억했다가 주변에 물어서 가르쳐주곤 했다. 해가 지고 저녁 식사를 마친 뒤 간식으로 고구마 먹으며 세 사람이 함께 드라마 〈첫사랑〉을 보고 난 뒤였다. 연임은 자기 방으로 들어가고 논산댁은 드라마의 여운이 남아있어서 왜 좀 더 길게 방송하지 않느냐고 툴툴대기까지 했다. 그러다가 남편을 돌아보고 작은 소리로 말했다.

"연임 아부지."

"어? 응."

"테레비에 나오는 인기 많은 사람들 말유."

"응."

"돈을 많이 번다잖어유. 그람, 우리 연임이두 잘만하면 그리되는 거쥬?"

"지금 돈이 문젠가 이 마누라야. 맨날 뉴스 보면서…"

남편이 공비로 인해 어수선한 시국을 돌려 말했다.

"그래두 한 번쯤 생각해 볼 수도 있는 거쥬. 뭐."

논산댁이 입을 삐죽 내밀었다.

"그 뭐시냐, 갑자기 엄청 유명해지고 높이 뜨면 스… 스… 야야, 연임아, 그걸 뭐라 혔디야?"

논산댁이 고개 돌려 연임의 방을 향해 물었다. 얼굴에 무언가 열심히 찍어 바르고 있던 연임이 방문을 벌컥 열었다가 도로 닫으며 한마디 했다.

"아이참, 스타!"

"그래, 맞다. 스타! 호호! 내가 듣고도 자꾸 까먹구먼. 언제 나가 영어 쓸 일이 있었어야제."

신이 난 듯 떠들던 논산댁이 갑자기 목소리를 낮춰 연임이 듣지 못하도록 작고 은근한 목소리로 남편에게 말했다.

"여보, 연임이가 돈을 마이 벌면 잃어버린 반지 정도는 사주겠지유?"

"응? 반지? 허참…"

김 씨가 어이가 없다는 듯 헛웃음 짓고 나서 다시 고구마를 먹기 시작했다. 논산댁이 다시 남편에게 소곤거렸다.

"근디, 연임 아부지."

"왜 또?"

"연임이 한티 남자가 생긴 게 아닌가 싶어서유."

"응?"
"우리 점방에 뭐 사러 오는 군인들 있잖여유?"
"응, 근데?"
"분위기가 영 요상하네유. 사귀는 건지…."
"쟈가 집에 돌아온 지 얼마나 됐다고 그런 소릴 하노? 말 같잖은…"
"당신이 뭘 몰라서 하는 소리유. 언제 온 게 중요 한기 아니라 남녀 사이라는 거는 오늘 첨 본 사이래도 불처럼 일나는 거유. 그라고 울 연임이가 좀 이뻐유. 요번에 새롭게 보게 됐구먼유."
"음…"
"아무 남자나 만나지 못하게 차라리 서울로 일찍 보낼까봐유."

《○○○ 방송 7시 저녁 뉴스입니다. 우리 민간인 두 사람이 공비의 손에 희생당했다는 안타까운 소식입니다. 류문기 기자를 연결합니다. 류문기 기자 나와 주세요.》

텔레비전 화면에 카메라 앞에 선 기자의 모습이 나왔다. 기자 뒤엔 산속에서 군인들이 경계 서고 있는 모습과 땅바닥에 뒹굴고 있는 운동화와 배낭이 함께 보였다.

《네, 밤늦도록 돌아오지 않는 부모님이 걱정되어 자녀들이 경찰에 신고했고, 경찰과 군이 날이 밝자마자 수색 작전을 펼친 결과 오후 2시경에 산속에 쓰러져 있는 두 사람을 발견했다고 합니다.》

《가슴 아픈 일입니다. 민간인까지 살해하다니 정말 잔인하고 끔찍하군요. 희생당한 분들은 공비가 그곳까지 올 줄은 예상 못했던 모양이죠?》

《그렇습니다. 군이 작전을 펼치고 있던 지역에서 이곳 양구군까지

직선거리로 100㎞가 넘는 거리라서 전혀 예상을 못 한 듯합니다.》

"아아, 씨부랄것!"
내무반에서 병사들과 텔레비전을 보고 있던 노 병장이 불안한 듯 툭 한마디 내뱉었다.
화면엔 공비에 의해 민간인이 희생된 사건을 집중적으로 보도하고 있었다.
"이거 이러다가 우리 또 출동혀야 하는 거 아니냔 말이여. 우리 좀 쉬게 혀 주라 공비야. 이잉."
김한수와 김동익은 착잡한 표정으로 뉴스를 들으며 말없이 각자 옷 손질과 전투화만 닦고 있었다.

"뭘 고로코롬 열심히 읽고 있디야?"
다음날 취사장 문밖에 놓여 있는 짬밥 통 안에 음식물 찌꺼기를 붓고 난 뒤 냄비를 탕탕 치다가 저만큼 평상에 혼자 앉아 있는 골 병장을 발견하고 노 병장이 한마디 했다.
골 병장이 다리를 길게 뻗고서 연임으로부터 받은 시구를 읽고 있었다. 골 병장이 돌아보고 종이를 감추며 대답했다.
"어? 응, 아무것도 아니다. 신경 쓰지 마라."
"뭔가 좋은 내용이 적혀 있는가벼. 입가에 미소까지 짓더만."
"가을은 독서의 계절이라잖냐. 형아 책 읽고 있거든."
"흐미, 고거시 책이여? 내 눈엔 종이 쪼가리만 보인당게"
"들어봤냐. 잘 지어진 시 한 편이 책 한 권과 맞먹는다고."
"그려? 고말이 진짜면 살 오른 멸치도 고래인겨."

"네가 아직 예쁜 여자한테서 시를 못 받아봐서 그런 소리나 하는 거야, 인마. 그나저나 오늘도 멸치볶음이냐? 다른 거 좀 먹자."

"아직 몰랐남? 요즘 부식차가 군인들 실어 나르느라 소초에 안 와. 아니지 못 오고 있는겨."

"쓰바, 여러 가지로 우릴 괴롭히는구나. 공비 새끼들이."

노 병장은 취사장 안으로 들어갔다.

같은 시각, 행정반 옆 작은 방에는 선임하사가 야전침대에 비스듬히 누워 연임으로부터 받은 시를 읽고 있었다. 이미 읽었으나 시간이 날 때마다 다시 꺼내 보고 있었다. 내용은 둘째이고 우선 연임의 글씨만 보아도 기분이 좋아서였다. 그때였다. 외출하고 돌아온 상황병 오경규가 열려있는 방문을 통해 선임하사에게 보고했다.

"선임하사님, 다녀왔습니다."

"어, 그래. 대대 분위기는 어떻더냐?"

"뭐, 여기랑 똑같습니다. 폭풍전야 같습니다. 일상은 돌아가지만 언제 또 출동 명령이 떨어질지 몰라 불안한 상황 말입니다."

"에이, 될 대로 되라지. 쓰발."

"피아식별띠 받아왔습니다."

"피아식별띠?"

"예, 나중에 필요할 수도 있다면서 가져가라고 했습니다. 뭐, 안 쓰게 되면 더 좋겠지만."

오경규가 군용가방 안에서 하얀색 띠를 꺼내 보였다. 아군과 적을 구분 할 수 있도록 방탄모나 어깨에 두르는 띠였다.

"중대본에 들러 나눠주고 우리 소초 몫으로 가져왔습니다."

"거기 아무 데나 놔둬."

선임하사가 귀찮다는 듯 말했다.

위병소 근무를 마친 골 병장과 김동익이 연병장 구령대 옆에 나란히 서서 총기 안전 검사했다. 골 병장이 선창할 때마다 김동익은 큰 소리로 복창했다.
"어깨 위에 총!"
"어깨 위에 총!"
"격발!"
"격발!"
"안전 검사 이상무!"
"이병 김동익 안전 검사 이상무!"
골 병장이 탄띠를 풀 때 김동익이 경례하며 큰 소리로 말했다.
"골 병장님, 수고하셨습니다!"
"어, 그래."
김동익이 골 병장의 소총과 탄띠를 받아 들고 내무반으로 뛰어갔다. 신병들이 잘 적응하고 있구나, 골 병장은 속으로 생각했다. 세수 좀 할까, 하고 골 병장이 세면장을 향해 걸음을 옮기다가 저만큼 나무 그늘에 있는 선임하사를 발견했다. 나무 의자에 앉아 낚싯대를 손질하고 있었다. 두 사람의 눈이 마주쳤지만 서로 아무런 말도 하지 않았다. 연임네 가게에서 실랑이를 한 이후 거의 아니, 전혀 대화 나눈 적 없었다. 순간적인, 싸한 침묵이 두 사람 사이에 흘렀다. 바깥쪽 수도꼭지를 틀려다 말고 골 병장은 뒤돌아 취사장 방향으로 휘적휘적 걸어갔다.

다음날, 김한수와 김동익은 치약을 침상에 바른 뒤 물걸레로 닦아내고 있었고, 윤 상병은 관물대 정리, 노 병장은 피곤했던지 낮잠을 자고 있었다. 골 병장은 관물대에 등을 기댄 채 편지를 끄적이고 있었다. 사회에서 만났던 몇 안 되는 지인에게 보낼 편지였다. 곧 제대하게 되면 찾아가겠노라는. 이때, 내무반 입구에서 상황병이 나타나 골 병장에게 작은 목소리로 말했다.

"골 병장님, 저 좀 잠깐 볼 수 있겠습니까?"

"어?"

골 병장이 펜과 편지지를 내려놓고 일어났다. 뭐지? 그냥 말해도 될 텐데 경규가 따로 부른 이유가 궁금했다. 슬리퍼를 끌며 내무반 밖으로 나갔다.

"왜 그냐?"

"지금 골 병장님 면회 온 사람이 있습니다."

"뭐?"

면회라니? 민간인이 소초까지 면회를 오는 경우는 거의 아니, 아예 없다고 해도 틀린 말이 아니었다. 면회는 병사들이 가장 많이 모여 있는 장소인, 예비대에서 했다. 누가 날 찾아온 거지? 부모님은 아닐 것이다. 낼모레면 제대할 아들임을 알고 계시기에 굳이 이 먼 곳까지 면회 올 이유가 없었다. 친구들은 다른 곳에서 군 복무 중이거나 직장에 다니고 있을 텐데. 상황병의 말이 믿겨 지지 않았다.

"정말이야? 농담하는 거 아니지?"

"예쁜 여자분이랍니다. 위병소 근무자 말이."

오경규가 씨익 웃음을 지으며 대답했다.

"뭐?"

"사실대로 말씀드리겠습니다. 위병소에서 연락이 왔는데, 지난번 대민 지원 나갔을 때 다들 보았던, 소초 옆 가게 집 따님이 골 병장님을 찾아왔답니다."

"연임씨가?"

"예, 저는 대민 지원 때 말고 가게에 뭐 사러 갔다가 한두 번 본 적 있지만요. 시끄럽게 하지 말고 살짝 기별해달라고 부탁하더랍니다."

골 병장은 얼른 위병소 쪽을 돌아보았다. 오경규의 말대로 저 멀리 위병소 옆에 누군가 서 있는, 사람의 뒷모습이 보였다. 여자임은 분명해 보였지만 연임씨인지 알 수 없었다. 골 병장은 서둘러 내무반으로 돌아와 전투화를 갈아 신고 다시 밖으로 나갔다.

빠른 걸음으로 연병장을 가로지를 때 골 병장의 가슴은 두근거렸다. 오늘은 이성을 만날 때의 설레는 기분뿐만 아니라 뜻밖의 일에 대한 궁금증까지 더해졌다. 보초병들이 경례했으나 골 병장의 시선은 줄곧 정문 밖 여인의 뒷모습을 향해 있었다. 정말 연임이 서 있었다.

"어? 안녕하세요?"

골 병장이 연임을 향해 반갑게 인사했다. 연임이 돌아섰다.

"아, 안녕하세요."

연임이 부끄러운 듯 살짝 얼굴을 붉히며 대답했다.

"설마 했는데 진짜였네요. 어떻게 된 겁니까?"

"네, 저… 이거…"

골 병장은 그제야 연임이 가슴에 안고 있는 무언가를 발견했다. 골 병장이 맡겨둔 수건 뭉치였다. 골 병장은 깜짝 놀랐다. 서둘러 통나무로 만든, 사각형으로 짜 맞춰 가로놓여 있는 정문을 열고 밖으로 나갔다. 위병소 근무자들의 눈길을 의식하며 얼른 수건 뭉치를 받아 들었다. 수건 뭉치를 몸으로 가린 뒤 고개를 돌려 보초병들을 향해 말했다.
"야, 연임씨 저만큼 모셔다드리고 올게."
203 사수 천영철이 대답했다.
"너무 멀리가진 마십시오. 외출증도 없이."
"알았음마. 가시죠, 연임씨."
두 사람은 나란히 비포장 진입로를 따라 걸었다. 골 병장이 위병소 근무자들이 두 사람의 대화를 듣지 못할 거리만큼 왔을 때 서둘러 물었다.
"어떻게 된 일입니까? 여기까지 오시다니 정말 생각도 못 한 일입니다."
"아버지가 오늘 마루 밑을 정리하신댔어요."
"예?!"
골 병장은 깜짝 놀랐다.
"지금 잠깐 이웃집에 빌려준 숫돌을 찾으러 가셨어요. 다녀오시고 나서 마루 밑을 정리하시겠단 말을 듣자마자 이걸 찾아서 급히 온 거래요. 뭔가 중요한 것 같아서."
"아…"
골 병장은 가슴이 철렁했다가 겨우 진정됐다. 하마터면 수건 뭉치를 들킬 뻔한 상황이었다.
"정말 고맙습니다. 뭐라고 감사해야 할지…"
"뭘요, 근데 급히 오느라 이 안에 뭐가 있는지 풀어볼 생각조차 못 했어요. 제법 묵직하더래요."
"예, 잘하셨어요. 나중에 다 말씀드릴게요. 약속할게요."
"네. 그럼, 전 이만 가볼게요."

"가신다고요?"

"네, 가게를 비워두고 왔거든요."

골 병장은 조금 더 함께 있고 싶은 마음이었지만 어쩔 수 없었다.

"예, 그럼."

"몸조심하세요."

"알겠습니다."

두 사람은 가볍게 인사했다. 연임이 빠른 걸음으로 걷더니 뛰어가기 시작했다. 골 병장은 잠시 멀어져가는 연임의 뒷모습을 바라보았다. 낯선 장소까지 찾아와 준 용기와 배려가 절로 고개 수그러지게 했다. 그러고선 퍼뜩 정신을 차리고 주위를 둘러보았다. 위병소는 보이지 않았다. 진입로가 살짝 굽어 있는 탓에 시선에서 비켜나 있었다. 골 병장은 수건 뭉치를 들고 재빨리 길옆 수풀 지대로 뛰어들었다. 허리높이까지 자란 풀이 무성하고 드문드문 서 있는 소나무가 그늘을 드리우고 있었다. 수건 뭉치를 펼치니 권총은 그대로 있었다. 권총을 보자 감회가 새로웠다. 서늘한 기운이 느껴져 왔다. 이게 만약 평범한 쇠붙이로 만들어진 것이었다면 절대 가까이하지 않았을 것이다. 그간 얼마나 많은 사람의 손을 거쳐 이곳까지 왔을까. 하지만 쓸데없이 감상에 빠져 있을 때가 아니었다. 서둘러야 했다. 당장이라도 육공트럭이나 사람이 나타날 수 있었기 때문이었다. 어떻게 하면 좋을까, 순간 고민되었다.

 진입로 주위엔 밭이 많았다. 벼 베기를 끝낸 농민들이 뒤늦게 깨를 털거나 콩 타작을 하곤 했다. 다행히 오늘은 밭에서 일하는 사람이 어디에도 없었다. 밭 근처 적당한 곳에 땅을 파고 묻을까? 하지만 아무래도 불안했다. 더구나 군인이 홀로 땅을 파고 있는 모습이 누군가의 눈에 뜨이기라도 하면 분명 수상하게 여길 것이다. 일단 민간인의 손길이 닿지 못하는 소초로 가져가야겠다고 생각했다.

권총을 오른쪽 바지 주머니에 넣어보았더니 총이 너무 커서 불룩 튀어나올뿐더러 무게 때문에 오른쪽 주머니만 쳐져서 이상하게 보일 게 뻔했다. 혁대를 약간 풀고 나서 권총을 허리춤 – 아랫배와 혁대 사이 –에 끼웠다. 총의 손잡이 무게 때문에 한 방향으로 기울어지지 않도록 균형을 잘 맞추어야 했다. 몸에 닿은 총의 느낌이 단단하고 차가웠다. 상의 전투복 아랫단은 바지 밖으로 내놓았다. 엉뚱하게도 골 병장은 영화의 한 장면이 갑자기 떠올랐다. 악당을 혼내려는 주인공이 상대방 진영으로 가기 전에 준비하던 장면이.

수건 뭉치는 풀숲에다 멀리 던져버리고 나서 서둘러 진입로로 나왔다. 곧 위병소 근무자들이 눈에 띄었다. 시멘트 벽돌로 된, 위병소 겸 진지 안에 나란히 서서 무언가 서로 얘길 주고받고 있었다. 틀림없이 연임에 대해서일 거라고 생각되었다. 민간인이 여기까지 오는 경우가 흔치 않은 일이었으니. 더구나 엄청난 미인이 아니던가.

"다녀오셨습니까?"

203 사수가 웃음을 띠고 말했다. 데이트가 즐거웠냐는 물음표가 얼굴에 나타나 있었다.

"어, 그래. 덕분에."

싱긋 웃으며 골 병장이 대답했다. 이때, 갑자기 권총이 한쪽으로 쏠리면서 아랫배에 총의 무게감이 느껴졌다. 혁대를 늦추지 말 걸 그랬나. 얼른 위병소를 지나가야겠다고 생각했다.

"근데, 골 병장님?"

부사수 송 이병이 정면으로 골 병장을 보며 말했다. 순간, 골 병장은 긴장했다.

"어, 뭐?"

"아까 그 여자분이 가져온 건 뭡니까? 수건에 말아온 거 말입니다."

"응?… 어… 그, 그거…"

"예, 혹시나 떡이나 과일이 아니었나 싶어서 말입니다."

골 병장은 표시 나지 않게 안도의 숨을 가볍게 내쉬었다.

"솔직히 말해줄까?"

골 병장이 짐짓 진지한 표정으로 바뀌어 말했다.

"옙."

"사실은 말야, 내가 만든 목걸이, 귀걸이, 반지를 팔아달라고 맡겨뒀거든. 오늘 첫 손님이 될 수도 있었던 사람이 가격을 물어봤다는데 잘 몰라서 가져온 거야. 판매가격을 물어보려고. 그래서 내가 한참 얘기해 주고 왔걸랑."

근무자들은 어이없는, 믿을 수 없다는 표정으로 골 병장을 바라보았다. 아니, 언제 또 민간인에게까지 손을 뻗쳐 돈벌이를 하나, 하는 표정들이었다. 정말 못 말리는 사람이라는.

"아… 예…"

"말 나온 김에 너희들 반지 하나씩만 더 사자. 내무반에도 새것 있어."

"아, 아닙니다. 지난번 걸로도 충분합니다."

"맞습니다. 괜찮습니다."

근무자들이 얼른 손을 내저었다.

"그래?"

"예, 예."

"알았다. 대신 오늘 누가 왔더란 말 마라. 내무반 애들한테 말야."

13. 네가 양보해 아니 포기해

"알겠습니다. 충성!"

골 병장은 서둘러 위병소를 벗어났다. 내무반을 향해 연병장을 가로질러 걸어갔다. 아! 그러고 보니 이제야 문득 논산댁의 반지가 머릿속에 떠올랐다. 본만 뜨고 나서 되돌려주려고 했던 반지를 경황이 없어 그동안 깜박 잊고 있었다. 연임과 그녀의 부모에게 미안했다.

14. 서울로 가야 할 사람들, 산속으로 가야 할 사람들

"히유…"

취재팀 임시 천막 앞에 김 팀장과 모준, 연임, 또막이 함께 서 있었다. 연임은 작은 가방을 들고 있었다. 이들 곁엔 김 씨와 논산댁이 착잡한 표정으로 서 있었다.

"보내야 한다. 보내지 말아야 한다. 이 생각이 수백 번 아니 수천 번은 머릿속에서 왔다 갔다했슈. 이게 워디 쉽게 결정한 일인감?"

"예…"

논산댁의 말에 김 팀장이 이해한다는 표정으로 대답했다. 통행증으로 인해 서울행이 막히고 돌아온 뒤 김 팀장과 모준, 또막은 난감했다. 일단 대대장을 통해 통행증을 발급받긴 했으나 문제는 연임의 부모를 다시 설득해야 했기 때문이었다. 연임 부모의 주장은 군이 통행을 막은 이유는 뭔가 위험하기에 그런 게 아니었겠냐고 했다. 이에 대해 통행중까지 보여주며 세 사람은 계속 부모를 설득했다. 이젠 안전하기에 발급해 준 게 아니겠냐며 끈기 있게 물고 늘어지자 결국 이틀 만에 연임 부모는 서울행을 승낙했다.

"어머님, 왜 안 그러시겠어요. 충분히 이해하고도 남습니다."

"자식 잘되길 바라는 맴은 다 똑같을 거유. 돈도 좋고 인기도 좋지만 안전 한기 우선 아닌감유."

"그럼요. 당연하죠. 그래서 어려운 결정을 해주신 두 분께 더욱 감사하고요."

모준이 곁에서 김 팀장을 거들었다.

"뉴스 보셔서 아시겠지만 우리 군인들이 아주 잘하고 있고 남은 공비는 이제 두세 명밖에 안 된다고 하니까 어머님 너무 걱정 안 하셔도 될 거 같아요. 대관령 고갯길만 잘 넘으면 나머진 쉽게 서울까지 도착할 수 있으니까요."

김 씨는 오고 가는 대화를 들으며 줄곧 담배만 피우고 있었다. 김 팀장은 진지한 목소리로 최근의 일에 대해 설명을 덧붙였다. 후배와 어렵게 통화가 됐는데, (근처 공중전화 D.D.D 박스 앞엔 언제나 사람들이 길게 줄을 섰다) 캐스팅 마무리 단계였으나 새 인물이 온다니까 일단 스케줄을 중단하고 기다리겠다고 약속받은 사실을 말했다. 김 팀장 본인도 굳이 이렇게까지 무리하고 싶지 않았으나 다행히 방송국에서도 잘 이해해 주었노라고 했다. 그 말에 결국 논산댁은 '그러허겠쥬. 다 사정이 있으니께' 하며 김 팀장의 말을 수긍했다. 출발 시각이 되자 김 팀장이 모준에게 말했다.

"지난번 승합차는 장비가 많이 실려 있으니까 놔두고 다른 차 타고 가라. 저기 세워져 있다."

"아, 예."

김 팀상이 새 승합차를 가리켰다. 모준이 연임의 가방을 받아 들고 승합차에 실었다. 이번에도 15인승 승합차였지만 앞선 차와 달리 방송국 로고는 찍혀있지 않았다.

"자, 그럼."

모준, 연임, 또막이 승합차 앞좌석에 나란히 올라탄 뒤 시동을 걸었다. 논산댁이 이번에도 반쯤 울상을 지으며 말했다.

"연임아, 뭘 하더래도 단디단디 하거라. 잉."

"알았어, 엄마."

연임이 창밖으로 가볍게 손을 흔들어 주었다. 자동차가 천막 사이로 요리조리 빠져나간 후 서서히 속력을 내기 시작했다.

아버지가 양지바른 마루 위에 신문지를 펴놓고 약초를 말리는 동안 아들은 평소처럼 멍하니 하늘을 올려다보며 앉아 있었다. 이때, 방안에서 텔레비전을 통해 뉴스가 흘러나오고 있었다.

《속보입니다. 비무장 상태로 야외 작업을 나갔던 우리 병사가 살해당했습니다. 류문기 기자 어서 전해주시죠.》

《네, 며칠 전 민간인 부부가 살해된 양구군과 멀지 않은 곳에서 또 사건이 발생했습니다. 작업시간이 지나도 돌아오지 않은 병사를 며칠간의 수색 끝에 찾았는데, 공비에게 살해된 후 나뭇잎에 가려져 있었습니다. 그래서 발견하기까지 어려움이 있었다고 합니다. 민간인들과 병사의 살해된 날짜가 비슷해서 동일 공비의 소행으로 짐작하고 있습니다.》

《이번 일도 민간인의 경우처럼 공비가 설마하니 ○○부대 근처까지

오리란 예상을 못 했던 결과군요.》

《그렇습니다. 역시 군 지휘부의 판단 잘못으로 보입니다. 포위망을 설정한 지역과 거리가 멀고 더구나 산세가 험준한 곳으로 유명한 산들이 빼곡하지만 이런 산악지역도 공비들에겐 문제가 되지 않은 듯합니다. 산악지역 주파 능력이 탁월한 공비들의 행동반경을 미처 상상도 못 했기 때문이죠.》

《지금까지 공비들의 소행으로 보건대 해안가 가까이 있다가 내륙 깊숙이 단시간에 치고 들어오는 걸 보면 확실히 인간병기들 같습니다.》

《네, 그렇습니다. 민간인에 이어 이번 일까지 터지니 군 수뇌부도 적잖이 당황한 것으로 압니다. 공비는 계속 북상하려다가 철책선으로 길이 막히자 다시 남하한 것으로 판단됩니다. 군은 작전을 새로운 관점에서 접근해야 할 듯합니다.》

일요일, 중대별 족구 시합에 나간 골 병장이 문태가 가볍게 올려준 축구공을 상대편으로 받아 차려는 찰나, 느닷없이 장소가 바뀌어 골 병장은 어두컴컴한 동굴 안에서 축구공을 찾아 헤매고 있었다. 아무리 뒤져도 축구공은 보이지 않고, 당황한 골 병장이 그때까지 슬픈 표정으로 서 있는 문태에게 사과하려는 순간, 저만큼 축구공이 산비탈을 굴러내려 가고 있었다. 골 병장이 재빨리 축구공을 잡으려 발을 내디딘 순간, 축구공과 골 병장이 함께 산비탈로 굴러떨어졌다.

골 병장은 깜짝 놀라 잠에서 깨어났다. 이런 식이었다. 원대복귀 후 김문태와 최 병장이 번갈아 자주 꿈에 나타나곤 했다. 잠깐 졸았을 뿐인데 꿈을… 골 병장은 긴 숨을 내쉬었다. 우울한 감정에 빠지기 싫어 얼른 내무반을 둘러보니 아무도 없었다.

2-1소초는 하루하루 불안 속에 조용히 비슷한 일과를 반복하고 있었다.

골 병장이 자리에서 일어나 창밖을 내다보니 연병장에서 작업하는 병사들의 모습이 보였다. 오늘은 지난 여름날 빗물로 인해 골이 파인 연병장을 김한수와 김동익이 삽으로 평탄 작업을 하고 있었다. 마대자루에 흙을 퍼 날아와 땅이 패여 있는 곳마다 흙을 붓고 삽으로 두들겼다. 그런데 또 다른 곳에서 무슨 소리가 들려온 것 같아 골 병장은 귀를 쫑긋 세웠다. 분명 삽으로 두드리는 소리는 아니었다. 골 병장은 슬리퍼를 끌며 밖으로 나와 창고로 향했다.

창고 안에서 들려온 소리가 맞았다. 골 병장은 얼른 문을 열고 안으로 들어갔다. 선임하사가 나무 의자를 밟고 서서 골 병장이 천장에 숨겨 두었던 연장들을 하나하나 찾아내어 바닥에 던지고 있었다. 펜치, 가위, 인두 등 연장이 바닥에 떨어질 때마다 둔탁한 소리가 났다.

"뭐, 뭐하십니까?!"

골 병장이 황당한 표정으로 물었다.

"보면 모르냐. 정리하는 거잖아."

선임하사가 의자에서 내려오며 말했다.

"예? 정리라면… 없앤다는 겁니까?"

"그렇지. 이제 뭐 필요하겠어? 안 그래?"

"왜 갑자기? 지금껏 선임하사님도 뻔히 묵인해 왔던걸."

"야야, 상황이 변할 때도 있잖아. 항상 같을 수야 없지."

"변한 상황이란 게 뭘 말하는지 모르겠고 설령 그러해도 나한테 말해서 내 손으로 내 물건을 치우도록 하는 게 정상 아닙니까?"

"뭐? 정상? 그럼, 네가 보기엔 내가 비정상이란 거냐?"

"아니, 괜히 말꼬리 잡고 늘어지지 마시고요, 아무런 말 없다가 갑자기 왜 이러는지 이해가 안 된다는 뜻입니다."

"이해되든 말든 네 사정이고 하여튼 이것들 다 치워서 내 눈에 안 보이게 해."

"치우라고요?"

"그래, 아니면 내가 애들 불러서 바다에 몽땅 처넣게 할 거다."

선임하사가 발끝으로 연장들을 툭툭 치며 말했다.

"이 연장들이 그래도 나와 선임하사님 돈 벌어준 것들 아닙니까."

골 병장은 바닥에 나뒹구는 연장을 보자 부아가 일었다. 비록 남들로부터 돌팔이 수준이라고 놀림 받았던 세공 기술이긴 했으나 연장만큼은 특별히 좋은 것들로만 사용했고 그래서 항상 애지중지 관리보관 해오던 것들이었기 때문이다. 바닥에 나뒹구는 연장들을 보자 골 병장은 자신과 선임하사 사이에 건널 수 없는 강이 생긴 걸 깨달았다. 이젠 더 이상 서로 가까이할 수 없도록 만드는 무언가가 있음을 확실히 알았다. 그게 무엇일까? 골 병장은 알았다. 삼각관계. 즉 연임이 골 병장과 선임하사 두 사람 사이에 등장하면서 이 모든 사달이 생긴 것이다. 하지만 어쩌란 말인가. 나는 절대 양보할 수 없다고 골 병장은 생각했다.

"돈? 돈은 네가 다 벌었지. 안 그래?"

선임하사가 비꼬듯이 말했다.

"금 시세가 올랐을 때나 물건이 많이 팔렸을 때도 나한텐 늘 일정 금액 이상 외엔 안 줬죠. 나머진 다 어디로 갔을까요? 말은 안 했지만 내가 아무것도 모르는 바보는 아뇨."

"그럼 내가 삥땅해먹었단 말이네?"

"원래 그 방면에 좀 밝잖아요. 안 그래요?"

"뭐야? 이 새끼!"

선임하사가 골 병장의 멱살을 잡았다.

"너도 내가 가만둘 줄 알아? 소지 금지된 연장부터 시작해서 애들 갈취하고 도둑질까지 했지? 맞아 안 맞아?"

"왜 이러십니까. 연장은 선임하사님도 책임 피할 수 없을 테고 애들한테 갈취한 적 없습니다. 적어도 사기 싫으면 안 사도 된다고 말해줬거든요. 글고 도둑질한 거 봤습니까? 증거 있냐고요?"

"이… .이 새끼가‥!"

선임하사의 주먹 쥔 손이 부르르 떨었다. 골 병장이 씨익 웃으며 말했다.

"누가 뭐라 하면 내가 할 말이 더 많을 겁니다. 예를 들어볼까요? 취사장 남은 부식 빼돌려서 돈으로 바꾼 거, 근무 시간에 술집에서 술 먹고 민간인 폭행한 거, 또…"

골병장이 말을 끝맺기도 전에 선임하사의 주먹이 골 병장의 턱을 쳤다.

"윽!"

"너 이 새끼 가만 안 둔다!"

"히힛! 아직 더 많은데 더 들어보잖고."

골 병장이 비웃음을 띠며 손으로 맞은 부위를 쓰다듬었다.

"짬장이 너한테 꼬질렀냐? 앙?!"

"흥! 왜 이러슈? 말년까지 짬밥 그냥 먹은 줄 아슈? 앉아서 동해 바닷물 퍼먹고 짬밥 숫자 채운 게 아니란 말입니다."

14. 서울로 가야 할 사람들, 산속으로 가야 할 사람들

"아가리 닥쳐! 새꺄!"

선임하사가 외치며 또다시 주먹을 막 휘둘리려는 찰나, 상황병 오경규가 급하게 창고 안으로 뛰어들어오며 큰 소리로 말했다.

"선임하사님!"

"……?"

"중대장님이 오고 계십니다!"

"또 왜?!"

선임하사가 버럭 소리쳤다.

"명령 떨어졌습니다! 전원 재출동!"

"……!"

골 병장과 선임하사가 서둘러 내무반으로 돌아오자 모두 정신없이 출동 준비하고 있었다. 완전 군장 차림이었다. 추위를 대비해서 미리 깔깔이와 내복을 함께 껴입은 병사도 많았다.

병사들 집합은 지난번과 같았다. 육공트럭이 각 소초를 돌며 병사들을 태워 오는 방식이었다. 시간이 지날수록 육공트럭에 탄 병사들의 숫자가 빠르게 늘어났다. 육공트럭에 싣고 온 실탄과 수류탄을 각자 받아서 몸에 휴대했다. 윤 상병은 M60 실탄 띠를 어깨에 길게 둘렀고 부사수는 탄약통 2개를 양손에 하나씩 들고 뒤따랐다. 트럭에 올라타면서 노 병장이 인상을 잔뜩 구기며 말했다.

"아오, 며칠밖에 못 셨는디 또 이게 뭔 지랄이여!"

나흘 만에 또다시 탄약을 수령 한 병사들은 긴장감으로 표정이 굳어 있었다. 빨리 공비 소탕하라는, 위에서의 압박이 계속되고 있었다. 출동하는 병사들에겐 앞으로 또 어떤 일이 발생할는지 아무도 알 수 없었다. 병사들을 둘러보던 골 병장이 무거운 분위기를 깨기 위해 큰소리로 외쳤다.

"야! 9중대!"

"예!"

"목소리 봐라?! 9중대!"

"아악!"

병사들이 악을 쓰듯 큰 소리로 대답했다. 골 병장이 말했다.

"오늘부로 9중대는 저승사자가 된다! 공비들 완전 소탕하고 다 같이 포상 휴가 가자!"

"와아!"

"좋다! 군가 한다! 군가!"

전대영 하사가 외쳤다. 골 병장 훈련소 동기였다.

"주먹 쥐고 반동 간에 군가 한다! 군가는 진짜 사나이! 군가 시작!"

병사들이 주먹 쥔 손을 가슴 앞에 내밀고 위아래로 힘차게 움직이며 군가를 불렀다.

　　사나이로 태어나서 할 일도 많다만
　　너와 나 나라 지키는 영광에 살았다.
　　전투와 전투 속에 맺어진 전우야

군가를 부르자 분위기가 순간 돌변해 병사들의 얼굴엔 생기가 넘쳤다. 골 병장이 더욱 크게 노래 불렀다.

　　높은 산 깊은 골 적막한 산하

눈 내린 전선을 우리는 간다
젊은 넋 숨져간 그때 그 자리
상처 입은 노송은 말을 잊었네
전우여 들리는가 그 성난 목소리
전우여 보이는가 한 맺힌 눈동자

연이어 군가가 터져 나오자 뒤따라오는 다른 육공트럭에도 군가가 시작되었다. 군가는 길게 이어졌다.

소초를 벗어난 육공트럭이 연임네 점방 앞을 지나가고 있었다. 골 병장이 트럭 위에서 점방을 내려다보았다. 마침 연임을 서울로 보내고 집으로 막 돌아온 논산댁과 김 씨가 집 안으로 들어가고 있었다. 연임이 서울로 출발한 사실을 모르는 골 병장은 연임이 지금 뭘 하나 궁금했다. 또 시를 쓰고 있으리라. 예쁜 그 얼굴이 생각났다. 하지만 오늘은 마냥 연임만 생각할 순 없을 것 같았다. 전투 현장으로 달려가는 중압감이 몰려왔기 때문이었다. 골 병장은 연임 생각을 떨쳐버리려고 고개를 돌렸다. 논산댁과 김 씨가 집안에 들어가려다 말고 군가 소리에 뒤돌아보았다. 병사들이 가득 탄 군용트럭이 줄지어 북쪽을 향해 달려가고 있었다.

소초에 남아있는 상황병 오경규가 반쯤 열려 있는 근무자 숙소 방문을 닫으려다가 야전침대 옆 쓰레기통 밖으로 비죽이 나와 있는 피아식별띠가 눈에 띄었다. 깜짝 놀란 오경규가 얼른 피아식별띠를 도로 꺼냈다. 세어 보니 9개였다. 1개 분대원 몫이 버려져 있었다. 피아식별띠를 들고 부랴부랴 오경규가 밖으로 뛰어나왔다. 그러나 이미 육공트럭은 꽁무니조차 볼 수 없었다.

모준이 통행증을 내보이니 검문소 병사들은 가타부타 않고 바리 케이트를 치워주었다. 역시 대대장 직인이 효과 발휘했다. 가벼운 마음으로 검문소를 통과한 승합차는 도로를 따라 달렸다. 강릉 시내를 벗어나자마자 지나다니는 차량이나 사람은 거의 보이지 않았고 누른 벼가 고개 숙이고 있는 들판도 왠지 썰렁해 보였다. 늦가을 바람에 나뭇잎만 우수수 떨어지고 있었다.

"탁 트인 곳으로 나오니까 기분 좋네요. 그렇지? 또막 아니 소연아."

모준이 미소 짓고 연임과 소연 두 사람에게 말했다.

"응."

소연이 먼저 대답했다. 모준과 소연 두 사람은 모처럼 상사나 동료들 없이 편하게 대화할 수 있어서 좋았다.

"저는 아직 얼떨떨해서 뭐가 뭔지 잘 모르겠어요."

연임이 미소 지으며 말했다.

"새로운 일 시작할 땐 누구나 다 그래요. 우리도 처음 입사했을 땐 절에 온 색시 같았거든요."

모준이 말했다.

"절에 온 색시가 뭐래요?"

"네, 아무것도 몰라서 옆에서 시키는 대로 한다는 뜻이라네요. 소연아 우리 옛날 일 생각나지? 후훗, 그래봤자 1년 정도밖에 안 됐지만."

"세경 선배가 널 많이 챙겨주었지. 샘이 날 정도로."

"그랬나?"

소연이 갑자기 세경 선배를 말하자 모준은 뜬금없었다. 세경 선배는 모준과 소연의 대학 선배이자 입사 선배였다.

"너 학교 다닐 때나 입사 뒤에도 수시로 같이 호프집에 갔잖아."

"그건 별거 아니고 그냥 어쩌다 시간이 맞아 그랬는데 넌 별걸 다 기억하고 있었구나."

모준의 말에 소연은 말없이 창밖만 바라보았다.

오전에 출발했던 육공트럭이 오후 2시경에야 목적지에 도착했다. 산 아래, 트럭이 더 이상 진입할 수 없는 곳에서 멈춰 서자 병사들이 빠른 동작으로 내려와 정렬했다. 사방은 나무가 빼곡하고 저 멀리 수많은 산은, 첩첩이 쌓여있는 모습으로 다가왔다. 그러나 작전지역과 여전히 떨어져 있어 병사들은 계곡을 따라 일렬종대로 한 시간여 더 걸어 올라가야 했다. 목적지까지 도달한 뒤 완전 군장을 풀고 단독군장으로 집결했다. 병사들의 굳게 다문 입과 불안과 긴장이 섞인 눈빛이 주변공기를 더욱 무겁게 만들었다. 지프차로 육공트럭을 따라온 대대장이 병사들 앞에 섰다.

"다(준비)됐으면 소대별로 애들 수색 보내. 꾸물대지 말고."

대대장의 말을 듣고 중대장이 말했다.

"아직 점심을 못 먹였습니다. 급한 대로 한 끼분을 식판까지 준비해 왔습니다. 우선 먹이고 나서…"

"야, 그럴 시간 없어. 저녁때 먹이면 되잖아. 한 끼 굶는다고 안 죽어."

"하지만 다시 나온 병사들 사기를 생각해서라도…"

"9중대장은 쓸데없는 신경을 써서 문제야. 우리 마누라가 항상 하는 말이 있어. 군인은 종이다! 그러니까 딴생각 못 하도록 무조건 굴려야 된다, 이거야. 다치든 말든 군인은 흔하니까 빠지면 채우면 된다고. 자, 아무 문제없으니까 얼른 개시해."

"……!"

저만큼 대대장과 중대장이 무슨 대화하는지 알 수 없으나 병사들은 병사들대로 수군내었다. 9중대 병사들은 물론이고 7, 11중대 병사들까지 대대장을 좋아하지 않았다. 워낙 권위적이고 다혈질 성격이라서 그랬다. 대대장을 바라보며 너도나도 작은 소리로 소곤댔다.

"대대장 저 쉐리, 또 우리 중대 따라왔네. 찰거머리같이."

60밀리 박격포 사수 한경태의 말이었다. 노 병장이 맞장구쳤다.

"그러게 말여. 꼭 우리 한티로 오는디 누가 울 중대에 꿀이라도 발라놓은거여? 뭐여?"

3소대 유정운 하사가 말했다.

"무슨 이유가 있겠지?"

골 병장이 비꼬듯 말했다.

"훗, 당연하지. 우리 중대가 공비 잘 잡으니까."

"그래, 공비 잡아 진급하려고 저렇게 몸달아 있구만. 개고생은 우리가 하고 좋은 건 엉뚱한 쉐리가 차지하고."

"그래서 세상은 불공평하다는 거야."

"맨날 고함만 지르지 아무것도 몰라."

"쉿! 중대장 온다."

중대장이 도열 한 병사들 앞에 섰다. 미안한 표정으로 입을 열었다.

"주목한다. 우리 임무는 빠른 시간에 공비를 소탕하는 것이다. 식사 없이 곧바로 수색을 시작한다."

중대장의 말에 병사들 사이에 가벼운 한숨이 흘러나왔다.

"대신 5분간 시간 주겠다. 5분 안에 물 마실 사람은 물 마시고 배고픈 사람은 건빵을 먹어라. 하지만 담배는 안 된다."

중대장의 말에 병사들은 서둘러 수통의 물을 마시거나 건빵을 씹었다. 병사들의 행동을 지켜보며 중대장이 다시 입을 열었다.

"그간 공비 흔적이 발견된 곳은 용평스키장, 계방산 양구대교, 방태산, 소양호, 두무리, 연화동, 탑동리 등이었다. 이런 이동 루트를 보면 철책선을 넘어 월북하려고 했던 게 분명하다. 그래서 지휘부에선 인제군을 중심으로 해서 그 일대에 나머지 공비가 숨어있을 거라 판단했고, 따라서 우리가 집중해 수색할 곳은 인제군 북면 지역이다."

짧은 휴식을 마친 병사들이 장비를 챙기고 전열을 갖춰 곧바로 산속으로 이동했다.

사람이 환경에 적응하면 변한다더니 수색이 재개되자 병사들의 몸놀림은 지난 1, 2개월 전과 달랐다. 그동안 산악수색, 야간매복, 장거리 이동은 물론 공비와 실전까지 치르는 과정에서 참 군인으로 새롭게 태어난 것이다. 굳게 다문 입술에 눈빛은 살아있고 걸음걸이에도 힘이 실려 있었다. 소총과 장비를 다루는 몸놀림도 정확해졌는가 하면 때론 어떤 여유마저 묻어났다. 심지어 김한수, 김동익 등 햇병아리 이병들까지 점점 군인티가 나기 시작했다.

승합차는 도로를 따라 모퉁이 돌며 계속 산을 올랐다. 산허리를 깎아 낸 도로엔 여름날 토사물 흔적이 보였다. 차창 밖으로 풍경이 수시로 바뀌었다. 빽빽하게 자라난 나무의 종류도 다양했다. 높이 올라올수록 여기저기 넓은 밭이 눈에 들어왔다.

"밭이 엄청나게 넓어요."

연임이 감탄한 목소리로 말했다. 모준이 미소 지으며 말했다.

"고랭지 채소를 여기서 재배한다는 거 아시죠?"

"네, 그건 알아요."

"채소 농사는 날씨가 엄청 중요한데, 다른 지역은 여름 무더위에 배추나 무가 쉽게 물러터지시만 여기 대관령은 딱 좋은 날씨라고 들었어요."

"아~ 네."

"그나저나 대관령 꼬부랑길 어땠어요? 연임씨?"

굽이 굽이진 대관령 고갯길을 거의 다 올라왔을 때 모준이 소감을 물었다.

"말로만 들었던 대관령 길을 고생은 이 차가 했는데 제가 다 숨이 차요. 호호…!"

연임이 연식이 꽤 되어 보이는 승합차 내부를 둘러보며 말했다. 올라오는 동안 차량 내부에서 귀에 거슬리는 기계음이 수시로 들려오곤 했다.

"하하…!"

모준이 활짝 웃었다. 그러고 보니 중간에 고장 없이 여기까지 잘 굴러와 주어서 다행이었다.

"차가 모퉁이 돌 때마다 어지러웠어요. 산 아래를 보니 아찔했고요."

"네, 그랬을 거예요. 아흔아홉 굽이라네요."

"어머, 강원도 사람이지만 몰랐어요."

"예전에 강릉 사람들은 차를 사면 대관령 아래에 차를 세워놓고 산신령께 고사 지냈대요. 지금 이 길이 서울로 가는 주요 도로인 데다 방심하면 위험해서 무사 안전 빌었다죠."

"아~ 네."

두 사람의 대화에 소연이 끼어들었다.

"저도 첨엔 좀 무서웠어요. 강릉으로 내려갈 때요."

모준이 소연에게 말했다.

"강릉에 내려와서 좋은 경험 했지? 고생은 좀 했겠지만."

"글세… 웃프다고들 하지. 이런 상황에선."

소연이 갑자기 씁쓸한 표정 지었다.

"왜? 네가 가고 싶다고 졸랐잖아."

잠깐 말이 없던 소연이 결심을 한 듯 입을 열었다.

"그건‥ 실은, 세경 선배 때문이었어."

"응? 세경 선배?"

소연이 다시 세경 선배 얘길 꺼냈다. 모준의 생각엔 소연이 무언가 응어리진 게 그동안 많았던 모양이었다.

"그래. 세경 선배가 널 바라보는 눈빛이 매일 변해가는 걸 옆에서 지켜보는 게 힘들었어. 그래서 이럴 바엔 강릉으로… 그럼, 당분간 세경 선배 안 봐도 되니까."

"세, 세경 선배가 그랬었다고?"

"넌 너무 무신경해."

"그, 그런 줄 몰랐어."

"하아…"

"나는 일을 빨리 익혀야 하니까 다른 일엔 신경을…"

이제 퍼뜩 무언가 깨달은 듯 모준이 소연을 홱 돌아보며 말을 더듬었다.

그, 그럼, 소연이 너…?!

"……."

"나‥ 난 졸업식 하면서 우리 사이도 다 깨진 걸로…"

모준이 조심스레 말했다. 두 사람은 한때 서로 호감을 넘어 애정과 비슷한 단계까지 간 적 있었다. 지난 일을 회상하며 모준이 말했다.
"은영이가 중간에서…"
"뭐? 은영이가?"
"그래, 세경 선배 찾아가서 우리 사이 멀어졌다는 둥 하면서… 지금 와서 생각해보니까 샘이 난 은영이가 세경 선배한테 가서 대놓고 이간질한 거 같아."
"……!"
"뭐, 어차피 다 지난 일인 걸…"
"회사 입사 때 널 다시 너 만나고 나서 고민했어. 너랑 같은 장소에서 계속 일해야 하는데… 어떡할까…"
소연이 창밖으로 고개 돌렸다. 차마 더 이상 말할 수 없는 모양이었다. 눈가에 살짝 눈물까지 맺혔다.
"하아… 이거 참…"
모준이 한숨을 내쉬었다. 복잡한 심경이 담긴 시선으로 전방을 노려보며 묵묵히 운전했다. 소연은 여전히 창밖을 바라보고 있었다. 서로 지난날을 회상하는 동안 차 안엔 침묵이 흘렀다.
연임은 연임대로 난감했다. 어떤 사연들이 있었는지 모르나 오고 가는 대화로 유추해 보건대 모준과 소연은 한때 서로 좋아하는 사이였으나 어느 날 뜻밖의 일로 두 사람 사이에 오해가 생겼었다. 서먹서먹해졌다가 결국 헤어지게 되었고 시간이 흘러 이제 다시 진실을 마주한 모양이라고 이해되었다.
남의 연애사에 함부로 끼어들 수 없는 연임, 반대로 모준과 소연의 입장에선 옆자리에 누군가 듣고 있는 상황에선 마음껏 터놓고 대화할 수 없는 노릇이기에 세 사람 모두 난처했다.

모준이 괜히 가속기만 밟아댔다. 결국 연임이 분위기를 바꿔보기 위해 용기 내어 입을 열었다.

"모준씨라고 했던가요? 모준씨는 군대 갔다 오셨어요?"

"어? 군대요?"

"네. 지금 사방에 군인들이고, (모준씨랑) 나이도 비슷한데 다들 고생하는 거 같아서요."

"내년에 갈 겁니다. 신검은 받았기 땜에 내년에 영장 나올 거예요."

"네, 그렇군요. 면제는 아니네요."

"면제요? 후훗! 권력 있는 집의 아들도 아니고 평범한 집안 출신입니다."

"네, 군에 가면 고생하겠어요."

"뭐, 어쩔 수 없죠."

"지금 군인들 고생하는 거 보면 어떤 생각 들어요?"

"심난하죠, 뭐. 나도 잘할 수 있을까 걱정도 되고…"

"네, 우선은 빨리 공비가 다 잡혀야 되는데…"

"네…"

다시 침묵에 빠져들었다. 세 사람은 멍하니 앞만 바라보았다. 긴 도로를 따라 앞선 풍경이 빠르게 다가왔다가 곧바로 뒤로 물러났다. 이어지는 침묵이 부담되어 모준이 손에 집히는 대로 카세트테이프 하나를 플레이어 기기에 넣고 시작 버튼 눌렀다. 갑자기 박미경의 노래〈이유 같지 않은 이유〉가 차 안에서 울려 퍼졌다.

아무것도 필요 없어.
니가 나를 떠나려 한다면

모준은 노래 가사가 마음에 안 들어 얼른 다음 곡을 틀었다. 룰라의 〈날개 잃은 천사〉였다.

아 그럴꺼야 나를 아낄려고
굳이 내게 말 안 하고 멀리 떠나갔던가
천사를 찾아 사바 사바 사바

말없이 노래 듣고 있던 소연이 본인도 답답해서인지 아니면 화제를 돌리기 위함인지 갑자기 입을 열었다.
"근데 우리 어디쯤 온 거야?"
"어? 응?"
모준이 볼륨을 낮추고 창밖으로 시선을 돌렸다. 교통표지판이라든가 공공건물은 보이지 않고 온통 나무숲과 바위, 그리고 때때로 저 멀리 높다란 산꼭대기만 보였다.
"아까 얼핏 평창 진부라고 쓰여 있는 걸 봤어요."
연임이 대신 말했다.
"평창 진부요?"
"예, 창고 벽면에."
"그럼, 여기는 아직 강원도일까 아니면 경기도일까?"
소연이 창밖을 둘러보며 말했다.
"딴생각하느라 표지판을 못 봤어. 표지판도 안보이고."
"혹시 군인들이 작전상 일부러 교통표지판을 숨겨둔 거 아닐까? 공비들이 지리를 모르도록."
"글쎄…"

"아… 어떡하죠?"

연임이 풀죽은 목소리로 말했다.

"소연아, 지도책 어딘가 있을 거야. 찾아봐."

소연이 조수석과 의자 뒤쪽 여기저기 뒤졌다. 대개 차량마다 한 권씩 있게 마련인 〈전국지도〉가 보이지 않았다. 소연이 실망한 목소리로 말했다.

"없어. 아무것도."

15. 길을 잃다. 하지만 포기할 순 없다

　소대별, 분대별로 나뉜 병사들이 사격 자세를 취하고서 울창한 숲속으로 한발 한발 앞으로 나아갔다. 사방은 쥐 죽은 듯 고요하고 간간이 어디선가 이름을 알 수 없는 새 울음소리만 들려왔다. 언제 어디에서 어떤 공격당할지 모르기에 병사들은 극도로 긴장해야 했다. 또한 조금 전 중대장이 했던 말이 도돌이표처럼 병사들의 머릿속에 맴돌았다.

　'생포된 리철수의 말이 사실이라면 정찰조는 12명이다. 이 중에서 9명은 이미 아군 손에 사살되었고 잔당은 이제 3명뿐이다. 3명만 잡으면 상황은 종료된다. 아군은 숫자가 많고 적은 적기 때문에 자칫하면 아군끼리 총을 겨눌 수 있다. 아군끼리 오인사격이 발생하지 않도록 조심하고 또 조심해야 한다. 오인사격은 개죽음이나 마찬가지다.'

　늦가을 오후 인제군의 산골짝 날씨는 환상적이었다. 수많은 바윗돌을 따라 맑은 물이 끊임없이 아래로, 아래로 흘러내리고 있었고 청명한 하늘 위로 가느다란 바람이 불어오고 있었다. 사방엔 온통 나무 천지였다. 하늘을 향해 높다랗게 솟아오른 하얀 자작나무 숲을 지나면 노랑, 주황, 빨강이 어우러진 단풍나무숲이 나타났다. 등산을 좋아하는 사람에겐 더할 나위 없이 좋은 계절이지만 병사들에겐 남의 나라일 만큼이나 거리가 먼 얘기였다. 서서히 야간작전을 준비해야 할 시간이 다가왔다.

"지난번 차에는 두꺼운 지도책이 한 권 있었는데 이 차에는 없나봐."

"운전하는 분들은 원래 지리를 잘 알지 않나요?"

연임이 물었다.

"나나 소연이 쟤나 서울에서 나고 자라서 바깥 지리 잘 몰라요. 지방 행이라곤 이번 강릉이 처음이었고요."

"저도 여상 졸업하고 대구랑 구미에 잠깐 있었을 뿐 다른 지역은 전혀 몰라요."

"네에…"

소연이 끄덕였다. 모준이 말했다.

"출발 때 들뜬 기분에 지도책 챙기는 걸 깜빡했어."

"그러고 보면 우리가 여기까지 오는 동안 오가는 차가 한 대도 없었어."

"대관령을 사이에 두고 위쪽과 아래쪽, 모두 출입 통제를 하기 때문일 거야."

처음엔 도로를 전세 낸 기분이었지만 몇 시간째 차량과 사람은커녕 시도 때도 없이 도로를 가로지르던 날다람쥐들조차 안 보였다. 살아서 움직이는 것이라곤 아무것도 눈에 띄지 않았다. 세 사람은 점점 불안해졌다. 모준이 말했다.

"일단 북서쪽으로 계속 가보자. 서울이 그쪽이니까."

"이 길이 북쪽으로 가는 길인지 서쪽으로 가는 길인지도 모르면서 자꾸 가면 어떡해?"

"그럼 어떡하냐? 물어볼 농가도 없는데. 그냥 감으로 가보는 거지."

어느덧 오후 햇살이 서서히 기울기 시작했다. 저만큼 햇빛이 들어오지 않는 숲속은 짙은 그림자가 깔려있었다.

"어떡하죠?"

연임이 걱정스레 말했다. 모준도 불안한지 앉은 자리에서 자주 엉덩이를 들썩였다. 이때였다. 갑자기 소연이 손가락으로 앞을 가리키며 외쳤다.

"어머? 저, 저기?!"

"뭐, 뭐야?!"

모준이 깜짝 놀라 물었다.

"군인이야! 저기 봐! 저기!"

사실이었다. 소연이 가리킨 곳에 군복 차림의 총 든 남자 하나가 산속에서 국도변으로 막 내려서며 승합차를 향해 손을 들었기 때문이었다.

"맞아요! 우릴 향해 손을 들었어요!"

연임이 흥분된 목소리로 맞장구를 쳤다.

"군인이다. 아, 살았다!"

모준이 반색하며 군인이 서 있는 곳으로 승합차를 몰았다. 도로 가장자리에 차를 세우고 세 사람은 밖으로 뛰어나오며 소리쳤다.

"안녕하세요! 이 길로 가면 서울로 갈 수 있나요?!"

"여기가 어디쯤이래요? 아직 강원도래요?"

"근처에 음료수 파는 가게 있나요?"

사람을 만난 반가운 마음에 세 사람이 동시에 중구난방 말을 쏟아내었다. 사각턱에 작고 날카로운 눈을 가진 남자는 끈으로 묶인 쌀자루 하나를 등에 메고 있었다. 쌀자루 남자가 말없이 세 사람을 번갈아 보다가 짧게 되물었다.

"서울?"

"예, 서울요. 저희 들 서울 가던 길인데 길을 잃었어요."

"네, 급히 오느라 지도책을 두고 왔고 어디 물어볼 만한 곳도 없었어요."

모준과 소연의 말을 들으며 햇볕에 그을리고 수염까지 덥수룩한 남자의 입꼬리가 슬며시 올라갔다. 마치 가소롭다 못해 어이가 없다는 듯.

"고거이 무시기 중요함매?"

"네? 무슨 말씀이죠? 저희 들은 서울로 빨리 가야 하거든요."

"……."

남자는 눈앞에 서 있는 세 사람을 다시 번갈아 보며 머릿속으로 생각했다. 어떻게 소리 내지 않고 간단히 처리할까? 마른 체구의 남자 1명과 호리호리한 몸매의 여자 2명 정도는 남자에겐 아주 손쉬운 먹잇감이었다.

총소리가 나면 안 되니까, 대검을 사용하려다가 다시 생각하니 대검보다는 철사가 더 낫다는 판단이 섰다. 마침 세 사람이 서 있는 도로 옆엔 지난여름 장마로 인해 깊게 파인 구덩이가 도로를 따라 길게 생겨나 있었다. 이곳에 넌쳐 놓고 나뭇잎으로 덮어놓으면 며칠간 아무도 모를 것이다. 한꺼번에 해치우자. 차례로 손을 대다가 나머지가 비명 지르면 안 되기 때문이다. 남자가 결심하자 자신도 모르게 두 팔에 불끈 힘이 관통하는 것 같았다. 이때, 소연이 물었다.

"어느 쪽이 북서쪽이죠?"

"모두 뒤로 돌아서기요."

"아네, 그럼, 이쪽인가요?"

세 사람이 동시에 돌아섰다. 마침 전방이 탁 트인 곳이라서 저 멀리 산과 풍경이 눈에 들어왔다. 이때, 연임이 손을 들어 가리키며 흥분된 목소리로 말했다.

"어머! 저기 좀 봐요! 저기가 강릉시 맞죠? 보이세요?"

모준과 소연이 연임이 가리킨 방향으로 눈길을 주었다. 밭고랑같이 수많은 산의 물결 사이에 도시의 모습이 눈에 뜨일 듯 말 듯 했다.

"어머, 그런 거 같아요. 조금 더 옆쪽을 보면 바다도 보이는 거 같고요."

소연이 말했다.

"그럼 여기가 정말 엄청 높은 곳이군요."

모준이 말했다. 세 사람은 잠시 웃으며 떠들어대었다. 이때, 갑자기 등 뒤에서 남자의 목소리가 들려왔다.

"나란히 횡대로 서기요."

세 사람은 잡담을 멈추고, 모준이 어깨너머로 남자에게 물었다.

"횡대요?"

"횡대."

남자가 짧게 대꾸했다. 모준이 남자가 듣지 못하도록 속삭이듯 소연과 연임에게 말했다.

"횡대로 서라는데 어떻게 말야?"

"어? 글쎄."

"물어볼까?"

"아냐, 그럼 내가 군대 안 갔다 온 걸 알게 되잖아. 쪽팔리게."

"그냥 이렇게 줄을 밟고 서라는 걸 거야."

"어? 응, 맞아."

세 사람은 도로 가장자리 흰 페인트를 밟고 나란히 섰다.

"이렇게요?"

"……."

남자는 대답 대신 소총을 내려놓고 허리춤에서 철사를 쭈욱 빼내었다. 실처럼 가느다란 강철을 여러 겹 꼬아서 만든, 부드러우면서도 튼튼하고 질긴 와이어였다. 목에 감고 힘껏 잡아당기면 누구라도 목뼈가 부러지거나 아니면 아예 목이 잘릴 수도 있었다. 남자가 양손으로 철사를 활짝 편 자세로 세 사람에게 한 걸음 다가섰을 때였다.

"어? 무슨 소리지?"

갑자기 어디선가 헬리콥터 소리가 들려왔다.

"앗! 헬리콥터닷!"

모준이 하늘을 가리키며 소리쳤다. 남쪽에서 UH-60P 헬기 3대가 열을 지어 날아오고 있었다.

"어머?! 정말이야!"

연임과 소연이 환호성 질렀다, 뒤에 서 있는 남자는 순간적으로 당황했다.

"손 흔들자!"

"여기요 여기!"

"도와주세요! 도와주세요!"

세 사람은 헬리콥터를 향해 마구 소리 지르며 손 흔들었다. 헬기가 점점 가까워지니 남자는 주춤주춤 뒤로 물러났다. 그러고는 재빨리 소총을 집어 들고 그대로 산속으로 달아나기 시작했다. 헬기는 아무것도 발견 못 한 듯 그대로 세 사람의 머리 위로 지나쳤다. 이내 멀어져갔다.

"아아! 우릴 못 본 모양이야."

"아! 그런가 봐."

모준이 무척 실망한 표정으로 말하자 소연도 수긍했다.

"아니면 우릴 봤어도 우리가 고생하는 군인들을 응원하는 걸로 착각했을 수도 있어요."

연임이 말했다. 역시나 실망한 표정이었다.

"그럴지도…"

모준이 그 말도 일리 있다고 생각했다. 비행기를 발견하면 누구나 손을 흔들어 주고 싶은 마음이 들기에. 이때, 갑자기 세 사람의 머리 위로 종이 무더기가 쏟아져 내려왔다. 시야를 가릴 정도로 엄청난 양이었다. 삐라였다. 세 사람은 깜짝 놀랐지만 그대로 가만히 서 있었다. 곧 삐라 샤워가 끝나자 세 사람 주위로 온통 삐라 천지가 되었다. 수북이 쌓인 삐라를 발로 헤치고 나오면서 모준이 삐라 한 장을 집어 들었다. 생포자 리철수의 사진이 큼지막하게 찍혀 있고 투항하면 생명과 안전을 보장한다는 내용이 적혀 있었다. 소연이 말했다.

"이 사람이 붙잡힌 사람인가 봐."

"생포되든 사살되든 빨리 다 끝났으면 좋겠어."

"아참, 군인 아저씨는…?"

문득 남자가 생각이 나서 세 사람은 얼른 뒤돌아보았다. 이때, 남자는 저 멀리 어디론가 정신없이 달려가고 있었다. 산사태로 인해 여기저기 땅이 파헤쳐지고 나무가 쓰러져 있어도 남자는 별 어려움 없이 빠르게 지나쳐 가고 있었다.

"앗! 아저씨! 군인 아저씨!"

"도와주세요!"

"같이 가요! 같이요!"

깜짝 놀란 세 사람이 소리 지르며 남자가 사라진 방향으로 뛰어가기 시작했다. 현재 자신들을 도와줄 수 있는 유일한 사람이기에 놓칠 수 없었다. 남자는 세 사람의 외침을 못 들은 듯 그대로 달려갔다. 그 모습이 나무 사이로 보였다 안보였다 했다. 세 사람이 남자가 지나갔던 장소까지 허둥지둥 뛰어왔을 때 주위엔 아무것도 보이지 않았다. 세 사람은 썩은 나무둥치 위에 털썩 주저앉으며 숨을 몰아쉬었다.

"이, 이제 어떡하지?"

소연의 물음에 모준이 숨을 고르고 나서 대답했다.

"우선 다시 자동차로 돌아가자."

"네, 그게 좋겠어요."

연임도 찬성했다.

"그, 근데 어디에 세워뒀지? 어느 방향이야?"

소연의 말에 세 사람은 문득 주위를 돌아보았다. 자신들이 지나온 길이 어느 쪽이었는지 구분이 잘 안되었다. 남자가 사라진 방향도 이쪽이었는지 저쪽이었는지 갑자기 헷갈렸다. 사방은 나무가 울창하고 시간은 어느덧 저녁을 향해가고 있었다.

"모, 모르겠어…"

모준이 두려움이 섞인 목소리로 말했다.

"뭐? 그, 그럼 우리가 길을 잃은 거야? 완전히?"

소연이 떨리는 목소리로 물었다.

"그, 그런 거 같아."

"……!"

쌀자루 공비가 숲속 나무 그늘에 몸을 숨긴 채 전방과 주변을 조심스레 살폈다. 공비의 반대편엔 거대한 바위가 솟아나 있었다. 잠시 후 쌀자루 공비가 입가에 두 손을 대더니 새 울음소리를 내었다.

"삐롱 삐롱 쪼르르릉!"

몇 초간 기다려도 아무런 반응이 없자 공비가 다시 바위를 향해 새 소리를 내었다.

"삐롱 삐롱 쪼르르릉!"

두 번째 소리에 바위 부근에서 똑같은 새 소리가 들려왔다.

"표로롱! 표로롱! 표로롱!"

표정이 밝아진 쌀자루 공비가 자그만 돌멩이 하나를 주워 들고 소리가 들려왔던 바위 근처 땅바닥에 가볍게 던졌다. 그러자 반대쪽에서 작은 돌멩이 두 개가 공비가 숨어있는 방향으로 굴러왔다.

"동무들!"

쌀자루 공비가 숲속에서 밖으로 걸어 나오며 낮은 목소리로 상대방을 불렀다. 기쁜 표정이 역력했다.

"동무!"

그를 부르는 소리와 함께 바위 안 어두운 곳으로부터 총을 든 한 명의 사내가 걸어 나왔다. 스포츠형 머리를 하고 있었다. 얼굴을 확인한 두 사람은 반갑게 서로 손을 맞잡았다.

"반갑수다래."

"무사했구만 기래."

"고생이 많았수다."

"어서 들어갑세."

짧게 인사 주고받은 두 사람은 곧장 동굴 안으로 들어갔다. 은신처로 만든 동굴은 외부에선 쉽게 발견되지 않을 만큼 아주 으슥한 곳이었다. 동굴 안으로 들어온 뒤 쌀자루 공비는 또 다른 동료 하나가 부상으로 누워있는 사실을 알게 되었다. 세 사람은 그동안 있었던 일들과 앞으로의 계획을 얘기했다.

모준, 연임, 소연 세 사람은 마냥 걸음을 옮기고 있었다. 방향감각도 없이.

오로지 민가나 도로가 나타나길 간절히 바라며 바위산을 지나고 작은 개천을 건넜다. 작은 나뭇가지가 빽빽한 곳을 통과할 땐 앞장선 모준이 연임과 소연이 나뭇가지에 긁히지 않도록 나뭇가지를 두 손으로 당겨주기도 했다. 특히나 연임이 더 신경 쓰였다. 어쩌다 얼굴에 작은 상처라도 생기면 안 되기 때문이었다. 연임은 연임대로 힘겹게 노력하고 있었다. 하이힐 때문이었다. 발목부상을 피하려고 하이힐을 신었다 벗었다 번갈아 반복하고 있었다. 운동화를 가방 안에 두고 온 게 후회되었다. 평지에선 하이힐을 신었다가 경사지가 나타나면 하이힐을 벗어서 양손에 들고 걸었다.

이때, 소연이 갑자기 비명 같은 짧은 탄식을 지르며 우뚝 걸음을 멈추었다. 모준과 연임이 깜짝 놀라 돌아보았다.

"왜 그래?!"

"아, 아까 그, 그 남자 말야…"

"우리 차를 세웠던 남자?"

"그래! 생각해 보니 그 남자 고, 공비인 거 같아!"

"뭐?! 공비?!"

모준과 연임이 소스라치게 놀라 소리쳤다.

"그래! 걸으면서 곰곰이 생각해 봤어. 아무래도 좀 이상해서 말야. 넌 이상하지 않았어?"

"어? 나도 좀 이상한 생각이 들긴 했는데, 하지만 우리 군인들이랑 똑같은 군복하고 총이었잖아?"

"그건 눈속임하려고 위장한 거야. 그 남자는 말투가 달랐고 우리한테 전혀 호의적이지도 않았어."

"마… 맞아요. 난 처음 본 순간 무서운 생각이 들었어요."

연임이 말했다. 두려움이 눈빛에 나타났다.

"그, 그래. 그러고 보니 네 말이 맞아. 공비였어!"

모준이 떨리는 목소리로 말했다.

"흐흑…!"

연임의 무릎이 푹 꺾이더니 자리에 주저앉으며 흐느꼈다.

"하아…"

모준은 긴 한숨을 내쉬었다. 불과 한두 시간여 전까지만 해도 세 사람이 삶과 죽음의 갈림길에 있었다고 생각하니 등골이 오싹했다. 서울로 떠나며 희망과 즐거움으로 가득했던 마음이 이제는 완전히 뒤바뀌어 버렸다. 소연의 생각도 모준과 마찬가지였다.

"또다시 그 남자가 나타나기라도 하면‥?"

소연이 어깨를 떨면서 말했다.

"혁?! 안 돼!"

모준이 외쳤다. 연임도 떨면서 자리에서 일어났다. 공포에 짓눌린 표정으로 물었다.

"이, 이제… 어… 어떡하면 좋아요?"

"……."

모준도 달리 뾰족한 수 없었다. 공비가 나타났을 때 대처 방법은 둘째 문제였고 우선 당장 어둠이 내리고 있었기 때문이었다. 곧 주위는 깜깜해졌다.

바람 한 점 없이 고요한 밤, 희미한 달빛만이 사방을 비추고 있었다. 매복호 안에 몇 명의 병사들이 웅크리고 누워서 각자 잠을 청하고 있었다. 땅을 적당한 깊이와 넓이로 판 뒤에 말뚝을 박고 판초우의를 둘러쳐 만든 잠자리였다. 깔깔이는 물론 내복까지 입었건만 골 병장은 추워서 쉽게 잠을 잘 수가 없었다. 산속의 밤 추위는 확실히 평지의 대낮 온도와 달랐다. 옆자리 전우들이 깨지 않도록 소리 나지 않게 반쯤 몸을 일으킨 골 병장은 주머니 안에서 연임에게 받았던 종이를 꺼냈다. 추위를 잊기 위해선 다른 생각 하는 게 효과적이란 걸 잘 알기 때문이었다. 작전 나온 이래 추위, 갈증, 배고픔을 잊기 위해 수시로 예쁜 연임의 모습을 머릿속에 떠올리곤 했다. 그때마다 입가에 저절로 미소가 지어지고 당면한 어려움을 잠시나마 잊을 수 있었다.

종이를 눈앞에 가까이 대자 달빛만으로도 글자를 읽을만했다. 사랑,

추억, 그리움 등… 각기 다른 글감을 바탕으로 써 내려간 연임의 글을 읽으며 이 글을 쓰던 당시 연임의 감정이 자신에게도 전달되어 오는 듯했다.

한창 글을 읽던 골 병장이 문득 이상한 생각이 들어 고개 돌려 한 사람 건너편에 웅크리고 누워있는 김한수를 바라보았다. 김한수도 잠을 잘 수 없었던지 판초우의 밖으로 머리를 내밀고 있었다. 김한수도 무언가 손에 들고 들여다보고 있었는데, 골 병장이 가만히 고개를 더 가까이 내밀고 보니 김한수의 가족사진이었다. 희미하지만 김한수와 아내, 아들과 갓난아기가 함께 웃으며 찍은 사진이었다. 골 병장은 얼른 도로 누웠다. 그렇다! 한수에겐 생계를 책임질 가족이 있었지. 아빠이자 남편인 그의 위치가 새삼 전해졌다. 골 병장 자신은 아직 결혼도 안 한 입장이었어도 김한수의 처지가 이해되었다. 언제나 가족이 그리울 것이리라. 이때였다. 어디선가 사그락, 사그락 낙엽 밟는 소리가 들려왔다. 골 병장은 얼른 종이를 주머니에 넣고 귀를 쫑긋 세웠다.

"누구냣?! 대공황!"

불침번 근무자가 어둠 속을 향해 암구호를 댔다.

"케네디. 나다, 중대장."

곧이어 달빛 아래로 중대장이 걸어 나왔다. 중대장 뒤엔 선임하사가 뒤따르고 있었다. 야간 순찰이었다.

"이상 없지?"

중대장이 근무자에게 물었다.

"옙, 이상 없습니다."

그래, 다들 수고가 많다. 조금만 더 참자.

"옙."

"아, 춥긴 춥다."

중대장이 말하며 병사들이 누워있는 모습을 둘러보았다. 골 병장과 김한수는 자는 척했다.

어둠 속 달빛만 의지하고서 세 사람은 걷고 또 걸었다. 얼마나 열심히 걸었던지 모준, 연임, 소연 세 사람의 이마에 송글 송글 땀이 맺힐 정도였지만 어디로 가야 할지 갈피를 모르고 있는 것은 여전했다. 연임이 바윗돌에 털썩 주저앉으며 말했다.

"아아, 너무 힘들어요. 조금만 쉬었다 가요."

"헉… 헉… 그래요!"

모준과 소연이 걸음을 멈추고 곁에 앉으며 숨을 골랐다.

"하아, 여기가 어디쯤일까?"

소연이 대답을 기대하지 않고 혼잣말로 중얼거렸다.

"죄송해요, 연임씨. 괜히 서울로 가자고 해서…"

모준이 진심이 담긴 목소리로 말했다. 만일의 경우를 대비하지 않고 의욕만으로 떠나온 일이 후회되었다. 연임이 낮은 목소리로 대답했다.

"어쩌겠어요… 일부러 그런 것도 아닌데…"

"추워… 배도 고프고…"

소연이 말했다. 땀이 식자 추위가 느껴졌다.

"우리도 그래."

모준이 대답했다.

"다리도 아파."

"알고 있다고, 징징대지마. 좀."

모준이 짜증이 난 듯 말했다.

"그렇단 말도 못 해? 왜 신경질이야?"

소연이 발끈했다.

"힘든 거 누가 모른대? 그런 말 한다고 달라질 게 없으니까 그만하란 말이잖아."

"네가 그래서 학교 다닐 때 배려가 없다고 손가락질 받았던 거야. 다른 사람의 감정 같은 건 중요하지 않았잖아. 그래서 나 너 만날 때 힘들었고."

"휴우… 넌 말야…"

모준이 또 무슨 말을 하려고 하자 연임이 중간에 끼어들었다.

"두 사람 다 그만 하세요. 이렇게 소리를 내면 공비가 듣든가 아니면 산짐승이 들을 수 있어요."

"……"

"……"

"지금 신경이 모두 예민해져서 그래요. 한 템포씩만 우리 여유를 갖도록 해요."

"……"

"……"

세 사람은 말없이 앉아 있었다. 얼마 후 차가운 공기에 굳어 있는 몸을 펴주기 위해 모준이 자리에서 일어나 가볍게 몸을 움직였다. 이때였다. 저 멀리 아주 작은 불빛 하나가 모준의 눈에 들어왔다. 모준이 깜짝 놀라 소리쳤다.

"저, 저게 뭐야?!"

"어머? 왜 그래?"

소연과 연임이 깜짝 놀라 일어났다. 모준이 손으로 가리키며 흥분한 목소리로 말했다.

"저길 봐! 저길! 불빛이야!"

"어머?! 정말!"

"네, 맞아요! 불빛이래요!"

"그럼, 사람이 있단 거야! 사람!"

모준이 더욱 흥분된 목소리로 말했다.

"와아, 정말!"

소연과 연임이 기뻐서 자리에서 폴짝폴짝 뛰었다.

"가자! 빨리!"

모준이 뛰어가려 하자 소연이 모준의 소매를 낚아채며 말했다.

"잠깐! 서, 설마 공비가 있는 곳은 아니겠지?"

"공비?!"

"그래, 만약 공비가 숨어있는 곳이면 어떡해?"

"그, 그럴 리가 없어. 왜냐면… 불빛이 새어 나올 정도면 나 잡아가란 소리잖아."

"맞아요. 공비는 아닐 거 같아요."

연임의 말에 모준이 재빨리 걸음을 옮기며 말했다.

"가자!"

망망대해에서 표류하던 배가 등대를 발견한 것처럼 세 사람은 작은 불빛을 향해 부지런히 걸음을 옮겼다. 나뭇가지가 몸에 긁히고 덩굴이 감기는 것도 못 느낄 만큼 세 사람은 정신없이 걸었다. 겨우 당도한 곳은 작은 움막집 같은 곳이었다. 달빛 아래 집 한 채가 산속에 웅크리고 있었고 옛날 집에서나 쓰였던 창호지 바른 문 안에서 불빛이 새어 나오고 있었다. 깊은 산속에 달랑 이런 집 한 채가 있었다는 사실이 놀라웠다.

"계, 계십니까? 실례합니다."

모준이 떨리는 목소리로 방문을 향해 말했다. 방안은 조용했다.

"누구 안에 계세요? 도움이 필요해서 그럽니다."

모준이 용기 내어 좀 더 큰 목소리로 말했다. 방안에서 부스럭대는 소리가 나는가 싶더니 조용히 문이 열렸다. 백발에 수염을 기른 노인이 방안에서 세 사람을 내다보았다. 작은 방안엔 촛불이 하나 켜져 있고, 노인 외에는 다른 사람은 없었다. 촛불에 비친 노인의 얼굴이 보였다. 낯선 사람들에 놀랐다거나 당황한 모습은 전혀 아니었고 오히려 잔잔하고 부드러웠다.

"하, 할 아니 어르신, 밤늦은 시간에 불쑥 나타나서 죄송합니다. 길을 잃었습니다."

모준이 먼저 조심스레 말을 건넸다.

"네, 죄송합니다."

"도와주세요."

소연과 연임이 차례로 말했다. 가만히 세 사람을 번갈아 보던 노인이 입술을 떼었다. 외모만큼이나 조용하고 부드러운 목소리였다.

"중얼‥ 중얼‥"

노인의 말이 정확하지 않았다. 무슨 뜻인지 몰라 세 사람은 서로의 얼굴을 돌아보았다. 다시 모준이 노인에게 말했다.

"저⋯ 안으로 들어오란 말씀입니까?"

"중얼‥ 중얼‥"

모준이 소연과 연임에게 작은 소리로 말했다.

"내 말이 맞았어. 안으로 들어오래."

"정말이야?"

소연이 말했다. 아무래도 조금 불안한 모양이었다.

"응, 분명 그렇게 말씀한 거 같아. 들어가자."

세 사람은 신발을 벗고 방 안으로 들어갔다. 노인이 세 사람을 위해 자리 만들었다. 방안엔 밥상 겸 책상 하나와 그릇, 낡은 옷가지, 오래된 책 몇 권, 그리고 구식 라디오 한 대가 놓여 있었다.

"중얼‥ 중얼‥"

노인이 또 무어라고 세 사람을 향해 말했다. 모준이 대답했다.

"네, 어르신. 아무것도 못 먹었어요."

"중얼‥ 중얼‥"

모준의 대답에 노인이 방구석에서 무언가 찾느라 뒤적였다. 모준과 연임, 소연이 그 모습을 지켜보았다. 소연이 소리 내지 않고 입 모양으로 모준에게 말했다.

"어떻게 알았어, 말씀을?"

"응? 그, 그냥…"

노인이 작은 그릇 3개를 밥상 위에 올려놓았다. 그릇 안엔 푸른색 가루가 담겨 있었다.

"이게 뭔가요?"

모준이 물었다.

"중얼‥ 중얼‥"

"아, 솔잎 가루란 말씀이죠?"

노인이 고개를 한번 끄덕이더니 구석에서 물이 담긴 유리병과 숟가락을 같이 내놓았다. 노인이 손바닥으로 자신의 배를 한번 문지르더니 뭐라고 했다.

"중얼‥ 중얼‥"

"네네, 우선 이걸 먹고 시장기만이라도 면하라고 하셨어."

모준이 소연과 연임에게 통역사처럼 말했다.

"그, 그래? 먹어도 괜찮을까?"

소연이 노인이 듣지 못하게 작은 목소리로 말했다. 그 대답이기라도 한 듯 모준이 먼저 물을 한 모금 마신 뒤 숟가락으로 솔잎 가루를 퍼먹었다. 쓴맛이 났으나 못 먹을 정도는 아니었다. 모준이 먹는 모습을 보자 소연과 연임도 그릇을 하나씩 들고 퍼먹기 시작했다. 세 사람은 종일 아무것도 먹지 못한 탓에 무척 배가 고팠다.

"잘 먹었습니다."

솔잎 가루를 다 먹은 세 사람은 노인과 한방에서 잠을 청했다. 모준과 노인이 이쪽 편으로 눕고, 연임과 소연은 저쪽 편으로 누웠다. 작은 방안이지만 그럭저럭 네 명이 누울 수 있었다. 모로 누워 웅크린 자세의 세 사람은 쉽게 잠이 안 올 것이라 예상했지만 자리에 눕고 나서 곧바로 깊은 잠 속으로 빠져들었다. 오늘 하루가 워낙 피곤했던 탓이었다.

촤르르.

D.D.D 공중전화의 동전반환 구에서 백 원짜리 동전 여러 개가 쏟아져 나왔다. 임시 천막에서 가장 가까운 공중 전화박스였다. 김 팀장이 동전을 꺼냈다. 아침이 밝았고 저 멀리 동해 위로 햇빛이 반사돼 눈부셨다. 김 팀장이 굳은 표정으로 공중 전화박스 밖으로 나왔다. 밖에 있던 서 있던 카메라 감독이 김 팀장에게 물었다.

"어떻게 됐습니까?"

"아직 도착하지 않았대. 아무런 연락도 없고."

"이상하네요. 벌써 도착하고도 남을 시간인데."

"아무래도 중간에 무슨 일이 생긴 모양이야."

"그, 그럼 혹시 공비…?"

"재수 없는 소리 마."

말은 이렇게 했지만 김 팀장은 모든 가능성을 인정하지 않을 수 없었다. 한숨이 저절로 나왔다. 이럴 줄 알았더라면 자신이 가지고 있는 삐삐(무선호출기)라도 빌려줄 걸 하고 후회가 되었다. 신인 발굴에만 정신이 팔려 정작 작은 부분에서 실수해 버린 것이다. '연락 두절'은 김 팀장이 방송 일에 뛰어든 이래 더욱 싫어하는 말이었다. 말썽이 많아 서울 사무실에 두고 온 애니콜 폰 마저 지금은 아쉬웠다.

16. 세상은 넓고 별난 사람도 많다

"일어나, 아침이야."

모준이 먼저 일어나 아직 누워있는 소연과 연임을 향해 말했다. 노인이 누웠던 자리는 비어있었다.

"아‥ 아… 아웅!"

소연이 일어나 앉으며 기지개 켰다. 연임도 일어났다.

"잘 잤어?"

"으… 모르겠어. 내내 악몽에 시달린 거 같기도 하고… 할아버지는?"

노인의 자리는 이불이 개켜져 있었다.

"밖으로 나가셨나 봐?"

"우리도 나가보자."

세 사람은 문 열고 밖으로 나왔다. 깊은 산속에서 아침을 맞이한 모준, 연임, 소연은 오두막 주변을 둘러보았다. 아침 햇살이 사방에 뻗치고 있었다. 높은 곳에 올라와 바라보는 경치는 장엄하고 감탄스러웠다. 셀 수 없을 만큼 많은 산이 겹겹이 겹쳐 보이고(그래서 첩첩산중이라

하리라), 산허리 군데군데엔 아직 운무가 남아있었다. 햇살이 운무를 서서히 물러가게 하고 있었다. 날이 밝았음을 알려주듯 사방에서 맑은 새소리가 들려왔다. 땅과 하늘이 동시에 꿈틀대는 듯 했다.

"와아! 너무 멋져!"

소연이 감탄했다.

"정말이야!"

모준이 맞장구쳤다.

"환상적이에요!"

연임이 말했다.

"이 맛에 사람들이 등산을 하나 봐."

모준이 흥분이 가시지 않는 듯 주변을 둘러보며 말했다. 이때였다. 오두막 왼편엔 평편한 바위가 있고 그 위에서 허리를 꼿꼿이 세운 채 앉아 명상하고 있는 노인이 눈에 들어왔다.

"쉿! 자연인이다."

세 사람은 잠시 가만히 노인을 바라보았다. 두 손은 가지런히 무릎 위에 내려놓고 눈 감은 채 깊은 생각에 빠져있는 모습이 주변 경관과 어우러져 묘한 분위기를 자아냈다.

노인이 사는 오두막은 통나무로 만들어졌고 오두막 앞엔 자그마한 평상이 하나 있었다. 세 사람은 평상에 앉아 노인이 명상을 마칠 때까지 기다렸다. 드디어 명상을 마친 노인이 일어나 세 사람 곁으로 걸어왔다. 전날에 보았던 모습처럼 더없이 온화한 표정이었다. 눈빛은 생기 있고 부드러우며 안정돼 있었다. 제법 큰 키에 얼굴빛은 홍조를 띠고 있었다. 어느 정도 자란 흰 수염도 가지런했고 행동은 조금도 서두르거나 과장 없었다. 유행이 한참 지난 낡은 옷을 입었으나 깨끗하고 깔끔한 인상을 주었다. 만약 이 산에 산신령이란 게 실제로 있어서, 나중에 산신령 후보를 모집한다면 저 노인이 딱 안성맞춤일 것이다.

"안녕히 주무셨어요? 할아버지."

세 사람이 노인에게 인사 건넸다. 노인은 미소 지었다. 세 사람이 어쩌다 이곳으로 오게 되었는지, 어디로 가는 길인지 가타부타 묻지도 않았다. 다만 지난밤을 무사히 보낸 것을 확인하자 기쁜 듯 했다.

"중얼⋯ 중얼⋯"

노인은 모준에게 무언가 중얼거렸다. 소연과 연임이 저절로 모준을 돌아보았다. 통역 하란 듯이.

"음⋯ 자연인 본인은 음식을 거의 안 먹고 살아도 우리 셋은 다를 것이라면서 어디 가서 먹을 걸 구해오시겠다는 거야."

"어머? 그래 맞아. 우리 배고파."

소연이 말했다.

"정말 좋으신 분 같아요."

연임이 말했다.

"중얼⋯ 중얼⋯"

"네네."

노인이 대나무 광주리를 하나 들고 어디론가 사라졌다. 모준이 두 사람에게 말했다.

"어디 가지 말고 기다리라고 말씀하셨어."

"너, 어쩜 그렇게 할아버지 말씀 잘 알아듣니? 난 도무지 모르겠던데."

"히히, 그냥 대충 때려맞춘거야."

"이런 산속에 홀로 사시나 봐요."

연임이 신기한 듯 말했다.

"네, 아마도. 그것도 오래전부터."

"난 누가 돈을 준대도 절대 이런 곳에선 못 살 것 같아. 무섭고 불편하고 맘대로 먹을 수도 없고… 왜 이런 데서 사실까?"

소연이 고개를 절레절레 흔들었다.

"글쎄… 아마 도시 생활을 피해서 오셨거나 아님 도인이시거나…"

"도인? 그게 뭐야?"

"도를 닦는 사람들이 있어. 물질보다 정신을 중요하게 생각하는 사람들이지. 우리 눈 엔 잘 안 띄어 그렇지 분명 그런 사람들이 있어."

"그럼, 이 할아버지도?"

"그건 모르겠고, 아무튼 자연인인 건 분명해 보여. 자연과 함께 사는 사람."

"……."

노인은 오두막을 한참 벗어나 거대한 바위와 돌산으로 이루어진 곳까지 걸어왔다. 어디선가 물소리가 들려왔다. 물소리를 따라 비좁은 바윗돌 사이를 지나 안으로 더 들어가자 갑자기 커다란 폭포가 나타났다. 시원한 물줄기가 기둥을 이루며 쏟아져 내리고 있었고 아래쪽엔 거대하고 푸른 물웅덩이가 있었다. 노인은 물가로 걸어가 물속을 가만히 들여다보았다. 물고기 여러 마리가 유유히 헤엄을 치다가 방향을 바꿀 때마다 햇살을 받은 비늘이 번쩍였다.

노인이 미소 지었다. 이때였다. 저 멀리 우거진 수풀을 헤치고 쌀자루 공비가 불쑥 나타났다. 물을 발견한 공비는 한걸음에 달려갔다. 먹을 것 찾아다니다 물을 발견한 것이었다.

총을 내려놓고 정신없이 손바닥으로 물을 떠서 먹기 시작했다. 그동안 갈증이 심했던지 충분히 먹고 나서야 머리를 들고 입을 닦으며 주위를 둘러보았다. 폭포수가 시원한 물소리를 내며 흘러내리고 있었다. 물속에 물고기를 발견한 공비는 크게 기뻐하며 물고기를 잡으려고 물속으로 발을 들여놓았다. 무릎 높이까지 걸어 들어간 공비는 두 손으로 고기를 잡기 시작했다. 첨벙첨벙 온몸에 물을 뒤집어쓰며 집중해서 고기를 잡았다. 맨손으로 하는 고기잡이가 쉽지 않았으나 그런대로 성공적이었다. 잡은 물고기는 물가에 던져두었다. 고기가 대여섯 마리쯤 되었을 때 물 밖으로 나왔다. 흩어져 있는 고기를 챙기다가 뭔가 이상한 느낌을 받은 공비가 재빨리 주위를 살폈다. 저만큼 노인 하나가 물가에 쪼그리고 앉아 물속을 가만히 들여다보고 있었다. 노인도 인기척을 느꼈던지 고개 돌려 공비를 발견하곤 천천히 자리에서 일어났다.

두 사람의 눈이 마주쳤다. 순간적으로 정적이 흘렀다. 공비가 재빨리 총을 찾았다. 총은 저만치 땅바닥에 놓여 있었다. 물고기 잡느라 잠시 총을 내려놓은 게 후회되었다. 공비가 총 대신 대검을 재빨리 빼 들었다. 노인은 공비의 대검을 본 순간 눈빛이 흔들렸지만 이내 평온을 되찾았다.

공비는 칼자루를 움켜쥐고 천천히 노인 앞으로 다가갔다. 하지만 노인은 전혀 동요치 않고 가만히 공비를 바라만 보았다. 한 걸음 앞에서 우뚝 선 공비가 살기를 띤 눈으로 노인을 노려보았다. 평안하고 고요한 노인의 눈빛이었다. 노인은 자신의 눈앞에 닥친 위험은 전혀 아랑곳하지 않는 모습이었다. 아니, 이 모습은 마치 현재 자신은 홀로 있으며, 눈앞엔 아무도 없다고 생각하는 듯했다. 노인의 그러한 눈을 바라볼수록 남자의 내부에서 무언가 흔들렸다. 예전엔 전혀 느껴보지 못한 감정이었다.

공비는 칼자루를 들고 있는 손이 자기도 모르게 저절로 아래로 내려가고 있음을 발견했다. 온몸의 기운이 빠져나가는 느낌까지 받았다. 이런 생소한 느낌을 없애기 위해 의식적으로 맞섰다. 더욱 오른손에 힘을 주려고 안간힘을 썼다.

공비의 입에서 '우⋯ 우⋯ 우⋯!' 하는 탄식인지 안타까움인지 한숨인지 도무지 알 수 없는 소리가 흘러나왔다.

"⋯⋯."

노인은 여전히 평온한 모습 그대로 서 있었다. 잔잔한 호수처럼 전혀 미동이 없었다. 눈에 보이지 않는 어떤 기운이 노인을 보호하고 있는 듯했다.

공비는 자기 뜻대로 되지 않자 결국 포기한 듯, 칼을 든 채 주춤거리며 뒷걸음쳤다. 그러다가 갑자기 홱 뒤돌아섰다. 자신이 잡아놓은 고기와 총을 재빨리 챙기더니 그대로 숲속으로 사라졌다.

노인은 멀어져가는 공비를 가만히 바라보다가 다시 물가에 쪼그리고 앉았다. 노인은 오른손 손바닥이 하늘을 향하도록 펴서 조용히 물속에 넣었다. 얼마의 시간이 흘렀을까 노인의 손바닥 주위에 잔물결이 일더니 물고기 한 마리가 나타났다. 물고기는 노인의 손바닥이 마치 편안한 집인 양 손바닥 안에서 지느러미를 살랑이며 가만히 있었다. 노인이 천천히 고기를 떠다 올렸다. 지느러미를 한두 번 파닥거린 고기가 가만히 있자 노인은 왼손으로 물고기의 등을 몇 차례 쓸어주었다. 그 손길은 마치 그 물고기와 소통하거나 감사를 표현하는 듯했다.

노인은 물고기를 다시 조용히 물속에 넣어주었다. 고기가 재빠르게 헤엄쳐 어디론가 사라졌다. 5분여 시간이 흘렀을 때였다. 노인이 앉아 있는 물가 주변으로 갑자기 흰 물결이 일었다. 많은 물고기가 모여든 것이었다. 노인의 입가에 잔잔한 미소가 피었다. 팔뚝만 한 물고기가 많았다. 노인은 또다시 손으로 물고기를 한 마리씩 건져 올렸다. 그리고선 광주리에 물고기를 소중히 담았다.

"와아, 고기다!"

노인이 오두막으로 돌아왔을 때 세 사람은 노인이 잡아 온 물고기를 보고 기뻐했다. 통통 한 고기가 예닐곱 마리쯤 되었다. 세 사람 한 끼 해결에 충분했다. 서둘러 불을 피우고 고기를 굽기 시작했다. 숯불이 있어서 연기는 거의 나지 않았다. 고기가 짜르르, 소리를 내며 노릇노릇하게 익었다.

"아아, 잘 먹었다!"

"비리지 않아 더 맛있었던 거 같아."

"응, 정말."

"할아버지 감사합니다!"

고기를 다 먹고 난 세 사람이 한마디씩 했다. 그들을 옆에서 가만히 지켜보고 있던 노인이 또 입을 열었다.

"중얼‥ 중얼‥"

"네?!"

노인의 말에 보준이 깜짝 놀란 표정 지었다.

"어머? 왜 그래? 뭐라셔?"

소연이 물었다.

"자연인 말씀이 이 근처에 어둡고 강한 힘이 있다는 거야. 사람을 해칠 수 있는 강한 힘이…"

"그래, 맞아. 공비를 말씀하시는 건가 봐."

"무서워요…"

연임이 말했다.

"중얼‥ 중얼…"

모준이 또 통역했다.

"무슨 일이든 순리대로 되는 것이니 너무 걱정하진 말라 하셨어. 일어날 일만 일어나는 거라고."

"아아아! 여기선 바깥세상을 전혀 알 수 없나 봐."

소연이 괴로운 표정으로 말했다.

"아냐, 방안에 라디오 하나 있는 걸 봤어."

모준이 방 안에 있는 라디오를 재빨리 밖으로 가지고 나와 라디오를 켰다. 라디오에선 치지직, 하는 잡음만 나왔다.

"라디오가 너무 낡았어. 그래서 고장이 났나 봐."

소연이 울상 지으며 말했다. 모준이 라디오를 손바닥으로 탁탁 치다가 그래도 안 되자 주변을 두리번거리다가 평상 바닥에 떨어져 있는 못을 하나 주워들었다.

"못으로 뭐하게?"

소연이 물었다.

"응, 고쳐보려고."

"어머? 고칠 수 있어?"

"그럼, 나도 방송 밥 먹는 사람인데 이 정도야 문제없어, 라고 말하고 싶지만 사실은 나도 잘 몰라. 일단 분해를 해봐야 알 수 있을 거 같아."

"제발 농담하지 마. 쫌! 지금 우리가 얼마나 심각한 상황에 있는 줄 알아?!"

"알았어, 미안."

모준이 못으로 겨우 십자 나사를 풀고 라디오 뒷부분을 열었다. 내부를 이리저리 살펴보기도 하고 무언가를 만지작거리기도 하면서 고장의 원인을 찾으려 했다.

"고칠 수 있겠어?"

"글쎄. 공구도 없고. 중학교 기술 시간에 가전제품을 조금 만져보긴 했는데 워낙 오래전 일이라…"

잠시 후 모준이 나사를 다시 죄고 나서 라디오를 켰다.

《… 기자의… 치이익… 보도에… 군 당국… 치이익… 치이익… 병사들… 치이익…!》

라디오의 상태가 조금 나아졌으나 내용을 제대로 알아들을 수 있을 정도는 아니었다.

"아잉…!"

모준, 소연, 연임 세 사람은 실망했다. 공비 토벌에 관한 소식은 물론이고 무엇보다 자신들이 실종된 것으로 보도되는지 안 되는지 너무나 궁금했기 때문이었다. 라디오를 더 두들겨 보아도 마찬가지였다. 하는 수 없이 라디오를 평상 한쪽에 내려놓았다. 노인은 세 사람의 애타는 마음을 아는지 모르는지 어느새 또다시 명상에 빠져있었다. 아침에 앉았던 바위 위에 조용히 앉아 지그시 눈을 감은 채 세상 모든 일을 잊은 듯했다.

쌀자루 공비가 주변을 조심스레 살핀 뒤 마음이 놓이자 바위틈으로 들어갔다. 바위 안에는 동료들이 그를 기다리고 있다가 반갑게 맞았다.

"물을 가져왔음매."

"무, 물…?!"

까만 얼굴의 공비를 간호하고 있던 스포츠형 머리의 공비가 동료의 몸을 일으켜 앉혔다. 쌀자루 공비가 물을 담아온 비닐봉지를 까만 얼굴 입가에 가져다 대자 정신없이 물을 먹기 시작했다. 스포츠형 머리까지 물을 마시고 났을 때 쌀자루 공비가 잡아 온 물고기를 내밀었다.

"여기 먹을 것도 가져왔음매."

"오! 잘했수다래. 수고했소!"

공비들이 물고기를 이빨로 찢어서 허겁지겁 생으로 씹어 먹기 시작했다. 불을 피울 수 없었기 때문이었다. 쌀자루 공비는 노인을 만난 사실은 말하지 않았다.

"중대장님, 척후병이 빈 승합차 한 대를 발견했답니다."

선임하사가 중대장에게 다가와 보고했다.

"뭐? 승합차? 알았다."

중대장이 손짓하자 수색 작전 중이던 9중대 병사들이 잠시 수색을 중단하고 승합차 근처로 집결했다.

"누군가 이곳에 차를 방치하고 사라졌습니다. 차 안에는 여성용 작은 여행 가방 1개 외엔 별다른 건 없었습니다. 가방 안에는 옷가지와 화장품, 운동화만 들어있었습니다."

차량 내부 조사를 이미 마친 척후병들이 중대장에게 보고했다.

"다른 특이 사항은 없나?"

선임하사가 차량 밑바닥까지 살펴보고 났을 때 중대장이 물었다.

"현재로선 없습니다."

이때였다. 저만큼 숲속에서 대대장이 불쑥 걸어 나오면서 버럭 한마디 했다.

"어떤 새끼가 함부로 작전구역 안으로 민간인을 들여보낸 거야?!"

"그러게나 말입니다. 검문소를 통과하기 쉽지 않았을 텐데."

중대장이 대답했다.

"차량번호하고 당일 검문소 근무자가 누군지 당장 알아봐! 이 새끼들 정신이 돈 거 아냐?!"

"알겠습니다."

대대장이 중대장과 대화를 나누고 있는 동안 근처의 병사들이 또다시 작은 목소리로 쑤군대기 시작했다.

"아구! 저 대대장 또라이 쉐리 또 나타났네."

"아씨, 누가 아니래. 다른 중대 놔두고 왜 우리 중대만 졸졸 따라다니냐고. 걍 나오지 말고 대대장실에 짱박혀 있든가."

"민폐여, 민폐. 무능한 지휘관은."

이때였다. 갑자기 들려온 대대장의 목소리에 병사들은 입을 다물었다.

"태워버려! 당장!"

"태, 태워버리란 말입니까?"

"그래, 아니면 어쩔 거야? 이걸 끌고 다닐래?"

"그, 그렇지만 민간인 소유물을 함부로 없앴다간 나중에 문제가 생길 수 있고, 무엇보다 불을 지르면 연기 때문에 공비한테 아군 위치가 노출될 것입니다."

"그딴 건 신경 쓰지 마. 이걸 태워버려야 공비가 밤 추위를 피해 이 차를 이용하는 걸 막을 수 있다. 또 만약 이걸 타고 아래로 내빼면 포위망을 빠져나갈 수 있어."

중대장이 머뭇거리다가 마지못해 병사들에게 눈짓하자 병사 몇이 검불을 모아 차량 내에 던지고 불을 붙였다. 가죽 의자에서 불꽃과 연기가 서서히 피어오르기 시작하더니 곧이어 시커먼 연기가 쿨럭쿨럭 차창 밖으로 쏟아져 나왔다. 연기는 옆으로 퍼지거나 날려가지 않고 일자 모양으로 기다랗게 하늘로 곧장 솟구쳤다. 꿈틀대는 검은 기둥이었다.

"대대장님! 탑승자 인원과 신분을 전달받았습니다."

무전병이 뛰어와 보고 했다. 대대장이 물었다.

"누구야?!"

"2-1소초 근처에 있는 가게 집 딸이랍니다."

"가게 집 딸?"

"그렇습니다."

골 병장은 가게 집 딸이란 말을 듣자 속으로 깜짝 놀라지 않을 수 없었다. 얼마 전 연임과 만났을 때 연임이 골 병장에게 했던 말이 기억났다. 다시 서울로 가게 될지도 모른다고.

골 병장은 적잖이 당황스러웠다. 왜 하필 이런 시기에 외부로 나가야 했단 말인가. 분명 무슨 이유가 있었으리라고 짐작은 되었지만 당황스러움은 좀처럼 가시지 않았다. 골 병장은 재빨리 곁눈으로 선임하사를 살펴보았다. 선임하사 역시 당황해하는 표정이 역력했다. 순간, 두 사람의 눈빛이 마주쳤다. 선임하사 역시 골 병장의 표정을 살피고 있었기 때문이다. 서로의 속마음이 들켜버려서 두 사람은 얼른 다른 곳으로 고개를 돌렸다.

"그 딸이 혼자 이 차를 몰고 왔단 말이냐?"

대대장이 다시 무전병에게 물었다.

"아닙니다. 혼자가 아니고 두 명이나 더 있습니다."

"두 명? 누구야?"

"예, 이번 공비 사건 뉴스 취재하러 강릉으로 내려온 ○○○ 방송국 소속 직원 두 명입니다."

○○○ 방송국이란 말을 듣고 대대장은 그제야 자신이 통행증을 몰래 발급해 준 사실을 깨달았다. 얼른 표정을 누그러뜨리고 목소리 톤까지 바꾸어 대대장이 명령했다.

"큼! 중대장, 애들 빨리 인솔 안 하고 뭐 해?!"

"예에?"

"차량 따위는 신경 쓰지 말란 말이다!"

"예. 예."

대대장의 말에 병사들은 다시 전열을 갖추고 수색을 이어가기 시작했다. 승합차에선 시커먼 연기가 계속 쿨럭쿨럭 뿜어져 나오고, 골 병장의 머릿속은 연임에 대한 걱정으로 가득했다.

17. 전투, 넋은 바람에 실려 사라지고

"동무, 먹어둬야 함매. 그래야 철책선 넘고, 조국의 품으로 돌아가지비."

쌀자루 공비가 까만 얼굴 입가에 물고기를 갖다 댈 때마다 까만 얼굴은 괴로운 듯 고개를 옆으로 돌렸다. 헛구역질만 할 뿐 음식을 전혀 먹지 못하고 있었다. 적절한 치료를 받지 못한 탓에 까만 얼굴의 건강이 하루하루 나빠져 갔다.

"내, 내래… 아무 것도‥ 먹고 싶은 생각이 없…"

까만 얼굴이 떨리는 목소리로 겨우 말했다.

"억지로라도 먹어둬야 함매."

"나, 난 괜찮수다. 두 동무래 나눠 먹기요."

까만 얼굴이 옆으로 고개를 돌리고 눈을 감았다. 말하는 것조차 힘드는 모양이었다. 쌀자루 공비와 스포츠형 머리 두 사람은 곁에서 까만 얼굴을 내려 보다가 서로 작은 목소리로 속삭였다.

"부상이 심해서 식욕까지 없어진 모양임매."

"이거이 큰일이구만 기래…"

"음… 기렜소…"

"물이라도 더 멕이도록 하우다."

스포츠형 머리의 공비가 까만 얼굴을 일으켜 앉히자 쌀자루 공비가 비닐봉지에 담긴 물을 까만 얼굴의 입가에 갖다 댔다. 까만 얼굴이 힘겹게 홀짝이며 물을 먹었다.

"휴…"

물을 먹고 난 까만 얼굴이 동굴 벽에 등을 기대며 긴 한숨을 내쉬었다. 부상한 부위가 아물지 않고 덧나서 출혈은 멈추지 않고 있었다. 붕대는 푹 젖어있었다. 이때였다. 무심코 동굴 밖으로 시선을 돌린 스포츠형 머리가 무언가 이상하다 싶어 자리에서 일어나 동굴 입구를 향해 조심스레 걸음 옮겼다. 주변 안전을 살피고 나서 동굴 밖으로 나왔다. 날카로운 눈으로 동서남북을 확인한 뒤 아무런 일도 없는 줄 알고 다시 들어가려다가 나뭇가지 사이로, 저 멀리 산봉우리들 사이에 가느다란 연기가 피어오르는 걸 발견했다.

"여, 연기?!"

스포츠형 머리가 깜짝 놀라 비명 같은 짧은소리를 내었다.

"뭐시기? 뭐라 했음매?"

쌀자루 공비가 자리에서 벌떡 일어나 스포츠형 머리 곁으로 다가왔다.

"저기, 저길 보라우요. 동무. 연기가 나고 있음매."

스포츠형 머리가 손으로 방향을 가리켰다. 분명한 연기였다. 연기는 일직선처럼 길게 하늘을 향해 피어오르고 있었다.

"디, 딩말?!"

연기를 본 쌀자루 공비도 놀라움과 당황한 표정을 지었다. 두 사람은 곧바로 도로 동굴 안으로 들어갔다. 쌀자루 공비가 배낭 안에서 손바닥 절반 크기의 소형라디오를 꺼내어 바로 켰다.

《… 있습니다. 국군은 이번 작전에서 오대산 일대는 물론, 특히 향로봉 일대를 집중적으로 수색한다는 목표로 ○○부대와 ○○부대를 이동했습니다. 아울러 방어선을 더욱 공고히 하기 위해 인근지역 ○○부대도 대기 명령을 내린 상황이라고 합니다.》

"동무, 향로봉이면…?"

쌀자루 공비와 스포츠형 머리가 서로 마주 보았다. 위험을 직감한 표정들이었다.

"이곳에서 당장 떠나야 함매."

쌀자루 공비와 스포츠형 머리가 서둘러 까만 얼굴을 양쪽에서 부축하여 일으켜 세웠다. 부상자는 괴로워하며 신음했다.

"으으으…!"

모준과 소연이 평상에 앉아 그릇에 담긴 솔잎 가루를 숟가락으로 퍼먹고 있고, 연임은 평상 한쪽에 앉아 멍하니 먼 산을 바라보고 있었다.

"연임씨, 좀 먹어봐요. 입에 안 맞아도 계속 먹다 보면 그럭저럭 먹을 만해요."

모준이 연임에게 솔잎 그릇을 가리키며 말했다.

"아, 아뇨. 전 괜찮아요. 아직 배가 많이 고프진 않아서."

모준이 소연에게 말했다.

"넌 잘 먹는구나. 좀 쓴데."

"훗, 내가 먹성이 좋잖아. 강릉에서도 가리지 않고 잘 먹었던 거 봤지? 배탈이 나는 바람에 된통 고생하긴 했지만."

"응, 누구든 식성 좋은 사람이 부럽더라."

모준이 소연을 향해 미소 지었다. 힘들다고 계속 짜증을 내다가 이제는 의외로 현재 상황을 잘 받아들이고 적응하려는 듯해서 마음이 놓였기 때문이다.

"어머?! 저게 뭐래요?!"

갑자기 연임이 자리에서 벌떡 일어나더니 어느 한 곳을 손으로 가리켰다.

"예?"

모준과 소연이 자리에서 일어났다.

"저기요! 연기가 나고 있어요! 보이죠?!"

연임이 가리킨 곳에서 가느다란 연기가 하늘을 향해 피어오르고 있었다. 거리가 멀어 눈에 힘을 주고 자세히 보아야 했다. 다행히 날씨가 맑아 도움이 되었다.

"아?! 맞아요! 연기예요!"

모준과 소연이 동시에 말했다.

"우리 가 봐요! 네?!"

연임이 흥분된 표정으로 말했다.

"민간인이 있거나 아니면 군인들이 있을 거 같아요."

"그래, 우리 가보자. 빨리."

소연이 연임의 말에 찬성했다. 모준이 망설이며 말했다.

"그렇지만 만약…?"

"만약 뭐? 공비일까 봐?"

17. 전투, 넋은 바람에 실려 사라지고

"으응."

"아냐. 공비가 함부로 연기를 낼 수 있을 거 같아? 여기 촛불도 처음엔 무서웠잖아."

"그, 그래. 그렇긴 한데, 그래도 안전이 우선이니까."

"대신 거리가 아주 멀어."

"그런 거 같아."

이때, 연임이 짧은 비명을 질렀다.

"아야!"

모준과 소연이 깜짝 놀라 돌아보았다.

"어?! 연임씨. 왜 그러세요?!"

"바, 발목이…"

"발목 요?"

"네, 또다시 먼 거리를 걸어야 한다고 생각하니까 아팠던 발목이 갑자기 더 아파요…"

"몸에서 거부반응하는가 봐."

"아… 못 걸을 거 같아요…"

연임이 울상을 지었다.

"가는 발목으로 그토록 산길을 걸었으니 무리도 아니지."

"어쩜 좋아…"

모준과 소연이 난감한 표정 지었다.

"미안해요…"

모준이 결심한 듯 말했다.

"그럼, 두 사람은 여기 있어요. 나 혼자 갔다 올게요."

"뭐? 혼자?"

소연이 물었다.

"응, 저곳에 누가 있는지 나도 궁금해."

"그건 내가 싫어. 우린 한 팀이니까, 가려면 함께 가든가 해야 해."

"한 팀?"

"그래, 한 팀. 혼자 갔다가 위험해지면 우리가 도와줄 수도 없잖아."

모준은 한 팀이란 말에 더 이상 다른 말 하지 못했다. 공비가 날뛰고 있는 현 상황에서 위급 시 저 두 사람의 도움이 얼마나 효과가 있을지를 생각하자 실소가 나오려고 했지만, 모준을 걱정 해주는 마음은 충분히 알 수 있었다. 반대로 노인과 여자들만 남겨두고 가려니 그것도 걱정되긴 마찬가지였다. 이래저래 갈팡질팡 결정 못 하고 머뭇거릴 때 노인이 안경집처럼 생긴 까만색 작은 통을 들고 세 사람 곁으로 다가왔다.

"중얼‥ 중얼‥"

"네? 그래요?"

모준이 대답했다.

"뭐라 셔?"

소연이 얼른 모준에게 물었다.

"연임씨에게 침을 놓아주시겠대."

"침?"

"어머?"

소연과 연임이 의외란 듯 깜짝 놀랐다.

"감사해요, 어르신."

연임이 스타킹을 벗으며 노인에게 말했다. 평상에 앉아 양쪽 다리를 쭉 내밀고 있을 때 노인이 연임의 발목에 침을 놓았다. 침을 다 놓고 나자 노인이 입을 열었다.

"중얼‥ 중얼‥"

"침을 맞고 나서 움직이면 안 좋대요. 내일쯤 완전히 나을 거라고 하셨어요."

모준이 대신 말했다.

"아! 저는 벌써 다 나은 것 같아요. 하나도 안 아파요. 침을 정말 잘 놓으시는 거 같아요."

연임이 미소 지으며 발목을 이리저리 움직였다.

"안 아프다니 다행이에요."

모준이 말했다. 침까지 맞고 나자 시간은 어느덧 저녁이 가까워졌다.

"어머? 산속이라 정말 해가 빨리 지는구나."

소연이 저 멀리 산골짝과 봉우리 주변이 점점 어두워져 가는 걸 보며 말했다.

"그래, 오늘 밤도 이곳에서 보내야 할 거 같아."

연임이 눕고 싶다며 방 안으로 들어가고 노인은 오두막에 군불을 지피러 갔다. 모준과 소연만 평상에 어깨를 나란히 맞대고 앉아서 어둠이 내리고 초저녁별이 떠오르는 광경을 말없이 바라보았다.

"낮에도 풍경이 멋있었는데 저녁 풍경도 너무 아름답다."

모준이 말했다.

"응, 맞아."

"어젯밤은 길도 잃고 너무 무섭고 해서 주변을 둘러볼 여유도 없었지."

"응."

"후회 안 돼? 따라나선 거?"

"그런 거 없어. 어차피 팀장님 명령인걸. 그리고…"

"그리고 뭐?"

"모준이 네 맘도 조금 알게 된 거 같기도 하고…"

"예전에 서로 오해했던 거?"

"……."

소연이 대답 대신 머리를 살며시 모준 어깨 위에 내려놓았다. 소연의 행동에 모준은 가슴이 벅차오르는 것 같았다. 이렇게 쉽게 오해가 풀리게 될 줄이야. 모준은 소연과 함께 서울행 나선 길이 한편으론 감사한 생각조차 들었다. 가거나 오지도 못하고, 어떤 소식조차 들을 수 없는 현재 답답한 상황은 어느새 머릿속에서 사라졌다. 기뻐서 마음이 들뜬 모준이 자신도 무언가 소연에게 고백하거나 기분 좋은 말을 해주고 싶었다.

"소, 소연아… 있잖아…"

모준의 어깨 떨림을 느꼈는지 소연이 고개 들며 모준에게 불쑥 말했다.

"모준아, 근데 하나 물어볼 게 있어."

모준이 퍼뜩 정신차리고 되물었다.

"어어? 뭔데?"

"군인들 말야?"

"군인들?"

"왜 진돗개 하나야? 진돗개 말고 바둑이나 누렁이는 안 돼? 그리고 하나 말고 둘 셋이나 열 마리면 더 좋잖아. 가족적이고."

"뭐?"

모준이 벙찐 얼굴이 되었다.
"호호호! 아이, 농담이야!"
"에이!"
모준과 연임이 마주 보며 함께 웃었다.

밤은 깊어 가고 사방은 조용하기만 하다.
골 병장은 희미한 달빛에 의지해 연임으로부터 받은 시구를 읽었다.
같은 시각. 선임하사 또한 병사들과 외따로 떨어져 연임에게 받았던 시구를 읽었다.
한편, 외로움이 절실한 연임은 하늘에 뜬 달을 보며 부모님 생각에 눈물이 흘러내렸다.

어느덧 작전 개시 47일이 지나가고 있었다.
산속의 밤은 기습당하는 것처럼 언제나 불쑥 찾아왔다. 어두워지는가 싶으면 곧 칠흑 같은 밤이 되었다. 이렇듯 하늘에 별 하나 보이지 않는 날엔, 병사들이 자기 팔을 앞으로 쭉 뻗은 다음 손바닥을 눈앞에서 흔들어도 아무것도 보이지 않을 만큼 캄캄했다. 이 어둠 속에서 어디선가 낙엽이 구르는 소리, 솔방울이 가지 사이로 떨어지는 소리, 바람이 바위를 되받아치는 소리는 마치 공비가 몰래 다가오는 소리로 착각될 만큼 공포감을 불러일으켰다.
적들은 이 시각에 무엇을 하고 있을까. 그들이 낮엔 비트에 숨어 잠을 보충하고 밤에만 이동한다는데 그게 사실일까. 아군의 일부 병사들 중엔 한밤중 매복호 안에서 일부러 대화하거나 딱딱한 물건으로 소리를 내어서 공비를 쫓아버렸다는 소문도 있었다. 사람이 있다는 신호를 줌으로써 아예 서로 맞닥트리지 않으려는 의도였겠으나 어디까지나 소문일 뿐 사실 여부는 알 수 없었다. 매복호 안에서 밤새 공포와 추위에 맞서 싸우던 병사들은 다음 날 아침 해가 떠오르는 순간, 하룻밤을 또 무사히 넘겼다는 사실에 엄청난 기쁨과 안도감을 느꼈다.

 골 병장은 잠이 깨면 아침 버릇처럼 소변을 보려고 바위에 소총을 기대놓고 혁대를 풀었다. 이때, 오늘따라 산 주변 일대가 달리 눈에 들어왔다. 가을이 더욱 깊어 가고 있었다. 온 산 일대가 단풍으로 물들어 있었기 때문이었다. 빨강, 노랑, 연두, 파란색이 어울려 일대 장관을 이루고 있었다. 온 세상이 화염에 휩싸인 듯 보이기도 하고 지나가는 바람에 단풍나무가 살랑 흔들릴 때면 붉은 바다의 한가운데 떠 있는 느낌이 들었다. 많은 사람이 왜 산행하고 등반하는지 이해되었다. 이렇게 눈부시도록 아름다운 자연을 매년 감상하기 위해서였다.
 골 병장은 땅바닥에 소변을 보았다. 소변을 다 보고 나서 바지를 추스르고 돌아서려다가 무언가 이상한 느낌에 땅바닥을 내려다보았다. 방금 자신이 소변을 보았던 자리가 불그스름 했다. 골 병장은 깜짝 놀랐다. 어? 내가 혈뇨를 본 건가? 아니면 단풍을 오래 봐서 눈에 나쁜 영향이라도 받은 것일까. 그러나 두 가지 다 그럴 가능성은 없었다. 최근까지 아무리 고달프고 긴장된 나날의 연속이었다지만 자기 몸이 혈뇨를 볼 정도는 아니었다. 눈도 아픈 적 없었기에 시력에도 문제없었다. 그렇다면 단풍잎이 땅에 묻혀 있었나 싶어서 좀 더 고개 숙여 살펴보니 이것도 아니었다. 소변 자리가 핏물이 고인 듯 질척했기 때문이었다. 골 병장은 나뭇가지 하나를 꺾어들고 땅바닥을 파 보았다. 붕대였다. 피가 진하게 묻어있는 붕대 조각이 여러 개가 나왔다. 피가 굳어 있는 정도나 붕대의 상태로 보아 땅에 묻힌 지 얼마 안 된 듯했다. 골 병장은 얼른 꼬챙이에 붕대를 돌돌 말았다.

"서, 선임하사님."

일단 보고는 해야 했기에 썩 내키진 않았으나 선임하사를 불렀다. 선임하사가 다가와 퉁명스레 물었다.

"뭐야?"

골 병장은 대답 대신 꼬챙이 끝에 매달려 있는 피 묻은 붕대를 내밀었다.

"이, 이건?!"

골 병장이 고개 끄덕였다. 선임하사가 빠른 걸음으로 가서 중대장에게 보고했다.

"잘했다. 이거 발견한 사람 포상 휴가 줘야겠다."

현장을 확인한 중대장이 기뻐하며 말했다.

"나는 애들 수색할 장소 정해주고 갈 테니까 선임하사가 먼저 가서 대대장님께 보고해."

"알겠습니다."

선임하사가 빠른 걸음으로 근처 대대장이 있는 곳으로 갔다. 대대장은 참모들과 지도를 펼쳐놓고 보고 있었다.

"대대장님, 공비 흔적 발견했습니다."

대대장과 참모들이 고개 들고 선임하사를 돌아보았다.

"뭐? 뭔데?!"

"예, 피 묻은 붕대입니다. 땅속에 묻혀 있는 걸 우리 소대 병사가 발견했습니다."

"야, 그게 공비가 묻어놓은 건지 아닌지 어떻게 알아?"

대대장이 퉁명스레 말했다.

"예?…"

"등산객이나 벌목꾼이 버리고 갔을 수도 있잖느냐 말이다. 아니면 노인네 말마따나 채석장 일꾼이 버린 것일 수도 있고."

"피가 굳어 있지 않아서 최근에 누군가 숨겨놓은 듯합니다."

"그래? 그거 너희소대 누가 발견한 거야?"

선임하사는 골 병장이라고 말하려다가 중대장이 붕대를 발견한 병사에게 포상 휴가 주겠다고 한 말이 기억났다. 골 병장이 포상 휴가 가는 꼴은 보기 싫었다.

"넵, 저희 신병이 발견했습니다."

"뭐? 신병?"

"옙."

"그 신병, 지난번 지프차가 안 움직일 때 봤던 그 신병이냐?"

"그, 그렇습니다."

"데려와!"

"옙?"

"데려오라고! 그 새끼의 분대장까지."

"아, 알겠습니다."

김한수와 골 병장이 나란히 불려 왔다. 대대장이 바위 위에 앉아 지휘봉으로 차렷 자세로 앞에 선 두 사람의 배를 쿡쿡 번갈아 찌르며 말했다.

"너, 이 새끼!"

"이병 김한수!"

"이거 이놈 꼴통 아냐?! 찾으라는 공비는 못 찾고 기껏 쓸데없는 붕대 쪼가리나 눈깔에 보이더냐? 앙?!"

"예‥ 옛?!"

김한수는 영문을 몰라 당황스러웠다. 대대장이 일장 훈시처럼 꾸짖었다.

"새끼야, 적을 찾아내려면 우리는 무조건 더 많이, 더 넓고 더 빠르게 움직이는 게 중요한데, 그딴 붕대 쪼가리 하나를 공비가 버린 것인지 아니면 등산객이나 약초꾼이 버린 건지 네가 어떻게 알고 그걸 가져와 시간을 낭비하게 하냔 말이다! 너, 약초꾼하고 등산객을 보면 각자 구분할 수 있어?"

"무, 무슨? 자, 잘 모르겠습니다."

대대장의 화난 목소리를 듣고 급히 뛰어온 중대장은 대대장의 말을 듣고도 굳이 토를 달고 싶지 않았다. 말을 꺼낸들 남의 말을 듣지 않을 것임이 분명하기에. 군이 입산을 막고 있어 약초꾼이든 등산객이든 그 누구라도 함부로 산에 접근할 순 없었기에 대대장의 말은 앞뒤가 맞지 않았다. 굳이 의심한다면 송이버섯 채취를 위해 몰래 입산한 인근 주민정도 일 것이다.

"뭐야? 그럼, 너도 몰랐다는 말이네? 이 새끼 지금 제정신이냐? 야! 분대장!"

대대장이 골 병장을 돌아보며 배를 쿡 찔렀다.

"병장 고영록!"

"너, 이 새끼! 애들 교육을 어떻게 한 거야? 앙?!"

"……?!"

"몇 명밖에 안 되는 자기 분대원 하나 관리통제 못 하냔 말이닷!"

골 병장도 김한수와 마찬가지로 영문을 몰랐다. 우선 대대장이 지휘봉으로 계속 찔러대는 통에 그의 말이 귀에 제대로 들어오지 않았다. 옷을 두툼히 입었어도 한곳에 계속 찌르니 아프지 않을 수 없었다. 일단 위기를 모면하기 위해선 거짓이라도 잘못을 시인할 수밖에 없었다.

"시, 시정하겠습니닷!"
"시정하겠다면 다냐? 앙! 말로만 하지 말고 제대로 하란 말이다!"
"알겠습니다!"
"신병이라고 봐주지 말고 앞장세워서 제대로 가르치라고 새끼들아!"
"예, 옙!"
"자잘한 건 무시하고 공비를 잡으란 말이다! 우리에겐 지금이 아주 중요한 순간이다!"
"예, 옙!"
"가 봐!"

돌아가면서 김한수는 억울했다. 누구의 붕대이냐고 다그치는 대대장의 말이 전혀 이해되지 않았지만 군말했다간 원대복귀 해서 또다시 선임들로부터 군기가 빠졌다고 얼차려를 받을 게 분명했다. 골 병장은 골 병장대로 말년엔 떨어지는 낙엽도 피하자는 심정으로 모든 걸 참기로 했다. 선임하사는 두 사람을 지켜보며 입가에 미소 지었다.

"대대장님의 명령과는 별도로 우리는 최고 단계의 경계로 수색 이어간다!"

골 병장과 김한수가 수색 대형에 합류하자 중대장이 말했다. 9중대의 생각으론 붕대가 공비의 것으로 판단되기 때문이었다. 붕대 외에 물고기 뼈까지 땅속에서 발견되었다.

"나무, 풀숲, 바위 등등 무엇 하나 가볍게 지나치지 말고 집중해서 살펴라. 알겠나?"

"옙!"

"자연인이 부러워."

오늘도 바위 위에서 가부좌 자세로 명상에 빠져 있는 노인을 곁눈으로 지켜보다가 소연이 작은 목소리로 말했다. 모준, 소연, 연임 세 사람은 오늘도 무료하게 평상에 앉아 시간을 보내고 있었다.

"아래쪽엔 사람들이 죽느냐 사느냐 난리인데…"

"그러니까 애초에 이런저런 세상사 피해서 깊은 산속에서 홀로 사시는 거겠지."

모준이 속삭이듯 대답했다.

"우리는 앞으로 어떻게 될까요…?"

연임이 우울한 표정으로 말했다.

"연임씨, 그래서 말인데요. 제가 내려가 보려고요."

"네?"

"뭐?"

연임과 소연이 동시에 놀란 표정 지었다.

"연기가 났던 곳으로 말예요. 누군가 분명 그 근처에 있는 거 같아요. 혼자 갔다 올 테니까 두 사람은 이곳에 기다려요."

"위, 위험해."

소연이 말했다.

"그럼, 계속 이렇게 있을 거야? 무슨 방법을 찾아야 할 거 아니냐구."

"그, 그렇긴 한데…"

"여기 있으면 자연인께도 우리가 민폐야. 민폐."

연임이 끼어들었다.

"그렇지만 연기는 이제 사라졌고, 또 혹시나 길을 잃으면 어쩌려고요?"

"네, 제가 연기가 났던 방향을 머릿속에 기억하고 있어요. 연기를 중심으로 그 주변 봉우리를 주의해서 관찰했거든요. 봉우리가 다 비슷하게 보여도 다들 특이한 모양이 있어요."

"아, 어쩌면 좋아‥?"

소연이 괴로운 듯 중얼거렸다. 모준의 말도 일리가 있었기 때문이었다. 모준이 결심한 듯 자리에서 벌떡 일어났다.

"자연인께 나중에 대신 말씀 전해줘."

"정말 간다고?"

"응."

"아…"

"알았지? 자연인께."

"뭐, 어차피 대화도 안 통할 텐데 상관없어."

"그럼…"

"모, 모준아. 조심해…"

"흑…"

모준은 소연의 걱정 가득한 표정과 연임의 눈가에 이슬이 맺히는 모습을 뒤로하고 오두막을 벗어났다. 오두막 아래쪽은 바위가 많아서 껑충껑충 건너뛰어야 했다. 건너뛰기 전에는 반드시 자신이 가야 할 방향을 확인했다. 아직 해는 높은 곳에 있어서 안심되었지만 산속은 해가 일찍 진다는 걸 알기에 서두를수록 좋다고 생각했다. 점점 숨이 가빠지고 땀이 흘러내렸다.

숲속 한가운데로 들어온 모준이 빽빽한 나무 사이로 봉우리를 확인하기 위해 목을 길게 빼고 두리번거리며 걷다가 발아래 넝쿨을 확인 못 하고 걸리는 바람에 그대로 넘어졌다. 입에서 아이쿠! 비명이 저절로 흘러나왔다, 모준이 땅바닥에서 일어나 허리를 숙이고 무릎과 팔꿈치를 살폈다. 다행히 다친 곳은 없었다. 그가 몸에 붙은 나뭇잎을 털어내고 있을 때였다.

"손들어!"

갑자기 등 뒤에 무언가 딱딱한 물체가 닿으면서 동시에 불쑥 사람의 목소리가 들려왔다. 모준이 기겁해 양손을 번쩍 쳐들었다.

"헉! 사… 살려…!"

단호한 목소리가 연속으로 들려왔다.

"그대로 천천히 돌아선다! 손 내려오면 벌집 된다!"

"예‥ 예‥ 예‥!"

모준이 벌벌 떨며 그 자리에서 천천히 돌아섰다. 눈앞에 골 병장과 그의 분대원들이 모준에게 소총을 겨누고 있었다. 모준이 국군의 복장을 보자 너무나 반가워 눈을 크게 뜨며 외쳤다.

"구, 국군이 맞으시죠? 마, 맞죠? 공비 아니죠?!"

"그렇다! 넌 누구냐?!"

"아아아! 살았다…"

모준이 말하며 다리에 맥이 풀렸는지 바닥에 풀썩 주저앉았다.

"넌 누구냐니까? 일어나!"

골 병장이 노려보며 다시 명령했다.

"아이고, 죄송합니다. 너무 놀라 정신이 없어서 그만…"

모준이 자리에서 벌떡 일어나며 말했다.

"다 말씀드릴게요, 다! 우선 물 한 모금 마실 수 있습니까? 죄송합니다."

잠시 후, 골 병장은 모준을 중대장 앞으로 데리고 갔다. 그리고 곧바로 대대장에게 보고되었다. 모준을 통해 자초지종을 들은 중대장이 모준에게 말했다.

"여기까지 오는 동안 공비의 눈에 띄지 않아서 다행입니다."
"네, 운이 좋았습니다. 말은 안 했지만 혼자 정말 무서웠거든요."
"그럼, 현재 오두막엔 노인 한 분과 여자 두 명 해서 모두 세 명이 있단 말이죠?"
"그렇습니다. 중대장님."
"어떤 위험에 빠지기 전에 오두막을 안전 확보하는 게 우선일 듯합니다. 우리에게 길을 안내해 주십시오."
"네, 문제없습니다. 중대장님."

골 병장은 중대장과 모준의 대화를 들으며 가슴이 두근거렸다. 연임이 오두막에 안전하게 숨어있다는 말이었다. 어서 빨리 보고 싶은 마음뿐이었다.

9중대는 즉각 오두막을 향해 이동했다. 병사 중 맨 앞줄은 골 병장이 맡은 4분대였다. 오두막으로 되돌아가는 길은 경사로 인해 속도가 느렸다. 더구나 모준이 길을 서두르는 바람에 자주 방향을 잃고 헤매기도 했다. 어쨌든 모준은 골 병장이 이끄는 4분대와 함께 선두에 있었다.

도중에 모준이 근처에 어둡고 강한 힘이 있다는, 할아버지에게 들었던 말을 골 병장에게 전해주었다. 4분대는 사주경계 더욱 철저히 해

나아갔다. 4분대와 모준이 산허리를 돌아갈 즈음이었다. 골 병장은 맞은편 산허리에 어떤 움직임을 순간적으로 포착했다. 재빨리 모두에게 몸을 숨기라고 손짓했다. 모준도 얼른 병사들 따라 몸을 숨겼다. 상대편에서도 골 병장 쪽을 발견했는지 급히 풀숲에 몸을 숨겼다. 먼 곳에서도 당황한 모습이 역력했다. 다행히 골 병장이 위치한 곳은 나무 그늘이었고 상대는 햇빛을 그대로 받는 곳이라서 골 병장이 숨기에 유리했다. 그래서 간발의 차이로 골 병장이 먼저 상대 쪽을 발견한 것이었다. 숨은 상대가 동물이 아닐까 골병장은 의심해 보았지만 그건 아닌 듯했다. 그렇다면?

잠시 정적이 흘렀다. 양쪽 산허리간 거리는 7·80미터쯤 되었고 사이엔 개활지가 있었다. 모준이 엉거주춤 불안한 자세로 앉아 무슨 일인가 싶어 고개를 들고 두리번거렸다. 이때, 몸의 중심이 한쪽으로 쏠리며 모준이 밟고 있던 돌무더기가 우수수 무너지면서 모준은 그대로 아래로 굴러 떨어졌다.

"아악!"

모준의 비명에 골 병장과 분대원들이 깜짝 놀라 돌아보았다. 모준이 데굴데굴 굴러서 개활지 한가운데 엎어졌다. 모준이 앉았던 자리 근처는 공교롭게도 오래전 산사태로 인해 산기슭 일부가 쓸려나간 곳으로, 나무나 바위가 하나도 없고 잡풀만 자라있었다. 위치상 급경사인 데다 아무런 방해물이 없다 보니 마치 몸이 허공에 뜬 것처럼 그대로 마구 굴러서 개활지까지 간 것이었다. 모준이 신음하며 일어나려 했지만 불가능했다. 개활지 한가운데엔 여름 홍수 때 떠내려 온 거대한 고목이 모래톱에 박혀 누워있었고, 고목의 나뭇가지 사이에 모준의 한쪽 다리가 끼어버렸기 때문이었다. 고무 주위엔 크고 작은 나뭇가지가 뒤엉켜 있었다. 홍수때 고목과 함께 떠내려온 것들이었다. 마치 산발한 머리카락 같았다. 물은 오래전 말라버렸고 바닥엔 고운 모래와 자갈이 깔려있었다. 모준은 산에서 굴러 내려오며 순간적으로 기절을 했다가 정신이 드는 동시에 몸을 심하게 버둥거렸다. 그 바람에 다리가 나뭇가지 사이로 깊숙이 끼어버린 것이었다. 안간힘 쓰며 다리를 빼내려 했으나 누워있는 상태에선 다리를 빼긴커녕 몸을 자유로이 움직일 수도 없었다.

"도… 도와주세요!"

모준이 떨리는 목소리로 외쳤다. 그가 개활지로 떨어지자마자 4분대 병사들은 모준을 뒤따라 재빨리 개활지를 향해 뛰어 내려왔다. 수풀에 몸을 숨긴 4분대 병사들이 서로 돌아보았다.

"어쩌면 좋을까요?"

M60 사수 윤 상병이 골 병장에게 작은 목소리로 물었다.

"함부로 움직이면 안 돼. 개활지다."

골 병장이 명령했다. 개활지에선 신속한 통과가 우선이건만, 통과는 고사하고 개활지 한가운데 있는 사람을 구해와야 하는 상황이었다.

"그, 그럼…?"

"나 혼자 접근할 테니 만일의 경우 엄호사격 해라."

"(저쪽에) 공비가 맞을까요?"

"그런 거 같다. 아니길 바라지만."

"혼자 위험하지 않겠습니까?"

"여러 명이 움직이면 더 위험하다. 신병들까지 있는 마당에."

이때, 김한수가 앞으로 나섰다.

"제가 가겠습니다. 골 병장님."

"뭐?"

골 병장이 돌아보았다.

"제가 가서 데려오겠습니다."

"신병이 무슨‥?"

윤 상병이 김한수를 째려보았다.

"그래, 이런 건 우리한테 맡겨라. 너희들은 은폐 엄폐나 잘해."

"부탁입니다. 제가 가게 해 주십시오."

김한수는 물러나지 않으려 했다. 골 병장은 김한수를 정면으로 바라보았다. 김한수가 이런 쉽지 않은 일에 나서는 이유가 본인의 성격 탓인지 아니면 대대장으로부터 신병을 앞장세우라는 소리를 들었기 때문인지 알 수 없었지만 어쨌든 김한수를 위험에 빠트리곤 싶진 않았다. 다만 그 용기만은 칭찬해 주고 싶었다.

"(어쨌든) 내가 간다."

결심을 굳힌 골 병장이 소총을 움켜잡고 모준을 향해 뛰쳐나갔다. 그때, 총소리와 동시에 총알이 골 병장 귓가를 스쳤다. 간발의 차이로 비껴갔다. 골 병장이 땅바닥에 엎드리며 외쳤다.

"공비닷!"

M60과 M203이 불을 뿜었다. 엄호사격이 시작되었다. 총알이 날아온 방향으로 병사들이 총을 마구 쏘아대었다. 골 병장은 엎드린 자세로 나아갔다. 엄호사격에 주춤했던 공비가 다시 총을 쏘아대자 모래 파편이 골 병장 코앞에서 튀어 올랐다. 개활지라서 제대로 몸을 숨길 만 한 곳이 없었다. 기껏해야 모래 위로 자라난 수풀과 갈대 정도였다. 유일한 엄폐물은 고목이었다. 따라서 최대한 신속히 목표물에 도달해야 했다. 버둥대고 있는 모준이 점점 가까워졌다. 이때였다.

"골 병장님!"

자신을 부르는 소리에 골 병장이 뒤돌아보았다. 김한수가 골 병장을 향해 달려오고 있었다.

"저, 저런?!"

골 병장과 병사들은 깜짝 놀랐다. 김한수가 지그재그로, 방향을 바꾸기도 하고 수풀에 몸을 숨겨가며 뛰어왔다. 골 병장이 소리쳤다.

"조심해!"

골 병장이 외치는 순간 반대편 숲속에서 총소리가 연달아 울렸다. 총알은 김한수를 거의 스쳐 모래땅에 퍽! 퍽! 소리를 내며 박혔다. 이번엔 두 명의 공비가 쏘아대고 있었다. 공비들에겐 개활지가 한눈에 내려다보여서 사격하기 쉬웠으나 아군은 위험에 고스란히 노출되었다.

"쏴라! 계속 엄호해!"

골 병장이 명령했다. 그러자 병사들이 다시 총을 쏘기 시작했고, 그 사이에 골 병장과 김한수는 모준에게 겨우 접근할 수 있었다.

"야! 왜 왔어?!"

골 병장이 김한수에게 화난 목소리로 외쳤다.

"죄, 죄송합니다! 혼자선 힘드실 거 같아서 말입니다!"

"끄응!"

우선 당장 모준을 구해야 했기에 골 병장은 그의 다리를 나뭇가지 사이에서 빼내려 했다. 하지만 쉽지 않았다. 누구든 몸을 조금만 움직여도 총알이 날아왔다. 총알은 나무 몸통에 마구 박혔다. 세 사람은 통나무 뒤에 몸을 최대한 낮추고 작전을 짰다. 골 병장이 김한수에게 명령했다.

"내가 나뭇가지 자를 동안 엄호사격 해라!"

"알겠습니다!"

김한수가 몸을 숨긴 채 산기슭을 올려다보며 소총으로 마구 쏘아대기 시작했다. 골 병장은 벌떡 일어나 대검으로 나뭇가지를 쳤다.

"조, 조금만 더!"

모준이 외쳤다. 골 병장과 김한수는 얼굴이 달아오르고 땀이 흘러내렸다. 모준에겐 이 위험한 순간이 영원할 것만 같았다. 두려움에 눈을 질끈 감았다. 영화에서나 보았던, 충격전의 한가운데에 자신이 있게 될 줄이야. 모준은 자신이 이곳에서 죽을지도 모른다는 생각에 공포가 최고조에 달했다. 공포감 외엔 아무런 생각이 나지 않았다. 나서지 말고 공비가 다 잡힐 때까지 강릉에 그대로 있었더라면, 하는 후회는 나중에 위험한 순간을 벗어난 후에야 할 수 있었다.

"됐다!"

골 병장이 외쳤다. 모준의 다리가 나뭇가지에서 빠져나온 것이다. 모준이 한숨을 토해내었다.

"하아아!"

"돌아가자! 빨리!"

골 병장이 외쳤다. 돌아가는 길은 더욱 위험했다. 적에게 등을 보이기 때문이었다. 그래서 더욱 함부로 움직이면 안 되었다. 골 병장이 김한수를 돌아보며 물었다.

"수류탄 남아있냐?!"

"예, 아직 한발 있습니다!"

"준비해!"

"옙!"

골 병장이 자신의 수류탄을 꺼낼 때 김한수도 탄약 집에서 수류탄을 꺼내 손에 들었다. 수류탄의 클립과 안전핀을 뽑는 찰나에도 적의 총탄이 두 사람의 방탄모 사이를 스쳐 지나갔다. 세 명의 안전한 피신을 앞두고 김한수를 바라보는 골 병장의 눈동자가 이글이글 불타올랐다. 김한수가 처음으로 본 골 병장의 다른 모습이었다. 골 병장이 모준도 함께 들으란 듯 큰 소리로 외쳤다.

"내 말을 복창해! 수류탄을 던지고 신속히 여길 벗어난다!"

김한수가 큰 소리로 복창했다.

"수류탄을 던지고 신속히 여길 벗어난다!"

"뒤돌아보지 말고 무조건 뛰어야 한다! 던져!"

두 사람은 공비들이 숨어있는 곳을 향해 수류탄을 힘껏 던졌다. 저만큼 산기슭에서 연달아 '쾅!' '쾅!' 소리가 들렸다. 동시에 다리를 절룩거리는 모준을 위해 골 병장과 김한수가 그를 양쪽에서 부축해서 일어난 뒤 뒤돌아 뛰기 시작했다.

"빨리! 빨리!"

함께 엄호 사격하던 윤 상병과 분대원들이 외쳤다. 총알이 또 마구 날아왔다. 골 병장과 김한수, 모준에겐 개활지가 한없이 멀게만 느껴졌다. 뛰어가는 만큼 개활지도 뒷걸음질 치는 착각마저 들었다. 세 사람이 한 덩어리로 움직여야 하기에 동작이 굼뜰 수밖에 없었다. 모준이 한쪽 다리를 마음대로 움직일 수 없었기 때문에 골 병장과 김한수에 의해 바닥을 쓸며 끌려가다시피 했다. 마침내, 겨우 개활지를 벗어났다. 모준을 바위 뒤에 안전하게 내려놓고 골 병장과 김한수는 안도의 숨을 몰아쉬었다.

"수, 수고했다."

골 병장이 김한수에게 말했다.

"가, 감사합니다. 수고하셨습니다."

김한수가 대답했다.

"저, 저도 정말 감사합니다."

모준도 숨을 헐떡이며 고마워했다. 그토록 위험했던 순간을 벗어난 사실이 꿈만 같았다. 아직도 어디선가 총알이 날아올 것 같아서 자꾸만 주변을 두리번거렸다. 이때였다. 9중대 전체가 달려왔다. 총소리가 더욱 요란해졌다. 얼마나 시간이 흘렀을까, 누군가 외치는 소리가 들려왔다. 중대장이었다.

"사격 중지! 사격 중지하라!"

차츰 총소리가 잦아들기 시작하더니 잠시 후 완전히 소리가 멎었다. 태풍 뒤 적막처럼 언제 전투가 있었냐는 듯 갑자기 사방이 고요해졌다. 바람에 떠도는 화약 냄새만 없다면 이곳에서 전투가 있었는지조차 모를 정도로 풍경 좋은 늦가을 산속이었다.

"각 소대장은 현재 상황 확인하고 보고하라!"

중대장의 명령에 병사들이 부산하게 움직이기 시작했다. 골 병장은 우선 4분대 상황을 확인했다. M60 사수 윤 상병을 비롯, 203 사수 천 일병 그리고 나머지 소총수까지 다행히 누구도 부상당하지 않아서 다행이었다. 개활지에 적의 사격이 집중되어서였기 때문이었다. 모준은 다리를 처음엔 심하게 절룩거렸으나 차츰 그런대로 정상을 되찾아 갔다. 다리뿐만 아니라 여기저기 온몸에 타박상을 입었다. 의무병이 여기저기를 누를 때마다 아파서 얼굴을 찡그렸다. 의무병이 약을 발라주었다. 타 중대에서 빌려온 약이었다. 골 병장은 문득 하체 부분이 허전해서 내려다보았다. 동전을 넣어두었던 왼쪽 바지 주머니 아랫부분이 찢어져 있었다. 동전뿐만 아니라 나중에 쓸 요량으로 함께 넣어두었던 크고 작은 탄피도 달아나버리고 없었다. 주머니 밖으로 주먹이 나올 만큼 큰 구멍이 나 있었다.

"아우씨, 아까비 내 돈!"

총알이 다리를 스쳐 갔다는 생각에 순간 움찔했지만 이내 돈 생각이 난 골 병장이 중얼거렸다.

"어이, 신삥들! 내 주머니 빵구났다. 나중에 잘 꿰매놔라! 알았냐?"

골 병장이 아무나 들으란 듯 가벼운 투로 말했다. 누구도 대답 없었다.

"뭐야? 김한수 어디 있어?"

이때, 저만큼 바위에 등을 기대어 앉아 있는 김한수가 골 병장 눈에 들어왔다. 김한수 곁엔 의무병이 무언가 그를 도와주고 있었다. 골 병장은 빠른 걸음으로 김한수 곁으로 다가갔다.

"왜 그래? 김한수?"

"이, 이병 김한수…"

김한수가 작고 떨리는 목소리로 대답했다. 깜짝 놀란 골 병장이 얼른 무릎을 꿇고 김한수의 어깨를 감싸 안았다. 모준도 급히 뛰어왔다.

"무, 무슨 일이야?! 다쳤구나?!"

"예… 예…"

김한수가 희미하게 웃었다.

"바보 같이, 왜 나서서!"

골 병장이 안타깝기도 하고 화가 나기도 해서 버럭 소리쳤다.

"……"

김한수가 희미하게 미소 지었다. 골 병장이 의무병에게 급히 물었다.

"어디를 얼마나 다친 거야? 금방 나을 수 있는 거야? 응?!"

의무병이 말없이 고개만 가만히 좌우로 움직였다. 골 병장은 깜짝 놀랐다.

"뭐, 뭐야?! 저, 정말‥ 무‥ 무슨‥?!"

골 병장이 의무병의 멱살을 와락 움켜쥐었다.

"똑바로 말해! 새끼야! 똑바로!"

의무병이 무겁게 입을 열었다.

"등 뒤에서 가슴으로 관통을… 피를 너무 많이…"

"뭐, 뭐야?!"

골 병장이 의무병의 멱살을 팽개치고 김한수의 어깨를 안아 들었다. 김한수의 얼굴은 시시각각 검보라색으로 변하고 있었다.

"김한수! 정신 차려! 임마, 김한수!!"

가느다랗게 눈을 뜨고 있는 김한수의 입술이 떨렸다.

"고‥ 골‥ 병‥ 장‥ 님…"

"그래! 나다! 골병장!"

"저‥ 자‥ 잘 했습니까?"

"그래! 잘했어! 우리 분대 최고다! 아니 중대 대대 최고다!"

"가‥ 감사‥ 합니다."

"그래, 이제 휴가 가야지! 고향 가야지!"

"예…"

김한수가 떨리는 손으로 가슴 쪽 단추를 풀려고 했다. 골 병장이 얼른 단추를 열어주자 김한수가 사진 한 장을 꺼냈다. 가족사진이었다. 사진 한쪽 귀퉁이는 피에 젖어있었다.

"부‥ 부탁… 이‥ 이걸‥ 우리…"

"그, 그래. 알았다. 가족한테 전해줄게. 약속하마."

골 병장의 눈에 어느새 눈물이 가득 고였다.

"가‥ 감‥ 사‥ 합니다…"

"흑흑…"

골 병장의 울음이 터져 나왔다.

"얘‥ 얘‥ 얘들아…"

말을 맺지 못하고 김한수의 손이 스르르 내려갔다.

김한수. 31. 대구광역시. 자대배치를 받은 후 채 2개월이 지나지 않았다. 편안히 눈 감은 김한수의 모습을 내려다보며 골 병장은 부르르 몸을 떨었다. 옆에서 지켜보고 있던 병사들이 고개 숙이고 눈물을 훔쳤다. 선, 후임으로 짧은 만남이었지만 골 병장에겐 김한수가 깊은 인상을 준 인물이었다. 골 병장에겐 어려운 문제인, 세상을 바르고 정직하게 살고자 하는 그의 의지를 존중해 주고 싶었고 마음속으로나마 응원을 해주고 싶었다. 늦은 나이의 군 생활을 무사히 마치고 가족에게 돌아가길 바랐다. 하지만 이제는 모두 과거의 일이 되어버리고 말았다. 웅크린 채 몸을 부르르 떨고 있던 골 병장이 갑자기 소총을 움켜쥐고 벌떡 일어났다.

"이런 개새끼들 다 죽여 버린다! 나와! 다 나오라고!"

골 병장이 소총을 마구 갈겨대며 공비들이 숨어있던 곳으로 달려갔다.

"골 병장님!"

윤 상병과 송 이병, 김동익이 소리치며 골 병장을 쫓아갔다.

"나와! 나오라고!"

"진정하십시오! 골 병장님 제발!"

윤 상병과 송 이병이 골 병장의 허리를 잡고 땅바닥에 주저앉혔다.

골 병장과 윤 상병, 송 이병, 김동익 네 사람은 서로 부둥켜안고 울음을 터뜨렸다. 남자들의 울음소리가 바람에 실려 개활지를 따라 멀어져 갔다.

18. 코너에 몰리면 생각이 많아지지

"크하핫!"

오두막 평상 위에 자리 잡은 대대장이 그의 곁에 둘러서 있는 중대장 이하 간부들과 병사들에게 유쾌한 듯 웃었다. 노인과 모준, 소연, 연임 세 사람도 한쪽에 서 있었다. 오두막은 어느새 작전 지휘 본부가 된 듯 했다. 시간은 이미 어두워져 있었고 평상 주위에 손전등을 여러 개 켜 놓아서 서로의 얼굴은 충분히 알아볼 수 있었다.

"내가 뭐랬지? 9중대는 하면 한다고 했잖아. 하하!"

"습격을 당했더라면 피해가 더 컸을 텐데 우리가 먼저 발견해 그나마 다행이었습니다."

중대장이 말했다.

"음, 또 민간인들까지 발견했잖아. 하하하!"

"예, 민간인 분들도 무사하셔서 다행입니다."

"내 말이다! 이제 봐. 연대하고 사단에서 분명 공문이 올 거다. 우리 대대를 절대 그냥 모른 척하진 않을 거라고, 암!"

자신의 진급이 확실하다고 믿고 있는 대대장이 신나 하며 떠들어댔다.

"이제 공비는 독 안에 든 쥐다!"

대대장이 더욱 소리 높여 말했다.

"우리 대대가 이미 이곳을 완전히 포위했고 근처 ○○부대와 ○○부대의 지원, 그리고 예비군들까지 오면 향로봉은 이중삼중으로 포위된다. 그럼, 쥐새끼 한 마리 못 빠져나간다."

중대장이 조심스레 입을 열었다.

"하지만 이곳 지형과 지세가 유독 가파르고 험해서 작전상 어려움이 있습니다."

"야! 그딴 건 문제없어! 남은 공비는 3명뿐이다. 그냥 쪽수로 밀어붙여도 간단해."

"더 큰 문제는 안개입니다. 강원도가 고향인 병사들 말에 의하면 동풍이 부는 날 안개가 자주 발생한다고 합니다. 시야 확보가 어려워 병사들끼리의 충돌이 제일 걱정됩니다."

"까짓거, 잔칫날엔 접시 한두 개 정도는 깨지게 마련이야."

이때, 노인이 조용히 한 걸음 앞으로 나와 대대장에게 말했다.

"중얼‥ 중얼‥"

"응? 뭐라고요? 뭐라는 거야?"

대대장이 주위 사람들을 둘러보며 말했다. 모준이 나서서 대답했다.

"모든 생명은 소중하고 귀하니 우리 병사들은 물론이고 적군까지 살생이 아닌 공생을 위해 노력해 달라고 하셨습니다."

대대장이 가소롭다는 표정으로 중얼거렸다.

"흥! 한가한 소리나 하고 계시는구만. 내가 죽이지 않으면 내가 죽는다는 걸 모르나. 이봐, 중대장!"

대대장이 버럭 소리 질렀다.

"애들한테 눈앞에 뭐든 수상한 게 보이면 쏴 갈기라고 단단히 가르쳐. 잊지 말고!"

"아, 알겠습니다."

노인은 더 이상 말이 없었다. 어느 날 갑자기 자신의 고요한 일상 속으로 민간인과 군인들이 떼로 몰려와 모든 걸 헤집어 놓았건만 그 온화한 모습은 조금도 흐트러지지 않았다. 골 병장은 지금 대대장의 말보다 연임에게 온 신경이 가 있었다. 이곳에서 연임을 다시 본 순간 반가움과 무사함에 마음속으로 얼마나 기뻤는지 모른다. 연임은 다른 민간인들과 함께 조용히 군인들을 지켜보며 서 있었다.

연임과 골 병장이 서로 눈이 마주쳤을 때 가볍게 눈인사만 주고받았다. 마음 같아선 손을 잡고 위로의 말 전해주고 싶은 생각이 굴뚝같았으나 지금처럼 한창 작전 중인 상황에선 말을 거는 것조차 참아야 했다.

'이런 제기랄…!'

퍼뜩 떠오른 생각에 골 병장은 마음속으로 중얼거렸다. 연임과 관련되면 당장 떠오르는 인물이 있었기 때문이었다. 선임하사! 골 병장은 재빨리 선임하사를 돌아보았다. 선임하사 역시 대대장의 연설보다 연임에게 온통 신경이 가 있는 모습이 한눈에 보아도 역력했다. 선임하사가 수시로 힐끔힐끔 연임을 곁눈질하고 있었기 때문이었다. 골 병장은 부아가 났지만 당장은 어쩔 수 없었다.

"중대장! 소대별 분대별로 오늘 밤 경계해야 할 지역으로 애들 배치해!"

대대장이 평상에서 일어나 작은 공터에 따로 설치되어 있는 야전 천막 안으로 들어가면서 명령했다.

"알겠습니다!"

"아참, 중대장!"

대대장이 돌아보고 천막 안에서 9중대장에게 손짓했다. 9중대장이 얼른 다가갔다.

"예, 대대장님!"

대대장이 누가 들을세라 작은 소리로 9중대장에게 말했다.

"아군에서 사상자가 발생하더라도 함부로 기자들한테 말하지 마라."

"예?"

"그 작자들은 고기 정도로 만족 못 하고 뼈다귀까지 씹어먹으려고 달려드니까 괜히 사실대로 말했다간 골치 아파질 수 있단 말이다."

"……."

"그러니깐 누가 뭐라 하면 무조건 보안 사항이라 둘러대라고."

"아, 알겠습니다."

중대장은 뭔가 찜찜한 기분이 들었지만 일단 알았다고 대답할 수밖에 없었다.

연기를 발견하자마자 서둘러 이동했던 공비들은 산허리에서 국군에 발각되어 서로 총격전을 벌였다. 자칫 전멸할 수도 있는 상황이었으나 가까스로 추격을 피해 도망칠 수 있었다. 공비들은 근처 바윗골 안으로 숨어들었다. 처음 목표였던 국군의 수색 범위 지역에서 벗어나기도 전에 국군과 마주친 공비들은 당황스러웠다. 부상자로 인해 신속한 이동이 불가능했던 탓이 컸다. 까만 얼굴의 숨소리가 동굴 천정을 통해 작게 울렸다. 세 사람은 아주 작은 소리로 대화했다.

"후욱… 후욱…"

"힘내기요, 동무."

쌀자루 공비가 까만 얼굴의 옆구리를 살피며 말했다. 무리하게 움직인 탓에 출혈은 더 심해졌고 상처 부위도 더 벌어져 있었다. 새 붕대는 항상 푹 젖어있었다. 스포츠형 머리가 배낭 안에서 붕대를 꺼내더니 말없이 자신의 왼쪽 무릎을 힘껏 묶었다. 붕대를 압박할 때 고통이 심한지 이를 악물었다. 쌀자루 공비가 돌아보고 깜짝 놀란 목소리로 물었다.

"아아니?! 동무도 부상 당했음매?!"

"기… 기렇수다래…"

쌀자루 공비가 얼른 동료의 다리를 살펴보았다. 관통상을 입은 듯했다. 쌀자루 공비는 긴 한숨을 내쉬었다. 부상한 동료가 한 명으로도 벅찼는데 두 명으로 늘어나니 더 큰 부담이 되었다. 중압감에 잠시 말이 없던 쌀자루 공비가 결심한 듯 입을 열었다.

"힘들지만 이 지역을 돌파해야 함매. 일단 철책선까지 가면 조국의 품으로 들어갈 방도가 생길 것임매. 지원군이 내려올 수도 있갓디. 다들 힘내자우."

"……"

"……"

쌀자루 공비의 말을 들은 까만 얼굴과 스포츠형 머리는 서로 얼굴만 한번 돌아볼 뿐 묵묵부답이었다. 과연 그게 가능할까, 하는 표정이었다. 조바심이 난 쌀자루 공비가 다시 입을 열었다.

"왜, 왜 그럼둥? 우째 대답들을 안 하는기요?"

"대좌 동무…"

짧은 침묵 끝에 스포츠형 머리가 무거운 표정으로 입을 열었다.

"응? 어서 말하기요."

"어렵수다래."

"뭐시기요?"

"우리는 이 몸으로 갈 수가 없갓소."

"가, 갈 수 없다니?"

"내개 다리 봤잖음둥. 운이 좋아 여기서 탈출해서리 철책선까지 간다해도 나나 이 동무나 이런 몸으로 철책선 넘기 불가능하오."

"기, 기럼…?"

"우리는 남아서 최후까지 싸울 테니 동무 혼자 조국 품으로 돌아가시오."

"뭐시기?"

"우리는 이미 결정했수다."

"기렇소…"

바닥에 누워있는 까만 얼굴이 머리를 끄덕였다.

"음…"

쌀자루 공비가 신음 같은 소리 내뱉었다. 두 사람이 무슨 얘길 하는지 잘 안다는 표정을 지었다.

"우리는 동무의 짐만 될 뿐임매."

"기, 기렇소. 짐."

까만 얼굴이 스포츠형 머리의 말에 찬성했다.

"여기서 용감히 최후를 마치면 고것도 이기는 기고, 조국의 품에 영원히 안기는 것임매."

그러나 쌀자루 공비가 두 사람의 말을 반박했다.

"우리는 살아도 같이 살고 죽어도 같이 죽자고 맹세하지 않았음둥? 왜 이제 와서리…?"

쌀자루 공비는 말을 끝맺을 수 없었다. 본인이 생각하기에도 함께 움직이면 아주 위험하게 되리라는 것을 잘 알고 있었기 때문이다.

"시간이 없수다. 오늘 밤 안으로 여기 탈출하지 않으면 남조선 아이들이 우릴 완전히 포위할 것임매. 만약 동무가 계속 함께 가자고 고집부리면 내가 동무를 먼저 쏘갔소. 함께 있으면 어차피 다 죽을 테니 우리 손에 죽으나 남조선 아이들 손에 죽으나…"

까만 얼굴이 피 묻은 손으로 권총을 꺼내 보였다. 눈빛에 굳은 결심이 드러나 있었다.

"음…"

쌀자루 공비가 한 번 더 신음 같은 소리를 내더니 본인도 결심한 듯 갑자기 붕대를 짧게 잘라 머리와 어깨에 각각 하나씩 묶었다.

"뭘…?"

까만 얼굴과 스포츠형 머리가 영문을 몰라 눈을 깜빡였다.

"남조선 에미나이들이 서로 자기편 표시로 흰색 띠 묶은 걸 여러 군데서 봤음매. 우리도 이걸로 속여서 싸웁세!"

"기, 기럼 동무도…?!"

"기렇소. 나도 남아서 싸울것임매."

스포츠형 머리와 까만 얼굴이 기뻐하며 서로 돌아보았다.

"음…"

"좋소. 잠수함이 끝내 조국으로 돌아가지 못하게 된 마당에 우리만이라도 끝까지 함께 하는 거이 조국에서 살아가는 울들 가족을 위해서도 나은 선택이오."

"맞수다."

"투항하면 살려주겠다는 것도 다 새빨간 거짓말이우다."

쌀자루 공비가 말했다. 세 사람은 서로 번갈아 보았다. 눈빛이 빛났다.

"그럼, 작전은 어떻게 짜는기 좋갓소?"

"우리는 숫자가 적고 적들은 많으니까니 오히려 우리가 유리할 수가 있음매. 서로 총질하도록 하자우야."

"그기 좋갓소. 기럼 사상자가 많이 나오겟지비. 우리야 어차피 가는 몸이지만."

"일부러 우리를 포위하게 만들고 신호에 맞춰서 서로 쏘게 합세. 우린 숫자 셋이지만 어둡고 안개 때문에 한 개 부대와 맞먹을 기요."

"이것도 도움이 될끼고."

쌀자루 공비가 흰 붕대를 가리켰다.

"기렀소. 신호는 불빛으로 알고 각자 행동합세."

"좋수다."

쌀자루 공비가 옆에 놓여있던 쌀자루를 집어 들더니 거꾸로 뒤집었다. 총알이 바닥에 쏟아졌다. 좌초된 잠수함에서 탈출할 때 다른 사람들이 중요 문서를 소각하는 동안 그는 탄창 안에 들어 있던 총알을 빼내 쌀자루에 쓸어 담았다. 최대한 부피를 줄이기 위해서였다. 이제 쌀자루 공비는 까만 얼굴과 스포츠형 머리의 소총 탄창에 총알을 대신 하나씩 채워주기 시작했다. 잠시 후 세 사람은 비장한 표정으로 서로의 손을 맞잡았다.

"기럼, 이제 먹고 휴식하면서 힘을 키웁세."

"남조선 종간나 새끼들 확 쓸어버리자우!"

"우리 모두 하늘에서 조국 통일을 지켜보자우야."

쌀자루 공비가 배낭 안에서 먹을 것을 꺼냈다. 종이에 싼 도토리와 밤이 각각 서너 개, 국군이 먹다 버린 전투식량 봉지에 붙어있는 밥풀이 전부였다. 이것들을 삼등분한 다음 세 사람은 최후의 만찬으로 생각하며 조용히 음식물을 씹었다.

동해에서 태백산맥 쪽으로 풍속이 바뀌면서 서서히 안개가 몰려오기 시작하자 방금까지 맑았던 날씨가 우중충하게 변해갔다. 천막 안에서 중대장이 소대장들에게 지시했다.

"소대장들은 애들한테 피아식별띠 나눠주도록. 다들 챙겨왔지?"

"예."

1소대장과 2소대장이 대답했다. 3소대 담당 선임하사는 한 템포 늦게 대답했으나 중대장은 눈치채지 못했다.

"피아식별띠는 말 그대로 피아 구분하기 위한 거다. 아군한텐 큰 도움 되니까 한 사람도 예외 없게 해."

"예."

"나가 봐."

소대장들과 선임하사는 천막 밖으로 나와 한창 매복호 작업 중인 자신의 소대원들을 찾아다니며 피아식별띠를 나누어 주었다. 골 병장은 식별띠가 당연히 자신의 분대원들 몫까지 있으리라 생각하고 작업에 열중했다. 하지만 선임하사가 골 병장의 분대 쪽으로 오지 않고 돌아가려고 하자 얼른 삽을 내려놓고 선임하사를 불렀다.

"선임하사님!"

선임하사가 걸음을 멈추고 돌아보더니 퉁명스레 대답했다.

"뭐냐?"

골 병장이 다가갔다.

"우리 분대도 피아식별띠 주십시오. 다른 분대는 다 나눠주더만…"

"다 떨어졌다."

선임하사가 잘라 말했다.

"예? 다 떨어졌다고요?"

"그래."

골 병장은 이해가 되지 않았다. 소대 인원은 정해져 있고 선임하사가 이를 모를 리 없었기 때문이다. 어떻게 누군 주고 누군 안 준단 말인가.

"아, 아니 그게 무슨 말입니까? 그럼, 우리 분대는 위험에 노출되어도 괜찮단 말입니까?"

"뭐, 어쩔 수 없잖냐. 내 잘못은 아니다. 개수 확인 못 한 (상황병) 경규가 잘못했지."

"이, 이게 말이 됩니까?"

골 병장은 화가 났다. 화난 감정에 차츰 의심이 더해졌다. 골 병장 자신의 분대만 콕 집어 뺀 건 뭔가 다른 속셈이 있는 것만 같았다.

"더 이상 토 달지 말고 돌아가!"

선임하사가 냉정한 목소리로 말했다.

"예?"

"돌아가란 말이다. 선임하사 아니, 3소대 소대장 대리로서 명령이다. 피아식별띠에 대해 더 이상 아무 소리 말고 네 할 일이나 하라고."

"이, 이런…"

골 병장은 말문이 막혔다. 선임하사의 눈빛을 보자 더 이상 대화가 통하지 않을 게 분명했다. 역시나 계급이 깡패인가. 골 병장은 천천히 뒤돌아 자신의 분대로 걸음을 옮겼다. 멀어져가는 골 병장의 뒤통수를 바라보며 선임하사는 만족한 듯 미소 지었다. 까짓, 위험에 빠지든 말든. 지나갈 때 중대장이 천막 밖으로 나왔다.

"피아식별띠 나눠줬나?"

"네, 그렇습니다."

선임하사는 골 병장 분대에 대한 얘긴 하지 않았다. 이제 곧 어두워지고 안개까지 끼면 피아식별띠를 누가 착용했는지 안 했는지 제대로 보이지도 않을 것임을 알았기 때문이다.

"전투식량 말야?"

중대장이 말을 이었다.

"예?"

"여기 있는 민간인들까지 전투식량을 나눠주면 좋은데 여분이 없다며?"

"예, 그렇습니다. 중대장님."

"보급이 제때 안 되니…"

"그렇습니다."

사실이었다. 다른 부대 상황은 어떠한지 모르지만 적어도 9중대 병사들의 경우엔 늘 보급품이 부족했다. 작전 초기나 지금이나 별 차이 없었다. 그 이유는 작전상 병사들은 이 산 저 산으로 시도 때도 없이 이동해야만 했고 산세가 험한 탓에 보급품을 실은 헬기가 착륙할 장소조차 마땅치 않았기 때문이었다. 따라서 병사들은 드문드문 최소한의 보급품으로 견디고 있었다.

"가서 이거라도 전해드리고 양해 말씀드려."

중대장이 뒤돌아 천막 안에서 건빵 두 봉지를 꺼내와 선임하사에게 건네주었다.

"맛이나 보시라고."

"알겠습니다."

"이런 깊은 산중에 사람이, 그것도 노인 분 혼자 살고 있었다니 놀라운 일이야."

"그렇습니다."

선임하사는 건빵을 들고 오두막을 향해 걸음을 옮겼다. 오두막이 가까워질수록 선임하사의 가슴이 두근거렸다. 연임을 볼 수 있기 때문이었다. 작전 시엔 민간인과 마주치는 것조차 조심스러운데 건빵으로 점수까지 딸 기회가 생겼으니 이게 웬 떡이란 말인가!

선임하사는 건빵을 쥔 손에 힘이 들어갔다. 대단한 먹거리는 아닐지라도 별사탕은 연임이 꼭 먹어주었으면 싶었다.

"실례합니다."

선임하사가 오두막 앞에서 집안을 향해 사람을 불렀다. 방안에서 두런거리던 소리가 그치고 방문이 열렸다.

"어? 안녕하세요."

모준이 선임하사에게 인사했다. 방안엔 노인과 연임, 소연도 함께 있었다.

"3소대 선임하사입니다."

"아, 네."

"엄중한 상황이라 어딜 함부로 가지도 못하고 고생들이 많군요."

"뭘요. 저희들보단 군인 분들이 더 고생이시죠."

선임하사는 시선을 움직여 연임을 찾았다. 연임은 소연과 마주 보며 무언가 소곤소곤 얘길 나누다가 고개를 돌려 선임하사와 눈이 마주쳤다. 두 사람은 살짝 눈인사만 건네고 연임은 시선을 다시 소연을 향했다. 선임하사는 연임이 무사하고 더구나 인사까지 나눌 수 있어서 속으로 무척 기뻤다.

"저, 이거…"

선임하사가 건빵을 모준 앞으로 내밀었다.

"어? 뭐예요? 건빵?"

"예, 건빵인데. 양은 많지 않습니다."

"아, 감사합니다!"

모준이 얼른 건빵을 받았다.

"잘 먹을게요. 이곳은 먹을 것이 귀하네요"

"예."

건빵을 건네주고 나서 선임하사는 쭈뼛거렸다. 연임이 한 번 더 돌아보아 주었으면 싶었지만 그럴 것 같진 않아서 할 수 없이 돌아섰다.

"저, 그럼…"

"예."

선임하사가 뒤돌아 나오자 곧 방문이 닫혔다. 그동안 며칠째 솔잎 가루나 밤, 칡뿌리 등으로 끼니를 때우고 있었던 모준, 연임, 소연은 오랜만에 과자를 보자 기뻤다. 모준이 봉지를 뜯고 건빵을 꺼내 노인에게 건넸다.

"어르신, 건빵이에요. 드셔보세요."

노인이 건빵을 돌아보았다.

"중얼‥ 중얼‥"

"아네…"

"뭐라셔?"

소연이 물었다.

"응, 자연인께선 이런 건 안 드신대. 우리끼리 먹으래."

"그러실 줄 알았어. 괜히 자연인이시겠냐고."

소연이 웃으며 말했다.

"우리끼리 먹자."

세 사람은 즐겁게 건빵을 먹기 시작했다.

19. 사상자와 승리자

 짧게나마 어쨌든 연임을 보게 되어 선임하사는 만족했다.
 돌아가는 길에 문득 조금 전 골 병장과 다툰 일이 생각났다. 피아식별띠는 자신이 일부러 버리고 온 것이 맞았다. 골 병장을 혼쭐내주고 싶었기 때문이었다. 귀찮게 생각했던 피아식별띠가 이렇게 요긴하게 쓰일 줄이야.
 '그렇다!'
 선임하사는 갑자기 떠오른 생각에 가슴이 벌렁거렸다. 골 병장만 없다면 연임을 넘겨볼 사람이 없다! 그러자 어떤 기발한 생각 하나가 떠올랐다. 선임하사는 주변을 살피며 조심스럽게 중대장의 천막 가까이 다가갔다. 천막 안을 엿보자 중대장은 순찰을 나갔는지 아무도 없었고, 저만큼 병사들이 야간작전을 위해 매복호를 파고 있거나 이미 매복호 작업을 마친 병사들은 삼삼오오 모여 전투식량을 먹고 있었다. 선임하사는 재빨리 천막 안으로 들어갔다. 천막 한쪽 구석에 필기구를 넣어 다니는 작은 가방이 있었다. 가방을 열고 가위와 풀, 그리고 메모지 한 장을 꺼낸 뒤 자신의 품속에서 연임으로부터 받았던, 시가 적혀 있는 종이를 꺼냈다. 그러고선 무언가 재빨리 작업을 시작했다. 시간은 오래 걸리지 않았다. 애초 선임하사는 일병 때 행정병으로 잠시 근무 한 적 있었기 때문에 진지괘도작업, 브리핑 자료 제작 등을 많이 했었고, 지금도 오경규가 휴가를 가거나 하면 본인이 직접 이런저런 행정 일을 대신했다. 가위, 종이, 풀 등 사무용품을 다루는데 거의 달인의 수준이었다. 그래서 불과 10여 분 만에 일을 끝낼 수 있었다. 그는 가방을 내려놓고 얼른 밖으로 나왔다. 아무도 선임하사를 본 사람은 없었다. 메모지를 숨긴 채 선임하사는 또다시 오두막을 향해 올라갔다. 오두막 앞에서 어떻게 모준을 부를까 머뭇거리던 찰나 방문이 열리며 마침 모준이 밖으로 나왔다. 화장실에라도 가려던 모양이었다. 기막힌 타이밍이었다.

"저기요."

선임하사가 작은 목소리로 모준을 불렀다.

"어?"

모준이 돌아보았다.

"접니다."

"아? 아까 오셨던 선임…?"

"예, 선임하사입니다.

모준이 다가왔다.

"부탁 하나 있어서 왔습니다."

"부탁 요?"

"예, 이걸 좀 골 병장이란 사람한테 대신 전해주실래요?"

접혀 있는 메모지를 모준에게 내밀며 선임하사가 말했다.

"이게 뭐죠?"

"아, 네. 개인적인 일로 서로 오해가 있었는데 사과의 내용이 적힌 쪽지입니다."

"그럼, 직접 전해주시지 않고 왜…?"

"예, 너무 쑥스러워서 말이죠. 하하!"

"……?"

모준은 별 이상한 성격을 가진 사람이 다 있구나 싶었다. 더구나 군인이 쑥스럽다니.

"병사들도 있지만 민간인을 통해 전달하면 더 나을 거 같아서요. 살다 보니 이런 뜻하지 않은 상황도 생기네요. 한 번만 부탁드리겠습니다."

"뭐, 어려운 일은 아니지만…"

모준이 말끝을 흐렸다. 괜히 남의 일에 개입하는 거 같았다.

"그냥 전해만 주시면 됩니다. 나머진 우리가 알아서 할 테니까요. 아참, 방송국 직원이라던데요?"

"네, 맞아요. ○○○ 방송국요."

"예, 이 작전만 종료되면 제가 상사 분 만나서 본인께서 여자 분들을 보호하기 위해 얼마나 많이 노력하셨는지 그리고 또 얼마나 많이 우리 군에 도움을 주셨는지 제가 대신 상세히 말씀드리겠습니다. 그러면 분명 직장생활에도 도움이 될 겁니다."

"아, 네."

모준은 선임하사의 말을 일단 귀담아 들었다. 계급이 그리 높지도 않은 사람의 말이 얼마나 신빙성이 있을지 그리고 자신에게 얼마나 도움이 되는지 의심스럽긴 했지만, 그래도 믿어서 나쁠 건 없었다. 더구나 건빵을 가져다준 장본인 아닌가.

"예, 그러죠. 뭐, 간단한 일 같은데."

선임하사의 표정이 밝아졌다.

"감사합니다."

"골 병장이라고 하셨나요?"

"네, 골 병장이라고 하면 모르는 사람이 없으니까 바로 찾을 수 있을 겁니다. 대신 제가 주었단 말은 절대 하면 안 됩니다. 절대."

"어? 그래요? 그럼 누가 주었는지 모를…"

"그냥 골 병장에게 누군가가 전해주라고 하더라, 간단히 이 말만 하고 곧바로 돌아오시면 됩니다."

"음… 뭐…"

모준은 괜히 뭔가 기분이 묘했으나 전해주겠다고 약속했다.

골 병장은 분대원들과 함께 매복호 작업을 거의 끝마쳐 가고 있었다. 적당한 깊이와 넓이의 대여섯 개 매복호를 장소를 옮겨가며 팠다. 매복호의 마무리 작업을 하면서 골 병장은 이제 좀 쉬면서 전투식량을 먹어둬야겠다고 생각했다. 이때, 모준이 골 병장을 향해 걸어왔다.

"저기요, 골 병장이란 분이십니까?"

얼굴이 낯익은 골 병장에게 말을 걸자 골 병장이 돌아보았다.

"골 병장님이세요?"

모준이 다시 물었다.

"예, 그렇습니다."

"아, 이리로 가면 골 병장님 만날 수 있다더니 제대로 찾아왔네요."

모준은 골 병장이란 사람이 이틀 전 자신의 목숨을 구해준 사람임을 바로 알아보았다. 그날은 워낙 경황이 없어서 그의 이름을 듣고도 잊어버리고 있었다. 또다시 그날의 긴박했던 일과 골 병장에 대한 고마움이 새삼 되살아났다.

"지난번 일 다시 한 번 정말 감사드립니다."

모준이 살짝 고개를 숙이며 말했다.

"뭘요. 그런데 무슨 일이세요?"

골 병장은 방송국 직원이 자신을 찾아온 이유가 궁금했다. 더구나 맨몸의 민간인이 함부로 돌아다니면 위험할 수도 있었다.

"이거 받으세요."

모준이 주머니 안에서 메모지를 꺼내 골 병장에게 건넸다.

"이게 뭡니까?"

"음, 이게 요. 누군가 그냥 전해주라고만 해서… 저는 전해 줬으니 이만 가볼게요."

"……?"

모준이 바로 돌아섰다. 엉겁결에 메모지 받아 든 골 병장은 접혀 있는 메모지를 펼쳐보았다.

[오늘밤 대대장님 천막 앞에서 만나요 연임]

골 병장은 깜짝 놀랐다. 연임이 보내온 메모지였다. 약간 휘갈겨 쓴 연임 특유의 필체가 분명하고 문장 끝엔 연임의 이름까지 적혀 있었다. 갑자기 가슴이 두근거리기 시작했다. 연임이 그동안 골 병장 자신을 생각하고 있었고, 더구나 만나자는 메모지까지 보내왔구나!

골 병장은 기쁘고 가슴이 벅차올라서 자신도 모르게 입이 함박 만하게 찢어졌다. 그러다가 아차, 누가 볼세라 얼른 웃음을 거두고 메모지를 다시 한 번 읽어 보았다. 혹시 내가 잘못 보았거나 꿈을 꾸고 있는 게 아닌가 싶어서였다. 연임의 글씨가 분명했다. 기쁜 마음으로 종이를 접어 주머니에 넣으려다 문득 골 병장은 이상한 느낌을 받았다. 근데 왜 하필 대대장님 텐트 앞이지? 다시 메모지를 꺼내 눈앞에 대고 자세히 살펴보니 문장은 펜으로 직접 쓴 것이 아니라 글자 하나하나를 가위로 오려서 또 다른 종이에 붙인 것이었다. 오려 붙인 종이의 가장자리가 미처 제대로 붙지 않은 부분이 눈에 띈 것이다. 골 병장은 얼른 매복호 밖으로 나와 모준을 따라잡았다.

"잠깐만요!"

모준이 걸음을 멈추고 돌아보았다.

"네?"

"이 종이 누구한테서 받았습니까?"

골 병장이 메모지를 도로 내보이며 물었다.

"그건 말할 수 없습니다. 부탁받았거든요."

"살짝 귀띔만이라도…?"

"안 됩니다. 약속은 약속이니까요."

"음…"

골 병장은 기분이 좋지 않았다. 의심이 가는 사람이 있었지만 모준에게 물어보기엔 이른감이 있었다. 골 병장은 메모지를 다시 펼쳐보았다. 정말 연임이 사람을 시켜 내게 보낸 것일까? 주위 사람들의 눈이 부담스러워서? 그렇다면 왜 대대장 천막 앞이지? 연임의 필체임이 분명하건만 누가 왜 이렇게 문장을 조합해서 보냈을까. 골 병장은 궁금증을 넘어 머리가 혼란스러웠다. 그래서 종이를 내려다 보며 무심결에 작은 목소리로 문장을 소리내어 읽었다.

"오늘밤… 연임…"

모준이 막 돌아서려다가 골 병장이 중얼거리는 소리를 들었다. 모준이 물었다.

"방금 연임씨라고 했어요?"

골 병장이 고개 들고 모준을 마주 보았다.

"예, 연임씨가 저와 만나자는 내용입니다."

"그럴 리가요. 연임씨는 무서워서 방문 밖으로 나가는 것조차 싫어하는데요. 밤에는 더욱."

"……!"

연임과 관련된 일이라면 아주 작은 일이라도 모준에겐 중요해서 골 병장에게 강조하듯 말했다. 골 병장은 이제 확실히 누가 메모지를 만들고 보낸 것인지 알 수 있었다.

"선임하사가 전해주라고 했군요."

"어? 그, 그렇습니다."

모준은 골 병장의 직접적, 단정적인 말에 차마 사실을 부정할 수 없었다. 골 병장은 모준의 대답을 듣자마자 불현듯 피아식별띠가 생각났다. 의도적으로 피아식별띠를 자신에겐 주지 않았고, 이젠 나를 한밤중에 사람을 찾아 돌아다니게끔 만들려는 것이다. 그것도 오지 않을 사람을. 아무것도 모르고 있을 연임이기에. 밤중에 피아식별띠도 없이 돌아다닌다면 공비는 물론 아군에게도 첫 번째 타깃이 될 것이다. 대대장을 해치려고 잠입한 것으로 보일 것이다. 골 병장은 소름이 끼쳤다. 갑자기 띵하고 현기증이 일어났다.

"괜찮으세요?"

모준이 물었다. 갑자기 골 병장의 표정이 심각해졌기 때문이었다. 골 병장은 두려운 감정과 어지러운 마음을 겨우 억누르며 대답했다.

"… 예, 괜찮습니다."

19. 사상자와 승리자

"미안합니다. 굳이 숨길 생각은 없었는데…"

모준이 사과했다.

"괜찮습니다. 본인 잘못은 아니니까요."

골 병장은 다시 손에 든 종이를 내려다보았다. 선임하사는 얼마든지 쉽게 작업할 수 있었을 것이다. 연임으로부터 받은 시를 가지고 있었던 것이 분명했고, 아마 그 시를 수십 번은 읽었을 것이다. 많은 글자가 머릿속에 들어있는 상태에서 필요한 글자만 골라 짧은 문장 하나를 만드는 것쯤은 식은 죽 먹기나 다름없었으리라. 누구든 종이를 자세히 보지 않으면 쉽게 속아 넘어갈 만큼 완벽했다.

골 병장은 모준과 잠시 이런저런 얘길 나누었다. 연임이 오두막까지 오게 된 경위를 들었고 침까지 맞은 사실도 알게 되었다. 얘길 나누는 동안 메모지로 인해 충격 받았던 골 병장의 마음이 조금 진정되었다. 이때, 문득 한 가지 생각이 골 병장의 머리에 떠올랐다.

"저, 실례지만 입고 있는 러닝셔츠가 무슨 색깔입니까?"

"예? 러닝셔츠요?"

"예, 러닝셔츠."

"흰색입니다. 강릉에서 떠나올 때 갈아입었거든요."

"그럼, 그걸 벗어서 저 주세요."

"예? 제 러닝셔츠를 벗어달라고요?"

"예, 대신 제가 이걸 드릴게요."

골 병장이 재빨리 야상 주머니에 들어있는 전투식량 두 봉을 꺼내 모준 손에 쥐어주었다. 자신의 마지막 전투식량이었다.

"이, 이건…?"

"예, 전투식량입니다. 옷이랑 바꿉시다. 장난 아닙니다."

"네네, 벗어드릴게요."

모준이 먼저 남방을 벗고 나서 러닝셔츠 벗어 골 병장에게 주었다.

"그냥 드릴게요. 뭔가 꼭 필요해서 그런가 본데 전 안 입어도 괜찮으니까요. 전투식량도 군인들이 드세요."

"아뇨, 가져가세요."

골 병장은 연임이 조금이나마 뭔가 먹기를 바라는 심정으로 모준에게 전투식량을 억지로 안겨주고 나서 재빨리 돌아섰다.

"이, 이거 참…"

모준이 어쩔 줄 몰라 머뭇거리는 사이에 골 병장은 빠른 걸음으로 어느새 나뭇잎 사이로 사라져버렸다. 하는 수 없이 오두막으로 돌아온 모준이 방 안으로 들어가자 소연과 연임이 반겼다.

"모준아, 먹어봐. 아주 맛있어."

소반 위엔 물에 불은 건빵이 그릇 안에 있었다. 물에 불은 탓에 양이 훨씬 많아 보였다. 모준이 건네받은 숟가락으로 한 입 떠먹었다. 별사탕까지 녹아 있어서 건빵이 달콤했다.

"음, 좋아. 먹을 만해. 맛있어."

"그렇지? 호호!"

"다 같이 먹자."

"우린 벌써 먹었어. 이건 네 몫이야."

"그래?"

노인은 말없이 흐뭇한 표정으로 세 사람을 옆에서 지켜보고 있었다. 문득 전투식량이 생각난 모준이 말했다.

"아참, 군인들이 먹는 전투식량도 있다. 여기."

모준이 전투식량 두 봉을 소반 위에 꺼내 놓았다.

"어머? 이게 전투식량이란 거야? 어떻게 이런 것까지?"
"응, 골 병장이란 사람이 주더라. 우리 먹으라고."
"어머, 고마운 군인 아저씨네."
연임은 골 병장이란 말에 살짝 놀란 표정을 지었으나 모준과 소연은 눈치채지 못했다. 아까는 선임하사가 왔다 가고 이번엔 골 병장이 먹을 것을 보내온 것이다. 연임은 두 사람에게 깊은 고마움을 느꼈다. 또 다른 마음 한편에선 어서 빨리 집으로 돌아가고 싶었다.

"윤 상병, 이리 와 빨리!"
골 병장이 저만큼 휴식을 취하고 있는 윤 상병을 불렀다. 다른 분대원들은 모여서 전투식량을 먹고 있었다. 윤 상병이 뛰어왔다.
"무슨 일입니까? 골 병장님?"
가져온 러닝셔츠를 활짝 펼치며 골 병장이 말했다.
"잘 잡아. 찢을 테니까."
윤 상병이 러닝셔츠를 양손으로 잡자, 골 병장이 대검을 꺼내 조각을 내기 시작했다. 적당한 넓이와 길이로 여러 개 잘라낸 뒤 골 병장이 말했다.
"애들한테 두 개씩 단단히 묶어라, 그래. 철모와 어깨에 두른다. 작전이 종료될 때까지 절대 몸에서 떼지 말라 하고."
"알겠습니다. 피아식별띠 대용이네요"
"그래."
윤 상병이 흰 조각 천을 가지고 분대원들에게로 갔다. 골 병장은 겨우 한숨을 돌렸다.

고지대 날씨는 변화무쌍했다.

해가 지자 더 변화무쌍함이 느껴졌다. 순간적으로 강한 바람이 일다가 잠잠해지는가 하면, 안개가 자욱이 끼었다가 사라지기를 반복했다. 서서히 어둠에 물드는 주변 산세를 둘러보는 선임하사의 입가에 희미한 미소가 번졌다. 앞으로 무슨 일이 일어날까. 시간이 흐를수록 흥분되고 긴장되었다. 모준이 메모지를 들고 골 병장을 만나는 모습을 먼 곳에서 숨어 지켜본 선임하사는 모든 게 잘 돼가고 있다고 생각했다. 이제 골 병장은 대대장 천막 앞에서 연임을 기다릴 것이다. 만날 시각을 일부러 적지 않았기 때문에 어쩌면 밤새도록 기다릴 것이다. 물론 연임은 아무것도 모른 채.

시시각각 시간은 흘러갔다. 무척이나 조용한 밤이었다. 9중대의 병사들은 매복호 안에서 경계서며 오늘도 무사히 이 밤이 지나가길 바라고 있었다. 모두 방탄모와 어깨에 흰색 띠를 하나씩 두르고 있었다. 어두워도 흰색은 희미하게나마 눈에 뜨였다.

사방이 너무도 조용한 탓에 오히려 불안해진 선임하사가 살금살금 걸어서 대대장 천막 가까이 접근했다. 궁금해서였다. 아직 골 병장의 모습은 보이지 않았다. 천막 곁에 서서 사방을 둘러봐도 아무런 소리도 들리지 않고 흐릿한 달빛 아래 암흑천지였다. 선임하사가 잠시 본인의 자리로 돌아가야겠다고 생각한 순간, 천막 안에서 대대장이 참모와 두런거리는 목소리가 천막 밖으로 들려왔다.

"기온이 내려가니까 소변이 자주 마렵군."

"예, 다녀오십시오."

선임하사는 급히 자리를 피하려 했다. 어두워서 발을 헛디딜까 동작이 굼뜬 상태일 때 천막 입구가 휙 열리더니 대대장이 나왔다. 두 사람의 눈이 마주쳤다.

"응? 누구냐?!"

"예… 옛! 3소대 선임하사입니다!"

달빛 아래 두 사람은 서로의 얼굴을 알아보았다.

"야, 뭐해?!"

선임하사는 임기응변으로 대답했다.

"예, 순찰하고 있었습니다."

"놀랐잖아, 인마!"

"시정하겠습니다. 아니, 대대장님 실은…"

"실은 뭐?"

"대대장님께 보고하려던 참이었습니다."

"뭘?"

"공비가 숨을 만한 장소를 조금 전 노인한테서 들었는데 그 장소를 종이에 그려왔습니다."

선임하사는 오늘 낮시간 동안 혼자 지형 정찰하며 특히 지세가 으슥한 곳을 골라 나름대로 종이에 그려 둔 지도가 있었다. 자신보다 산속 지리에 대해 훨씬 잘 알 것 같은, 노인의 조언을 따라 그렸다고 하면 좀 더 신빙성이 있을 거 같아서 거짓말을 한 것이다. 실제 공비가 없더라도 나중에 적당히 둘러대면 그만이었다. 거짓말은 당장 효과가 있었다.

"오호! 그래? 어디 보자!"

반색하며 대대장이 말했다. 또 다른 공훈을 세울 결전의 날이 다가왔다고 생각되었다. 진급이 눈앞에 보였다.

"예, 여기 있습니다."

선임하사가 종이를 꺼내 대대장의 눈앞에 펼쳤다. 대대장에게 뭔가 보여줄 수 있어서 선임하사는 뿌듯한 생각마저 들었다. 군생활이란 다 그렇고 그런게 아닐까.

"음… 잘 안 보여."

대대장이 말했다.

"여기, 여기입니다."

선임하사가 손가락으로 몇 군데를 가리켰으나 때마침 구름이 달을 가리고 있어서 그림이 제대로 보이지 않았다.

"에잉…!"

짜증이 난 대대장이 갑자기 주머니를 뒤지더니 라이터를 꺼내어 찰칵! 찰칵! 라이터를 켰다. 짧은 순간에 일어난 일이었다. 불꽃이 일어나 종이와 대대장의 얼굴을 비추었다. 그 순간이었다. 갑자기 어디선가 근처에서 '탕!' 총소리가 울렸다.

"앗! 따가워! 뭐, 뭐냐‥?!"

깜짝놀란 대대장이 목을 만지며 풀썩 주저앉았다. 신음 소리가 터져 나왔다.

"으으윽!"

"앗! 대대장님! 괜찮으십니까?!"

선임하사가 대대장을 부축하며 외쳤다. 이때, 참모가 천막 밖으로 뛰어나오며 큰 소리로 외쳤다.

"총소리닷! 비상! 비상! 전투 준‥!"

참모가 말을 채 마치기도 전에 연달아 총소리가 울렸다. 갑자기 산 전체가 벌집을 건드린 듯 화들짝 깨어났다.

"어느 쪽이냐?!"

"저쪽이닷! 쏴라!"

"이쪽이닷! 이쪽!"

동서남북, 사방에서 동시에 총소리가 들렸다. 방금 전까지만 해도 그토록 조용했던 산골짜기에 커다란 총성과 함께 불꽃이 터지고 화염이 일었다.

"피⋯ 피⋯ 피⋯!"

대대장이 입술을 떨며 양손으로 선임하사의 어깨를 움켜쥐고 숨을 헐떡였다.

"대대장님, 정신 차리십시오!!"

선임하사가 외쳤다.

"지⋯ 지⋯ 혈을⋯!"

"옛?! 지혈?!"

"피⋯ 피⋯ 아식별⋯ 띠를⋯"

순간, 선임하사는 대대장의 말을 이해했다. 우선 급한 대로 자신의 피아식별띠로 지혈하란 명령이었다. 대대장의 목 부근에서 피가 마구 흘러내리고 있었다. 동시에 입안에서 '컥컥' 하는 소리가 연달아 터져 나왔다.

"어⋯ 어⋯ 어서⋯!"

선임하사는 순간적으로 망설였다. 자신의 피아식별띠를 사용하면 지혈할 순 있겠지만 그러면 자신은 바로 위험에 노출되고 만다. 대대장의 목숨이 우선인가 아니면 자신의 목숨이 우선인가 결정 못 하고 망설이는 사이 갑자기 대대장이 있는 힘을 다해 상체를 일으키더니 오른손으로 선임하사의 철모 턱끈을 움켜쥐었다. 철모의 피아식별띠를 벗기려는 목적이었다. 강한 힘에 철모가 벗겨졌다. 그러나 그 순간 대대장의 움켜쥔 주먹이 풀리더니 상체가 땅바닥에 털썩 떨어졌다.

"대대장님! 대대장님!"

선임하사가 대대장을 잡고 흔들었으나 대대장은 더 이상 신음소리조차 내지 못했다. 선임하사는 재빨리 주위를 돌아보았다. 철모는 이미 어디론가 굴러가 버리고 없었다.

"조명탄! 조명탄! 뭘 하고 있나?! 조명탄!"

누군가 목이 터지게 외쳤다.

"펑!"

"펑!"

"펑!"

그 목소리와 거의 동시에 조명탄이 하늘에서 터졌다. 순간, 온 사방이 화악 밝아졌다. 어둠은 사라졌으나 때마침 안개가 몰려오고 있었다. 부분적으로 이미 안개가 짙게 깔린 곳에선 누가 어디에 있는지 분간이 어려웠다. 얼굴은 보이지 않고 목이 터져라 외치는 소리가 요란한 총소리와 섞였다.

"오인사격 마라! 아군을 확인하라! 아군을!"

매복호 안에 있던 골 병장은 총소리를 들은 순간 제일 먼저 오두막을 향해 뛰었다. 연임을 보호해야 한다! 오직 이 생각뿐이었다. 매복호를 벗어난 뒤 얼마 가지 않아 골 병장 근처에서 누군가 '윽!' 하는 비명과 함께 넘어지는 소리가 들렸다.

골 병장은 방향을 바꿔 넘어진 사람 쪽으로 뛰었다. 안개로 인해 얼굴이 제대로 보이지 않아서 골 병장이 큰소리로 외쳤다.

"누구냐?! 누구?!"

"아아아! 2소대 소총수… 나, 남용호입니다!"

"어디 다쳤냐?! 골 병장이닷!"

"어, 어깨를 맞았습니다. 아아아!"

골 병장은 남용호를 질질 끌고 매복호 안으로 도로 들어가며 외쳤다.

"의무병이 올 때까지 상처 누르고 있어라!"

"아, 알겠습니다. 으윽!"

골 병장은 다시 매복호를 뛰쳐나왔다. 총알이 지나가는 소리는 두려움, 그 자체였다. 전투는 계속되고 있었고, 골 병장은 안개 속에서 방향을 몰라 잠깐 주춤하다가 오두막이 있는 곳이라 짐작되는 곳으로 달려가기 시작했다.

"앗! 총소리다!"

모준이 외쳤다. 모준, 소연, 연임, 노인은 방 안에 있다가 밖에서 들려온 총소리를 들었다.

"어맛!"

소연과 연임이 머리를 움켜주며 동시에 비명을 질렀다. 세 사람은 두려움으로 방구석으로 움츠러들었다. 이때였다. 방안으로 날아든 총알이 천장에 매달려 있던 약초 봉지를 떨어뜨렸다. 그 바람에 소반 위에 켜 놓은 촛불이 꺼졌다. 세 사람은 깜짝 놀랐다. 노인이 단호한 목소리로 입을 열었다.

"중얼…! 중얼…!"

"앗! 자연인께서 두려워 말라고 하셨어."

모준이 외쳤다.

"중얼…! 중얼…!"

"자연인을 따라오래!"

"뭐?!"

노인은 자리에서 일어나 장판을 걷었다. 장판 밑엔 밥상 크기의 널빤지가 있고, 이 널빤지를 들어 올리자 빈 공간이 드러났다. 캄캄했다.

"중얼…! 중얼…!"

"이 밑으로 내려가면 안전하다 하셨어!"

"어머? 그래?!"

"무, 무서워요!"

소연과 연임이 한마디씩 말했다.

"괜찮을 거예요. 내가 먼저 내려갈게요!"

모준이 앞장서서 어두운 공간으로 들어갔다. 잘 보이지 않아 손으로 더듬어야 했다. 다행히 작은 사다리가 하나 놓여 있어서 내려가기에 수월했다. 모준 다음엔 소연과 연임이 차례로 내려오고 마지막엔 노인이 널빤지를 닫고 내려왔다.

작은 공간이었지만 네 사람이 몸을 움츠리고 숨을 수 있는 정도 되었다. 모준이 바위틈으로 들어온 빛을 이용해 손바닥으로 벽을 더듬어 보았다. 사람이 인공적으로 파낸 곳이 아니라 자연 바위였다. 그러고 보면 지형상 거대한 바위 세 개가 서로 기대어 있는 형국이라서 역삼각형 모양의 자연 공간이 생겨난 것이었다. 즉, 바윗돌 꼭짓점에 오두막 바닥이 놓여 있었던 셈이었다. 기막힌 장소였다. 이런 장소를 발견할 수 있었던 것은 많은 시간을 산에서 지냈기 때문에 가능했으리라. 바닥엔 널빤지가 깔려있었고 제법 아늑했다.

한겨울 극심한 추위에 임시피난처로 쓰거나 약초를 보관하기 위해 만들어 놓은 곳인지도 몰랐다. 네 사람은 이제 조금 안심되었다. 밖에

선 여전히 총소리와 무언가 터지는 소리, 사람들이 외치는 소리가 들려왔다. 공비는 이들이 이런 곳에 숨은 걸 절대 알 수 없을 것이다. 네 사람은 어깨가 맞닿을 만큼 가까이 모여 앉았다. 노인은 어느새 다시 명상에라도 들어간 모양인지 자세를 바로 한 채 조용히 눈을 감고 있었다. 모준은 마치 암탉이 병아리를 품듯 자신들을 보살펴준 자연인이 너무나 고마웠다. 이 급박한 순간이건만 문득 오래전 읽었던 〈오즈의 마법사〉에 나오는, 사이클론을 피해 지하로 내려간 도로시가 생각났다. 한번 죽다 살아난 경험이 있어 마음에 여유가 생긴 것인지.

골 병장은 조명탄이 터질 때마다 온 신경을 집중해 목표물을 확인하려고 했다. 절대 오인사격은 없어야 한다. 그래서 조명탄 불빛에 피아식별띠가 보이면 아군임을 알아보고 방향을 바꿔가며 오두막을 향해 뛰었다. 어느 순간 저만큼 앞에서 바위 사이를 가볍게 건너뛰어 다니며 총을 쏘아대는 그림자를 발견했다. 피아식별띠를 하고 있었다. 골 병장은 그대로 지나치려다가 폭발물이 터지는 순간 그 불빛에 상대가 흰색 운동화를 신고 있음을 깨달았다.

"그, 그렇다면?!"

골 병장은 공비임을 직감했다. 극히 짧은 순간이었어도 모준이나 소연이 신고 있는 운동화와 모양이나 색깔이 달랐음을 알아보았기 때문이었다. 자연인의 신발은 더욱 아니었다.

"흰 운동화다! 흰 운동화를 잡아라!"

골 병장이 목이 터져라 외쳤다.

"공비는 흰 운동화다!"

이때, 안개 속에서 누군가 외치는 소리 들려왔다.

"60밀리! 60밀리!"

"여‥ 여‥ 여기 60밀리‥!"

응답하는 목소리가 떨리고 있었다.

"무얼 하고 있나?! 새끼들아! 포를 쏘란 말이다! 포를! 어서!"

"흑‥! 흑‥! 60밀리 사수 전사입니다. 흑‥! 흑‥!"

"뭐?! 아아악! 안 돼!"

"흑‥! 흑‥! 흑‥!"

"아군이 위험해! 아군이 죽는단 말이다! 그래도 쏴! 쏴란 말이다! 새끼야, 쏴!"

명령하는 사람이 무언가 딱딱한 물건으로 상대방의 방탄모를 마구 때리는 소리가 들렸다.

골 병장은 두 사람의 대화 소리를 뒤로 하고 오두막까지 달려갔다. 오두막은 한쪽 귀퉁이가 불에 타고 있었고 방문은 닫혀있었다. 골 병장은 총을 겨누고 방문을 확 열었다. 방안엔 아무도 없었다. 방안에 들어와 이불을 들춰봐도 마찬가지였다.

"연임씨! 연임씨! 누구 아무도 없습니까?!"

골 병장이 큰 소리로 외쳤다. 아무런 대꾸도 없고 목소리는 금방 주변 총소리에 묻혀버렸다. 순간, 골 병장은 기운이 빠졌다.

골 병장이 다시 문밖으로 나가려던 찰나, 창호지에 갑자기 그림자가 하나가 비쳤다. 골 병장은 재빨리 벽에 기대어 몸을 숨긴 채 마른침을 꿀꺽, 삼켰다. 적인가. 아군인가.

끼이이―

살그머니 문이 열리기 시작했다. 흰 운동화를 신은 발 하나가 먼저 조심스레 방 안으로 들어왔다. 골 병장의 등줄기에 식은땀이 쫘악, 묻어났다. 천천히 소총을 그림자를 향해 겨누려는 순간 흰 운동화가 도로 물러나기 시작했다. 상대방도 무언가 위험을 느낀 모양이었다. 골 병장은 이 순간을 놓칠 수 없었다. 선수를 쳐야 했다. 전투화 발로 있는 힘껏 방문을 찼다.

그림자는 문짝을 정통으로 맞고 나뒹굴었다. 공비였다. 소총은 저만큼 땅바닥에 구르고 있었다. 골 병장이 재빨리 총구를 공비에게 겨누는 순간 어느새 벌떡 일어난 공비가 소총을 발로 찼다. 번개처럼 빨랐다.

'탕!' 하늘을 향해 발사한 총소리와 동시에 소총이 공중에 붕 떴다가 바닥에 떨어졌다. 골 병장이 소총을 향해 몸을 던지려는 찰나, 공비가 골 병장에게 달려들었다. 아랫배를 발로 찼다.

"윽!"

비명과 함께 골 병장이 방문 앞으로 나가떨어졌다. 충격에 방탄모까지 벗겨져 달아났다. 공비가 또다시 달려들며 발을 들어 올리자 골 병장은 재빨리 일어나 왼손으로 공비의 다리를 낚아챈 뒤 오른팔 팔꿈치로 공비의 턱을 강타했다.

"윽!"

공비가 비틀거렸다. 짧은 순간 골 병장은 생각했다. 지난번 한판 붙었던 그 공비인가. 그래, 오늘 누가 이기나 보자. 갑자기 공비가 방문을 양손으로 덥석 잡더니 힘주어 방문을 뜯어냈다. 그러고는 방문을 양팔로 번쩍 치켜들더니 그대로 골 병장의 머리 위에 내리쳤다. 순식간에 일어난 일이었다. 골 병장은 머리를 정통으로 맞고 비틀거렸다. 나무 조각은 사방으로 튕겨 나갔다. 두 사람은 다시 엉겨 붙어 싸우기 시작했다. 공비는 비록 말랐어도 온몸이 근육 덩어리 같았다.

"윽!"

제대로 한 방 맞은 골 병장이 땅바닥에 쓰러졌다. 가쁜 숨을 몰아쉬며 몸을 숨기려고 평상 밑으로 엉금엉금 기어서 들어갔다.

그사이 공비는 소총을 집어 들었다. 깜깜한 평상 아래 몸을 엎드린 골 병장은 공비가 평상 주위를 천천히 돌아다니는 발소리를 들었다. 공비도 지쳤던지 소총 개머리판을 땅바닥에 질질 끄는 소리도 함께 들렸다. 끝없는 공포가 골 병장에게 밀려왔다.

어느 순간 탁, 소리와 함께 공비가 평상위로 풀쩍 뛰어올랐다. 그러고선 평상 바닥을 향해 공비가 소총을 난사했다. 귀청을 때리는 '퍼억' 소리와 함께 골 병장의 목덜미 근처에서 돌가루가 튀어 올랐다. 또 다른 총소리가 울리더니 이번엔 골 병장의 허리 근처에서 돌이 튀어 올랐다. 골 병장은 어둠 속에서 이리저리 몸을 비틀기만 할 뿐 어떻게 해야 할지 알 수 없었다. 그때였다.

"철컥!" "철컥!"

공비의 소총에서 쇳소리가 들려왔다. 공비가 탄창을 빼내고 주머니에서 새 탄창을 꺼내려고 몸을 더듬었다. 빈 탄창이 마루 위에 떨어지고 새 탄창을 미처 끼우기 전이었다. 갑자기 어디선가 '탕!' 총소리가 울렸다. 거의 동시에 평상의 한쪽 다리가 부러지더니 공비가 균형을 잃고 몸을 기우뚱했다. 골 병장은 이 기회를 놓치지 않고 어깨에 온 힘을 모아 평상을 밀어 올리며 벌떡 일어났다. 공비가 엉덩방아를 찧으며 나뒹굴었다. 동시에 두 번째 총성이 울렸다.

"윽!"

가슴 한복판을 맞은 공비는 바닥에 떨어진 소총을 집으려고 떨리는 손을 뻗으려다 그대로 푹 고개를 떨구었다. 조명탄 불빛에 골 병장이 쥐고 있는 권총에서 연기가 피어오르고 있었다. 권총 탄피 2개가 발아래 뒹굴었다.

골 병장은 긴 숨을 내쉬었다. 갑자기 엄청난 피로가 몰려왔다. 온몸이 부어오른 듯 통증이 느껴졌다. 입술 부위를 다쳤는지 쓰라리고 입안은 찝찝했다. 피가 입안으로 스며든 모양이었다. 소총과 방탄모를 찾아들고 절룩이며 걸음을 옮겼다. 극심한 피로 탓에 제대로 걸을 수 없었다. 오두막 근처 땅바닥에 털썩 더러 누웠다. 어서 연임을 찾아야 한다. 머릿속은 더 또렷해졌다. 더 누워있고 싶은 유혹을 뿌리치고 소총을 지팡이 삼아 골 병장이 일어나려 할 때였다.

선임하사는 다리를 절룩이며 오두막을 향해 걸었다. 대대장을 천막 안에 눕히고 나서 안개 속에 오두막을 찾아오다가 허벅지에 관통상을 입은 탓이었다. 넘어지고 일어나기를 반복하는 동안 어깨에 있던 피아식별띠는 이미 찢겨 떨어져 나가버렸고 군복마저 너덜거렸다. 더구나 피 묻은 손으로 땀을 닦아 얼굴은 마치 위장크림을 바른 듯했다.
"헉! 헉! 연임씨, 제가 가고 있습니다. 헉! 헉!"
선임하사는 골 병장 또한 지금쯤 분명 연임을 향해 달려가고 있으리라 생각되었다. 하지만 자신이 먼저 가서 연임을 보호할 수 있을 것이라 믿고 숨을 헐떡이며 부지런히 걸었다. 마침내 오두막까지 다다랐다. 방 안으로 들어간 선임하사가 빈방임을 확인하고 도로 문지방을 넘어오기 위해 아픈 다리로 낑낑대었다. 바로 이때, 저만큼 몇 명의 병사가 오두막을 향해 달려가는 모습이 안개 속 불꽃을 통해 골 병장의 눈에 들어왔다. 동시에 골 병장은 방금 방 안으로 들어갔던 어떤 사람의 뒷모습도 보았기에 누구인지 확인하려 고개를 앞으로 내밀었다. 그 순간 누군가 오두막을 향해 외쳤다.

"공비닷!"

골 병장은 순간적으로 문지방을 넘어온 다리가 전투화를 신고 있음을 확인했다.

"아, 아냐! 쏘면 안 돼!"

총소리가 울리는 순간 골 병장은 눈을 질끈 감았다. 그대로 바위 위에 도로 털썩 주저앉았다.

이때, 조명탄이 하늘 높은 곳에서 터졌다. 사방이 환해지며 병사들이 외치는 소리가 들려왔다.

"지원군이닷! 지원군이 왔다!"

"7중대는 오두막의 불을 끄고 후방을 맡아라!"

"11중대는 부상자들을 찾아라!"

"본부중대는 현장에 불을 밝혀라!"

골 병장은 잠이 쏟아지려 하고 있었다. 총소리가 마치 자장가처럼 들리는 것 같았다. 이제 다 끝난 것인가. 지원군이 몰려오면서 공비 토벌 작전도 이제 서서히 막을 내리는 것 같았다. 총소리는 산골짜기 굽이 굽이를 따라 밤늦도록 길게 길게 울려 퍼져나갔다.

20. 상황 종료 그리고 남겨진 이야기

아침 햇살이 서서히 안개를 걷어내고 있었다.

절반쯤 타다만 오두막 주위엔 병사들이 상황 정리를 하고 있고, 하늘엔 헬리콥터가 바쁘게 오가고 있었다. 사방이 난장판이었다. 천막은 찢겨진 채로 쓰러져 있고, 탄약 상자와 군용품들이 사방에 널브러져 있었다. 그을린 나무 주위엔 아직도 연기가 피어오르고 있었다.

상황 종료!

드디어 모든 작전 상황이 종료되었음을, 판초우의에 싸인 공비들의 시체가 헬기 밧줄에 대롱대롱 매달려 날아가는 광경을 바라보며 병사들은 확실히 느꼈다.

그토록 기다렸던 순간이었다. 이제 돌아간다! 병사들의 발걸음은 날 듯이 가벼워지고 표정은 밝았다. 이게 꿈이 아니길. 이제는 더 이상 굶주리며 추운 밤을 보낼 필요도, 수많은 산을 오르내릴 필요도 없어졌다. 무엇보다 목숨이 위태롭던 순간들과 작별한 것이 가장 기뻤다.

진돗개 하나가 해제됨에 따라 강원도민들도 일상으로의 회복이 빨라졌다.

아군 사상자가 얼마나 되는지 정확히 알 순 없었다. 간부들이 쉬쉬하는 분위기에서 누구도 물어볼 수 없었다. 다행히 골 병장의 분대는 무사했다. 천 조각으로 만든 피아식별띠가 효과가 있었다. 분대원 모두 작전이 종료될 때까지 착용했다.

병사들은 장비를 챙기며 부지런히 원대복귀를 서둘렀다. 이때였다. 갑자기 누군가 수풀을 헤치며 오두막을 향해 올라오고 있는 기척이 있었다. 경계를 서고 있던 병사가 총을 겨누며 소리쳤다.

"누구냐?!"

모든 병사가 일순간 긴장했다. 수풀을 헤치고 소위 계급장을 단 사람이 나타났다.

"아아, 쏘지 마! 신임 소대장이다!"

아직 앳된 얼굴의 소위가 웃으며 말했다. 호리호리한 체구에 키도 크지 않아 군복 대신 교복을 입히면 그대로 고등학생이었다.

"아이고, 산에 올라오기 진짜 힘들다!"

소위가 가쁜 숨을 몰아쉬며 말했다. 병사들은 어이없는 표정을 지었다.

"여기가 ○○대대 9중대 3소대 맞아?"

"예, 그렇습니다."

"제대로 찾아왔군."

소대장을 중대장 앞으로 데리고 갔다. 중대장 또한 어이없긴 마찬가지였다. 9중대 전입자는 나이가 많거나 어리거나 둘 중 하나인가.

"뭐, 일단 잘 왔다. 장소가 좀 그렇긴 한데 어쩔 수 없지. 여기서 신고해."

"알겠습니다! 충성! 소위 차준호 1996년 11월 13일부로 ○○대대 9중대 3소대장으로 명받았습니다! 이에 신고합니다! 충성!"

학수고대했던 원대복귀가 정말로 현실이 되자 병사들의 기쁨은 이루 말할 수 없었다. 내무반으로 돌아온 병사들은 그동안 밀린 빨래를 하거나 관물대를 정리하느라 부산을 떨었다. 또한 그간 휴가가 미뤄졌거나 전역 날짜가 지났던 병사들에겐 곧바로 본 절차가 허락되었다.

소대장 차준호가 아까부터 주위를 두리번거리더니 화단 옆에 앉아 전투화를 닦고 있는 김동익에게 물었다.

"어, 너 말이다?"

"이병 김동익!"

"혹시 반지 하나 떨어진 거 못 봤어?"

"반지 말입니까?"

"그래. 반지."

"모, 모르겠습니다. 본 적 없습니다."

"어, 그래…"

"소대장님의 반지를 잃어버리신 겁니까?"

"응, 우리 동기들 졸업 때 같이 맞춘 건데, 내 손가락에 헐거워서 빠질까봐 신경 썼거든."

소대장 차준호가 실망한 표정을 지었다.

"비싼 겁니까?"

"뭐, 금이니까…"

내무반 창문을 통해 두 사람의 대화를 윤 상병이 우연히 엿들었다.

때마침 저만큼 연병장을 가로질러 가는 상황병 오경규를 발견하고 윤 상병이 창밖으로 고개를 내밀고 큰 소리로 불렀다.

"야, 경규야!"

"일병 오경규!"

"골 병장님 하고 짬장님 지금쯤 대대본부에 들어갔겠지?"

오경규가 시계를 보고 나서 대답했다.

"아마 신고까지 마쳤을 겁니다. 대대장님이 안 계셔서 누군가 대신 신고 받고 끝냈을 겁니다. 고속버스 타러 가고 있을걸요."

"음, 그래?"

"왜 그러십니까? 윤 상병님?"

"아, 아냐. 볼일 봐."

윤 상병이 손을 흔들어 주었다. 그리고 먼 하늘을 올려다보며 웃음 터뜨렸다.

"하여튼 그 양반… 하하핫!"

강릉 종합버스터미널에서 골 병장과 동기들은 고향으로 가는 고속버스를 기다리고 있었다. 포항, 대전, 수원 등 각자 자신이 타고 갈 버스가 속속 도착했다. 헤어질 때 모두 굳게 서로의 손을 잡았다. 함께 고생했던 순간들이 주마등처럼 지나갔다. 누구보다 진한 전우애를 느꼈다. 눈가가 젖은 사람도 있었다.

"전투화 바닥에… 본드가 묻었나… 발이 안 떨어진다…"

군 생활 내내 조용하고 과묵한 모습을 보였던, 본부중대 나과목 병장이 모처럼 입을 열고 나직이 혼잣말처럼 중얼거렸다.

'아아! 전우들아, 미안하다! 미안하다!'

병사들은 이 자리를 함께하지 못한, 전사한 전우들이 생각나 마음 아프고 숙연해졌다.

"야! 편지해. 아니, 삐삐쳐라!"

"그래! 다들 고생했다."

"잘 살아! 잘 살아야 한다, 모두!"

한 사람, 두 사람 연이어 고속버스에 몸을 실었다. 전주가 고향인 노 병장도 무사히 귀향길에 올랐다. 전우들과 손을 흔들고 작별한 뒤 맨 마지막에 남은 사람은 골 병장이었다.

잠시 후 청주행 고속버스가 승객을 태우려 터미널로 들어오고 있자, 골 병장은 앉아 있던 벤치에서 일어났다. 주머니에 넣어둔 승차권을 꺼내 들고 버스를 향해 걸어가고 있을 때 터미널 내 대형 텔레비전에서 아나운서의 목소리가 들려왔다.

《네, 기자 회견장 이대기 기자 연결됐군요.》

《네, 이대기 기자입니다. 이곳에서 다른 많은 기자들과 함께 대기하고 있었습니다.》

《3차 기무사 조사까지 마친 리철수씨가 곧 군검찰로 인계될 예정이라는데 맞습니까?》

골 병장은 리철수라는 이름을 듣고 걸음 속도를 늦추었다. 지난 한 달여 기간 동안 전 국민을 깜짝 놀라게 한 사건은 무장 공비들이 사살됨으로써 상황 종료 5일이 지났다. 이제는 사건에 대한 흥분과 관심도 식어가는 시점에 유일한 생존자 리철수에 대한 뉴스가 나오자 골병장은 자신도 모르게 뉴스에 귀를 기울였다.

《네, 지금 제 앞에 리철수씨가 있습니다. 그동안 군 당국은 리철수씨를 통해서 많은 것을 알게 되었는데요, 청학산 정상에서 발견된 11명의 주검에 대한 신분 확인과 남은 잔당에 대한 정보를 리철수씨를 통해서 알게 됐었죠. 리철수씨의 도움이 없었더라면 11명만이 전체 침투인원으로 알고 상황 종료될 뻔했습니다.》

《이번 사건으로 강원도민들께서 특히 고생 많으셨습니다.》

《그렇습니다. 시간이 없어서 짧게 물어보겠습니다.》

텔레비전 화면엔 기자가 수갑을 차고 있는 리철수에게 마이크를 내밀고 있었다.

《리철수씨, 그날 왜 혼자만 동료들과 따로 떨어져 있었던 겁니까? 무슨 특별한 이유라도 있었습니까?》

《내래 뭘 하나 확인하려고 가던 길이었디오.》

《네? 확인이라뇨? 뭘 확인한단 말입니까?》

《나하고 함장동지 둘만 알고 있는 기였는데… 뭐… 이젠…》

《함장동지라면 그날 청학산에서 부하들과 함께 사망한 그 사람 아닙니까?》

《기렇습다.》

《우선 많은 사람 중에 함장이 리철수씨를 지목한 이유가 있습니까?》

《음… 아마도 내가 평소 불평불만 없이 단체 생활도 잘하고 밤에도 자격증 공부를 열심히 하는 걸 보시고 좋게 생각한 모양이시라요.》

《그렇군요.》

《저는 ○○일보의 설민재 기자입니다. 이번 사건을 간략히 정리해 보면 북한 인민무력부 산하 정찰국 소속의 상어급 잠수함이 남으로 침투하여 정찰 및 공작 활동을 벌이고 나서 복귀를 시도하던 중 예상치 못한 일로 잠수함이 좌초되었습니다. 더 이상 해상으로의 복귀는 불가능해지자 육로를 통한 복귀를 결정했는데, 이 과정에서 생포될 가능성이 높거나 짐만 되는 비전투원들은 자의 반 타의 반 모두 죽음으로 내몰리고 전투원들만 북으로 돌아가려 했습니다. 하지만 이들도 결국엔 모두 사살되고 말았습니다. 여기서 한 가지 물어보겠습니다. 현재 리철수씨만 유일하게 살아남았습니다. 지금의 심정은 어떠십니까?》

《… 고조… 마음이 아픕네다… 생명이 가장 중요한 거인데…》

《네, 저희들도 안타깝게 생각하고 있습니다. 투항했더라면 좋았을텐데 말이죠.》

《… 몰랐기 때문이디요. 남한사회를 제대로 알았다면 죽지 않았을 것임매…》

《네…》

《남조선 사람들은 북이 얼마나 폐쇄사회인지 상상도 못할 겁네다. 우리는 바깥세상 암것도 몰랐시요.》

《다시 이대기 기자입니다. 아까 두 사람만 알고 있었다고 하셨는데 그건 무슨 말입니까?》

《함장동지가 나한테 숨겨놓은 기 그대로 잘 있는지 확인하고 돌아오라고 했슴다.》

《숨겨놓은 거라뇨?》

《공작금 말임다.》

《네? 공작금요? 돈을 숨겨놓았단 말입니까?》

《기렇슴다. 산속에 숨겨놨다고 했음둥.》

《이거 새로운 사실이군요. 그곳이 어디입니까? 돈을 숨겨놓은 곳이?》

《길쎄요. 고거이 그날 귀띔해 준 대로 찾아가다가 중간에 잡히는 바람에…》

《아네, 주민신고로.》

《퇴조항을 출항 때부터 며칠간 거의 암것도 못 먹었더랬시요. 배만 안 고팠으면 끝까지 갔을 것임매.》

《그럼, 이제라도 숨겨놓은 장소를 찾아갈 수 있겠습니까?》

《모르겠수다. 그날 체포되고 기자 동무들이 몰려오고 사진을 찍어대는 통에 고만 다 잊어버렸시요. 잠깐 내 정신이 아니었슴다.》

《음… 그럼 이젠 그 누구도 돈을 숨겨놓은 장소를 알 수 없단 말이군요?》

《기렇슴다.》

《아쉽군요. 이것도 하나의 큰 이슈가 될 수 있었을 텐데.》

《한 가지 방법은 권총만 있으면 찾을 가능성 있지비. 권총말이우다.》

《권총요? 이것도 처음 듣는 말입니다.》

《나도 잘 몰우다. 함장 동지가 권총을 하사받았을 때 지도까지 함께 받았다는 말을 우연히 들은 적 있시요》

《지도를요?》

걸음을 멈추고 뉴스를 지켜본 골 병장은 뒤돌아 화장실로 들어갔다. 문을 안에서 잠근 뒤 더플백 안에서 수건에 감싸둔 권총을 꺼냈다. 머리 위 형광등 불빛에 권총이 번쩍였다. 권총과 지도라고? 권총을 요리조리 살펴보다가 손잡이 안에서 탄창을 꺼냈다. 처음 보았을 때랑 같았다. 아무리 보아도 특이한 점을 찾을 수 없었다. 탄창의 스프링을 눌러보아도 마찬가지였다. 탄창을 도로 끼워넣으려다가 마지막으로 한 번만 더 찾아보고 포기하자, 싶어 이번엔 변기를 밟고 올라서서 권총과 탄창을 형광등 불빛에 더 가까이 대고 살펴보았다. 이때, 손잡이 각진 부분에 무언가 이물질이 눈에 띄었다. 뭐지? 마침 터미널 근처 식당에서 전우들과 밥을 먹고 나오다가 집어 온 이쑤시개 하나가 주머니에 들어 있었다. 이쑤시개를 찔러넣어 이물질을 권총 밖으로 조심스레 겨우 끄집어냈다. 얇은 종이 하나가 돌돌 말려있었다. 이게 가능했단 말인가! 그동안 여러 번 탄창을 뺐다 넣곤 했어도 손잡이 안에 무언가 들어있을 거라곤 꿈에도 생각하지 못했다. 조심스럽게 종이를 펼치니 담뱃갑 두 개를 합친 크기의 종이에 지도가 그려져 있었다. 골 병장의 눈동자가 커졌다. 가슴 쪽에서 무언가 북받쳐 얼른 마른침을 꿀꺽 삼켰다. 종이 귀퉁이에 방위 표시가 되어있고, 산과 계곡, 하천, 저수지 등 일반 지도처럼 그려져 있었다.

　고지의 높이와 고지 간 거리는 물론, 특이한 바위나 나무에 대해서도 짧은 문장으로 설명돼 있었다. (헤매지 않도록 하기 위함인 듯했다)

　독도법은 전혀 필요 없을 만큼 골 병장은 이 지도만으로도 충분히 목적지를 알 수 있었다.

　인제군이었다. 인제군의 깊고 깊은 곳 어느 한 장소였다. 그 지역과 장소가 바로 눈앞에 그려졌다. 지난 40여 일간 눈만 뜨면 낮과 밤을 가리지 않고 수많은 고지와 하천, 들판, 계곡을 오르내린 터라 지도를 잠깐 보았어도 한눈에 모든 게 이해된 것이었다. 이렇게 빽빽이 그려 놓은 지도를 보자 종이 한 장에 모든 걸 압축해 넣으려고 했던, 그림을 그린 당사자의 정성이 느껴졌다. 종이는 쉽게 찢어지지 않고 잉크가 묻어도 번지거나 변색 되지 않는, 특수재질로 만든 종이 같았다.

　흥분으로 인해 골 병장은 종이를 들고 있는 자기의 손이 떨리고 있는 줄도 몰랐다. 차츰 흥분이 가라앉자 재빨리 지도와 권총을 도로 챙긴 뒤 골 병장은 화장실 밖으로 나왔다.

"곧 출발합니다! 청주 가는 손님 있으시면 얼른 타세요!"

저만큼 터미널 직원이 외치는 소리가 들려왔다. 골 병장은 승차권을 꺼내 구깃구깃 구겨서 쓰레기통에 던지고 그대로 밖으로 나갔다.

"제일 비싼 옷으로 주세요."

마침 터미널 근처에 옷가게가 있었다. 사복을 사려고 대형매장으로 갈까, 하다가 둘러볼 시간이 없어 골 병장은 당장 눈에 띄는 곳으로 들어갔다.

화장을 한 20대 여자 판매원이 골 병장의 예비군 마크를 보고 반겼다. 제대군인들이 이곳에서 옷을 많이들 산 모양이었다.

골 병장은 무난한 색상의 남방과 바지를 골라 탈의실에서 갈아입었다. 날씨를 고려해 점퍼까지 샀다. 군복에서 갑자기 일상복으로 바뀌니 처음엔 어색했다. 계산을 마친 골 병장은 군복을 더플백 안에 쑤셔 넣고 얼른 밖으로 나왔다. 해가 지기 전 지도에 표시된 장소에 도착하려면 서둘러야 했다. 근처 신발가게로 들어갔다.

40대 후반의 가게주인이 골 병장에게 인사했다. 골 병장은 진열된 신발들을 둘러보았다.

구두는 물론 운동화, 캐주얼화, 장화 등 다양한 신발이 진열되어 있었다. 골 병장은 등산화를 골랐다. 바닥이 전투화만큼이나 두껍고 단단해 보였다. 가게주인이 신상품이 나왔다며 캐주얼화를 권했지만 골 병장은 그대로 등산화로 하겠다고 말했다.

골 병장은 전투화를 벗어버리고 등산화로 갈아 신었다. 전투화를 군복과 함께 더플백 안에 넣고 가게주인에게 더플백을 내밀며 말했다.

"사장님, 부탁 한 가지 있습니다."

"부탁요?"

"우체국에 가서 이걸 고향 집으로 부쳐주실래요? 사례하겠습니다."

"응? 소포를 부쳐달라고요?"

"예, 제가 사정이 있어서 그렇습니다."

"내가 심부름꾼도 아니고…"

"주소를 적어드릴게요. 그리고 이건 사례비입니다."

골 병장은 가게주인이 말을 끝맺기도 전에 주머니 안에서 만 원짜리 세 장을 꺼내 계산대 위에 올려놓았다. 떨떠름하게 듣고 있던 가게주인의 표정이 순간 바뀌었다. 삼만 원이면 제법 큰돈이었다. 우푯값과 소포 무게를 고려해도 삼사 천 원이면 충분하기 때문이었다.

"큼, 여보!"

가게주인이 아내를 불렀다. 가게에 딸린 방문이 열리고 중년의 여자가 나왔다.

"불렀어요?"

"응, 우체국에 한번 갔다 와."

"우체국요?"

골 병장은 얼른 주소를 적어주고 밖으로 나왔다. 며칠만 더 기다려달라는, 부모님을 위한 메모도 따로 남겼다.

인제군 초입까지 일부러 버스와 택시를 번갈아 탔다. 혹시나 누군가 미행할까 염려되었기 때문이었다. 산으로 바로 올라가지 않고 일부러 등산화 끈을 풀었다 묶기도 하고, 개천에서 물을 마시는 척하며 30분간 시간을 더 보냈다. 수상한 낌새가 없다는 걸 거듭 확인한 뒤 지도를 꺼내 주변 지형을 살폈다. 산속으로 깊숙이 들어가야 했다. 골 병장은 걸음을 재촉했다.

산을 오르며 골 병장은 숨이 찰 때마다 걸음을 멈추고 지도를 꺼내 보았다. 이젠 이력이 붙어 산속을 오르내리는 건 힘들지 않았다. 권총과 물, 초코파이가 들어있는 작은 보조 가방이 어깨에 매달려 있었다. 공비가 나타날 위험도 없어서 마음은 가벼웠다. 어서 빨리 최종목적지에 도착하고 싶었다. 마음이 급할수록 지도에 그려져 있는 봉우리 이름과 실개천, 바위 형상 등을 잘보고 기억하려고 애썼다.

'분명 이 근처다.'

골 병장은 속으로 확신했다. 드디어 지도가 가리키는 곳까지 찾아온 것이다. 그러나 이미 하늘엔 해가 지고 있었다. 산속은 벌써 어둠이 내리고 있었다.

'조금만 더 일찍 왔더라면…'

골 병장은 시간이 아쉬웠으나 어차피 노숙까지 각오하고 있었다. 지난 한 달여간 산속에서 지냈는데 고작 하루 정도 더 못 잘 것도 없었다. 다행히 오늘은 날씨가 그다지 춥지 않았다. 골 병장은 자리를 잡고 마른 나뭇잎을 끌어모았다. 나뭇잎이 수북이 쌓이면 발로 밟아 평평하게 만들었다. 적당한 넓이와 두께가 완성되자 골 병장은 낙엽 더미에 들어가 다리를 뻗고 누웠다. 전혀 추위를 느낄 수 없었다. 이내 잠 속으로 빠져들었다.

산속의 아침은 새들의 지저귐과 함께라는 걸 느끼며 골 병장은 자리에서 일어났다. 낙엽을 걷어내고 근처 바위에 걸터앉았다. 지난밤은 꿈도 꾸지 않고 잘 잔 덕분에 머리가 개운했다. 우선 물을 한 모금 마셨다. 오늘은 어디를 집중 살펴볼까, 하며 주위를 휘둘러보았다. 골 병장이 있는 곳 주변 일대는 크고 작은 바위가 듬성듬성 한곳에 모여 있었다. 나무로 치면 군락지 같은 장소였다. 골 병장은 느린 걸음으로 전체 바위를 관찰하며 한 바퀴 돌았다. 지도엔 분명 이 지점으로 표시되어 있었다. 두 바퀴째 돌 때, 문득 저만큼 널찍하고 단면이 편편한, 어른 키 높이 만 한 바위 하나가 수풀 사이로 눈에 들어왔다. 저 바위다! 골병장은 직감했다. 천천히 바위 앞으로 다가갔다. 자세히 보니 역시 입구를 막기 위해 세워놓은 바위가 분명해 보였다. 만약 지도가 없었다면 이런 장소에 무언가 숨겨져 있다는 것을 10년, 100년이 지나도 모를 터였다. 골 병장이 양팔로 바위를 힘껏 밀어보았으나 바위는 꿈쩍도 하지 않았다. 골 병장은 주위를 둘러보았다. 저만큼 바람에 부러져 나뒹구는 나뭇가지들이 보였다. 튼튼하고 굵은 것으로 골라서 지렛대 삼아 힘을 주었다.

양팔로 눌러도 안 되자 통나무를 밟고 올라서서 쿵쿵 뛰었다. 그러자 큰 바위가 조금씩 옆으로 움직이며 틈을 보였다. 동굴임이 확인되자 골 병장은 더욱 힘을 내어 한 사람이 충분히 들어갈 수 있을 만큼 바위를 이동시켰다.

외부에서 보기완 달리 꽤 넓고 깊은 동굴이었다.

골 병장은 바지 뒷주머니에서 손전등을 꺼내려다가 말았다. 때마침 아침 햇살이 직선으로 동굴 안을 비추었기 때문이었다. 탄약통이 보였다. 같은 모양과 크기의 탄약통이 동굴 천정에 닿을 만큼 차곡차곡 쌓여있었다. 얼핏 보면 아군의 탄약통과 비슷했으나 위장용 무늬라든가 적혀 있는 일련번호들이 국군이 사용하는 것과 달라 북에서 가져온 것이 분명해 보였다.

골 병장은 개수를 세어 보았다. 하나, 둘, 셋… 모두 예순네 개였고 동굴 벽을 따라 안으로 쌓여 있었다. 내용물이 서로 달라서일까, 탄약통이 약간씩 거리를 두어 세 그룹으로 나뉘어져 있었다. 골 병장은 가장 가까이 있는, 맨 위의 탄약통 하나를 조심스럽게 열었다.

　미국 달러가 한가득 담겨 있었다. 갑자기 골 병장은 숨이 꽉 막혔다. 달러가 분명했다. 한 뭉치를 들고 손가락으로 촤르르 펼쳐보았다. 손때가 묻어있고 구김 흔적이 있는 것으로 보아 지금껏, 아니 현재도 시중에서 유통되고 있는 돈이 틀림없었다. (새 지폐도 섞여 있었다) 모조품이 아닌 모두 진짜였다. 겨우 숨을 진정시키고 달러를 도로 넣은 뒤 다른 쪽 탄약통을 열어보기 위해 손을 뻗었다. 탄약통에 손을 댄 순간 자체 중량감이 느껴졌다. 심호흡과 함께 골 병장은 두 번째 그룹 탄약통을 열었다. 금괴가 차곡차곡 쟁여져 있었다. 골 병장의 심장이 "쿵!" 하는 소리가 귀에까지 들렸다. 또다시 숨이 막히려는 걸 간신히 진정했다. 금괴 하나를 손에 드니 햇살을 받아 눈이 부셨다. 순도 99.9%란 걸 한눈에 알 수 있었다. 통마다 대략 3, 40여 개가 들어있었다. 떨리는 손으로 금괴를 도로 탄약통 안에 넣고 나서 마지막 그룹 탄약통을 열었다. 푸른 색깔의 세종대왕이 나타났다. 한 번도 사용한 적 없었던지 모두 빳빳한 새 지폐였다.

　내가 꿈을 꾸고 있는 건가? 아니다! 이건 분명 꿈이 아니다! 골 병장은 쌓여 있는 탄약통을 다시 한 번 둘러보았다. 달러가 스물 두통, 금괴가 열일 곱 통, 현금이 스물다섯 통이었다. 공비들의 이 공작금이 남한에서 모은 것들인지, 아니면 북에서 가져온 것들인지, 그 두 가지를 합한 것들인지 알 순 없지만 어쨌든 현금을 제외하고 달러와 금괴를 환산한 것만으로도 엄청난 액수였다. 흥분되어 떨리는 다리를 이끌고 허둥지둥 동굴 밖으로 나온 골 병장은 돈뭉치와 금괴를 쥔 양손을 하늘 높이 쳐들며 목이 터지게 외쳤다.

"심봤다! 나는 부자다! 나는 자유다! 하느님, 감사합니다!"

예전부터 고가의 아파트라고 이름난 곳이었다. 유모차를 끌고 나온 아기 엄마들의 대화 소리, 아파트 상가에서 들려오던 피아노 소리와 체육관 아이들의 기합 소리가 어느 날부터 들리지 않았다. 아파트 단지가 휑한 느낌이 들었다. 이곳도 영향을 받았구나. 공동 현관문 밖으로 나온 양복 차림의 남자가 단지 내 놀이터 옆으로 걸어가며 생각했다. 지나다니는 어른들은 보이지 않고, 놀이터 한쪽에 흙을 만지며 놀고 있는 꼬맹이들이 눈에 들어왔다. 갓 입학한 초등 1학년 정도 되는 아이들 3명이었다. 마침 꼬맹이들끼리 대화하는 소리가 남자의 귀에도 들렸다. 중구난방 떠들어대고 있었지만 목소리는 아이들답지 않게 어떤 애잔함이 묻어있었다.

"우리 집 이사 간대. 엄마가 그랬어. 작은 아파트로 가니까 거기서도 친구 잘 사귀라고 하셨어."

"우리 아빠는 이제 회사에 안 가신대. 잘렸다고 했어. 옆집 아줌마가 아저씨한테 말하는 걸 들었어."

"난 우리 아빠가 회사 안 가니까 더 좋아. 매일 나하고 놀러 갈 수 있으니까. 어제도 아빠랑 낚시터에 갔다 왔어."

양복 차림의 남자는 잠깐 걸음을 멈추었다가 선글라스를 꺼내 쓴 뒤 다시 걸음을 옮기기 시작했다. 지나다니는 사람이 거의 안 보이는 아파트 상가를 지날 때 여기저기 매장에서 켜놓은 TV가 뉴스를 내보내고 있었다. 매장 주인들은 멍하니 TV만 바라보고 있었다. 모든 방송국에서 IMF 관련 기사를 경쟁적으로 보도하고 있었다.

《1997년 1월 대기업 한보철강이 자금난에 최종 부도처리 되었습니다. 한보철강의 부도로 계열사는 물론, 수천 개 하청업체와 거래업체 그리고 한보에 돈을 빌려준 금융기관들까지 극심한 자금난으로 연달아 부도의 위험에 처했습니다.》

《3월엔 삼미그룹을 시작으로 대농그룹, 한신공영, 뉴코아, 기아 그룹 등 대기업의 부도처리가 줄줄이 꼬리를 물고 있습니다.》

《주식은 폭락하고 환율을 치솟고 있으며 한국의 국가신용등급은 장기, 단기 하향 조정에 들어갔습니다.》

《IMF로부터 550억 달러를 지원받게 되었지만 이후 우리나라 경제는 사실상 IMF의 법정관리에 들어가게 되었습니다.》

《연말에 1달러에 1,600원까지 환율이 치솟으며 연초 800원대에 비해 2배 넘게 올랐고 곧 2,000원 선까지 오를 것이라 예상합니다.》

길거리의 사람들은 하나같이 반쯤 넋이 나간 표정으로 걸어 다니고 있었다. 좀비가 실제 있다면 이런 모습이리라. 한 번도 겪어보지 못한 국가재난 사태이자 충격이었다. 어디를 둘러봐도 실직과 파산, 또는 극심한 취업난 관련 소식뿐이었다. 전 국민이 우울증에 걸린 듯했다. 매일 한강 다리 근처를 배회하는 사람들의 숫자가 늘어만 갔다.

하지만 힘겨운 곳이 있으면 반대로 잘 나가는 곳도 있었다. 연임이 그랬다. 모 드라마에 신인으로 등장 출연 후 인기는 나날이 오르고 있었다. IMF로 인해 시청률에 영향을 받지 않을까 걱정했지만 기우였다. 순수함이 묻어나는 연임의 외모가 크게 어필된 듯했다. 화장품은 물론 맥주, 소주까지 광고 모델이 되었다. 광고주마다 연임을 섭외하려 경쟁하다 못해 안간힘을 쓸 정도였다. 더구나 이젠 해외까지 알려져 주요 언론에 이름이 오르내리고 있었다.
 선글라스 남자가 마트 입구에 붙어있는, 연임이 모델인 소주 광고판 앞에서 걸음을 멈췄다. 연임에게 먼저 윙크하고는 손가락으로 자기 입술과 연임의 입술에 한 번씩 갖다 대었다. 그리고 나선 다시 여유로운 걸음으로 광고판을 지나쳤다. 연임이 웃고 있었다.

 번쩍이는 중형 BMW에 주유를 마치고 결제까지 한 뒤였다. 선글라스 남자가 차에 올라타려다 멈칫했다. 주유소 사장이 아까부터 자꾸만 궁시렁대는 이유가 궁금해 잠깐 사장을 지켜보았다. 사장이 세차장 알바생에게 잔소리하고 있었다. 주유소와 나란히 붙어있는, 사람 손이 많이 필요한 물 세차장이었다. 그늘막은 따로 없어서 20대 남자 알바생은 햇빛을 고스란히 받아 가며 물걸레질하고 있었다. 열기로 인해 얼굴은 온통 땀투성이였다. 닦고 있는 차의 양쪽 문을 활짝 열어놓았어도 내부는 한증막과 다름없었다.
 "좀 더 세게 박박 밀면서 닦으란 말이다!"
 알바생이 스펀지를 쥔 손에 더욱 힘주며 대답했다.
 "예‥ 예‥"
 "에잉, 일하는 게 영 맘에 안 들어."
 주유소 사장이 인상을 찌푸렸다.
 "알바생인 모양이죠?"
 선글라스 남자가 물었다.
 "예, 딴 애를 쓰려고 했다가 하도 사정하길래 해보랬더니 영 못 하잖아요."

"공부하는 학생 같은데 아직 이런 일에 익숙하지 않아 그런 모양입니다. 사장님이 조금…"

"좋게 봐주려 해도 안 돼요!"

"사장님께서 차근차근 가르쳐주시면 젊은 사람이라 금방 익숙해질 것 같은데요."

"에잉! 그런 걸 왜 비싼 내 돈 들여가며 가르쳐야 합니까? 오자마자 척척 해내야지요. 외국물까지 먹었으면 더 잘해야 할 거 아니냐고요."

"외국물요?"

"외국에서 공부하다가 돈 떨어져서 돌아왔다나 뭐라나."

"……"

"낼이라도 당장 잘라버리든가 해야지, 원! 일할 애들이야 널렸으니. 야! 밑바닥도 싹싹 닦으란 말이다! 왜 말귀를 못 알아들어?"

주유소 사장의 고함에 알바생은 더욱 어쩔 줄 몰라하며 이리저리 걸레질했다.

"예, 예. 죄송합니다…"

사장은 사무실로 들어가고 선글라스 남자는 조용히 차량에 올라탄 뒤 세차장 옆에 다시 차를 세웠다. 차량 밖으로 그가 나오자 정신없이 물걸레질하고 있던 알바생이 돌아보았다.

"어? 손님. 세차하실 건가요? 아직 깨끗한데요?"

선글라스 남자가 알바생을 정면으로 바라보았다. 앳된 얼굴에 귀밑엔 아직 솜털까지 남아있었다. 셔츠와 바지는 물론 운동화까지 비눗물이 잔뜩 묻어있었다. 일의 요령을 모르는 상태에서 오직 힘만으로, 급한 마음 따라 몸을 움직이며 일한 탓이리라.

"아뇨. 세차하려는 건 아닙니다."

"……?"

선글라스 남자가 차량에서 꺼낸 음료를 하나 건네주며 말했다. 한약재가 포함된 신상품으로, 약국에서 고가에 팔고 있는 건강 음료였다.

"이거 하나 드실래요?"

"어? 이걸 왜?"

"사장님이 말씀하시길… 아직 학생이라고…?"

"예? 예…"

"그냥 공부하시는데 힘내시라고요. 하핫! 부담 같진 마세요."

"아, 예. 예."

알바생이 음료수 받고서 미소 지었다.

"그럼 수고하세요."

선글라스 남자가 승용차에 올라타고 세차장을 떠났다. 알바생은 물을 갈기 위해 양동이를 들다가 운전석 위에 무언가가 놓여있는 걸 발견했다. 100달러짜리 지폐였다. 깜짝 놀란 알바생이 얼른 지폐를 집어 들고 BMW 승용차를 찾았으나 차는 이미 사라지고 없었다.

바닷가 근처 허름한 오두막. 아버지는 툇마루에 앉아 약초를 손질하고 있었고 맞은편 툇마루 끝엔 아들이 멍하니 하늘만 쳐다보며 앉아있었다.

반쯤 열려있는 방문을 통해 전국적인 금 모으기 운동을 TV가 생중계하는 소리가 들렸다. 남녀 아나운서가 금붙이를 가져온 사람들과 일일이 인사하고 있었다. 차례를 기다리는 사람들이 길게 줄을 서 있는 가운데 아기를 업은 새댁이 순번이 되자 아나운서가 말했다.

"안녕하세요. 어서 오십시오."

"예, 안녕하세요."

"어디서 오신 누구신지요? 소개 좀 부탁드립니다."

"네, 광명시에서 온 라희 엄마라고 해요."

"네, 라희 어머님도 이렇게 나라가 힘들 때 도움이 되고자 나오셨군요."

"예, 도와야죠. 다들 노력하는데 저라고 가만히 있을 순 없었어요."

"감사합니다. 그래서 무엇을 가져오셨을까요?"

"우리 라희 돌 반지예요. 저희에겐 소중한 것인데 이번에 가져 나왔어요."

"아네, 아기 돌 반지를 가지고 나오셨군요. 라희 어머님 같은 분들이 계셔서 우리나라가 IMF 벗어나는 데 큰 도움이 되리라 믿습니다."

"그래야죠. 얼른 벗어나야죠."

"감사합니다."

라희 엄마가 지나가자 남자 아나운서의 말이 이어졌다.

"다음은 또 어떤 분께서…?"

미처 말을 마치기 전 방송 진행요원이 다가와 귓속말과 함께 무언가를 아나운서에게 전해주고 갔다. 행사가 잠깐 멈춰졌다. 여자 아나운서가 마이크 든 채 어색한 미소 지으며 카메라와 방청객을 향해 말했다.

"네, 방송이 조금 매끄럽지 않더라도 시청자분들께서 양해해 주시면 감사하겠습니다. 누군가 봉투를 전해주고 갔다고요?"

남자 아나운서가 손에 들고 있는 누런 종이봉투 하나를 보며 여자 아나운서가 물었다. 종이봉투가 제법 두툼했다.

"네, 그렇습니다. 방금 어떤 택시 기사분이 이 봉투를 전해주고 가셨다고 합니다."

"네, 그게 뭘까요?"

"글쎄요. 꽤 묵직하군요. 그 택시 기사분도 어떤 사람의 심부름을 하신 거라고 합니다."

"심부름요?"

"네, 얼굴이나 이름은 밝히고 싶지 않다고 말했다면서 후한 택시비와 함께 방송국에 전해 달라고 부탁하더랍니다. 금 모으기 운동에 동참하시겠다면서."

"어머? 익명의 독지가 분께서 선행을 하신 거군요."

"그렇습니다."

"그럼, 내용물을 꺼내 볼까요?"

"그럴까요?"

남자 아나운서가 종이 봉투 안에 손을 쑥 집어넣고 무언가 꺼냈다. 권총이었다. 모두 깜짝 놀라서 한바탕 소동이 일었다. 비명까지 지르는 사람도 있었고, 권총을 보자마자 탁자 밑으로 몸을 피하는 사람도 있었다. 진행요원들이 급히 달려왔다.

"잠깐!"

남자 아나운서가 외쳤다.

"봉투 안에 메모지가 있습니다."

사람들이 돌아보았다. 하나둘 자리에 앉거나 뛰는 가슴을 진정시켰다. 멀쩡한 생방송 중에 살상용 무기라니. 놀랄만했다.

"모두 진정들 하시고 제가 읽어 보겠습니다. 간단히 두 줄이군요. '녹여서 좋은 곳에 써 주세요. 금을 좋아하는 어느 대한국민' 이렇게 적혀 있군요."

여자 아나운서가 말했다.

"어머? 금으로 만든 총을 기부하셨군요."

"네, 그런 것 같습니다."

"금두꺼비 금송아지는 보았어도 금으로 만든 총은 처음 보아요."

"저도 방송국 안에서, 그것도 생방송 중에 권총을 꺼내 보긴 처음입니다."

아버지는 금으로 만든 총이란 말을 듣자마자 얼른 텔레비전 화면을 돌아보았다. 화면 속 아나운서가 들고 있는 권총은 확실히 눈에 익은 권총이었다.

"허어…"

아나운서 두 사람은 무척 신기한 듯 번갈아 권총을 이리저리 살펴보거나 만져보고 있었다. 아버지는 일손을 내려놓고 어떤 알 수 없는 복잡한 마음으로 다음 순서가 될 때까지, 권총이 화면에서 사라지는 순간까지 지켜보았다. 이때였다.

"큼!⋯ 큼!"

선글라스 남자가 마당에 들어서서 헛기침했다. 인기척에 아버지가 돌아보았다. 아들도 잠깐 남자를 돌아보았지만 이내 관심이 없다는 듯 시선을 돌렸다.

"실례합니다."

남자가 선글라스를 벗어 주머니 안에 넣었다.

"누, 누구시오?"

아버지가 툇마루 아래로 내려섰다. 선글라스의 남자가 가벼운 미소 지었다.

"아버님, 저 기억하시겠습니까?"

"누, 누구시더라?"

"그때 아버님하고 아드님 고생 많으셨지요. 길 안내도 해 주셨고…"

"으응?"

아버지가 기억을 더듬었다.

"낯이 많이 익긴한데…"

"산에서 군인들하고요."

아버지의 눈동자가 갑자기 커졌다.

"그, 그럼…?!"

선글라스의 남자가 활짝 웃음 지었다.

"예, 맞습니다. 우리 중대와 같이 계셨죠."

"아아아…!"

상대방을 알아본 아버지는 감회가 새로운 듯 눈빛이 흔들렸다. 두 손으로 덥석 남자의 손을 맞잡았다. 아버지는 양복 차림에 머리카락이 자란 남자를 얼른 알아보지 못한 것이었다.

"바, 반갑소! 이리 오시오. 여기 앉으오!"

아버지가 남자의 손을 이끌고 툇마루에 나란히 걸터앉았다. 남자가 아버지의 안색을 살폈다. 검게 탄 얼굴에 주름살과 흰머리가 더 많아졌으나 그래도 건강해 보였다.

"어떻게 지내셨습니까?"

"말도 말게나. 공비들이 소탕된 뒤에도 무서워서 한동안 약초 캐러 가지 못했다네. 그러다가 간신히 용기 내서 산에 오르내렸더니 이번엔 갑자기 아엠폰가 뭔가…"

"네, 아버님도 고생이 많으시군요."

"다들 난리구먼. 나라가 어찌될는지…"
"아드님은 좀 어떠세요?"
"뭐, 늘 그렇다네. 나빠지지도 좋아지지도 않고… 아니지, 전에는 군복 입은 사람만 무서워했는데 이제는 헬리콥터나 비행기가 지나가도 무서워한다네."
"……."
남자는 아들이 더욱 가여워 보였다. 조용히 자신이 들고 온 종이 쇼핑백을 열고 무언가를 꺼냈다. 건빵이었다.
"아버님, 그때 보니까 아드님이 건빵을 좋아하는 거 같더군요. 그래서 좀 사 왔습니다."
"아아, 뭘 이런 걸다."
아버지가 건빵을 받아 아들에게 건네주었다.
"아야, 영석아. 건빵이다."
아들이 일어나 얼른 건빵을 받아 들고 앉았던 자리로 돌아가 봉지를 뜯었다.
"저런, 감사하다 인사하고 먹잖고…"
아버지 말엔 관심도 없는 듯 아들은 건빵을 입에 넣고 깨물었다.
"아버님, 그래도 절 기억하고 계셨군요."
남자가 미소 지으며 말했다.
"아무렴, 공비가 언제 어디서 나타날 줄 모르고 생사가 걸려있는 판국에 돈내기 하는 사람을 어떻게 잊을 수 있겠나."
"하핫!"
남자가 너털웃음을 터뜨렸다. 딴은 틀린 말은 아니었다.
"그래, 어쩐 일로?"

반가움이 가시지 않은 눈빛으로 아버지가 물었다. 찾아오는 사람이 드물어 사람이 그립고 아쉬웠던 모양이었다.

"그냥 지나가다가 생각나서 들렀습니다."

"고마우이. 나 같은 늙은이랑 아들을 기억해 주는 사람이 있었다니."

"별말씀을요."

"아참, 조금 전 테레비에서 금으로 만든 권총을 보여줬다네. 금 모금 한다고."

"예? 금으로 만든 총요?"

"응, 그 권총은 그 권총은…"

아버지는 채 말을 잇지 못했다. 과거가 생각나 머리가 혼란스러웠다. 남자는 대수롭지 않은 듯 말했다.

"설마요. 황금열쇠나 금돼지 이런 것은 봤어도."

"아닐세. 그 총을 내가 어떻게 잊을 수 있겠나. 내 눈으로 보고 내 손으로 만져본 총인데."

"그럼?"

"맞네. 공작원이랑 같이 사라졌던 그 권총이었어. 자네도 잘 알걸세."

"그게 그럼, 어떻게…?"

"알 수가 없지… 알 수가 없어…"

아버지는 가볍게 머리를 흔들었다. 하지만 그냥 이대로 묻어두려니 뭔가 아쉬운 듯 아버지가 남자를 바라보며 물었다.

"혹시 자네는 정말 뭐 좀 아는 게 없나?"

"예? 그 총 말인가요?"

"으응."

"하하, 모르겠습니다. 전혀."

"음… 그렇군. 혹시나 해서…"

"저도 아버님처럼 공비들과 함께 사라진 걸로 기억하고 있었는데, 다시 누군가의 손에 넘어가 있었던 모양이죠."

남자가 무덤덤한 표정으로 말했다.

"그런 거겠지."

"예."

"뭐, 다 지난 일이라 나도 이젠 미련 없네만 전혀 뜻밖에 그 총을 보았길래 해 본 말일세."

"이젠 그 총이 사람들한테 도움이나 되었으면 좋겠네요."

"그러게나 말일세."

툇마루 위에 나란히 앉은 두 사람은 지난 일을 추억하며 얘길 나누었다. 총격전이 시작되면 천막 안에 부자만 남아 두려움에 떨었던 일, 아들이 밤을 주우려다가 뱀에게 물릴 뻔한 일 등, 남자가 몰랐던 뒷얘기까지 아버지가 들려주었다. 대화하던 남자의 눈길이 맞은편 야트막한 창고 지붕 위를 지나 저 멀리 태백산맥을 향했다. 흐릿하기만 할 뿐 산은 제대로 보이지 않았다. 자신과 전우들, 그리고 지금 옆자리에 앉아 있는 이 노인과 아들까지 뛰고, 긴고, 넘어진 곳이 저 멀리 어디쯤이리라. 잠시 후 남자가 다시 아버지를 돌아보며 조용히 말했다.

"아버님, 이렇게 뵈었으니 이만 가보겠습니다."

"간다고요? 이거 참, 아무것도 대접 못 했는데…"

"괜찮습니다, 가끔 들르겠습니다."

남자가 일어나 인사 하고 뒤돌아섰다. 아쉬움을 느끼며 아버지는 가만히 서서 배웅했다.
"그럼, 잘 가오."
"네."
남자가 다시 가볍게 목례한 뒤 대문 밖 자동차에 올라탔다.
승용차의 소리가 멀어지고 난 뒤에도 아버지는 추억에 잠겨 그대로 서 있었다. 문득 정신을 차리고 남은 건빵을 방안에 넣어두려고 마루 위 종이 쇼핑백을 집어 들었다. 건빵의 무게치곤 묵직했다. 이상하게 여긴 아버지는 쇼핑백을 열어보았다. 쇼핑백 안엔 하얀색 띠지를 두른 푸른색 돈다발이 쇼핑백 밑바닥까지 가득히 들어 있었다. 큰 충격을 받은 듯 한참을 굳어 있던 아버지는 겨우 정신을 차리고 떨리는 손으로 천천히 현금을 꺼내 들었다. 꿈이 아니었다. 손에 든 돈의 감촉이 온몸으로 퍼져가는 것 같았다. 아버지의 눈가가 젖어 들기 시작했다.

대구시 반월당 중심가에 있는 7층짜리 건물이었다. 건물 각층 마다 여러 업종의 사업자들이 매장 영업하고 있었다. 안경점, 식당과 약국, 보습학원 등….
건물 외벽에 말라붙은 물때의 흔적으로 보아 건물이 지어진지 여러 해 지났다는 걸 알 수 있었다. 건물 뒤엔 넓은 주차장이 있었다. 차량의 종류, 색깔, 크기 등에 따라 많은 차가 주차장을 가득 차지하고 있었다.
맨 꼭 대기층까지 엘리베이트를 타고 올라온 남자가 계단을 더 걸어 올라가자 옥상에 나타났다. 널찍한 옥상 한쪽에 판넬로 지은 가건물이 하나 있었다. 방 1개와 주방과 화장실이 딸려있는 구조였다. 가건물 마당엔 빨랫줄이 있고 옥상 귀퉁이를 따라 흙이 담긴, 크고 작은 스티

로폼, 단지, 고무통이 보였다. 그 안엔 이런저런 채소가 자라고 있었다. 유치원생으로 보이는 남자아이 하나가 옥상 한가운데에 쪼그리고 앉아 굴삭기 장난감으로 흙장난하고 있었다. 남자가 선글라스를 벗어 주머니에 넣고 아이에게 다가갔다.

"안녕."

아이가 올려다보았다. 남자와 아이의 눈이 마주쳤다. 아빠를 빼닮았다고 남자는 생각했다.

"어? 누굿쎄요?"

"응? 나? 나는… 아빠 친구란다."

"아빠?"

아빠라는 단어에 아이가 갑자기 시무룩해졌다. 남자가 얼른 아이의 머리를 쓰다듬으며 말했다.

"똑똑하게 생겼구나. 이름이 뭐지?"

"해윤이요. 김해윤."

"응, 해윤이 반갑다. 혼자 놀고 있었구나. 친구들하고 같이 안 놀고?"

"엄마가 멀리 가면 안 된다고 했어요."

"왜?"

"어, 돌봐줄 사람이 없다고 했어요. 엄마가 볼 수 있는 곳에서만 놀라고…"

"응, 그랬구나."

"……"

"엄마는 어디 계시니?"

"엄마, 집에 있어요."

해윤이 벌떡 일어나 문 앞으로 쪼르르 달려가며 큰 소리로 말했다.

"엄마! 엄마!"

해윤이 문 열고 안으로 들어가더니 곧 다시 문이 열리고 해윤의 엄마가 젖먹이를 업고 밖으로 나왔다. 한 손엔 뜨개용 코바늘과 대바늘을 들고 있었다. 일감을 가져와 집안에서 부업을 하는 모양이었다. 해윤은 엄마의 뒤에 섰다. 남자는 해윤 엄마가 낯이 익었다.

"실례합니다."

남자가 고개 숙여 인사를 했다.

"누, 누구신지…?"

남자가 먼저 명함을 꺼내 건네주었다. 명함엔 이름과 전화번호만 찍혀 있을 뿐 직업은 알 수 없었다.

"네, 다름이 아니고 김한수씨와 관련해서 찾아뵈었습니다."

"네?"

해윤 엄마는 김한수란 말에 놀란 표정을 지었다. 남자가 품속에서 봉투 하나를 꺼내 건넸다.

"이걸 받아주시겠습니까?"

"……?"

해윤 엄마가 봉투를 받아 내용물을 꺼냈다. 가족사진이었다. 사진은 얼룩 하나 없이 깨끗했다.

"이, 이 사진을 어, 어떻게?!"

더욱 놀란 해윤 엄마가 고개를 들고 남자를 뚫어지게 바라보았다.

"김한수씨의 아내 되시는 분이시죠?"

"네. 그래요. 우리 남편은…"

"알고 있습니다. 돌아가셨다는 걸…"

"고, 공무원이세요? 이미 다 지난 일인데… 시청공무원 아니면… 국방부…?"

"진혁 아닙니다. 전 함께 군 생활했던 사람입니다."

"아아! 그, 그러세요."

"네."

"같은 부대 같은 내무반이었습니다."

"네…"

두 사람은 잠시 말없이 지난 일들을 회상했다. 아내는 남편과의 추억들을, 남자는 신병으로 온 김한수를. 낯선 곳에서 인연을 맺었던 또 다른 소중했던 사람들… 그들이 떠난 후 남아있는 사람들이 할 수 있는 일이란 추억을 회상하는 것뿐이었다. 남자가 다시 나지막한 목소리로 말문을 열었다.

"해윤의 아빠는 용감하고 자랑스러운 군인이었습니다."

남편의 사진을 본 것만으로도 눈빛이 흔들렸던 해윤 엄마는 눈시울이 뜨거워지며 참아왔던 눈물을 글썽였다.

"그, 그러면 뭐 하나요… 우리만… 남겨놓고 가버렸는데…"

"……."

남자는 무슨 말로 위로해야 할지 몰랐다. 엄마 뒤에 바짝 붙어있는 해윤을 돌아보았다.

"해윤이라고 하더군요. 똑똑한 아드님입니다. 몇 살인가요?"

남자가 아이의 머리를 다시 쓰다듬어 주었다. 김한수의 아내가 눈물을 훔치고 나서 겨우 미소 지었다.

"6살이에요. 어린이집 다니고 있는데 곧 입학할 나이죠."

"국민학교가 근처에 있나요?"

"있긴 한데, 저흰 여기 말고 다른 학교로 보내야 할 듯해요."

"왜 그렇죠? 집이랑 가까울수록 좋을 텐데요."

"그 학교는 잘사는 집 아이들이 주로 가는 학교라…"

"국민학교라도 다 같은 국민학교가 아닌가 보군요. 제가 아직 아이가 없다 보니 잘 몰라서…"

"네. 그래서… 이사 갈 생각인데, 보증금을 받아도 얼마 안 되다 보니 걱정이… 어머? 제가 왜 이런 쓸데없는 얘기까지…"

"이사 가시지 않으셔도 될 듯합니다."

"네?"

"이 동네에서 그대로 사셔도 된다는 말씀입니다."

"무, 무슨 말씀인지 모르겠어요…"

남자가 양복 주머니에서 서류 하나를 꺼냈다. 부동산 계약서였다.

"여기를 봐주시겠습니까. 모든 행정절차와 계약 관련 일은 거의 마무리가 되었고요, 다만 이곳에 사인이나 지장을 한번 찍어주시면 끝납니다."

남자가 매매 계약서를 해윤 엄마에게 가까이 보여주었다. 그러나 해윤 엄마는 글자가 제대로 눈에 들어오지 않았다. 어느 날 갑자기 낯선 남자가 불쑥 찾아와 남편에 대한 얘기를 하는가 하면, 이사를 가지 않아도 된다는 둥, 무언가 종이를 확인하라는 둥 도대체 뭐가 뭔지 어리둥절하기만 했다. 해윤 엄마가 참지 못하고 물었다.

"죄, 죄송하지만 전 무슨 일인지 모르겠어요. 왜 저희를 찾아와 이러시는지…"

"어머님, 그럼 간단히 말씀드리겠습니다."

"네…"

"어머님이 살고 계신 이 건물 말입니다."

"네."

"오늘부터 어머님 소유가 됐습니다. 건물주가 바뀌었습니다."

"네에?!"

"사실입니다."

"이, 이 건물이 제… 제 소유가 됐다구요?!"

"네. 그래서 이 매매 계약서를 보시라고 한 겁니다."

"마, 말도 안 돼…"

"계약서는 거짓말하지 않습니다."

"미, 믿을 수가…"

"놀라게 해드려 죄송합니다."

해윤 엄마가 스르르 무릎을 굽히며 자리에 주저앉았다.

"어, 어떻게… 이런 일이… 흑…!"

"훌륭하신 남편분과 그 가족 분들께 이만한 가치는 충분히 있습니다."

"흑!… 흑!… 가, 감사합니다. 정말 감사합니다!"

해윤 엄마가 흐느끼자 해윤도 덩달아 울음을 터뜨렸다.

"엄마, 울지 마! 히잉!"

해윤 엄마가 아들을 감싸 안으며 말했다.

"그래. 그래. 이제부터 엄마 안 울게. 절대로…!"

잠시 후 남자가 혼잣말처럼 중얼거렸다.

"지구환경이 중요하다는 걸 새로 알았습니다. 그래서 국내 주요 환경단체 6곳을 선정해서 앞으로 20년간 그분들의 월급과 활동비용을 모두 제가 부담하기로 얼마 전 서약했습니다. 아이들이 건강하고 행복하게 자랄 수 있게."

에필로그

여름. 동해의 검푸른 바다가 끝없이 펼쳐져 있고, 해안가엔 파도가 하얀 거품을 일으키며 쉬지 않고 밀려갔다가 밀려오고 있었다.

두 명의 군인이 철조망 뒤 교통호를 따라 걸어가고 있었다. 앞에선 사람은 흔적선 작업 확인을 위해 나온 송용해, 뒤를 따르는 사람은 최근에 전입 온 이병이었다. 하사관 교육을 마치고 중사계급을 단 송용해는 공교롭게 얼마 전 2-1 소초장이 되었다. 송용해는 철조망에 달아놓은 명패의 고무줄이 얼마나 삭았는지, 모래언덕에 쌓아놓은 자갈이 무너지지 않았는지 함께 확인하며 말없이 걸었다. 드넓은 백사장엔 흔적선이 끝이 안 보이도록 길게 그어져 있었다. 하늘엔 구름이 군데군데 떠 있고 날씨는 더웠다.

"(군 생활) 할만 해?"

송용해가 지나가는 말로 한마디 했다. 이병이 멈칫했다가 뒤따르며 대답했다.

"모르겠습니다."

"으응? 몰라?"

"아, 아니 할 만합니다."

송용해가 걸음을 멈추고 뒤돌아보자 이병도 따라서 걸음을 멈추었다. 두 사람은 마주 보고 섰다. 송용해는 한번 싱긋 웃음을 짓고 나서 옆구리에 끼고 있었던 페트병을 손에 들었다. 마개를 연 다음 몇 모금 물을 마셨다. 냉장고에서 꺼내 온 물은 벌써 미지근해졌으나 그런대로 먹을 만했다. 페트병을 이병에게 건네주자 이병도 물을 마셨다.

"군인이란 군복을 벗는 순간까진 힘들기 마련이야."

"아? 옙."

"흔적선은 누구랑 작업했냐?"

"예, 최 일병님과 했습니다."

"음…"

"근데…"

이병이 수건으로 이마의 땀을 닦으며 말끝을 흐렸다.

"근데 뭐?"

"소초장님, 이렇게 땅에 줄 그어놓으면 효과가 있긴 한 겁니까?"

"뭐?"

"땡볕에 작업하면서 머릿속엔 이게 얼마나 효과가 있을까 그 생각뿐이었습니다."

이병의 질문에 송용해는 문득 오래전 자신의 모습이 떠올라 쓴웃음이 나오려 했다.

"힘드냐?"

"예. 아, 아닙니다. 힘들지 않습니다."

"훗!"

에필로그 423

"근데 효과가 있습니까?"

이병이 다시 물었다.

"효과가 있냐고?"

"예."

"효과가 있든 없든 얼마 안 있으면 여기 철조망 다 없어질 거다."

"예?"

"시대가 바뀌니까 간첩들도 다양한 방법으로 국내로 잠입한다는 거야. 그래서 힘만 들고 효과는 알 수 없는, 흔적선 작업은 안 하겠다는 거지."

"아, 그렇습니까."

"철조망 다 걷어내고 모래사장도 민간인들한테 개방한다는 소문이다. 우리가 흔적선 마지막 군번이지."

"그럼 후임들은 힘든 일 안 하게 돼서 좋겠습니다. 아참, 군번 얘기가 나와서 말인데, 선배님들 군번 중에 부자가 된 사람이 있었다던데 사실입니까?"

"뭐? 부자?"

"예, 소문에 얼마나 부잔지 하와이와 파리에 고급 별장까지 사놓고 놀러 다닐 정도라고…"

"어, 그래?"

"예, 금 총과 연관이 있어서 지역 모 신문사 기자 하나가 진실을 파헤치려고 한동안 뛰어다녔는데, 소스가 워낙 없어서 결국 중도에 포기했답니다."

"방금 금 총이라고 했냐?"

"예, 권총이 아니라 금 총이었답니다. 근데 정말 그런 총이 있을까요?"

"……."

송용해의 대답이 없자 이병이 다시 물었다.

"그 소문이 맞을까요?"

"야, 다나까로 해."

"앗! 시정하겠습니다."

송용해는 이 지역으로 갓 입대한 이병이 누구에 대해 말하고 싶은지 자신은 알고 있었다. 그러나 짐짓 모른 척하며 딴청을 피웠다. 이병이 궁금해 하는 당사자인 그가 진짜 부자가 되었는지 아닌지 자신도 알 수 없을뿐더러 굳이 알고 싶지도 않았다. 즉, 군 문을 나선 그의 후기 삶이 행복한지 불행한지 아니면 전혀 상상 밖의 삶을 살고 있는지 모르나, 적어도 그 당시 모두가 함께 뛰고, 걷고, 피 흘리며 싸웠던 시간만큼은 지금도 또렷이 기억하고 있다. 아니다. 기억하고 있다곤 하지만 그것 또한 일부분에 불과하다. 송용해는 문득 고개를 돌려 저 멀리 어렴풋이 꼭대기만 겨우 보이는 태백산맥 줄기를 바라보았다. 그렇다! 말이 없는 저 태백산맥은 모든 걸 지켜보았고, 모든 걸 기억하고 있으리라. 바닷가에 서서 송용해는 한참을 바라보았다.

> **1996년 12월 29일 북한 외교부 대변인 성명 발표 내용**
>
> 　조선민주주의 인민공화국 외교부 대변인은 위임에 의하여 막심한 인명피해를 초래한 1996년 9월 남조선 강릉 해상에서의 잠수함 사건에 대하여 깊은 유감을 표시한다.
>
> 　조선민주주의 인민공화국은 그러한 사건이 다시 일어나지 않도록 노력하며, 조선 반도에서의 공고한 평화와 안정을 위하여 유관 측들과 함께 힘쓸 것이다.

** 사건 발생 102일 만에 대변인의 사과 성명과 다음 날 공비들의 유골 송환이 판문점을 통해 이루어졌다.

권달성 장편소설
강릉 잠수함 공비 소탕 작전

인 쇄 2025년 3월 10일
발 행 2025년 3월 14일

지은이 권달성
발행인 서정환
펴낸곳 신아출판사
주 소 서울특별시 종로구 삼일대로 32길 36, 운현신화타워 305호
전 화 02) 3675-3885, (063) 275-4000
이메일 sina321@hanmail.net
출판등록 제465-1984-000004호
인쇄 · 제본 신아문예사

저작권자 ⓒ 2025, 권달성
이 책의 저작권은 저자에게 있습니다. 서면에 의한 저자의 허락없이 내용의 일부를
인용하거나 발췌하는 것을 금합니다.

저자와 협의, 인지는 생략합니다.
잘못된 책은 바꿔 드립니다.

ISBN 979-11-94595-25-0 (03810)
값 18,000원

Printed in KOREA